中国断代专题文学史丛刊

唐代小说史

程毅中 著

人民文学出版社

图书在版编目(CIP)数据

唐代小说史/程毅中著.—北京:人民文学出版社,2019
(中国断代专题文学史丛刊)
ISBN 978-7-02-015647-4

Ⅰ.①唐… Ⅱ.①程… Ⅲ.①小说史—中国—唐代 Ⅳ.①I207.409

中国版本图书馆 CIP 数据核字(2019)第 188182 号

| 责任编辑 | 高宏洲　胡文骏 |
| 责任印制 | 徐　冉 |

出版发行　人民文学出版社
社　　址　北京市朝内大街 166 号
邮政编码　100705
网　　址　http://www.rw-cn.com

印　　刷　天津千鹤文化传播有限公司
经　　销　全国新华书店等

字　　数　320 千字
开　　本　880 毫米×1230 毫米　1/32
印　　张　12.5　插页 2
印　　数　1—4000
版　　次　2003 年 5 月北京第 1 版
印　　次　2019 年 10 月第 1 次印刷

书　　号　978-7-02-015647-4
定　　价　42.00 元

如有印装质量问题,请与本社图书销售中心调换。电话:010-65233595

目 录

第一章 序 论 …………………………………………（1）
    唐代小说观的发展 ………………………………（1）
    唐代小说的渊源 …………………………………（6）
    唐代小说的分体和分期 …………………………（17）

第二章 唐代传奇的兴起 …………………………（21）
    传奇的先声 ………………………………………（21）
    古镜记 ……………………………………………（28）
    梁四公记 …………………………………………（32）
    补江总白猿传 ……………………………………（37）

第三章 唐代前期的小说集 ………………………（40）
    唐前小说的辑集和影响 …………………………（40）
    冥报记（附冥报拾遗）……………………………（44）
    定命录（附续定命录）……………………………（48）
    纪闻 ………………………………………………（53）
    广异记 ……………………………………………（59）
    灵怪集 ……………………………………………（66）

第四章 通俗小说与游仙窟 ………………………（70）
    唐代通俗文学 ……………………………………（70）
    启颜录 ……………………………………………（73）
    句道兴搜神记及孝子传 …………………………（77）
    敦煌故事赋 ………………………………………（83）

历史故事话本 …………………………………………（95）
　　　庐山远公话 …………………………………………（101）
　　　叶净能诗 ……………………………………………（105）
　　　游仙窟（附朝野佥载） ………………………………（109）
第五章　唐代传奇的全盛时期 …………………………（115）
　　　离魂记所标志的新起点 ……………………………（115）
　　　任氏传与枕中记 ……………………………………（118）
　　　柳毅传 ………………………………………………（123）
　　　柳氏传 ………………………………………………（130）
　　　李娃传 ………………………………………………（133）
　　　莺莺传 ………………………………………………（138）
　　　长恨歌传及其他 ……………………………………（144）
　　　李公佐的南柯太守传等 ……………………………（152）
　　　霍小玉传 ……………………………………………（160）
　　　沈亚之的秦梦记等 …………………………………（165）
第六章　唐代中期的小说集 ……………………………（173）
　　　辨疑志 ………………………………………………（173）
　　　龙城录 ………………………………………………（177）
　　　通幽记 ………………………………………………（181）
　　　玄怪录与续玄怪录（附周秦行记） …………………（184）
　　　河东记 ………………………………………………（199）
　　　戎幕闲谈 ……………………………………………（203）
　　　博异志 ………………………………………………（205）
　　　集异记 ………………………………………………（209）
　　　会昌解颐录 …………………………………………（214）
　　　逸史 …………………………………………………（216）
　　　纂异记 ………………………………………………（222）

小议 …………………………………………………… (227)

第七章 唐代传奇的发展和结集 …………………… (230)
杨娼传 ………………………………………………… (230)

无双传 ………………………………………………… (231)

东阳夜怪录 …………………………………………… (234)

灵应传 ………………………………………………… (236)

异闻集 ………………………………………………… (238)

第八章 唐代后期的小说集 ………………………… (244)
独异志 ………………………………………………… (244)

酉阳杂俎 ……………………………………………… (248)

乾𦠆子 ………………………………………………… (251)

宣室志 ………………………………………………… (254)

传奇 …………………………………………………… (259)

甘泽谣 ………………………………………………… (270)

大唐奇事记与潇湘录 ………………………………… (275)

阙史 …………………………………………………… (280)

剧谈录 ………………………………………………… (286)

原化记 ………………………………………………… (288)

闻奇录 ………………………………………………… (290)

云溪友议（附本事诗） ……………………………… (294)

第九章 小说化的传记、杂史 ……………………… (298)
兰亭记 ………………………………………………… (298)

邺侯家传与邺侯外传（附崔少玄传） ……………… (302)

高力士外传 …………………………………………… (305)

欧阳詹传 ……………………………………………… (307)

大业拾遗记 …………………………………………… (308)

常侍言旨（附上清传、刘幽求传） ………………… (312)

  隋唐嘉话及其他 …………………………………………… (315)
第十章 五代十国的小说 ………………………………………… (320)
  三水小牍 ……………………………………………………… (320)
  杜光庭的作品 ………………………………………………… (325)
  玉溪编事及其他 ……………………………………………… (329)
  耳目记 ………………………………………………………… (333)
  稽神录 ………………………………………………………… (336)
  玉堂闲话（附开元天宝遗事、王氏见闻录）………………… (338)
  灯下闲谈 ……………………………………………………… (344)

第十一章 馀 论 ……………………………………………………… (350)

附录 唐代小说文献研究 …………………………………………… (364)
  唐人小说中的"诗笔"与"诗文小说"的兴衰 …… (380)

改版附记 …………………………………………………………… (393)
重印附记 …………………………………………………………… (396)

第一章　序　　论

唐代小说观的发展

中国小说的概念是历史地发展的。汉代人开始确立了小说家这一名称。桓谭《新论》说："若其小说家，合丛残小语，近取譬论，以作短书，治身理家，有可观之辞。"（《文选》卷31江淹《拟李都尉从军诗》李善注引）似乎只注重在它对"治身理家"能起一定作用。班固《汉书·艺文志》里著录了小说家，大概是沿袭刘歆《七略》而来。所收小说十五家，都已失传，现在只有几条佚文可以查考，还很难据以弄清汉人所谓小说的具体内容。鲁迅曾根据班固原注，作了一些推论："诸书大抵或托古人，或记古事，托人者似子而浅薄，记事者近史而悠谬者也。"（《中国小说史略》第1篇）直到魏晋六朝，当时人所谓小说，大体上还可以说是介于子史之间的作品，而更近于史。从来没有人把小说看作文学类的作品。例如齐梁时的文学理论家刘勰在《文心雕龙》中分别论述了各体文学作品，包括《史传》、《诸子》都有专论，《诸子》篇中对小说只提了"《青史》曲缀以街谈"一句，但《谐讔》篇里却提到了："然文辞之有谐讔，譬九流之有小说，盖稗官所采，以广视听。"以后的文学家和目录学家也都不承认小说是文学作品。如阮孝绪的《七录》把小说归入子兵录。一直到《四库全书》，也还是把小说列在子部。现代的不少目录学家在编古书目录时，仍沿用四部分类法，把文言小说列在子部，又把通俗小说分出来归入集部,这实在是一种迫不得已的折衷办法。

唐代初年,魏征、长孙无忌等编纂的《隋书·经籍志》,在子部小说家类里著录了《燕丹子》等二十五种,又在附注里记载了一些隋代已经亡佚的书。从书名和某些佚文来看,唐初人所说的小说,内容还是非常庞杂的,但和汉代人所著录的小说又略有不同。《隋志》所收的小说,现存的只有《燕丹子》和《世说》(即《世说新语》)两种。前者虽有不少神奇色彩,但基本上还是历史故事;后者主要是汉魏两晋的名人轶事,近于野史笔记。如果从这两种书的情况看,《隋志》所收小说似乎更偏近于史。尤其是《世说》,作为志人小说的典范,主要以历史人物的嘉言懿行作为素材,形成古代小说的一大部类。鲁迅曾说:

> 武断的说起来,则六朝人小说,是没有记叙神仙或鬼怪的,所写的几乎都是人事;文笔是简洁的,材料是笑柄,谈资;但好像很排斥虚构,例如《世说新语》说裴启《语林》记谢安语不实,谢安一说,这书即大损声价云云,就是。(《且介亭杂文二集·六朝小说和唐代传奇文有怎样的区别》)

鲁迅所谓的六朝小说,正是根据《隋书·经籍志》的分类而说的。六朝人有很多记叙神仙或鬼怪的作品,不过不放在小说家里,而是放在史部的杂传类里的。这代表唐初人的小说观。《隋书·经籍志》的小序还是承袭《汉书·艺文志》的观点。五代人编纂的《旧唐书·经籍志》又基本上照搬《隋书·经籍志》的分类法,增入了《博物志》、《启颜录》等几种,唐代人的作品一种也没有收。然而这并不能说明唐代人的小说观没有变化。

刘知幾(661—721),是武后至玄宗时的史学家。他曾从史料学的角度分析了小说的类型,并评述了小说的价值。他在

《史通·杂述》篇里说:"是知偏记小说,自成一家。而能与正史参行,其所从来尚矣。爰及近古,斯道渐烦。史氏流别,殊途并骛,推而为论,其流有十焉:一曰偏记,二曰小录,三曰逸事,四曰琐言,五曰郡书,六曰家史,七曰别传,八曰杂记,九曰地理,十曰都邑簿。"他开头统统称是偏记小说,而后面分成十类,有偏记,有小录等等,似乎这十类都可以称作小说。其中"琐言"和"杂记"两类最近于传统的所谓小说。试看他的具体说明:

> 街谈巷议,时有可观,小说为言,犹贤于己。故好事君子,无所弃诸。若刘义庆《世说》、裴荣期《语林》、孔思尚《语录》、阳松玠《谈薮》,此之谓琐言者也。

> 阴阳为炭,造化为工,流形赋象,于何不育。求其怪物,有广异闻。若祖台《志怪》、干宝《搜神》、刘义庆《幽明》、刘敬叔《异苑》,此之谓杂记者也。

刘知幾所说的"街谈巷议,时有可观"等话,也是沿袭《汉书·艺文志》小序的说法。他所举的《世说》、《语林》两种书,《隋书·经籍志》早已列入小说类。(《谈薮》可能即阳松玠的《解颐》,也见于《隋志》小说类。)此外,刘知幾称为"逸事"类的顾协《琐语》,《隋志》也列在小说里。至于偏记、小录等类所列举的书,则与传统所谓的小说稍有差别。

刘知幾从史学家的观点出发,强调史料的真实性,把偏记小说看作史书的一个分支,而且还作了一些评论。他说:

> 逸事皆前史所遗,后人所记,求诸异说,为益实多。及妄者为之,则苟载传闻,而无诠择,由是真伪不别,是非相乱,如郭子横之《洞冥》、王子年之《拾遗》,全构虚辞,用惊愚俗,此其为弊之甚者也。

他一再指出"妄者为之"、"缪者为之"则如何如何,也是承袭了

《汉书·艺文志》诸子略所谓"放者为之"、"拘者为之"等等的论述方法。然而他认为"逸事"小说一般地还是"为益实多"的，只有《洞冥记》、《拾遗记》这样的作品才是"真伪不别，是非相乱"了。他对于这些偏记小说的史料价值采取了慎重保留的态度，如在《史通·采撰》篇中指责唐人所修《晋书》采用小说的资料，说："若《语林》、《世说》、《幽明录》、《搜神记》之徒，其所载或诙谐小辨，或神鬼怪物。其事非圣，扬雄所不观；其言乱神，宣尼所不语。"《杂说》篇又说："刘敬叔（原作昇）《异苑》称晋武库失火，汉高帝斩蛇剑穿屋而飞。其言不经，故梁武帝令殷芸编诸《小说》。"总的说，他对小说的评价是不高的。然而他把《世说》、《语林》和《幽明录》、《搜神记》并提，说明他已经把志怪和志人两类书都归入了小说的范围，而且从史料学的角度来加以评价，这在小说观上比《隋志》有了新的发展。刘知幾的儿子刘悚曾收集南北朝至开元年间的史实故事，编了一部书，就命名为《小说》（见于《资治通鉴考异》和《直斋书录解题》，大概即《国朝传记》）。唐代人开始把子部的小说和史部的杂传合并，就是从《史通》开始的①。这是唐代小说观的一大发展。小说从子部转移到史部，列为史书的一个旁支，地位就有所变化。不少文人开始以史传体来写小说了。

中唐时顾况的《戴氏广异记序》（《文苑英华》卷737）曾回溯了志怪小说的渊源：

> 故汉文帝召贾谊问鬼神之事，夜半前席。志怪之士，刘子政之《列仙》，葛稚川之《神仙》，王子年之《拾遗》，东方

---

① 《新唐书·艺文志》把一部分杂传归入小说，《四库全书》又把一部分杂史归入小说，但仍列在子部。章学诚在《史考释例》里立了小说部，分项语二卷、异闻四卷。这是继承了刘知幾的体系的。

朔之《神异》,张茂先之《博物》,郭子潢(一作横)之《洞冥》,颜黄门之《稽圣》,侯君素之《精(一作旌)异》,其中神奥,陶君之《真诰》①,周氏之《冥通》;而《异苑》、《搜神》,《山海》之经,《幽冥》之录,襄阳之《耆旧》,楚国之《先贤》,《风俗》所通,《岁时》所记,《吴兴》、《阳羡》、《南越》、《西京》,注引《古今》,辞标淮海,裴松之、盛弘之、陆道瞻等诸家之说,蔓延无穷。国朝燕公《梁四公传》、唐临《冥报记》、王度《古镜记》、孔慎言《神怪志》、赵自勤《定命录》,至如李庚成、张孝举之徒,互相传说。

顾况一口气举出了几十种书名,显然他是把这些书都看作《广异记》的先驱的,尽管他并没有称之为小说。而这些书在《隋书·经籍志》里是分属于杂传、地理以及杂家类的②。后来段成式《酉阳杂俎序》说:"固役而不耻者,抑志怪小说之书也。"就明确地把志怪称作小说了。史学家把小说看作史书的一支,文人则把史部的杂传称作小说,实际上和史学家是殊途而同归。晚唐人高彦休在《阙史序》中说:"故自武德、贞观而后,吮笔为小说、小录、稗史、野史、杂录、杂纪者多矣。"他把野史、杂纪等都看作小说的别体,实际上也是把小说从子部划归到史部书里了。

从小说史上看,小说与杂传合流,或者说把杂传归并入小说,就更多地发扬了传记文学的传统。唐人用传记体写小说,或者用小说手法写传记,就把小说的艺术性提高了一步。小说吸收了史传的写作方法,才进一步走向文学的领域。唐代诗文作家的集子里开始收入了一些小说性质的作品。如白居易集里

---

① "陶君之"原作"顾君",据《全唐文》卷528改。
② 顾况序中所说的"注引古今",应指崔豹《古今注》,原属杂家。

收了《记异》(《太平广记》卷344引作《王裔老》),还附收了陈鸿的《长恨歌传》,柳宗元写了《李赤传》和《三戒》等寓言故事,韩愈也写了《毛颖传》之类的杂著。这是小说地位上升的结果。

唐代小说的渊源

唐代小说,是六朝小说的继承和发展。首先可以从题材的继承性方面加以说明。如唐临的《冥报记》,就是六朝"释氏辅教之书"的后继。唐代的单篇小说,前人多称之为"传奇",但传奇并不能包括所有的唐代小说。从内容上看,大部分传奇的题材与志怪是相同的。例如沈既济《枕中记》的情节,可以说是从《搜神记》的焦湖庙玉枕故事演变而来。

> 焦湖庙有一玉枕,枕有小坼。时单父县人杨林为贾客,至庙祈求。庙巫谓曰:"君欲好婚否?"林曰:"幸甚。"巫即遣林近枕边,因入坼中。遂见朱楼琼室,有赵太尉在其中,因嫁女与林,生六子,皆为秘书郎。历数十年,并无思归之志。忽如梦觉,犹在枕旁。林怆然久之。(《太平寰宇记》卷126引《搜神记》。《太平广记》卷283引《幽明录》故事与此相同。)

李公佐《南柯太守传》的故事与《枕中记》相似,但梦入蚁穴的情节也早见于六朝志怪。《搜神记》(今本卷十)有一条卢汾的故事:

> 夏阳卢汾,字士济,梦入蚁穴,见堂宇三间,势甚危豁,题其额曰"审雨堂"。

有人认为这条不是干宝《搜神记》的原文,而是后人误辑了《穷

神秘苑》的佚文,不妨存疑待考①。《太平广记》卷474所引《穷神秘苑》的记载比较详细:

> 《妖异记》曰:夏阳卢汾,字士济,幼而好学,昼夜不倦,后魏庄帝永安二年七月二十日将赴洛,友人宴于斋中。夜阑月出之后,忽闻厅前槐树空中有语笑之音,并丝竹之韵,数友人咸闻,讶之。俄见女子衣青黑衣出槐中,谓汾曰:"此地非郎君所诣,奈何相造也?"汾曰:"吾适宴罢友人,闻此音乐之韵,故来请见。"女子笑曰:"郎君真姓卢耳。"乃入穴中。俄有微风动林,汾叹讶之,有如昏昧。及举目,见宫宇豁开,门户迥然,有一女子衣青衣,出户谓汾曰:"娘子命郎君及诸郎相见。"汾以三友俱入,见数十人,各年二十馀,立于大屋之下,其额号曰"审雨堂"。汾与三友历阶而上,与紫衣妇人相见,谓汾曰:"适与同官诸女,歌宴之次,闻诸郎降重,不敢拒,因此请见。"紫衣者乃命汾等就宴,后有衣白者、青黄者,皆年二十馀,自堂东西阁出,约七八人,悉妖艳绝世。相揖之后,欢宴未深,极有美情。忽闻大风至,审雨堂梁倾折,一时奔散。汾与三友俱走,乃醒。既见庭中古槐,风折大枝,连根而堕,因把火照所折之处,一大蚁穴,三四蝼蛄,一二蚯蚓,俱死于穴中。汾谓三友曰:"异哉! 物皆有灵,况吾徒适与同宴,不知何缘而入于是?"及晓,因伐此树,更无他异。

宋人张嵲《读〈太平广记〉》诗说:"梦里空惊岁月长,觉时追忆始

---

① 这一条宋代人所编的《类说》和《绀珠集》都引作《搜神记》。汪绍楹《搜神记注》认为当出《穷神秘苑》。钱锺书《管锥编》则认为《妖异记》"实造端于《搜神记》","而增益诸女子欢宴、大风折槐枝等情节"(第二册第830页)。

堪伤。十年炟赫南柯守,竟日欢娱审雨堂。"《南柯太守传》里并没有"审雨堂"的名称,显然是把《南柯太守传》和《太平广记》转引的《妖异记》故事混而为一了。《妖异记》作者不详,据本文说是后魏永安二年(公元529)的事,作者年代当在其后。如果今本《搜神记》中的"审雨堂"这一条不是误收的话,那么《妖异记》这条就是在《搜神记》与《南柯太守传》之间的过渡作品,否则《妖异记》也还是在《南柯太守传》之前的蓝本。

唐代传奇的故事有很大一部分是由六朝志怪演化而来,不过艺术性的成就却有很大差别。鲁迅说:"传奇者流,源盖出于志怪。"这是从其相同的方面来说的。二者还有其不同的方面,这就需要多方面地探讨其他的渊源。鲁迅在《六朝小说和唐代传奇文有怎样的区别》(《且介亭杂文二集》)中又说:

> 但六朝人也并非不能想象和描写,不过他不用于小说,这类文章,那时也不谓之小说。例如阮籍的《大人先生传》,陶潜的《桃花源记》,其实倒和后来的唐代传奇文相近;就是嵇康的《圣贤高士传赞》(今仅有辑本),葛洪的《神仙传》,也可以看作唐人传奇文的祖师的。李公佐作《南柯太守传》,李肇为之赞,这就是嵇康的《高士传》法;陈鸿《长恨传》置白居易的长歌之前,元稹的《莺莺传》既录《会真诗》,又举李公垂《莺莺歌》之名作结,也令人不能不想到《桃花源记》。

鲁迅在这里注意了韵文和散文相配合的写作方式,更强调了想象和描写的艺术手法,特别举出《桃花源记》作为典型的例证(《桃花源记》在传为陶潜的《搜神后记》里就作为一篇志怪小说而录入)。鲁迅说六朝人"不谓之小说",恐怕是以《隋书·经籍志》为依据的。记叙神仙或鬼怪的作品,《隋志》都列在史部的杂传集，已如前面所述。除了这些志怪之书，杂传类还有许多传记，如鲁迅已经提到的《圣贤高士传赞》和《神仙传》。此外，有以地区分的如《兖州先贤传》、《徐州先贤传》等，有以人物身份分的如《逸士传》、《高隐传》、《孝子传》、《忠臣传》、《良吏传》、《高僧传》等，也有带综合性的如《列士传》、《列女传》等，还有不少名人世族的家传。《隋志》小序曾指出："又汉时，阮仓作《列仙图》，刘向典校经籍，始作《列仙》、《列士》、《列女》之传，皆因其志尚，率尔而作，不在正史。后汉光武，始诏南阳，撰作风俗，故沛、三辅有耆旧节士之序，鲁、庐江有名德先贤之赞，郡国之书，由是而作。魏文帝又作《列异》，以序鬼物奇怪之事；嵇康作《高士传》，以叙圣贤之风。因其事类，相继而作者甚众，名目转广，而又杂以虚诞怪妄之说。推其本源，盖亦史官之末事也。"曹丕的《列异传》，可能是最早记叙鬼物奇怪之事的专著，后来的志怪书，还有不少以传命名的，如《古异传》、《甄异传》、《鬼神列传》等。这些杂传，尽管夹杂了不少"虚诞怪妄之说"，但《隋志》编者承认它是"史官之末事"，刘知幾也把它纳入"能与正史参行"的偏记小说之列。总之，这类杂传都是属于史部的书。

更值得注意的是魏晋以后出现了许多别传和内传、外传之类，是以某个历史人物为主的。《隋书·经籍志》杂传类著录的有《东方朔传》八卷，《管辂传》三卷，《汉武内传》三卷，《南岳夫人内传》一卷，等等。《汉武内传》现有传本，《四库全书》列入小说家异闻之属，孙诒让和余嘉锡认为是晋人葛洪所作。《世说新语注》和《艺文类聚》等书引有《东方朔别传》、《管辂别传》，不知与《隋志》著录的《东方朔传》、《管辂传》是否一部书。这两个人物历来被看作神仙似的人物，他们的故事历来也被小说所采用。《南岳夫人内传》见于《太平御览》卷678，《太平广记》

卷58引《魏夫人》条文字略有不同。此外,还有一篇《赵飞燕外传》,相传为汉人伶玄所作,始见于晁公武《郡斋读书志》著录。司马光《资治通鉴》曾引其中的话。从陈振孙以来都怀疑它是伪书,时代不明。但唐以前确有这一类小说化的传记。如晋张敏的《神女传》(或《成公智琼传》),见于虞世南编的《北堂书钞》等书。这些传记已经具备了唐代传奇文的特色,可以说是传奇文的前期作品(详后)。

唐代传奇文本来是以传记的形式出现的。不少作品以"传"命名,如《任氏传》、《李娃传》(或名《汧国夫人传》)、《霍小玉传》、《莺莺传》等;而作者沈既济、陈鸿等又都有历史著作,还是以史学家的身份载于史籍的(《新唐书·艺文志》史部著录有沈既济的《建中实录》和《选举志》,陈鸿则著有《大统纪》三十卷)。唐代传奇中有不少性格鲜明、神情活现的人物形象,也有不少出人意料之外、又在情理之中的故事情节,与六朝志怪显然不同。就因为它继承并发展了史传文学的表现手法。清人汪琬在《跋王于一遗集》中说:

> 小说家与史家异。古文辞之有传也,记事也,此即史家之体也。前代之文,有近于小说者,盖自柳子厚(宗元)始,如《河间》《李赤》二传、《谪龙说》之属皆然。然子厚文气高洁,故犹未觉其流宕也。至于今日,则遂以小说为古文辞矣。(《钝翁类稿》卷48)

前人大多不肯承认古文与小说有关系,惟恐说是小说笔法,就把古文贬低了。汪琬承认柳宗元的文章"近于小说",这是比较符合实际的见解。他又说柳文"文气高洁",所以还不是小说,那就不够准确。"文气高洁",如果指文风比较质朴简洁,那就可能是不成功的小说,但不一定不是小说。柳宗元的《李赤传》比

《独异志》的《李赤》条(《广记》卷341)写得更为曲折详尽,不像《独异志》那么简洁。《独异志》可以算小说,《李赤传》为什么不能算小说呢？如《龙城录》也可以说是"文气高洁",可能真是柳宗元的作品(详后),虽然不是优秀的小说,但不能不说它是小说。

小说家的确与史家有相似的写作手法。先秦的《左传》、《国语》都有记事而描绘细节、记言而摹拟声情的本领。近代林纾评论《左传》的《声伯之母》一篇(成公十一年)时曾说：

> 文字头绪之复杂,事体之猥琐,情理之妄缪,至此篇极矣。……论头绪未有更复杂于此者,论事体未有更猥琐于此者,论情理未有更妄谬于此者。一支支节节叙之,便近小说。所以不同小说者,文简而语重也。①

其实他所举的这一篇之所以"便近小说"者,因为它叙事琐碎,至于"文简而语重"则很难判断了。但《左传》里确有不少随笔妆点而文不简的篇章,如林纾也曾选评的《晋灵公不君》,就虚拟了鉏麑触槐之前的独白。我们也并不认为它就是小说,主要因为《左传》一书基本上还是纪实的。这种笔法是史家开创的,所以我们不必称之为小说笔法。如《左传》成公十六年晋楚之战中借乙口叙甲事,钱锺书先生认为即"纯乎小说笔法"。② 先秦两汉的史传早已运用了这种笔法,小说倒在其后,唐人则创造性地采用这种笔法来写小说或小说化了的传记。与其说是古文家运用了小说笔法,不如说古文家和小说家都运用了史家的笔法。不过史家的优秀传统后来却专被小说家继承并发扬了。

---

① 《左孟庄骚精华录》卷二,商务印书馆1913年1版。
② 《管锥编》第1册,中华书局1979年1版,210页。

唐代的传奇文,当时人并没有称之为"传奇"。李肇《国史补》把沈既济《枕中记》和韩愈《毛颖传》并称为"良史"。宋人编的《新唐书·艺文志》小说类里除《补江总白猿传》和戴少平《还魂记》外①,还收了一篇《开元升平源》史传体的小说;而杂传记类里也著录了《冥报记》、《四公记》等。《太平广记》第484至492卷是杂传记,其中收了《李娃传》、《东城老父传》等十四篇,另外如鬼类里收了《庐江冯媪》,龙类里收了《柳毅》,狐类里收了《任氏》,昆虫类里收了《淳于棼》(即《南柯太守传》)等,后人都称之为传奇,我们现在也就沿用这个名称,实际上还很难和传记文学划分明白的界限。

北宋人毕仲询《幕府燕闲录》说:"范文正公作《岳阳楼记》,为世所贵。尹师鲁读之,曰:'此传奇体也。'"(原本《说郛》卷14)毕仲询并没有对"传奇体"作具体解释。与他同时或稍晚一些的陈师道,在《后山诗话》里说得比较详细:

  范文正公为《岳阳楼记》,用对语说时景,世以为奇。尹师鲁读之,曰:"传奇体尔。"《传奇》,唐裴铏所著小说也。

尹师鲁即尹洙,是一位北宋的古文家。他是以古文家的眼光来看待唐人小说的,所以把范仲淹的《岳阳楼记》称为"传奇体",是一种十分轻蔑的贬辞。在北宋陈师道的时代,还是把"传奇"作为裴铏小说的专称。虽然"传奇"的名称可能元稹就已用过(详后),但是"用对语说时景",正是裴铏《传奇》的特色。因此尹洙所谓的"传奇体",是指裴铏小说的文体,并不是泛指唐人的传奇文。宋代的诸宫调,以传奇、灵怪作为题材,入曲说唱;小

---

① 《旧唐书》卷13《德宗纪》,贞元十七年冬十月甲戌"翰林待诏戴少平死十六日复生"。《还魂记》当为自叙再生故事的传记。

说话本,也分为烟粉、灵怪、传奇等几派(见耐得翁《都城纪胜》)。从《醉翁谈录》所举出的小说篇目看,"传奇"似乎是专指爱情故事,有了特定的意义。尤袤《遂初堂书目》里把《梁四公记》、《赵飞燕外传》、《杨太真外传》、《梅妃传》等列为杂传类,小说类里只有《秀师言记》一篇可以说是单篇传奇文(《太平广记》卷160引作《异闻集》)。看来宋代人并没有把唐人小说通称为传奇。元人虞集《写韵轩记》说:"盖唐之才人,于经艺道学有见者少,徒知好为文辞,闲暇无所用心,辄想象幽怪遇合、才情恍惚之事,作为诗章答问之意,傅会以为说,盍簪之次,各出行卷,以相娱玩,非必真有是事,谓之传奇。元稹、白居易犹或为之,而况他乎!"(《道园学古录》卷38)这才是对唐人传奇作了比较概括的评论,把传奇作为小说的一种通称了。夏庭芝《青楼集志》说:"唐时有传奇,皆文人所编,犹野史也,但资谐笑耳。"把传奇视为野史,还比较近是。稍晚的陶宗仪《辍耕录》卷27《杂剧曲名》却说:"稗官废而传奇作,传奇作而戏曲继。"他把传奇和戏曲联系起来,反映了当时用传奇来概称戏曲的实际,对小说的体制和源流恐怕是不太清楚的。明人胡应麟《少室山房笔丛》卷29分小说为六类,"一曰传奇:《飞燕》、《太真》、《崔莺》、《霍玉》之类是也。"他明确地把这一类小说称为传奇,这是明代人的说法。

由此可见,唐代小说主要是从史部的传记演进而来,无论志怪还是传奇,最初都归在杂传类。"奇"和"怪"意思差不多,不过"奇"的概念较广一些,不但神仙鬼怪可以称奇,人间的艳遇轶闻也可以称之为奇,后世就有把传奇专指爱情故事的倾向。裴铏的《传奇》却是以神怪和爱情相结合为主要特色的。如果以《传奇》作为唐人传奇的代表作,那么传奇和志怪的差别,除了篇幅长短不同,很重要的一点恐怕就在于是否含有爱情成分。

但即使裴铏的《传奇》,也有不少与爱情无关的篇章,也有篇幅较短而与志怪相似的条目(如《蒋武》、《王居贞》)。许多唐人小说集中长短篇都有,怪与人的题材兼备,就很难区分它是志怪集还是传奇集了。这个传统,直到"用传奇法,而以志怪"的《聊斋志异》也还是如此,就不必勉强把它定为志怪集还是传奇集。

唐代小说主要从史部的杂传演化而来,但是也还有其他的渊源。中国小说起源于"街谈巷语,道听途说",唐代小说也在一定程度上保持了这个传统。有些作品取材于民间传说,或市人小说,常被人引为例证的是《李娃传》。元稹的《酬翰林白学士代书一百韵》"光阴听话移"句下原注:"尝于新昌宅说一枝花话,自寅至巳,犹未毕词也。""一枝花话"即李娃故事。有人据此认为《李娃传》就是根据民间的"一枝花话"写成,又从而推论唐代传奇多取材于民间说话。这一点还有待进一步商讨。

第一,《元氏长庆集》只说"尝于新昌宅说一枝花话",并没有说是说话人说的。从文意看,像是白学士居易自己在说。《李娃传》末尾说:"予伯祖尝牧晋州,转户部,为水陆运使,三任皆与生为代,故谙详其事。"如果属实的话,那么当时只有白家的人才熟悉这个故事。第二,《李娃传》据原文说是"贞元中,予与陇西公佐话妇人操烈之品格,因遂述汧国之事"。而元稹的《酬翰林白学士》诗作于元和五年,诗中追忆的"新昌宅说一枝花话"则在元和三年(808)白居易移居新昌里之后,也就是说白行简写作《李娃传》大概在"说一枝花话"之前①。第三,说话的"话"在唐代并不限于专业说话人所说。《李娃传》里所说"予

---

① 《李娃传》的写作年代,有不同说法。戴望舒认为作于贞元乙酉(805)(见《读李娃传》),卞孝萱认为作于元和十四年己亥(819)(见《校订李娃传的标题和写作年代》)。详后。

与陇西公佐话妇人操烈之品格",就是说一枝花话。说话这种艺术,古代早有萌芽。至晚在汉魏时就有明确的记载,如《三国志·王粲传》裴松之注引《吴质别传》:

> 时上将军曹真性肥,中领军朱铄性瘦,质召优,使说肥瘦。

这就是一种说话的技艺。裴注又引《魏略》说:

> (曹植)……科头拍袒,胡舞五椎锻,跳丸击剑,诵俳优小说数千言。

这又是文人摹拟俳优以说话为戏乐。而诵小说至数千言,可见这些故事已不是简短的"小话"。隋代侯白更是"好为俳谐杂说",《启颜录》就是他说故事的"话本"。这种说话摹拟俳优的活动,多为"民间细事",可以作为俳优说话和市人小说的旁证。唐代说唱文学大为昌盛,不仅有变文、词文、俗讲文等,而且也确实有了话本。有关作品将在后面详述,这里先看一下唐人小说中提到的故事来源和写作缘起。如:

> 建中二年(781),既济自左拾遗于金吴。……浮颍涉淮,方舟沿流,昼宴夜话,各征其异说。众君子闻任氏之事,共深叹骇,因请既济传之,以志异云。(沈既济《任氏传》)

> 贞元岁九月,执事李公垂宿予于靖安里第,语及于是,公垂卓然称异,遂为《莺莺歌》以传之。(元稹《莺莺传》)

> 元和元年(806)冬十二月,太原白乐天自校书郎尉于周至,鸿与琅琊王质夫家于是邑,暇日相携游仙游寺,话及此事,相与感叹。……歌既成,使鸿传焉。(陈鸿《长恨歌

传》)

贞元丁丑岁(797),陇西李公佐泛潇湘苍梧,偶遇征南从事弘农杨衡,泊舟古岸,淹留佛寺,征异话奇。杨告公佐云……至元和八年(813)冬……公佐复说前事,如前所云。(李公佐《古岳渎经》)

元和六年(811)夏五月,江淮从事李公佐使至京,回次汉南,与渤海高钺、天水赵赞、河南宇文鼎会于传舍。宵话征异,各尽见闻。钺具道其事,公佐为之传。(李公佐《庐江冯媪传》)

贞元进士李公者,知盐铁院,闻从事韩准太和初与甥侄语怪,命余纂而录之。(牛僧孺《玄怪录·张老》,据中华书局排印本)

太和庚戌岁(830),陇西李复言游巴南,与进士沈田会于蓬州,田因话奇事,持以示,一览而复之。录怪之日,遂纂于此焉。(《太平广记》卷128引李复言《续幽怪录·尼妙寂》)

从上面这些例证,足以说明不少唐代小说是文人们"征异话奇"的产物。他们在"宵话奇言"之后,就录而传之,所以后人称之为"传奇",是有所依据的。这种"征异话奇"的活动,不是正式的"说话",但与说话有相通之处,也许就是所谓"俳优小说"的遗响。因此唐代传奇与话本有某些共同之点,如要求故事是能讲的,也就要求它首尾完整,情节曲折,语言明快生动,人物性格鲜明,对话简洁,不说到一大篇,不是静止地去描写心理活动,这就形成了中国小说的一个民族传统。唐代传奇取材于"征异话奇",也推动了小说艺术的发展。如元稹诗注说"说一枝花话,自寅至巳,犹未毕词",一个故事能说到八小时之久,可见其细节描写非常细腻,情节非常丰富。唐代小说"叙述宛转,文辞华艳,与六朝之粗陈梗概者较,演进之迹甚明"(鲁迅语),其原因之一就是它吸收了以说话为主的通俗文学的艺术方法。

唐代小说的分体和分期

唐代小说有所继承,也有所创新。它的体裁多样,题材宽广,既有志怪类的作品,也有志人类的作品,既有琐言性的作品,也有杂事性的作品。刘知幾《史通·杂述》篇曾把偏记小说分为十类,除了琐言、杂记与后世所谓的小说相同之外,还有逸事类里的《西京杂记》、《洞冥记》、《拾遗记》和别传类里的《列女传》、《逸民传》等,后人也视之为小说。宋人郑樵《通志·校雠略·编次之讹论》说:"古今编书所不能分者五:一曰传记,二曰杂家,三曰小说,四曰杂史,五曰故事。凡此五种,足相紊乱。又如文史与诗话亦能相滥。"这话是有根据的,《宋史·艺文志》的小说类里收了许多杂书,但还是不收单篇传奇文(应该说只收了《虬须客传》、《补江总白猿传》两篇)。明人胡应麟则把小说分为六类:

> 小说家一类,又自分数种。一曰志怪,《搜神》、《述异》、《宣室》、《酉阳》之类是也;一曰传奇,《飞燕》、《太真》、《崔莺》、《霍玉》之类是也;一曰杂录,《世说》、《语林》、《琐言》、《因话》之类是也;一曰丛谈,《容斋》、《梦溪》、《东谷》、《道山》之类是也;一曰辨订,《鼠璞》、《鸡肋》、《资暇》、《辨疑》之类是也;一曰箴规,《家训》、《世

范》、《劝善》、《省心》之类是也。谈丛、杂录二类最易相紊,又往往兼有四家;而四家类多独行,不可挽入二类者。至于志怪、传奇,尤易出入。或一书之中,二事并载;一事之内,两端具存。姑举其重而已。(《少室山房笔丛》卷29《九流绪论》下)

其中前三类,一般的目录学者也列为小说,后三类则往往与杂家等类相出入。胡应麟把《家训》、《世范》等也列入小说,还是沿袭了《汉书·艺文志》和桓谭《新论》的观点;但是他把志怪、传奇放在前列,已经与现代的小说观念比较接近了[①]。他还指出,"志怪、传奇,尤易出入",很难截然划分,分类只能"姑举其重"。这是实事求是的说法。

《四库全书》分小说为三个属类:杂事、异闻、琐语。杂事相当于胡应麟的杂录,异闻和琐语大致相当于志怪,而传奇却不加收录,其馀几类则多数归入了杂家。我们今天以近代的小说观来衡量,注重于文学性较强的作品,自然应该以志怪、传奇为主,但对于小说化的杂史、杂传之类,也不能不尊重中国小说史的传统,给予适当的地位。因为有些杂史笔记与志人小说十分相近,可以说是中国古代小说的一体。有些小说集很难区分志怪还是传奇,也许可以说是兼备二体。至于像《酉阳杂俎》这样的作品,更是兼备了小说的各体,只能称之为"杂俎"。如上所说,唐代小说与史传关系密切,很难截然区分,而且野史杂传里的确有不少艺术虚构的成分。因此,除了志怪、传奇和通俗小说,我们也不能不尊重历史实际和传统的目录学体系,适当地讲一部分志人小说及小说化的传记、杂史,兼顾到史传中文学性较强的作品。当然也不能连类而及,简单地把杂传、杂史类的书一概归入

[①] 参考浦江清《论小说》,见《浦江清文录》,人民文学出版社1958年第一版。

小说。这样做也许能反映中国小说发展在唐代阶段的历史实际。

唐代小说,代表中国小说史上的一个高峰。清人章学诚在《文史通义》卷5《诗话》条中说:

> 小说出于稗官,委巷传闻琐屑,虽古人亦所不废,然俚野多不足凭。大约事杂鬼神,报兼恩怨,《洞冥》、《拾遗》之篇,《搜神》、《灵异》之部,六代以降,家自为书。唐人乃有单篇,别为传奇一类(专书一事始末,不复比类为书),大抵情钟男女,不外离合悲欢,红拂辞杨,绣襦报郑,韩李缘通落叶,崔张情导琴心,以及明珠生还,小玉死报。凡如此类,或附会疑似,或竟托子虚,虽情态万殊,而大致略似。其始不过淫思古意,辞客寄怀,犹诗家之乐府古艳诸篇也。宋元以降,则广为演义,谱为词曲,遂使瞽史弦诵,优伶登场,无分雅俗男女,莫不声色耳目。盖自稗官见于《汉志》,历三变而尽失古人之源流矣。

他指斥小说"历三变而尽失古人之源流",不免是出于一种保守复古的观点,但也不得不承认小说演变的历史事实。他揭示出了中国小说发展的"三变",而唐代则是承前启后的一大变。唐代传奇是处在从汉魏杂事小说到宋元以后通俗小说的中间阶段,是从古体小说发展到近体小说的桥梁,是中国小说演进的第二阶段。

小说和诗一样,"至唐代而一变",不过发展的过程不同。诗以盛唐为高峰,小说则以中唐为高峰。如鲁迅所说:"然作者蔚起,则在开元天宝以后。"(《中国小说史略》)又说:"惟自大历以至大中中,作者云蒸,郁术文苑……"(《唐宋传奇集序例》)唐代小说的发展,大致以大历时期为分界点。沈既济的《任氏传》是一篇划时代的作品,标志了唐代小说的成熟,也是一篇有确切纪年的作品,写于建中二年(781)。《枕中记》和陈玄祐的《离魂记》与之大约同时或略早。因此不妨把大历末、建中初作为一个分界点,从建中初年到大和初年,是大家公认的唐代小说的全盛时期,也是中国小说发展史第二个阶段中的高峰。唐代小说的发展大体上也可以分为三个时期,在这个高峰之前为前期,之后为后期,各有不同的特点。但是这只是一个大致的轮廓,不能一刀切。如小说专集的成熟较早,而衰落则稍迟,与单篇传奇并不完全一致。其间有错综和反复的情况,很难截然划分界限。为了叙述的方便,本书先按体裁分章,然后在各章内大体依年代先后论述。五代十国小说作为唐代小说的馀波,另立一章附于书末。

第二章 唐代传奇的兴起

传 奇 的 先 声

唐代传奇,从题材上说源出于志怪,而从体裁上说则源出于传记,已如序论所述。而最早的作品,当追溯到魏晋南北朝。胡应麟《少室山房笔丛》卷29《九流绪论》下曾说:"《飞燕》,传奇之首也。"他所说的《飞燕》,即相传为汉伶玄所作的《赵飞燕外传》。这篇传记未见著录于隋唐史志。晁公武《郡斋读书志》传记类著录,说:"汉伶玄子于撰。茂陵卞理藏之于金縢漆柜。王莽之乱,刘恭得之,传于世。晋荀勖校上。"没有提出疑问。陈振孙《直斋书录解题》卷7(题为《飞燕外传》)则说:"称汉河东都尉伶玄子于撰。自言与扬雄同时,而史无所见,或云伪书也。然通德拥髻等事,文士多用之;而'祸水灭火'一语,司马公载之《通鉴》矣。"所谓"祸水灭火"的话,就出于《赵飞燕外传》:

> 宣帝时披香博士淖方成,白发教授宫中,号淖夫人,在帝后唾曰:"此祸水也,灭火必矣!"

司马光在《资治通鉴》卷31里就引用了这段话(不见于《汉书》等正史),因此引起了后人的非议。大约在晁公武之后,洪迈就曾提出:

> 《飞燕别传》(按:即指《外传》)以为伶玄所作,又有玄自叙及桓谭跋语。予窃有疑焉。不唯其书太媟,全云扬雄

独知之,雄贪名矫激,谢不与交;为河东都尉,捽辱决曹班躅,躅从兄子彪续司马《史记》,绌子于无所叙录。皆恐不然。而自云:"成哀之世,为淮南相。"案是时淮南国绝久矣,可昭其妄也。(《容斋五笔》卷7《盛衰不可常》)

胡应麟又说:

> 《赵飞燕外传》,称河东都尉伶玄撰。宋人或谓为伪书,以史无所见也。然文体颇浑朴,不类六朝。祸水灭火事,司马公载之《通鉴》,诚怪。如以诗文士引用为疑,则非悬解语也。玄本传自言见诎史氏,当是后人所加。(《少室山房笔丛》卷32《四部正讹》下)

胡应麟的话有些含糊,似乎认为原文不伪,但有后人所加的东西。《四库全书总目提要》卷143小说家类存目作了比较详细的考证,说:

> 其文纤靡,不类西汉人语。序末又称玄为河东都尉时,辱班彪之从父躅,故彪续史记不见收录。其文不相属,亦不类玄所自言。后又载桓谭语一则,言更始二年刘恭得其书于茂陵卞理,建武二年贾子翊以示谭。所称埋藏之金縢漆匮者,似不应如此之珍贵。又载荀勖校书奏一篇。《中经簿》所录,今不可考,然所校他书,无载勖奏者,何独此书有之?又首尾仅六十字,亦无此体。大抵皆出于依托。且闺帏媟亵之状,嬺虽亲狎,无目击理。即万一窃得之,亦无娓娓为通德缕陈理。其伪妄殆不疑也。晁公武颇信之。陈振孙虽有或云伪书之说,而又云通德拥髻等事,文士多用;而"祸水灭火"之语,司马公载之《通鉴》。夫文士引用,不为典据;采淖方成语以入史,自是《通鉴》之失。乃援以证实是书,纰缪殊甚。且祸水灭火,其语亦有可疑。……安得以

《通鉴》误引,遂指为真古书哉!

《提要》在此后还附加按语说:"案此书记飞燕姊妹始末,实传记之类。然纯为小说家言,不可入之于史部,与《汉武内传》诸书同一例也。"总之,这是小说,大概是没有疑问的了。作者不是汉代人,那么是什么时代的人呢?鲁迅《中国小说史略》曾说"恐是唐宋人所为",也没有断定。如果是宋人所为,司马光总不会信而不疑①。再说,唐人李商隐的《可叹》诗曾说:"梁家宅里秦宫入,赵后楼中赤凤来。""赤凤来"就是用《赵飞燕外传》的典故②,指赵飞燕私通的宫奴燕赤凤,可见唐人已经熟悉这个故事,它的撰写至晚也该在唐代了。但传中说到"真腊国献万年蛤、不夜珠",真腊即柬埔寨,其名隋唐以来始见于史③,所以它的上限也不过隋。宋人秦醇的《赵飞燕别传》(《青琐高议》前集卷7),又是根据《外传》改写的,文辞就大为华丽了。

《赵飞燕外传》写飞燕、合德姊妹两人争风夺宠,淫乱宫帏,最后导致汉成帝的暴死,简直和《金瓶梅》里的某些情节相似,只是文字比较含蓄,还不那么露骨。它在细节描写上确有可取之处,故事情节之曲折详尽,在志怪小说里是找不到的。传文之后还附一段《伶玄自叙》,写得很真切动人,因此文士常引用其中的词语。这段文章也值得一读。

> 伶玄,字子于,潞水人,学无不通,知音,善属文,简率尚真朴,无所矜式。扬雄独知之。然雄命名矫激,子于谢不与

---

① 宋初乐史(930—1007)《杨太真外传》说到唐玄宗看《汉成帝内传》,可能即指《赵飞燕外传》。在司马光前。
② 《赤凤凰来》歌,见《西京杂记》卷三,但《可叹》诗确是用赵飞燕事。
③ 据陈垣《柬埔寨始通中国问题》,《陈垣学术论文集》第二集,中华书局1982年1版,467页。

交,雄深慊毁之。子于由司空小吏,历三署,刺守州郡,为淮南相,入,有风情。哀帝时,子于老休,买妾樊通德。通德,嫕之弟子不周之子也,有才色,知书,慕司马迁《史记》,颇能言赵飞燕姊弟故事。子于闲居,命言,厌厌不倦。子于语通德曰:"斯人俱灰灭矣,当时疲精力,驰骛嗜欲蛊惑之事,宁知终归荒田野草乎?"通德占袖顾视烛影,以手拥髻,凄然泣下,不胜其悲。子于亦然。通德奏子于曰:"夫淫于色,非慧男子不至也。慧则通,通则流,流而不得其防,则百物变态,为沟为壑,无所不往焉。礼义成败之说不能止其流,惟感之以盛衰奄忽之变,可以防其坏。今婢子所道赵后姊弟事,盛之至也;主君怅然有荒田野草之悲,哀之至也。婢子拊形属影,识夫盛之不可留、衰之不可推,俄然相缘奄忽,虽婕好闻此,不少遣乎? 幸主君著其传,使婢子执研削道所记。"于是撰《赵后别传》。子于为河东都尉,班躅为决曹,得幸太守,多所取受。子于召躅,数其罪而捽辱之。躅从兄子彪,续司马《史记》,绌子于无所收录。

这篇后记虽然夹杂了一些消极的感叹,最后一节又很有疑问,然而娓娓而谈,别有韵味。因此洪迈说:"东坡谓废兴成毁不可得而知。予每读书史,追悼古昔,未尝不掩卷而叹。伶子于叙《赵飞燕传》,极道其姊弟一时之盛,而终之以荒田野草之悲,言盛之不可留、衰之不可推,正此意也。"(《容斋五笔》卷7《盛衰不可常》)如果说《赵飞燕外传》完全没有史料依据,就凭作者的虚构能写得如此动人心弦,更说明它在艺术上是成功的。

《赵飞燕外传》的年代无法确定,很难说它就是"传奇之首"。不过魏晋以后确实有一些小说性的传记。除前面已经提到过的《东方朔别传》、《汉武内传》之外,还有讲女仙故事如张敏的《神女传》(《北堂书钞》卷129引,《太平御览》卷399、728

引作《智琼传》),这篇传记已经散佚,类书所引都是片断,但《太平广记》卷61引《集仙录》的《成公智琼》就承袭自《神女传》,大致可以看出原貌①。

  魏济北郡从事掾弦超,字义起,以嘉平中夕独宿,梦有神女来从之,自称天上玉女,东郡人,姓成公,字智琼。早失父母,上帝哀其孤苦,令得下嫁。超当其梦也,精爽感悟,美其非常人之容,觉而钦想。如此三四夕。一旦显然来,驾辎軿车,从八婢,服罗绮之衣,姿颜容色,状若飞仙。自言年七十,视之如十五六。车上有壶、榼,清白琉璃。饮啖奇异,馔具醴酒,与超共饮食。谓超曰:"我,天上玉女,见遣下嫁,故来从君。盖宿时感运,宜为夫妇。不能有益,亦不能为损。然常可得驾轻车肥马,饮食常可得远味异膳,缯素可得充用不乏。然我神人,不能为君生子,亦无妒忌之性,不害君婚姻之义。"遂为夫妇。赠诗一篇曰:"飘飘浮勃逢,敖曹云石滋。芝英不须润,至德与时期。神仙岂虚降,应运来相之。纳我荣五族,逆我致祸灾。"此其诗之大较。其文二百馀言,不能悉举。又著《易》七卷,有卦有象,以象为属。故其文言,既有义理,又可以占吉凶,犹扬子之《太玄》,薛氏之《中经》也。超皆能通其旨意,用之占候。经七八年,父母为超娶妇之后,分日而燕,分夕而寝,夜来晨去,倏忽若飞。唯超见之,他人不见也。……后超尝使至京师,空手入市。智琼给其五匹弱绯,五端绅纡,采色光泽,非邺市所有。同房吏问意状,超性疏辞拙,遂具言之。吏以白监国,委曲问之,亦恐天下有此妖幻,不咎责也。后夕归,玉女已求去,

---

① 《五朝小说》本《天上玉女记》与《搜神记》卷1弦超故事相同,似亦据《神女传》或《智琼传》。

曰:"我神仙人也,虽与君交,不愿人知,而君性疏漏。我今本末已露,不复与君通接。积年交结,恩义不轻,一旦分别,岂不怅恨!势不得不尔,各自努力矣。"呼侍御下酒啖。发簏,取织成裙衫两裆遗超,又赠诗一首。把臂告辞,涕零溜漓,肃然升车,去若飞流。超忧感积日,殆至委顿。去后积五年,超奉郡使至洛,到济北鱼山下,陌上西行,遥望曲道头有一马车,似智琼,驱驰前至,视之果是。遂披帷相见,悲喜交至。授绥同乘至洛,克复旧好。至太康中犹在,但不日月往来。三月三日,五月五日,七月七日,九月九日,月旦十五,每来,来辄经宿而去。……

洪迈《容斋五笔》卷4《晋代遗文》说:"《集仙传》所载《神女成公智琼传》,见于《太平广记》,盖敏之作也。"《艺文类聚》卷79还收有张敏的《神女赋》①。《太平御览》卷728引《智琼传》另一段,不见于《集仙录》。总之,这个故事《北堂书钞》、《艺文类聚》都引到了,应当流传在隋以前,是毫无疑问的。张敏,晋益州刺史,见《晋书·张载传》。据洪迈《容斋五笔》说:"太原人,仕历平南参军、太子舍人、济北长史。"严可均《全晋文》卷80说:"太原中都人。咸宁(275—279)中为尚书郎,领秘书监。太康(280—289)初,出为益州刺史。"《世说新语·排调》载有他的《头责子羽文》,是一篇游戏文章。

还有一篇曹毗的《杜兰香别传》,散见于《艺文类聚》、《太平御览》、《太平广记》等书。先看《类聚》卷79引的一段:

杜兰香,自称南阳人,以建兴四年(316)春,数诣张传。传年十七。望见其车在门外,婢通言:"阿母所生,遣授配

---

① 《集仙录》和《搜神记》卷1又说《神女赋》为张茂先(华)所作,存疑。

君,君可不敬从。"传先改名硕。硕呼女前视,可十六七,说事邈然久远。有[婢](妇)子二人,大者萱支,小者松支。钿车青牛,上饮食皆备。作诗曰:"阿母处灵岳,时游云霄际。众女侍羽仪,不出墉宫外。飘轮送我来,岂复耻尘秽。从我与福俱,嫌我与祸会。"至其年八月旦来,复作诗曰:"逍遥云雾间,呼嗟发九嶷。流汝不稽路,弱水何不之。"出薯蓣子三枚,大如鸡子,云:"食此令君不畏风波,辟寒温。"硕食二枚,欲留一。不肯,令硕尽食。言:"本为君作妻,情无旷远。以年命未合,其小乖。太岁东方卯,当还求君。"

此外,《类聚》卷81、82,《御览》卷500,《广记》卷272还引有几条佚文,可见《杜兰香别传》原文是很长的。曹毗,《晋书》卷92有传,字辅佐,谯国(今安徽亳县)人,大约活动于东晋初年。本传曾说到:"时桂阳张硕为神女杜兰香所降,毗因以二篇诗嘲之,并续兰香歌诗十篇,甚有文采。"可见原来曹毗还有不少咏这事的诗。所谓杜兰香的赠诗,可能就是曹毗的拟作。

类似的作品还有《文选》卷19《洛神赋》李善注引的一篇记,讲甄后与曹植恋爱的故事,完全出于虚构,可是造成了很大的影响,不仅明人汪道昆编为杂剧《陈思王悲生洛水》,清人黄燮清又编为杂剧《凌波影》,梅兰芳改编为京剧《洛神》,而且新编的电视剧《洛神》也采取了这个故事。记文如下:

> 魏东阿王汉末求甄逸女,既不遂,太祖回与五官中郎将。植殊不平,昼思夜想,废寝与食。黄初中入朝,帝示植甄后玉缕金带枕。植见之,不觉泣。时已为郭后谗死,帝意亦寻悟,因令太子留宴饮,仍以枕赉植。植还,度辗辕,少许时,将息洛水上,思甄后。忽见女来,自云:"我本托心君王,其心不遂。此枕是我在家时从嫁前与五官中郎将,今与

君王。遂用荐枕席,欢情交集,岂常辞能具。为郭后以糠塞口。今被发,羞将此形貌重睹君王尔。"言讫,遂不复见所在。遣人献珠于王,王答以玉佩。悲喜不能自胜,遂作《感甄赋》。后明帝见之,改为《洛神赋》。

这一篇文字比较简朴,可能已经过李善的删节,未必就是原文。作者和时代都无从查考,但李善引来作注,至晚也是唐初的作品。

这些神女传一般都是讲仙女主动爱上了凡人,忽来忽往,行动诡异,传文中往往插入主人公的诗歌,形成一种程式。唐代小说里有许多这样的故事,写作方法也大体相同,从中可以看出一脉相承的轨迹。我们说,唐代传奇不是凭空产生的,而是多方面地借鉴、承袭了前代的文化遗产,又加以改造、发展而成的。如《赵飞燕外传》、《神女传》、《杜兰香别传》等,就可以看作传奇文的早期作品,与六朝志怪已经有所不同。

古 镜 记

《古镜记》是隋末唐初的作品。《太平广记》卷230题作《王度》,以故事主人公姓名为题,这是《广记》编者的通例。出处作《异闻集》,已经转引自陈翰的选本了。顾况《戴氏广异记序》(《文苑英华》卷737)在"国朝燕公(张说)《梁四公传》"之后,提到"王度《古镜记》",肯定了《古镜记》作者是王度,应为唐代人,但时代决不会在张说之后。《太平御览》卷912引"程雄家婢"一条,明确注出"隋王度《古镜记》"。元人吴莱有《观隋王度古镜记后题》诗(《渊颖文集》卷2),似乎元代还有《古镜记》的单行本。

王度生平,《隋书》和两《唐书》里都没有记载。前人曾因

《古镜记》里说他曾"奉诏撰国史",与《新唐书·王绩传》所载王凝行事相合,推测他是王绩的哥哥王凝。孙望《王度考》根据许多材料考证出王度确有其人,是王通和王绩的哥哥。主要根据是:(一)《中说》里多处提到一位"芮城府君",是王通之兄,曾为御史,与《古镜记》所说王度"以御史带芮城令"事迹相合;(二)王绩《与江公(陈叔达)重借隋纪书》曾提到"仆亡兄芮城,尝典著局。大业之末,欲撰《隋书》,俄逢丧乱,未及终毕"(清抄本《王无功文集》卷4,亦见《唐文粹》卷82),与《古镜记》所说"兼著作郎,奉诏撰国史"相合。此外,王凝只当过太原令,王福畤《王氏家书杂录》中称他为"太原府君",与王度并非一人。①孙望的考证是非常精确的,在清抄五卷本《王无功文集》里还可以找到确切的佐证②。书前载吕才的《王无功文集序》说:

> (王绩)年十五,游于长安,谒越公杨素,于时宾客满席。素览刺引入,待之甚倨。君曰:"绩闻周公接贤,吐餐握发。明公若欲保崇荣贵,不宜倨见天下之士。"时宋公贺若弼在座——弼早与君长兄侍御史度相善,至是起曰:"王郎是王度御史弟也。止看今日精神,足见贤兄有弟。"

杨素卒于大业二年(606),王绩去谒见时当在二年之前,王度是他长兄,早已任职御史,当时应有二十岁以上。《古镜记》说,大业七年五月,度自御史罢归河东,适遇侯生,才得到这面古镜。可以证明大业二年之前直到大业七年,王度一直在侍御史任上。据《古镜记》的叙述,大业八年四月,王度在台直,其年冬兼著作郎;九年秋出兼芮城令;十年,把古镜借给弟弟王绩;十三年六

---

① 参考孙望《王度考》,载《学术月刊》1957年3—4月号。
② 陈氏晚晴轩抄本《王无功文集》,北京图书馆藏。

月,王绩回到长安还镜给王度。王度的生平大概如此。后来入唐,所以顾况把他称作国朝人。

王度的生平大体上清楚了,那么《古镜记》是不是王度自己的作品呢?从顾况的《广异记序》和《太平御览》的引书出处看,应该就是他的自叙。再看《古镜记》里的表述:"昔杨氏纳环,累代延庆;张公丧剑,其身亦终。今度遭世扰攘,居常郁怏,王室如毁,生涯何地,宝镜复去,哀哉!今具其异迹,列之于后,数千载之下,倘有得者,知其所由耳。"显然这是作者因失镜而发的忧生伤世的慨叹,而不是旁人的记录。可是有人却认为王度只是小说人物,推测作者是王通的孙子王勔①;又考证《王度古镜记》不是隋代作品而是中唐小说②。这就需要再加考虑。

王度实有其人,似乎已经没有疑问了。问题是他既是历史人物,又是小说人物,这种传记性的小说,正是中国古代小说的一大流派。从另一方面说,真人假事或者在真人真事的基础上加以适当的虚构,正是中国古代小说常用的一种写作方法。而且,古代作家一般地并不认为自己在写小说,至少不是按照近世小说的观念去写作的。《古镜记》基本上是一篇自叙传,以古镜的奇迹为中心线索,又插叙了作者自己的一些行事。最后写到古镜预示"宇宙丧乱"的迹象,于大业十三年七月十五日失踪。因而作者发出了"王室如毁,生涯何地"的哀叹。据王绩《与陈叔达重借隋纪书》说,王度"大业之末,欲撰《隋书》,俄逢丧乱,未及终毕",可见他果然遭遇了隋末的丧乱,不久即死。《古镜记》写于大业十三年之后,大概在隋王朝覆灭前夕,或者竟在隋

---

① 段熙仲《〈古镜记〉的作者及其他》,载《文学遗产增刊》第十辑,中华书局1962年7月第1版。
② 段熙仲《〈王度古镜记〉是中唐小说》,载《光明日报》1984年4月17日第3版。

亡之后,把已经实现的事写成预言,更显示古镜的神奇。王度自己是重阴阳的(见《中说·天地篇》),他把古镜的隐现和隋朝的存亡联系在一起,实际上恐怕只是一种寓言,隐喻了对隋王朝的哀悼。《抱朴子》的《登涉》篇曾说镜能照妖,《古镜记》即据之编成故事,它的许多奇迹当然是不可信的,其中可能有一些是当时传闻的故事。如古镜从苏绰家里传出的一段情节,亦见于刘悚《隋唐嘉话》卷上,但细节不同。

> 仆射苏威有镜殊精好,曾日蚀既,镜亦昏黑无所见。威以为左右所汙,不以为意。他日日蚀半缺,其镜亦半昏如之,于是始宝藏之。后柜内有声如磬,寻之乃镜声也。无何而子夔死。后更有声,无何而威败。后不知所在云。

苏威即苏绰的儿子。《古镜记》里说苏绰算卦预知自己死后当失此镜,又说到镜子和日蚀相感应,有可能是王度根据传说改写的。我们今天把它看作小说,就因为不相信这些故事是事实①,而认为它出于作者的艺术虚构。然而正由于作者把这些灵异故事写得具体细致,曲折详尽,具有细节的真实性,而且笔锋带有感情,所以能使读者信以为真。这就足以说明《古镜记》的艺术真实性达到了很高的水平。

《古镜记》是唐代小说的先声,是从志怪发展到传奇的过渡作品。它带有六朝志怪的馀风,但作者匠心独运,有意识地把古镜的好几个神奇故事组织起来,开头先交代古镜的来源,然后说明追叙宝镜奇迹的原因,继而按时间先后历述古镜的神异故事。当说到王度奉诏撰国史,欲为苏绰立传时,又插叙了古镜与苏绰

---

① 除了古镜的神奇故事不可信之外,在史实上也有漏洞。如豹生大业八年(612)七十岁,苏绰卒年为西魏大统十二年(546),当时豹生只有二四岁;大业八年四月一日日蚀,也不见于史籍记载。

的关系。作者以古镜为描写对象,又始终贯串着王度的活动,写物而又写人,显然可以看出作者有意在写文章,与六朝志怪的简单记事大不相同,不仅仅是一个情节增多、篇幅扩大的问题。

梁 四 公 记

《梁四公记》,《新唐书·艺文志》杂传记类著录作卢诜《四公记》一卷,附注说:"一作梁载言。"顾况《戴氏广异记序》则说是"国朝燕公《梁四公传》",燕公即张说。陈振孙《直斋书录解题》卷7杂传类也说:

> 《梁四公记》一卷。唐张说撰。按《馆阁书目》称梁载言纂。《唐志》作卢诜,注云"一作梁载言"。《邯郸书目》云:"载言得之临淄田通。"又云:"别本题张说,或为卢诜。"今按此书卷末所云田通事迹,信然,而首题张说,不可晓也。其所记多诞妄,而四公名姓尤怪异无稽,不足深辨。载言,上元二年进士也。

此外,如《通志·艺文略》作《梁四公子记》,卢诜撰;《宋史·艺文志》作梁载言撰。这篇作品的作者有三个说法,难以判断。但顾况是唐代人,离梁载言、张说的年代较近,只能暂且以他的说法为准。明人胡应麟《四部正讹》(下)又说:

> 《梁四公记》,今载《太平广记》中,撰人或曰沈约,或曰张说,又称梁载言。余考《隋志》无此书,盖唐人伪撰,托之沈约、张说者也。(《少室山房笔丛》卷32)

他说"或曰沈约",不知有何根据①;又说"唐人伪撰",那么就该

---

① 《梁四公记》开头说到梁武帝"命沈隐侯约作复",不像是沈约的话。

在张说之后了。

《梁四公记》,《太平广记》卷81引一段,很长;卷418又引《五色石》《震泽洞》两段:看来还不是原文的全部。赵彦卫《云麓漫钞》卷六引述的一段,就不见于《太平广记》:

> 战国有四公子,谓春申、平原、孟尝、信陵,梁亦〔有〕四公子。大通中,帝谦恭待士,忽有四人来,貌可七十,鹑衣蹑履,入丹阳郡建康里,行乞经年,无人知。帝居同泰寺讲佛经,僧瑳永安僧愷通会妙旨,与之谈论。四人同谒,二僧柱口。帝惊,召入仪贤殿,给汤沐。帝问三教九流及汉朝旧事,了如目前。……合朝无识者,惟昭明太子识之。四人喜揖昭明如旧交,目为四公子。

庞元英《文昌杂录》卷六引《梁四公子》条确有昭明太子考证四人籍贯的记载,可见还有佚文。《直斋书录解题》所说的"卷末所云田通事迹",也没有见到。原文和《古镜记》相似,把好几个故事连缀起来。讲的是四个奇人,名字也很奇怪,于梁天监年间来见梁武帝,显示了惊人的才能智慧。其中一个名㸌杰(原注"上万下傑"),称之为杰公,知识极博,无所不通,对于异域的风俗物产、城邑山川,都能讲得明明白白。例如其中的一段:

> 明年冬,扶南大舶从西天竺国来,卖碧玻黎镜,面广一尺五寸,重四十斤,内外皎洁。置五色物于其上,向明视之,不见其质。问其价,约钱百万贯文。帝令有司算之,倾府库偿之不足。其商人言:"此色界天王有福乐事,天澍大雨,众宝如山,纳之山藏,取之难得。以大兽肉投之藏中,肉烂粘宝,一鸟衔出,而即此宝焉。"举国不识,无敢酬其价者。以示杰公,公曰:"上界之宝信矣。昔波罗尼斯国王有大福,得获二宝镜。镜光所照,大者三十里,小者十里。至玄

孙福尽,天火烧宫。大镜光明,能御灾火,不至焚爇。小镜光微,为火所害,虽光彩昧暗,尚能辟诸毒物,方圆百步,盖此镜也。时王卖得金二千馀斤,遂入商人之手。后王福薄,失其大宝,收夺此镜,却入王宫。此王十世孙失道,国人将谋害之。此镜又出,当是大臣所得。其应入于商贾,其价千金,倾竭府库不足也。"因命杰公与之论镜,由是信伏。更问:"此是瑞宝,王令货卖,即应大秦波罗奈国、失罗国诸大国王大臣所取。汝辈胡客,何由得之?必是盗窃至此耳。"胡客逡巡未对。俄而其国遣使追访至梁,云其镜为盗所窃,果如其言。

借助大鸟衔肉而取宝这一段很像《天方夜谭》里的故事①,带有异域情调,反映了唐代中西交通发达的历史背景。整篇《梁四公记》就是由许多这样的故事串连起来,和《天方夜谭》的结构也相似。这和《古镜记》一样,体现了由短篇志怪扩展为长(中)篇传奇的过程。

其中流传很广的是《广记》卷418所引的《震泽洞》一段,讲震泽(太湖)中洞庭南山有洞穴深百馀尺,有人掉在洞里,走到龙宫,守门的小蛟龙不让他进去。这人出洞后报告了梁武帝。武帝询问杰公,杰公说:

> 此洞穴有四枝,一通洞庭湖西岸,一通蜀道青衣浦北岸,一通罗浮两山间穴谿,一通枯桑岛东岸,盖东海龙王第七女掌龙王珠藏,小龙千数卫护此珠。龙畏蜡,爱美玉及空青而嗜燕。若遣使信,可得宝珠。

梁武帝就招募能到龙宫探珠的人,有合浦郡洛黎县的罗子春兄

---

① 参看钱锺书《管锥编》第2册678页。

弟应募。杰公教他们带上制龙石、龙脑香,用蜡涂在身上,又带五百枚烧燕送给守门的小蛟和龙女。龙女吃了烧燕,非常高兴。使者又送上了美玉做的函、空青做的缶,说明来意,龙女就回赠了三颗大珠、七颗小珠、一石杂珠。梁武帝得到了宝珠,给杰公看,杰公说:

> 三珠,其一是天帝如意珠之下者,其二是骊龙珠之中者。七珠,二是虫珠,五是海蚌珠,人间之上者。杂珠是蚌蛤等珠,不如大珠之贵。

杰公还一一说明这些宝珠的特点和功能,群臣大为叹服。这个故事影响很大,后来的小说都引为典故。如无名氏《灵应传》(《广记》卷492)里的龙女九娘子自叙家世时说到:

> 妾家世会稽之鄞县,卜筑于东海之潭。桑榆坟陇,百有馀代。其后遭世不造,瞰宝贻灾。五百人皆遭庾氏焚炙之祸,篡绍几绝。不忍戴天,潜遁幽岩,沉冤莫雪。至梁天监中,武帝好奇,召人通龙宫,入枯桑岛,以烧燕奇味,结好于洞庭君宝藏主第七女,以求异宝。寻闻家仇庾毗罗自鄞县白水郎弃官解印,欲承命请行,阴怀不道,因使得入龙宫,假以求宝,覆吾宗嗣。赖杰公敏鉴,知渠挟私请行,欲肆无辜之害。虑其反贻伊戚,辱君之命,言于武帝,武帝遂止。乃令合浦郡落黎县欧越罗子春代行。

裴铏《传奇》中的《萧旷》(《广记》卷311),也写到萧旷和龙女的对话:

> 旷又曰:"龙之嗜燕血,有之乎?"女曰:"龙之清虚,食饮沉瀁,若食燕血,岂能行藏?盖嗜者乃蛟蜃辈。无信造作,皆梁朝四公诞妄之词尔。"

张说(665—730),字道济,唐玄宗时官至尚书左丞相、集贤院学士,封燕国公,两《唐书》有传。《旧唐书》卷97本传说他:"为文俊丽,用思精密,朝廷大手笔,皆特承中旨撰述。天下词人,咸讽诵之。"他长于碑文墓志,当时与许国公苏颋齐名,号称燕许大手笔。他也写过小说。《宋史·艺文志》小说家类著录有:张说《五代新说》二卷①;又《鉴龙图记》一卷②。王仁裕的《开元天宝遗事》里也有两条有关张说作品的记载,其一为:

> 长安城中有豪民杨崇义者,家富数世,服玩之属,僭于王公。崇义妻刘氏有国色,与邻舍儿李弇私通,情甚于夫,遂有意欲害崇义。忽一日醉归,寝于室中,刘氏与李弇同谋而害之,埋于枯井中。其时仆妾辈并无所觉,惟有鹦鹉一只在堂前架上。洎杀崇义之后,其妻却令童仆四散寻觅其夫,遂经府陈词,言其夫不归,窃虑为人所害。府县官吏日夜捕贼,涉疑之人及童仆辈,经拷捶者百数人,莫究其弊。后来县官等再诣崇义家检校,其架上鹦鹉忽然声屈。县官遂取于臂上,因问其故。鹦鹉曰:"杀家主者,刘氏、李弇也。"官吏等遂执缚刘氏,及捕李弇下狱,备招情款。府尹具事案奏闻,明皇叹讶久之。其刘氏、李弇依刑处死,封鹦鹉为绿衣使者,付后宫养喂。张说后为《绿衣使者传》,好事者传之。(卷上《鹦鹉告事》)

其二是卷下的《传书燕》,叙女子郭绍兰托双燕寄信给丈夫任宗

---

① 《五代新说》有宛委本《说郛》卷54所收残本,据《郡斋读书志》杂史类,当作张洎古撰。
② 《玉海》卷91引《中兴馆阁书目》说,《鉴龙图记》是"记开元扬州铸镜祥异"的。扬州旧贡江心镜,见《国史补》卷下。《广记》卷231《李守泰》条,《异闻集》作《镜龙记》,疑即此篇。

的故事,"后文士张说传其事,而好事者写之"。

根据《开元天宝遗事》的记载,可以知道张说确曾写过一些小说性的传记,还可以了解到故事的梗概。因此张说有可能还写过别的小说,当然也可能有人把不是他写的小说也归到他的名下。有一篇著名的作品《虬髯客传》,据宋人编的《豪异秘纂》及明刻本《虞初志》等书,都题作张说撰。但《绀珠集》则引作裴铏《传奇》,又有人说是杜光庭撰,存疑待考,详见后面《传奇》一节。

补江总白猿传

《补江总白猿传》是《新唐书·艺文志》小说家类著录的三篇传奇文中最富于艺术想象的一篇。另一篇是陈鸿(?)的《开元升平源》,近于野史杂记;还有一篇是戴少平的《还魂记》,已佚。《补江总白猿传》与其他传奇文不同,受到许多人的重视,屡见于书目史志。晁公武《郡斋读书志》传记类载:"不详何人撰。述梁大同末欧阳纥妻为猿所窃,后生子询(按:《白猿传》里没有明说欧阳询是白猿所生)。《崇文目》以为唐人恶询者为之。"陈振孙《直斋书录解题》小说类也说:"欧阳纥者,询之父也。询貌类猕猿,盖尝与长孙无忌互相嘲谑矣。此传遂因其嘲广之,以实其事。托名江总,必无名子所为也。"江总是欧阳纥的好友,收养了欧阳询,而《白猿传》却托名于他,当然不可信。

长孙无忌与欧阳询互相嘲笑的事,见于刘𫗧《隋唐嘉话》卷中:

> 太宗宴近臣,戏以嘲谑。赵公无忌嘲欧阳率更曰:"耸膊成山字,埋肩不出头。谁家麟阁上,画此一猕猴?"询应声云:"缩头连背暖,俒裆畏肚寒。只由心溷溷,所以面团团。"帝改容曰:"欧阳询,岂不畏皇后闻?"赵公,后之兄也。

后来孟棨《本事诗》也收录了这个故事。欧阳询面貌丑陋,见于两《唐书》本传,说他"虽貌甚寝陋,而聪悟绝伦"。《太平广记》卷493引《谈宾录》也说:"文德皇后丧,百官缞绖,率更令欧阳询状貌丑异,众或指之。中书舍人许敬宗见而大笑,为御史所劾,左授洪州司马。"欧阳询自己也是一个爱嘲弄人的人,据《太平广记》卷254引《启颜录》说:

> 唐宋国公萧瑀不解射,九月九日赐射,瑀箭俱不着垛,一无所获。欧阳询咏之曰:"急风吹缓箭,弱手驭强弓。欲高翻复下,应西还更东。十回俱着地,两手并擎空。借问谁为此,乃应是宋公。"

因此有人借他面貌长得丑陋编出一个故事来攻击他,也是有可能的。这种玩笑实在是一种人身攻击,毫无可取。但是《白猿传》在情节结构上确有一些技巧。猿猴盗取妇女的传说,古已有之,如《博物志》卷3曾记载了一种猴玃:

> 蜀山南高山上,有物如猕猴,长七尺,能人行,健走,名曰猴玃,一名〔马〕化,或曰猴玃。同行道妇女有好者,辄盗之以去,人不得知。行者或每遇其旁,皆以长绳相引,然故不免。此得男子气自死,故取女不取男(此句原作"此得男女气自死故以男也",据范宁校证本)。取去为室家,其年少者终身不得还,十年之后,形皆类之,意亦迷惑,不复思归。有子者辄俱送还其家,产子皆如人,有不食养者,其母辄死,故无不敢养也。乃长与人无异,皆以杨为姓,故今蜀中西界多谓杨率皆猴玃、〔马〕化之子孙,时时相有玃爪也。

小说作者借鉴以往的传说,加上想象和描写,编成了一个很能耸听的故事。其中有不少细节,写得煞有介事,足以迷惑人,就不像是志怪性的传说了。如欧阳纥历尽艰险,翻山越岭去寻找失妻,就具有传奇的色彩。后面叙述白猿的特性,在妖怪身上又带有一些人情味,也可以说是一种创造。

> 又捕采唯止其身,更无党类。旦盥洗,着帽,加白袷,被素罗衣,不知寒暑。遍身白毛,长数寸。所居常读木简,字若符篆,了不可识;已,则置石磴下。晴昼或舞双剑,环身电飞,光圆若月。其饮食无常,喜啖果栗,尤嗜犬,咀而饮其血。日始逾午,即欻然而逝。半昼往返数千里,及晚必归,此其常也。所须无不立得。夜就诸床嬲戏,一夕皆周,未尝寐。言语淹洋,华旨会利。然其状,即猳玃类也。今岁木落之初,忽怆然曰:"吾为山神所诉,将得死罪。亦求护之于众灵,庶几可免。"前月哉生魄,石磴生火,焚其简书。怅然自失曰:"吾已千岁而无子,今有子,死期至矣。"因顾诸女,汍澜者久,且曰:"此山复绝,未尝有人至。上高而望,绝不见樵者,下多虎狼怪兽。今能至者,非天假之,何耶?"①

如果说作者有意编造这个故事来诬蔑欧阳询,他的手法应该说是很巧妙而恶毒的。唐人常用小说来攻击政敌,这篇《白猿传》可能是创始者。《白猿传》的写作年代不详,可能作于欧阳询生前(557—641),更可能作于武后时来俊臣等陷害询子欧阳通时。由于它情节奇特,很为人喜爱,对后世的影响非常深广。如《清平山堂话本》里有一篇《陈巡检梅岭失妻记》,就明显是摹仿《白猿传》而编的;明瞿佑《剪灯新话》卷3《申阳洞记》又是从《白猿传》和《失妻记》演化而来。唐以后的志怪小说写到猿猴和人生子的故事很多,但多数是男人和母猴配合,反映了社会观念的不同。

---

① 《顾氏文房小说》本《白猿传》。《太平广记》卷444题作《欧阳纥》。

第三章 唐代前期的小说集

唐前小说的辑集和影响

六朝的志怪小说,发展到了隋代,有走向末路的危机,主要表现为作者自觉地把鬼神志怪当作宣传因果报应的工具。干宝撰写《搜神记》时也说要用以"明神道之不诬",但他并没有具体的宗教观念,草木鸟兽都可以变为神怪,可以说是一种泛神论。随着佛教的盛行,小乘教的轮回报应观念成为统治思想,佛就成为定于一尊的神了。刘宋以后,"释氏辅教之书"层出不穷,如刘义庆的《宣验记》,谢敷、傅亮、陆杲的《观世音应验记》①,王琰的《冥祥记》,王曼颖的《补续冥祥记》等,"大抵记经像之显效,明应验之实有,以震耸世俗,使生敬信之心"(鲁迅《中国小说史略》)。隋代的颜之推,是个儒家学者,可是也信佛教,他在《颜氏家训·归心篇》中竭力解释儒学和佛教的统一,还举出了一些因果报应故事作为例证。他编写的《冤魂志》(一名《还冤记》),是现存最完整的一部六朝小说中专讲报应的书。不过他并不引用佛经,而是引用经史来说明鬼魂冤报之不可不信。收入书中的故事,从先秦到六朝,历代都有。如公子彭生豕立而啼(出于《左传》庄公八年),吴王夫差兵败馀杭山,公孙圣的冤魂

---

① 谢敷等编的《观世音应验记》,日本有古抄本。近年已引渡回国,有孙昌武点校本,中华书局1994年1版。

三呼三应(出于《吴越春秋》卷5《夫差内传》),都是历史上流传已久的故事。书中还有一些魏晋以来著名的故事,如鹄(一作鹊)奔亭苏娥诉冤,曾见于《列异传》和《搜神记》,元明时还有人据以编为杂剧《鹄奔亭苏娥自诉》(《也是园书目》"自诉"作"自许嫁",兹据《今乐考证》)。《冤魂志》辑录了古书上有关冤报的故事,有意为佛教的因果应验说提供佐证,就把儒家和释家的思想混合起来,制造出一种从精神上统治人民的新武器。颜之推还有一部《集灵记》,现在只存佚文一条。隋代还有侯白的《旌异记》,留存的佚文较多,都是宣扬佛法的,宗教色彩更为浓厚。后人把这类书也看作小说,但文学价值是极低的。

唐代前期,这类"释氏辅教之书"仍然盛行不衰,最有代表性的作品是唐临的《冥报记》(详下)。僧人道世在总章元年(668)编成的《法苑珠林》一百篇(分为一百卷或一百二十卷),专讲佛经故事,还引用了许多中国历代神怪故事为配合,证明鬼神之确实存在,称之为"感应缘"。书中保存了不少志怪小说的佚文,如《搜神记》就有不少佚文出于《法苑珠林》。还有不少隋唐以后的故事,就完全是讲念经拜佛的灵验的①。佛教故事对唐代小说的影响,十分明显。

六朝志怪的辑本不少,值得注意的是《稽神异苑》一书。宋晁公武《郡斋读书志》小说类著录,据说"南齐焦度撰,杂编传记鬼神变化及草木禽兽妖怪谲诡事"。但晁公武认为它并非焦度所撰,而怀疑它即唐人焦潞《穷神秘苑》之讹。实际上二者并非一书。《稽神异苑》现有《类说》卷40节录的佚文十四条,除"李

---

① 隋唐时宣扬佛教的感应传之类的书很多,如敦煌写卷有《金光明经果报记》(斯462)、《金光明经冥报验传记》(斯6035)。参看汤用彤《隋唐佛教史稿》第3章第4节。

夫人遗蘅芜香"一条外,都注明出处。其中如《六朝录》的"康王庙神女"、"东海女姑",《征途记》的"云雨从巫山来"等,都是人神相爱的故事,对唐代小说很有影响①。有的又见于《八朝穷怪录》,文字较为完整。

《八朝穷怪录》只见《太平广记》所引,作者时代不详。书名冠以八朝,大概是隋唐人所编②。其中比较值得注意的是《萧总》(《广记》卷296)对《高唐赋》、《神女赋》里的所写的巫山神女故事又作了大胆的改造和敷演,想象十分新奇,描绘也十分细腻。

> 萧总,字彦先,南齐太祖族兄璝之子。……宋后废帝元徽后,四方多乱,因游明月峡,爱其风景,遂盘桓累岁。常于峡下枕石漱流,时春向晚,忽闻林下有人呼"萧卿"者数声,惊顾,去坐石四十馀步,有一女把花招总。总(匆)异之,又常知此有神女,从之。视其容貌,当可笄年。所衣之服,非世所有;所佩之香,非世所闻。谓总曰:"萧郎遇此,未曾见邀。今幸良辰,有同凤契。"总恍然行十馀里,乃见溪上有宫阙台殿甚严。宫门左右,有侍女二十人,皆十四五,并神仙之质。其寝卧服玩之物,俱非世有。心亦喜幸。一夕绸缪,以至天晓。忽闻山鸟晨叫,岩泉韵清,出户临轩,将窥旧路。见烟云正重,残月在西。神女执总手谓曰:"人间之人,神中之女,此夕欢会,万年一时也。"总曰:"神中之女,岂人间常所望也?"女曰:"妾实此山之神,上帝三百年一

---

① 《稽神异苑》引《三吴记》之《并枕树》一条,与《广记》卷389《潘章》(无出处)故事略同。《石点头》卷14《潘文子契合鸳鸯冢》即据之敷演。
② 前人把汉、魏、晋、宋、齐、梁、陈、隋称为八代。八朝也可能指宋、齐、梁、陈和北魏、北齐、北周、隋。

易,不似人间之官,来岁方终。一易之后,遂生他处。今与郎契合,亦有因由,不可陈也。"言讫乃别。神女手执一玉指环,谓曰:"此妾常服玩,未曾离手。今永别,宁不相遗?愿郎穿指,慎勿忘心。"总曰:"幸见顾录,感恨徒深,执此怀中,终身是宝。"天渐明,总乃拜辞,掩涕而别。携手出户,已见路分明。总下山数步,回顾宿处,宛是巫山神女之祠也。他日,持玉环至建邺,因话于张景山,景山惊曰:"吾常游巫峡,见神女指上有此玉环。世人相传云,是晋简文帝李后曾梦游巫峡,见神女。神女乞后玉环,觉后乃告帝,帝遣使赐神女。吾亲见在神女指上。今卿得之,是与世人异矣。"总齐太祖建元末方征召未行,帝崩,世祖即位,累为中书舍人。初总为治书御史,江陵舟中遇①,而忽思神女事,悄然不乐,乃赋诗曰:"昔年岩下客,宛似成今古。徒思明月人,愿湿巫山雨。"

《稽神异苑》引《征途记》的"云雨从巫山来"条只剩几句残文,但恰好是《八朝穷怪录》所缺的:

> 萧总遇洛神女②,后逢雨,认得香气,曰:"此云雨从巫山来。"

《八朝穷怪录》和《稽神异苑》有一定的联系。《稽神异苑》引《六朝录》的"东海女姑",就是《八朝穷怪录》的《萧岳》(《广记》卷296);又"康王庙神女"一条,也就是《八朝穷怪录》的《刘子卿》(《广记》卷295)③。《刘子卿》写两个美女同时爱上了刘

---

① 此下当有脱文,据《稽神异苑》似为遇雨而说"云雨从巫山来"等语。
② "洛神女"疑为"巫山神女"之讹,否则这里所引萧总故事又和《八朝穷怪录》不同。
③ 又见《绿窗新话》卷上《刘卿遇康皇庙女》。

子卿,常互相交替,十天一来。后来在庐山康王庙见到泥塑的两个女神,容貌正和这两个美女相似。《刘子卿》和《萧总》等篇,都是情节委婉,文辞华丽,已经有唐代传奇文的格调。《征途记》和《六朝录》像是六朝人的著作,我们虽不知《八朝穷怪录》所收的文字是否又经润饰,但说它是唐代小说的源头之一,恐怕还不至于差得太远。

唐代还有一本焦璐(一作潞)编的《穷神秘苑》,与《稽神异苑》书名相似,内容相近,但实非一书。它也辑录了不少六朝志怪故事,多不注出处。其中值得注意的《卢汾》(《广记》卷474)一条,注明出自《妖异记》,前面序论里曾引以说明梦入蚁穴故事的渊源。其馀各条都价值不大。焦璐还著有《唐朝年代记》一书,《新唐书·艺文志》编年类著录,附注说:"徐州从事,庞勋乱遇害。"庞勋之乱事在咸通九年(868),焦潞死难亦见《旧唐书·懿宗纪》。他是中晚唐时期的人,《穷神秘苑》作为六朝志怪的一个选本,已经不会对唐代小说的发展产生什么影响。只因前人曾认为它可能就是《稽神异苑》,所以在这里附带提一下。

冥 报 记 附冥报拾遗

唐临(602?—661?)《冥报记》大概是唐代小说最早的集子。《旧唐书·经籍志》仍按《隋书·经籍志》的分类法,把它列在传记类。《新唐书·艺文志》则在传记和小说两类里互见。两《唐书》都著录二卷,《日本现在书目》却作十卷,流传在日本的钞本则有三卷。《涵芬楼秘笈》本是据日本高山寺钞本重印的,篇幅较多,共存五十三篇,但有错字。现存各本都不是原本,杨守敬、岑仲勉都曾作过辑补的工作(参看《日本访书志》卷8;《历史语言研究所集刊》第17本《唐临〈冥报记〉之复原》)。最近方诗铭辑校的本子,最为完备可信。

唐临,字本德,官至吏部尚书。两《唐书》有传。他的卒年最晚不超过龙朔元年(661),年六十。《法苑珠林》传记篇杂集部著录《冥报记》,署作"唐朝永徽年内吏部尚书唐临撰"。据书中称"崔尚书敦礼"(《隋崔彦武》条),写作年代当在永徽四年(653)崔敦礼自兵部尚书改为侍中之前(详见岑仲勉文)。

六朝以来,志怪小说中一部分"释氏辅教之书",专门宣扬佛教徒因果报应的说教,竭力宣传佛经、佛像的神奇作用。《冥报记》也是如此,用所谓的"感应"说明它的灵验,借以诱导世俗的善男信女,告诉他们只要念经或写经,坚信佛法,就可以消灾避祸,益寿延年,否则就会得到惩罚。这种惩罚往往是假手于鬼神施行的,而佛却总是以救苦救难、普渡众生的慈悲相出现。

唐临为了渲染故事的真实性,对情节作了较具体的描写,而且在末尾都交代了来源,言之凿凿,说是某人的亲见亲闻,足以凭信。他在《冥报记序》里说:

> 昔晋高士谢敷、宋尚书令傅亮、太子中书舍人张演、齐司徒从事中郎陆杲①,或一时令望,或当代名家,并录《观世音冥验记》,及齐竟陵王萧子良作《冥验记》、王琰作《冥祥记》,皆所以征明善恶,劝戒将来,实使闻者深心感寤。临既慕其风旨,亦思以劝人,辄录所闻,集为此记。仍具陈所受及闻见缘由,言不饰文,事专扬确,庶人见者能留意焉。

唐临在序言中说明了著书的宗旨,并在书中"具陈所受及闻见缘由",差不多每一条故事都有根据。但也不能凭这一点来辨别是否《冥报记》的原文,因为作者也有偶尔失记的可能。《冥

---

① 陆杲原作陆果,据《梁书》卷36《陆杲传》改正。

报记》三卷本之外,《法苑珠林》《太平广记》里还保存一些佚文,方诗铭校本辑补了十四条。书中故事长短不一,最长的如《唐睦仁蒨》一条,叙睦仁蒨不信鬼神,后来遇见了一个鬼,把鬼国的许多情况告诉他,还教他怎样逃过一次死亡。这个故事情节比较曲折,也见于《法苑珠林》和《太平广记》,后来收入《古今说海》,题作《睦仁蒨传》,《唐人百家小说》又假托为陈鸿撰。多数故事比较简短,如下举两例:

> 中书令岑文本,江陵人,少信佛,常念诵《法花经·普门品》。尝乘船于吴江,中流船坏,船人尽死。文本没在水中,闻有人言,但念佛,必不死也。如是三言之。既而随波涌出,已著北岸,遂免。后于江陵设斋,僧徒集其家,有一客僧独后去,谓文本曰:"天下方乱,君幸不预其灾,终逢太平,致富贵也。"言毕趋出。既而文本自食碗中得舍利二枚。后果如其言。文本自向临说云尔。(卷中《唐岑文本》)

> 隋上柱国蒲山惠公李宽,性好田猎,常养鹰数十。后生一男,口为鹰嘴,遂不举也。公即李密之父,临家与亲,并悉见之。(卷下《隋李宽》)

这些完全是宣传品,而且写得如此简单粗糙,毫无艺术性可言。只是因为它带有故事性,后人就把它收入小说家一类。尽管唐临在书中标榜他是亲见亲闻,有根有据,实际上当然都出于虚构。例如说一贯不信佛教的傅奕死后被打入泥犁地狱,就是造谣诬蔑。

> 唐太史令傅奕,本太原人,隋末徙至扶风。少好博学,善天文历数,聪辩能剧谈。自武德、贞观二十许年常为太史令,性不信佛法,每轻僧尼,至以石像为砖瓦之用。至贞观

十四年秋,暴疾卒。初,奕与同伴傅仁均、薛赜并为太史令。赜先负仁均钱五千,未偿而仁均死。后赜梦见仁均,言语如平常。赜曰:"因先所负钱,当付谁?"仁均曰:"可以付泥犁人。"赜问泥犁人是谁,答曰:"太史令傅奕是也。"既而寤。是夜,少府监冯长命又梦已在一处,多见先亡人。长命问:"经文说罪福之报,未知当定有不?"答曰:"皆悉有之。"又问:"如傅奕者,生平不信,死受何报?"答曰:"罪福之有然。傅奕已被配越州为泥犁人矣。"长命旦入殿,见薛赜,因说所梦,赜又自说泥犁人之事。二人同夜暗相符会,共嗟叹之:罪福之事,不可不信。赜既见征,仍送钱付奕,并为说梦。后数日间而奕忽卒。初亡之日,大有恶征,不可具说。临在殿庭,亲见二官说梦皆同。(见《法苑珠林》十恶篇邪见部——《四部丛刊》本卷96)

傅奕卒于贞观十三年(639),年八十五,两《唐书》本传都有记载。《冥报记》硬说他暴死于贞观十四年秋,显然是凭空捏造。

《冥报记》之后又有郎馀令的《冥报拾遗》,《法苑珠林》传记篇杂集部(《四部丛刊》本卷119)著录,二卷,题"唐朝中山郎馀令字元休龙朔年中撰"。

郎馀令,两《唐书》有传。《唐诗纪事》卷7也记载其事迹:

> 馀令,定州人,博学擢第,授霍王元轨府参军事。从父知年,亦为王友。元轨每曰:"郎家二贤皆入府,不意培塿而松柏为林也。"改著作郎,卒。

郎馀令相信佛教的因果报应,但是却不相信和尚的骗术。《新唐书》卷199本传说:"……有为浮屠者,积薪自焚,长史裴㟧率官属将观焉。馀令曰:'人好生恶死,情也。彼违蒆教义,反其所欲,公当察之,毋轻往。'奭试廉按,果得其奸。"可见他认为释家的教义不应该违背好生恶死的常情,所以修行也就是为了延寿。两《唐书》都没有说到他著作《冥报拾遗》,只提到他撰有《孝德后传》(《新唐书·艺文志》作《孝子后传》三十卷)。郎馀令是个多才多艺的人,他能作画,曾在秘书省画凤,当时称为五绝之一(见《因话录》卷5)。他还编了一本《乐府杂诗》,卢照邻为之作序说:"中山郎馀令雅好著书,时称博物,挥亡篇于古壁,征逸简于道人。撰而集之,命余为序。"(《卢照邻集》卷6)

《冥报拾遗》原书不传,只见《法苑珠林》、《太平广记》引有佚文。杨守敬、岑仲勉、方诗铭都曾作过辑录,实存四十馀条。试举一例如下:

> 唐幽州渔阳县无终戍城内有百馀家,龙朔二年夏四月,戍城火灾,门楼及人家屋宇并为灰烬,唯二精舍及浮图并佛龛上纸帘蘧蒢等,但有佛像,独不延燎。火既不烧,岿然独在。时人见者,莫不嗟异,以为佛力支持。中山郎馀令既任彼官,又家兄馀庆交友人郎将齐郡,因如使营州,并亲见其事,具为馀令说之。(见《法苑珠林》敬佛篇观佛部——《四部丛刊》本卷22)

定　命　录 附续定命录

顾况在《戴氏广异记序》里提到:"国朝燕公《梁四公传》、唐临《冥报记》、王度《古镜记》、孔慎言《神怪志》、赵自勤《定命录》,至如李庚成、张孝举之徒,互相传说。"这些都是戴孚《广异记》之前的作品。戴孚于至德二年(757)中进士,《广异记》大概写作于八世纪的后半叶。唐临的《冥报记》写于永徽四年

(653),已如前述。可见顾况所举的几种书大体上都可以说是唐代前期的作品。先说《神怪志》。

孔慎言,孔颖达的曾孙,冀州衡州人,黄州刺史,见《新唐书》卷75《宰相世系表》5下。《神怪志》未见其他书的记载,曾有人把它和《孔氏志怪》当作一部书,实际上时代不同。只见到李瀚《蒙求注》中、《太平御览》卷559所引王果一条(《古小说钩沉》辑入《神怪录》)。

> 将军王果,昔为益州太守,路经三峡,船中望见江岸石壁千丈,有物悬之在半崖,似棺椁。令人缘崖就视,乃一棺也。发之,骸骨存焉。有石铭曰:"三百年后水漂我,欲及长江垂欲堕,欲堕不堕遇王果。"果视铭怆然云:"数百年前知名,如何舍去?"因留为营敛葬埋,设祭而去。(《太平御览》卷559)

然而《太平广记》卷391引这个故事却是这样(不注出处):

> 唐左卫将军王果被责,出为雅州刺史,于江中泊船,仰见岩腹中有一棺,临空半出。乃缘崖而观之,得铭曰:"欲堕不堕逢王果,五百年中重收我。"果喟然叹曰:"吾今葬此人,被责雅州,固其命也。"乃收窆而去。

《太平广记》里有些"唐"字,是编者根据原书的年代补加的。这里说王果是唐代的将军,想必有所根据。这个故事又见于刘𩛙《隋唐嘉话》卷中。不过这种预言性的碑铭也不是唐代小说里才出现的,《太平广记》卷391里就收了好几个同类的故事。相传的《曹娥碑》后面也有"三百年后碑当堕江中,当堕不堕逢王叵"的预言。

《定命录》,《新唐书·艺文志》作《定命论》,赵自勤撰,注:

"天宝秘书监。"原书十卷,已失传。《新唐志》另著录吕道生《定命录》二卷,注:"大和中,道生增赵自勤之说。"顾况所说的《定命录》当指赵自勤的原作。《太平广记》所引的佚文有长庆以后的故事,当出吕道生的增补本,恐怕都不是赵自勤的原文。

赵自勤,河南人,官司水员外郎,见《元和姓纂》卷7。

《太平广记》卷222《定命录·马生》条:

> 天宝十四年,赵自勤合入考,有东阳县瞽者马生相谓云:"足下必不动,纵去亦却来。于此禄尚未尽,后至三品,著紫。"又云:"自六品即登三品。"自勤其年果不入考。至冬,有敕赐紫。乾元二年九月,马生又来,自勤初诳云"庞仓曹家唤",至则捏自勤头骨云:"合是五品。与赵使君骨法相似。"所言年寿并官政多少,与前时所说并同也。

《太平广记》卷277《定命录·潘玠》条又说:

> 潘玠自称:"出身得官,必先有梦。"与赵自勤同选,俱送名上堂,而官久不出。后玠云:"已作梦,官欲出矣。梦玠与自勤同谢官,玠在前行,自勤在后。及谢处,玠在东,公在西,相视而笑。"其后三日,果官出,玠为御史,自勤为拾遗,同日谢。初引,玠在前先行,自勤在后。入朝,则玠于东立,自勤于西立,两人遂相视而笑,如其梦焉。

从这两条佚文可以大致了解赵自勤的生平,也可以大致了解《定命录》的内容。《定命录》里有一些著名的故事,如《卖𩜁媪》一条(《广记》卷224)就常被称引,明人冯梦龙编的《古今小说》第五卷《穷马周遭际卖𩜁媪》就取材于此。

除吕道生增补本《定命录》之外,还有温畬的《续定命录》,《新唐书·艺文志》著录一卷。温畬元和十五年(820)官左拾遗,见《唐会要》卷55、《新唐书·李珏传》。还著有《天宝离乱西幸记》,见《新唐志》杂史类。《续定命录》也已失传,《太平广记》引有佚文。多数是元和以后的故事,可能是唐代后期的作品。其中《李行修》一条(《广记》卷160),曾被陈翰编入《异闻集》(《绀珠集》引作《稠桑老人》),篇幅较长,情节较为复杂,主要内容是说李行修梦见妻子王氏死了,续娶了妻妹,后来果然应验。中间又插叙李行修请稠桑王老引他去找亡妻的灵魂,在阴间相会。作者把幻境描写得真实动人,仿佛身历其境,较之《定命录》原书有明显的进步。

《续定命录》里有一篇记李固言及第的故事,有一定的典型意义。唐代文人最重视科举,在小说里经常有所反映,主要是讲宿命前定,或者说是积德获报。文人梦寐以求的是科举及第,在考试之前就千方百计地想得到预兆,登第之后则有意无意地说是命中早已注定的异数。

> 元和六年,京兆韦词为宛陵廉使房武从事。秋七月,微雨,词于公署因昼寝忽梦一人投刺,视之暸然,见题其字曰"李故言"。俄于恍惚间,空中有人言:"明年及第状头。"是时元和初有李顾言及第,意甚讶其事,为名中少有此故字者,焉得复有李故言哉?秋八月,果有取解举人具名投刺,一如梦中,但"故"为"固"耳,即今西帅李公也。词网梦中之事不泄,乃曰:"足下明年必擢第,仍居众君之首。"是冬,兵部侍郎许孟容知举,果擢为榜首。(《太平广记》卷278)

下面我们把它和几种不同记载参照看看,更可以看出这些前定故事的虚假。正因为李固言已经及第,所以才编出了许多神话式的故事,李固言成了一个箭垛式的人物了。

> 相国李公固言,元和六年下第游蜀,遇一老姥,言:"郎

君明年芙蓉镜下及第,后二纪拜相,当镇蜀土,某此不复见郎君出将之荣也。"明年,果然状头及第,诗赋题有人镜芙蓉之目。(《酉阳杂俎》续集卷2《支诺皋中》)

　　李固言初未第时,过洛,有胡卢先生者,知神灵间事,曾诣而问命。先生曰:"纱笼中人,勿复相问。"及在长安,寓归德里,人言圣寿寺中有僧,善术数,乃往诣之。僧又谓曰:"子纱笼中人。"……既第,再谒圣寿寺,问纱笼中之事。僧曰:"吾常于阴府往来,有为相者,皆以形貌,用碧纱笼于虎下,故所以知。"固言竟出入将相,皆验焉。(《太平广记》卷155引《补录记传》)

　　元和初,进士李固言就举,忽梦去看榜,见李固言第二人上第。及放榜,自是顾言,亦第二人。固言其年又落。至七年,许孟容下状头登第。(《太平广记》卷155引《感定录》)

　　李固言未第前,行古柳下,闻有弹指声。固言问之,曰:"吾柳神九烈君也,以柳汁染子衣矣。科第无疑。果得蓝袍,当以枣糕祀我。"固言许之。未久状元及第。(《云仙散录》引《三峰集》)

唐代小说中宣扬宿命论的很多。太和(827—835)末年之后,又有钟辂的《前定录》一书,现存。书中有些故事也见于别的书。如《王璠》一条,《太平广记》卷154引作《续定命录》。《李敏求》一条,《广记》引《河东记》情节较详。这类作品主要宣传生死贵贱一切都由命定,一般不大重视细节描写,文学价值不高。

纪　　闻

《纪闻》作者牛肃,两《唐书》无传,据《元和姓纂》卷5记载他的家世:

> 牛邯之后。裔孙兴,西魏太常丞,始居泾阳。曾孙遵,唐原州长史,生元亮、元璋。元亮,郎中,生容。容生上士。上士生肃、耸。肃,岳州刺史;耸,太常博士。

由此可以知道牛肃曾任岳州刺史及其家世的概况。此外,《纪闻》本书的佚文中还有不少有关作者本身的零星记载。如:

> 牛肃曾祖、大夫,皆葬河内,出家童二户守之。(《广记》卷400《牛氏僮》)

> 濮州刺史李全璋妻张,牛肃之姨也。开元二十五年,卒于伊阙庄。(《广记》卷463《张氏》)

> 开元二十八年春二月,怀州武德、武陟、修武三县人,无故食土。……牛肃时在怀,亲遇之。(《广记》卷362《怀州民》)

> 开元二十九年,牛肃之弟成,因往孝义,晨至西原。(《广记》卷361《牛成》)

从这几条佚文,可以了解到晚至牛肃的曾祖(牛元亮)已定居在怀州河内县(治所在今河南沁阳),所以《纪闻》中有不少谈到怀州的事,牛肃自己于开元二十八年还在怀州。《牛肃女》(《广记》卷271)又说:

> 牛肃长女曰应贞,适弘农杨唐源。……年二十四而卒。今采其文《魍魉问影赋》著于篇。其序曰:"庚辰岁,予婴沉

痛之疾。"

牛肃生活于开元年间,他长女应贞作赋的庚辰岁,也就是开元二十八年(740)。假定当时牛应贞年龄为二十岁左右,牛肃比长女长约二十岁左右,则牛肃大约出生于七世纪末①。但是还有一些问题需要分析。《纪闻》中有一条《洛阳鬼兵》(《广记》卷331),说到贞元二十三年。贞元没有二十三年,应该说是开元二十三年之误。还有一条《资州龙》(《广记》卷422)说到"韦皋镇蜀末年"。按韦皋镇蜀始于贞元年间,终于永贞元年(805),这时牛肃如还在世,那么年纪当在百岁以上,恐怕不大可能。只有《张去逸》条(《广记》卷150)说到乾元元年(758)册张淑妃为皇后的事,还可以说是牛肃晚年的作品。《纪闻》原书已经失传,《广记》所引的佚文难保没有错误。《资州龙》这一条,很可能是误引。现存的佚文,绝大部分是开元、天宝年间的故事,少数故事讲到了至德、乾元。因此,我们有理由认为《纪闻》是年代较早的小说集②,牛肃活到了肃宗时期甚至稍晚,但不可能晚到德宗时期。《宋史·艺文志》著录的《纪闻》下面附注"崔造注"。崔造,两《唐书》有传,卒于贞元三年(787)。如果就是此人,那么《纪闻》的结集一定早于贞元三年。

《纪闻》是《冥报记》之后现存佚文最多的唐代前期小说集,它也接受了不少佛教思想的影响,书中有不少宣扬佛法和验证因果报应的故事。按《太平广记》的分类,异僧类里收了《稠禅师》等五篇,释证类里收了《长乐村圣僧》、《屈突仲任》、《菩提寺猪》等八篇,虽然都带有佛教色彩,但是情节比较曲折生动,

---

① 参看卞孝萱《〈纪闻〉作者牛肃考》,载《江海学刊》1962年7月号。
② 金启华《传奇的定名及其他》(《文史知识》1982年2期)认为《纪闻》结集在开元、天宝年间,则未免太早。

富于故事性,不像《冥报记》那样只是简单地讲因果报应的宣传品。同样是宣扬佛法的故事,但各有特色,题材新颖多样。如《屈突仲任》(《广记》卷100)写一个爱打猎的富家子弟,由于"荒饮博戏",挥霍尽了家产,就劫盗牛马,杀了卖肉。一天他突然死了,见到阴司判官,要治他杀生的罪恶,牛马驴骡猪羊獐鹿雉兔都来向他要债。幸好判官是他的姑夫,替他设法,让牛马等喝了他的血,放他还生,畜类就可以转生为人。又让他复活后努力修福,刺臂血写《一切经》,就可以赎罪。他果然虔诚地改恶从善,刺血写经几百卷。这个故事宣传了写经灵验,佛法无边,但又揭露了地狱判官也讲人情关系,可以营私舞弊,照顾自己的亲戚,化大事为小事。再说,写经就可以赎罪,这也无非是一种贪赃枉法的行为。

《洪昉禅师》(《广记》卷95)是一篇很长的故事,洪昉禅师善于讲经,曾被鬼王请去赴斋受戒,又被南天王请去讲经。洪昉偷偷到天宫后园看到几万夜叉锁在大铜柱上,夜叉说因为吃人为害,被天王禁锢,求洪昉替他们说情,保证释放后不再吃人。洪昉替夜叉向南天王请求释放,刚放走几个老夜叉,就有山川的神来告急,说有四五个夜叉到人间吃了许多人。南天王向洪昉说明一个道理:"小慈是大慈之贼。"这个故事很富于哲理性。洪昉和《西游记》里的玄奘一样,讲小慈而不懂大慈,结果好心办了坏事。

《仪光禅师》(《广记》卷94)叙述唐宗室琅琊王的儿子,八岁时因逃避武后的追捕而流浪民间,在佛的指引下出家为僧。后来李唐复兴,寻找琅琊王的后裔,仪光才说出了自己的身世。岐州刺史李使君把他招留在家,刺史的女儿却爱上了年轻的禅师,竟逼他成婚,他坚决不从。这段情节颇带有一些戏剧性:

……使君有女,年与禅师侔,见禅师悦之,愿致款曲。

师不许。月馀,会使君、夫人出,女盛服多将使者来逼之。师固拒万端,终不肯。师绐曰:"身不洁净,沐浴待命。"女许诺,方令沐汤。师候女出,因之噤门。女还排户,不果入,自牖窥之,师方持削发刀,顾而言曰:"以有此根,故为欲逼。今既除此,何逼之为?"女惧,止之,不可。遂断其根,弃于地,而师亦气绝。户既闭,不可开,女惶惑不知所出。俄而府君、夫人到,女言其情。使君令破户,师已复苏。命良医至,以火烧地既赤,苦酒沃之,坐师于燃地,傅以膏,数月疾愈。

这个故事有些像《西游记》里的西梁女国唐三藏拒婚,然而它更像是取材于《贤愚因缘经》的《沙弥守戒自杀缘品》,讲一个沙弥因拒婚而自杀。敦煌壁画中有这个佛经故事的变相,见于北魏、西魏时所建的石窟。这个故事早已被佛教徒所传播,可能曾为民间传说中的仪光禅师故事所吸收,牛肃又据以写入他的《纪闻》。《纪闻》里的佛教故事,内容比较丰富,在艺术上比《冥报记》有了很大的进步①。

《纪闻》里鬼和妖怪的故事很多,也比较有文采。如《巴峡人》(《广记》卷328)可能是书中最短的一篇:

调露年中,有人行于巴峡,夜泊舟,忽闻有人朗吟诗曰:"秋径填黄叶,寒摧露草根。猿声一叫断,客泪数重痕。"其音甚厉,激昂而悲。如是通宵,凡吟数十遍。初闻,以为舟行者未之寝也。晓访之,而更无舟船。但空山石泉,溪谷幽绝。咏诗处有人骨一具。

---

① 《纪闻》除采用佛教故事外,还可能受到西方文学的影响。如《广记》卷481所引新罗长人的故事,杨宪益《零墨新笺》认为即《奥迭修纪》(今译《奥德赛》)中长人故事的改写。

这个故事十分简单,但插引了一首诗,又加上"空山石泉,溪谷幽绝"两句场景的描写,就和"粗陈梗概"的六朝志怪有所不同了。

郑樵《通志·艺文略》在《纪闻》下面附注说:"皆纪释氏道家异事。"虽然说明了这部书的主要特点,但是并不全面。《纪闻》和专讲冥报的"释氏辅教之书"不同,和一般的志怪小说也不同,它还有一些写现实生活的"志人"故事。书中最著名的篇章是《吴保安》(《广记》卷166)和《裴伷先》(《广记》卷147),都是当时震撼人心的史实。前者记载了两个朋友生死交情的故事。郭仲翔当了姚州都督李蒙的判官,同乡吴保安写信给他,希望能得到一个职位。郭仲翔向李蒙推荐了他,召他来当管记。当吴保安还没到职时,郭仲翔却在一次战斗中被蛮人俘虏了。蛮人要俘虏的家里拿一千匹绢来赎,郭仲翔写信给吴要求援助。吴保安为了救郭,竭力经营财物,十年不回家,妻儿饥寒交迫,无法生存,一路求乞找到姚州。后任都督帮助吴保安,凑足了绢把郭仲翔赎回。郭在蛮中被迫为奴隶,几次逃跑,几次被抓住又转卖,被奴隶主把双脚钉在板上,夜里锁在地牢里,经过千辛万苦才得救回乡。后来吴保安死在彭山丞任卜,郭仲翔又亲自去祭奠,背负他夫妻二人的遗骨,徒步几千里,送回故乡安葬,还抚养吴的儿子,最后把自己的官让给吴子。吴、郭二人的生死交情,忠厚诚笃,当时传为美谈。《新唐书·忠义传》里写吴、郭二人的事迹,可能就采自《纪闻》。牛肃这篇作品,明代人曾改题为《吴保安传》或《奇男子传》,收入《古今说海》、《五朝小说》等书。郑若庸曾采此故事编入戏曲《大节记》(已佚),沈璟又编为戏曲《埋剑记》。《古今小说》第八卷《吴保安弃家赎友》,也就是演述这个故事。原文写两个人的侠义行为,真挚感人。而郭仲翔给吴保安的信,尤其委婉曲尽,文情并茂,很值得一读,如果出于牛肃的拟作,就很足以说明他的文采。

《裴伷先》讲裴炎的侄子裴伷先,因直谏触犯了武则天,被流放到边塞,经过九死一生的磨难,幸而遇赦。最后回朝复职,官至幽州节度使、工部尚书、东京留守等。这一篇里也有不少惊险的情节,非常动人。《纪闻》书中有好几篇讲到了武后迫害宗室和大臣的事,如《牛腾》(《广记》卷112)篇说到牛腾也因与裴炎有亲戚关系而被株连,牛肃的倾向性很鲜明,可能就是牛腾的宗族。《裴伷先》也被改题为《裴伷先别传》收入《古今说海》。明人许三阶曾据以编为戏曲《节侠记》,许自昌又加以改订。清人王翃又把它编为戏曲《词苑春秋》(又名《留生气》)。

《纪闻》里还有一些带有讽刺性的鬼怪故事,很能发人深思。如《田氏子》(《广记》卷450)讲一人误把一个女人当作狐精,把她打了一顿;这个女人也把他当作狐精,还连声哀求说:"叩头野狐!叩头野狐!"彼此不知道对方是人。又如《修武县民》(《广记》卷494)讲一个新娘子在出嫁途中遇到抢劫,被暴徒奸污了,还被割了舌头,她逃到一个小学门前求救。可是老师却认为她是精怪,教学生拿砖石打她,结果这个女人被打死了。这样的故事讲的并非鬼怪,而是讽刺有的人疑心生暗鬼,实际上倒是否定神怪,破除迷信的。

《纪闻》篇目较多,全书十卷,已经散失,现存的佚文还有约一百二十来篇①,有些还是很长的。著作年代较早,有些篇似乎写于开元、天宝年间,所以有人认为它是盛唐时期的作品,可以补上唐代小说史上的一个空白点②。这一点确很值得重视,但《纪闻》结集的年代还需要考核。书中有些著名的篇章,完全可

---

① 除《太平御览》引一篇外,其馀都见于《太平广记》。
② 见前注引金启华文。

以说是很好的传奇文。它的题材多样,情节曲折,既有志怪性的,也有志人性的,可以看作从志怪向传奇发展的一部代表作,或者说志怪和传奇兼而有之的一部小说集。它的特点之一是写了当时的一些知名人物,如《吴保安》、《裴伷先》等,带有纪实文学的性质。从整体上看,书中有不少故事性很强、人物形象很完整的作品,已经不能拿以往的志怪或志人小说来衡量它了。

广 异 记

戴孚的《广异记》,最早见于顾况《戴氏广异记序》的称述(《文苑英华》卷737)。顾况的序说:

> 谯郡戴君孚,幽赜最深,安道之胤,若思之后,邈为晋仆射,逮为吴隐士,世济文雅,不陨其名。至德初,天下肇乱,况始与同登一科。君自校书,终饶州录事参军,时年五十七,有文集二十卷。此书二十卷,用纸一千幅,盖十馀万言。虽景命不融,而铿锵之韵固可以辅于神明矣。

顾况是至德二年(757)进士,戴孚与顾况同年登科,假定登第那年是二十岁的话,卒年五十七岁,不会晚于公元794年。《广异记》里有些故事提到了作者自己的情况,大致可以了解他的生平活动。最有价值的是《王法智》一条(《广记》卷305),原文如下:

> 桐庐女子王法智者,幼事郎子神。大历中,忽闻神作大人语声,法智之父问:"此言非圣贤乎?"曰:"然。我姓滕,名传胤,本京兆万年人,宅在崇贤坊。本与法智有因缘。"与酬对,深得物理,前后州县甚重之。桐庐县令郑锋,好奇之士,常呼法智至舍,令屈滕十二郎。久之方全。其辨对言

语,深有士风。锋听之不倦。每见词人,谈经诵诗,欢言终日。常有客僧诣法智乞丐者,神与交言,赠诗云:"卓立不求名出家,长怀片志在青霞。今日英雄气冲盖,谁能久坐宝莲花?"又曾为诗赠人云:"平生才不足,立身信有馀。自叹无大故,君子莫相疏。"六年二月二十五日夜,戴孚与左卫兵曹徐晃、龙泉令崔向、丹阳县丞李从训、邑人韩谓、苏修,集于锋宅。会法智至,令召滕传胤,久之方至,与晃等酬献数百言,因谓诸贤,请人各诵一章。诵毕,众求其诗,率然便诵二首云:"浦口潮来初淼漫,莲舟摇飏采花难。春心不惬空归去,会待潮平更折看。"云:"众人莫厮笑。"又诵云:"忽然湖上片云飞,不觉舟中雨湿衣。折得莲花浑忘却,空将荷叶盖头归。"自云:"此作亦颇蹀躞。"又嘱法智弟与锋献酬数百言,乃去。

这一篇大致可以说明《广异记》的风格,文中所记滕传胤的两首诗也常被人引为佳句(如《诗人玉屑》卷21)。更值得注意的是戴孚明确记载了他于大历六年(771)二月在桐庐县令郑锋宅里与众人集会,亲自听到了神仙诵诗。虽然故事有些离奇,但我们也能据以考察戴孚的踪迹。从书中故事发生的年代看,上起高宗,下至德宗,贞元以前的只有《张鱼舟》(《广记》卷429)一条发生于建中(780—783)初,像是最晚的纪年。贞元以后的故事不可能是戴孚的原作,如《丁约》(《广记》卷45)说到元和十三年(818),《李思恭》(《广记》卷390)说到乾宁三年(896),都应该是戴孚身后的事了。《太平广记》谈刻本所引的《广异记》佚文,有些是错的,如《丁约》条见于《阙史》卷上,应当定为高彦休的作品;《李思恭》条明钞本作《录异记》,显然是正确的。又如《洛水牛》(《广记》卷434)条,陈鳣校宋本作《需读录》,实际上出于康骈《剧谈录》卷上;《周延翰》(《广记》卷279)条,明钞本作《稽神录》,的确见于徐铉《稽神录》卷1。现存的佚文,绝大部分是大历以前的事,看来《广异记》大概完成于建中年间,并没有进入贞元。再从故事发生的地区看,大部分在今江苏、浙江、江西、安徽一带,这和戴孚原籍是谯郡(治所在今安徽亳县)有关。

《广异记》原书早已失传,唐宋书目没有著录,只有《秘书省续编到四库阙书目》著录一卷本(阙),《玉海》卷57也曾引到顾况的《戴氏广异记序》。保存佚文最多的是《太平广记》,收录近三百条①,可能已经接近原书的全部篇目。此外,《类说》、《绀珠集》和《说郛》等书里也收了《广异记》的佚文,不过有些是不可靠的。《龙威秘书》本一卷,更不足据。明代以来流传有一个六卷的钞本,也不是原书,只是从《太平广记》里抄出来的,还只有现存佚文的三分之一。最近有方诗铭辑校的新版本,较为完备。

《广异记》完全是一部志怪书,题材都是神仙鬼怪。现存佚文根据《太平广记》的分类,最多的是鬼,共五十五条,其次是狐三十三条,再生三十一条,报应二十六条,神二十一条。凡是唐代小说里神怪类的题材,差不多都具备了。例如《三卫》条(《广记》卷300),就是柳毅传书型的故事;又如《张李二公》(《广记》卷23)写两个人学仙,一个有志竟成,一个半途而废,后出的《玄怪录》里的《裴谌》和《逸史》里的《卢李二生》,也都是类似的故事;《颍阳里正》(《广记》卷304)讲一个人替雨神降雨,想解救地下久旱之灾,多下了雨,结果造成水灾,就是《续玄怪录》里的《李卫公靖》故事的前身。比较著名的故事如《勤自励》(《广

---

① 李剑国《唐五代志怪传奇叙录》辑录得304条,南开大学出版社1993年1版。

记》卷428）：

> 漳浦人勤自励者，以天宝末充健儿，随军安南及击吐蕃，十年不还。自励妻林氏为父母夺志，将改嫁同县陈氏。其婚夕，而自励还。父母具言其妇重嫁始末。自励闻之，不胜忿怒。妇宅去家十馀里。当破吐蕃，得利剑。是晚，因杖剑而行，以诣林氏。行八九里，属暴雨天晦，进退不可。忽遇电明，见道左大树有旁孔，自励权避雨孔中。先有三虎子，自励并杀之。久之，大虎将一物纳孔中，须臾复去。自励闻有人呻吟，径前扣之，即妇人也。自励问其为谁，妇人云："己是林氏女，先嫁勤自励为妻。自励从军未还，父母无状，见逼改嫁，以今夕成亲。我心念旧，不能再见，愤恨莫已，遂持巾于宅后桑林自缢，为虎所取，幸而遇君。今犹未损，倘能相救，当有后报。"自励谓曰："我即自励也。晓还至舍，父母言君适人，故拔剑而来相访。何期于此相遇！"乃相持而泣。顷之，虎至，初大吼叫，然后倒身入孔，自励以剑挥之，虎腰中断。恐又有虎，故未敢出。寻而月明后，果一虎至，见其偶毙，吼叫愈甚，自尔复倒入，又为自励所杀。乃负妻还家。今尚无恙。

这个故事表彰了林氏女忠于她的丈夫，反抗父母强迫再嫁，在某种程度上有些近似《搜神记》（卷15）、《河间郡男女》的故事，可是它借助于吃人的老虎，因祸得福，却是新的构思。此后，《集异记》里的《裴越客》和《续玄怪录》里的《叶令女》（《广记》卷428引作《卢造》），都采用了同样的情节。如果合在一起看，也可以看出唐代小说有取材于民间传说或前人作品的传统。明人冯梦龙编的《醒世恒言》第5卷《大树坡义虎送亲》，又是根据《勤自励》故事作了精细的铺演，更值得我们对比研究。

《广异记》里还有不少妖狐的故事,有的变为男人,有的变成女子。最长的一篇是《李参军》(《广记》卷448),说一个李参军与萧氏的女子结婚,女子非常美丽,见者都十分惊奇,有一个参军王颙带了猎狗来,把她和奴婢都咬死了,最后才验明是野狐。这个故事可以看作《任氏传》的原型,可是并没有写出狐女的性格,情节虽奇而不能动人,就因为缺乏美的形象。

又如《华岳神女》故事,是唐代小说中常见的题材。华岳神的第三女嫁了一个士人,生了二子一女,后来让丈夫另外娶了妻子,他们还常往来。妻家认为女婿被鬼神迷了,请术士画符驱鬼,神女知道了,才和士人断绝。后来陈翰编的《异闻集》里也有一个《华岳灵姻》故事(见《类说》卷28和《绿窗新话》卷上),男主角的姓名作韦子卿,最后被神女命从者打死,结局与《华岳神女》不同。《广异记》里有一些人神相爱或人鬼幽婚的故事,有些比较优美。如《刘长史女》(《广记》卷386)似乎脱胎于《续齐谐记》的《王敬伯》(见《御览》卷579、《乐府诗集》卷60),不过改成团圆结尾。《张果女》(《广记》卷330)写易州司马张果的女儿,死后爱上了刘乙的儿子,竟还魂成婚。这和《牡丹亭还魂记》的情节有许多相似之处,而比《搜神后记》里的《徐玄方女》则又有不少新的发展。试看原文:

> 开元中,易州司马张果女,年十五,病死,不忍远弃,权瘗于东院阁下。后转郑州长史,以路远须复送丧,遂留。俄有刘乙代之。其子常止阁中,日暮仍行门外,见一女子,容色丰丽,自外而来。刘疑有相奔者,即前诣之。欣然款浃,同留共宿,情态缠绵,举止闲婉。刘爱惜甚至。后暮辄来,达曙方去。经数月,忽谓刘曰:"我前张司马女,不幸夭没。近殡此阁,命当重活,与君好合。后三日,君可见发,徐候气息,慎无横见惊伤也。"指其所瘗处向去。刘至期甚喜,独

> 与左右一奴夜发,深四五尺,得一漆棺。徐开视之,女颜色鲜发,肢体温软,衣服妆梳,无汙坏者。举置床上,细细有鼻气。少顷,口中有气。灌以薄糜,少少能咽。至明复活,渐能言语坐起,数日。始恐父母之知也,因辞以习书,不便出阁,常使赍饮食诣阁中。乙疑子有异,因其在外送客,窃视其房,见女存焉。问其所由,悉具白,棺木尚在床下。乙与妻歔欷曰:"此既冥期至感,何不早相闻?"遂匿于堂中。儿不见女,甚惊。父乃谓曰:"此既申契殊会,千载所无,白我何伤乎,而过为隐蔽?"因遣使诣郑州,具以报果,因请结婚。父母哀感惊喜,则克日赴婚,遂成嘉偶。后产数子。

《广异记》里还有一些值得注意的故事。如《宝珠》(《广记》卷402)写胡人用醍醐煎宝珠,就能迫使龙来献宝,可能启发了《张生煮海》的构思。

《广异记》和《纪闻》有相同的思想倾向,就是有较浓厚的佛教色彩。在《广记》报应类里,收录的佚文共二十六条,有的宣扬念《金刚经》、《观音经》的灵验,有的昭示因果报应的实例,还是承袭了唐临《冥报记》的说教,并没有多少新意。但个别神怪故事里的幻想成分,对唐代小说作者不无启发,有助于提高艺术虚构的想象力。如《阆州莫徭》(《广记》卷441)故事:

> 阆州莫徭以樵采为事,常于江边刈芦,有大象奄至,卷之上背,行百馀里,深入泽中。泽中有老象,卧而喘息,痛声甚苦。至其所,下于地。老象举足,足中有竹丁。莫徭晓其意,以腰绳系竹丁,为拔出,脓血五六升许。小象复鼻卷青艾,欲令塞疮。莫徭摘艾熟挼,以次塞之,尽艾方满。久之,病象能起,东西行立,已而复卧,回顾小象,以鼻指山,呦呦有声。小象乃去。须臾,得一牙至。病象见牙大吼,意若嫌

之。小象持牙去。顷之,又将大牙。莫徭呼象为将军,言未食,患饥。象往折山栗数枝食之,乃饱。然后送人及牙还。行五十里,忽尔却转,人初不了其意。乃还取其遗刀。人得刀毕,送至本处,以头抵人,左右摇耳,久之乃去。其牙酷大,载至洪州,有商胡求买,累自加直,至四十万。……

人为大象拔刺,因而得到象牙作为报酬的故事,早已见于《异苑》(卷3)和《朝野佥载》(卷5)等书,但情节十分简略。《广异记》的细节描写增强了,显示了作者丰富的想象力,有可能借鉴了佛教故事。如《大唐西域记》卷3《迦湿弥罗国》的佛牙伽蓝及传说:

> 昔讫利多种之灭佛法也,僧徒解散,各随利居。有一沙门游诸印度,观礼圣迹,申其至诚。后闻本国平定,即事归途,遇诸象横行草泽,奔驰震吼。沙门见已,升树以避。是时群象相趋奔赴,竞吸池水,浸渍树根,互共排掘,树遂蹎仆。既得沙门。负载而行,至大林中,有病象疮痛而卧。引此僧手至所苦处,乃枯竹所刺也。沙门于是拔竹傅药,裂其裳裹其足。别有大象持金函授与病象,象既得已,转授沙门,沙门开函,乃佛牙也。诸象围绕,僧出无由。明日斋时,各持异果,以为中馔。食已,载僧出林数百里外,方乃下之,各跪拜而去。……

二者有一些相似之处。如果说《阆州莫徭》在继承中国传统的象报恩故事的基础上曾吸取了印度传说中细腻详尽的表现手法的话,那么应该说是有分析的借鉴。它并没有采取佛牙的宗教宣传。从象报恩故事的发展演进,也可以说明唐代小说在艺术上的进步。

《广异记》是志怪小说的一个重大发展。它略晚于《纪闻》,

和《纪闻》相同的地方很多,如题材广泛,篇幅曼长,都蒙受佛教思想的影响;不同的地方是没有纪实性的题材,而多的是带有人情味的人神(鬼、怪)恋爱的情节。两部小说集的侧重点稍有不同,构成了各自的特色,但都可以说是从志怪发展到传奇的过渡作品。

灵 怪 集

张荐(744—804),字孝举,深州陆泽人,即《游仙窟》作者张鹭的孙子。《旧唐书》本传说:"荐自拾遗至侍郎,仅二十年,皆兼史馆修撰。三使绝域,皆兼宪职。以博洽多能、敏于占对被选。有文集三十卷及所撰《五服图》、《宰辅略》、《灵怪集》、《江居寓居录》等,并传于时。"《新唐书》本传说他于贞元二十年病殁于出使吐蕃途中的纥壁驿,年六十一。由此可知他生于天宝三载(744)。

张荐撰有《灵怪集》见于《旧唐书》本传,《新唐书·艺文志》著录二卷,应该是比较可信的。顾况的《戴氏广异记序》里提到了张孝举,也就是指他有《灵怪集》其书。《广异记序》大约写于贞元、元和之际,当时《灵怪集》已经流传于世。

《灵怪集》书已失传,《太平广记》引有佚文十一条,又引有《灵怪录》,疑即一书①。但佚文的真伪还有问题。如《广记》卷365引《郑纲》,讲到郑纲的死。而郑纲的卒年,据《旧唐书》卷159本传当为大和三年(829),时在张荐身后,因此这一条不可能出自张荐的《灵怪集》。又《广记》卷372引《张不疑》两条,第

---

① 如《李令问》条,明钞本《广记》和《类说》引作《灵怪集》,谈刻本《广记》作《灵怪录》。

二条谈刻本注:"出《博异记》,又出《灵怪集》。"第一条开头说:"南阳张不疑,开成四年(839)宏词登科。"时间也在张荐死后多年,显然也不可能出自《灵怪集》。然而宋初钱易《南部新书》己集也说:"张不疑登科后,江西李疑、东川李回、淮南李融交辟,而不疑就淮南之命。到府未几卒,卒时有怪,在《灵怪集》。"①可见钱易所见的《灵怪集》已经不是张荐的原书了。宋人著作引到《灵怪集》的还有陈善卿《祖庭事苑》,摘录了《南柯太守传》的节要。胡仔《苕溪渔隐丛话》后集卷38也提到《灵怪集》载《南柯太守传》。《广记》所引的佚文里还有曹唐的故事,又见于《宣室志》。这本《灵怪集》疑问很多,像是晚唐以后的人辑集的。

除了那些显然不属张荐的作品,现存佚文里还有一些年代较早或无法考定的,并不能排除它出自《灵怪集》原著。其中最著名的也是最长的一篇是《郭翰》(《广记》卷68),讲的是织女下凡,人神相爱的故事。

> 太原郭翰,少简贵,有清标,姿度美秀,善谈论,工草隶。早孤独处,当盛暑,乘月卧庭中。时有清风,微闻香气渐浓。翰甚怪之,仰视空中,见有人冉冉而下,直至翰前,乃一少女也。明艳绝代,光彩溢目,衣玄绡之衣,曳霜罗之帔,戴翠翘凤凰之冠,蹑琼文九章之履。侍女二人,皆有殊色,感荡心神。翰整衣巾,下床拜谒曰:"不意尊灵迥降,愿垂德音。"女微笑曰:"吾天上织女也。久无主对,而佳期阻旷,幽态

---

① 《南部新书》的文字有脱误。《唐语林》卷四企羡门载:"张不疑进士擢第,宏词登科,当年四府交辟。江西李中丞凝、东川李相回、淮南李相绅、兴元归仆射融,皆当时盛府。不疑赴淮南命,到府未几,以协律郎卒。不疑娶崔氏,以不协出之,后娶颜氏。"记事比较详实。参看拙作《〈灵怪集〉考》,载《文学遗产》季刊1985年2期。

盈怀。上帝赐命游人间,仰慕清风,愿托神契。"翰曰:"非敢望也。"益深所感。女为敕侍婢净扫室中,张霜雾丹縠之帱,施水晶玉华之簟,转会风之扇,宛若清秋。乃携手昇堂,解衣共卧。其衬体轻红绡衣,似小香囊,气盈一室。有同心龙脑之枕,复双缕鸳纹之衾。柔肌腻体,深情密态,妍艳无匹。欲晓辞去,面粉如故。为试拭之,乃本质也。翰送出户,凌云而去。自后夜夜皆来,情好转切。翰戏之曰:"牵郎何在?那敢独行?"对曰:"阴阳变化,关渠何事。且河汉隔绝,无可复知。纵复知之,不足为虑。"……经一年,忽于一夕,颜色凄恻,涕流交下,执翰手曰:"帝命有程,便可永诀。"遂鸣咽不自胜。翰惊愧曰:"尚馀几日在?"对曰:"只今夕耳。"遂悲泣,彻晓不眠。及旦抚抱为别,以七宝椀一留赠,言明年某日,当有书相问。翰答以玉环一双。便履空而去,回顾招手,良久方灭。翰思之成疾,未尝暂忘。明年至期,果使前者侍女,将书函致。翰遂开封,以青缣为纸,铅丹为字,言词清丽,情意重叠。书末有诗二首。诗曰:"河汉虽云阔,三秋尚有期。情人终已矣,良会更何时?"又曰:"朱阁临清汉,琼宫御紫房。佳期情在此,只是断人肠。"翰以香笺答书,意甚慊切,并有酬赠诗二首。诗曰:"人世将天上,由来不可期。谁知一回顾,交作两相思。"又曰:"赠枕犹香泽,啼衣尚泪痕。玉颜霄汉里,空有往来魂。"自此而绝。是年,太史奏织女星无光。翰思不已,凡人间丽色,不复措意。复以继嗣,大义须婚,强娶程氏女。所不称意,复以无嗣,遂成反目。翰后官至侍御史而卒。①

这个故事说织女不耐旷居,背弃了牛郎的盟约,下凡另找新欢。

---

① 唐代确有郭翰其人,武后时曾为御史,附见《新唐书》卷117《刘祎之传》。

作者异想天开,跟神仙开玩笑,简直是胡闹。然而这种构思来自宋玉的《高唐赋》《神女赋》,更直接的师承就是张敏《神女传》、曹毗《杜兰香别传》和《八朝穷怪录》里的《萧总》等,稍晚的沈亚之《秦梦记》也与之相似。唐人小说中类似的故事很多。这一篇如果真是张荐所写的话,那么可以说是一篇承先启后的作品。罗烨《醉翁谈录》己集卷2《郭翰感织女为妻》就是据此转录的,大概宋元时期曾被说话人采作底本。

《广记》卷453引《灵怪录》的《王生》①,讲一个王生在途中见到两只野狐,拿着一本文书在看。王生用弹弓打中了一只狐的眼睛,得到了这本书。后来野狐变成他的家僮,传送假信,闹得他倾家荡产。又变成王生的弟弟,骗走了他的书。这个故事后来被改编成话本,就是《醒世恒言》第六回《小水湾天狐贻书》。

还有一篇《中官》(《广记》卷330),说到四个鬼赋诗联句,诗云:"床头锦衾斑复斑,架上朱衣殷复殷,空庭朗月闲复闲,夜长路远山复山。"后来有人把它说成是王丽真写的词(杨慎《词品》卷2、《全唐诗》卷899、《词综》卷1),调名《字字双》,都不知道它出自《灵怪集》。

《灵怪集》里经常穿插一些诗,词章非常优美,如上引郭翰和织女的赠诗和《中官》里崔常侍等的联句,都是唐诗中的上乘之作。这种手法也是唐人小说中常见的,传奇文里很多用诗赋作为表现人物思想感情的一种手段。《灵怪集》还不是最早运用这种手法的作品,晋人作品如《神女传》中的成公智琼就有赠诗之作,这种渊源是很古的。

---

① 《灵怪录》疑即《灵怪集》之讹。

第四章　通俗小说与游仙窟

唐代通俗文学

唐代小说除文人写作的志怪、传奇各体作品之外,还有通俗的民间小说。如《唐会要》卷4曾载:"元和十年(815)……韦绶罢侍读。绶好谐戏,兼通人(民)间小说。"段成式《酉阳杂俎》续集卷4《贬误篇》又说到:"予太和(827—835)末,因弟生日观杂戏,有市人小说,呼扁鹊作褊鹊字上声。予令座客任道昇字正之。市人言,二十年前尝于上都斋会设此,有一秀才甚赏某呼扁字与褊同声,云世人皆误。"这里所说的市人小说,显然属于杂戏中的说话,和宋代人所说的"市瓦伎艺"相似。段成式说是因为他弟弟过生日才看杂戏,应该是召请艺人来表演作为娱乐的;而且这个市人还说二十年前曾在斋会上演出,可见他是一个老艺人了。更早一些,郭湜《高力士外传》还记载:

> 每日上皇与高公亲看扫除庭院,艾薙草木,或讲经、论议、转变、说话,虽不近文律,终冀悦圣情。

早就提出了转变和说话之类的说唱艺术。那是上元元年(760)唐明皇被迫幽居西内时的事。唐代说话的流行一定早于唐明皇的时代,当时也一定有说话的底本。

唐代说话及其它通俗文学的资料,近千年来久已湮没无闻,直到光绪二十六年(1900)忽然在甘肃敦煌千佛洞发现了几万卷遗书,其中有许多说唱文学的抄本和少量刻本,就为中国文学史提供了一批非常珍贵的新资料,尤其为小说史填补了一段空白。可惜由于清政府的腐败无能,敦煌出土的遗书和文物竟得不到应有的保护。国外的探险家、文化贩子,纷纷闻风而来,威胁利诱,巧取豪夺,把敦煌宝藏中的绝大部分抢走了。这份极其珍贵的民族文化遗产至今分散流落在国外各处,对中国历史文献造成了重大损失。

敦煌通俗文学的种类很多,大致有如下几类:(一)通俗故事赋,如《晏子赋》、《韩朋赋》,还有一些类似韵文的如《孔子项托相问书》等,也属赋体的作品①。(二)话本,如《庐山远公话》、《韩擒虎话本》等。(三)词文,如《季布骂阵词文》,全为唱词,应属诗话体的话本。(四)变文,如《汉八年楚灭汉兴王陵变》、《降魔变》等,一般是韵散相间,说唱结合,应属说唱文学系统。(五)讲经文或俗讲文,如《长兴四年中兴殿应圣节讲经文》(实为《仁王护国般若波罗蜜多经讲经文》),体制与变文相似,但更为典雅严谨。此外还有其它体裁的作品。敦煌通俗文学形式多样,可惜多为缺题残卷,有的无法定名。虽然形式各有不同,但主要是叙事体,都可以算作广义的小说。

在唐代通俗文学中,变文是很重要的部分,前人曾用变文这个名称来概括所有的通俗文学(如《敦煌变文集》)。但实际上通俗文学的形式繁多,体制各异,各有不同的名称。如《季布骂阵词文》原题就称作词文,全篇都是唱词。原卷明确题为变文的,如《汉将王陵变》、《舜子变》、《刘家太子变》、《破魔变》、《降魔变文》、《大目乾连冥间救母变文》、《八相变》等,体制也不完

---

① 本章所引敦煌通俗文学,除具体注明者外,都据人民文学出版社1957年版《敦煌变文集》。

全一致。如《舜子变》、《刘家太子变》就是比较特殊的。如果说变文本来就包括了各种变体、别体,那么篇目当然还可以增加不少,甚至像句道兴本《搜神记》和《孝子传》等,也未必不能认为是变文的摘要①。至于俗讲经文,以讲唱佛经为任务,必须先引一段经文,然后加以演唱,格律更为严谨,骈俪化的倾向更为突出,实际上是日趋典雅化的文学。

从广义上说,词文、变文以至俗讲经文,都可以说是韵文体的话本小说,但以唱为主,属于讲唱文学的范围,与后世的词话、弹词、宝卷相衔接,可以自成体系,本书不准备详细地论述。只是因为它和唐代通俗小说有密切的联系,不能不在这里略作介绍。尤其是变文的发生、发展,可以与《游仙窟》互为印证,从而探索故事赋的源流,也许可以理出说唱文学演变的一些线索。只有把《游仙窟》放在韵文小说的体系中来考察,才能解释它这种体裁不是凭空出现的,不是一个孤立的现象。

中国的小说不是单线发展的。至晚在唐代,就有话本出现,与志怪、传奇并行齐驱。除了有说有唱的诗话体话本,还有以叙说为主的"平话体"话本。这在中国小说史上形成了近体的通俗小说系统。尽管话本在唐代还处于萌芽状态,加以写本散失,资料不足,但敦煌遗书所提供的例证已经足以说明话本正在兴起,即将成为中国小说的新体而蔚为大国。话本的体制并不完全一致,始终与韵文结下不解之缘,不仅在叙事中大量地穿插了诗歌赋赞,而且还有以韵文为主的诗话体小说,直到明代清平山堂刻印的话本,也还包括了《张子房慕道记》、《快嘴李翠莲记》

---

① 周绍良《谈唐代民间文学》中曾把《搜神记》、《孝子传》列为变文。李骞《唐"话本"初探》则视之为话本。均见《敦煌变文论文录》,上海古籍出版社,1982年第一版。

那样的作品。话本小说以它独特的艺术形式,开辟了中国通俗小说的新道路,为拟话本和章回小说奠定了基础,逐步取代了古体小说的主导地位。唐代传奇是显赫一代的新体文言小说,而话本则是更有发展前途的近体通俗小说,这两种体裁的小说都在唐代蓬勃发展,为灿烂多样的唐代文学增添了不少光彩。本章讲唐代的通俗小说,即以话本为主要对象,其他属于广义小说的说唱文学则从略了。

启 颜 录

《启颜录》,《旧唐书·经籍志》和《新唐书·艺文志》小说家类都曾著录,侯白撰,十卷。宋代就没有全书,陈振孙《直斋书录解题》只著录了一个六卷本,说:"不知作者。杂记诙谐调笑事。《唐志》有侯白《启颜录》十卷,未必是此书,然亦多有侯白语,但讹谬极多。"因为书里记载了侯白本人的故事,所以陈振孙怀疑它不是原书。宋代以后,连六卷本也失传了,只有《太平广记》曾引录了七八十条。敦煌石窟出土的遗书,有一个开元十一年(723)抄本,是现存《启颜录》最早的也是比较接近原书的一个版本,保存了不少前所未见的篇目(斯610,藏伦敦博物馆)。原卷首尾完好,只有四十条。第一行《启颜录》三字下有"辩捷"、"论难"四字,像是分篇的目录,第八条之前又标出"辩捷"篇题,第十三条末尾接写"昏忘"二字,第二十八条前有"嘲诮"二字,可见原书是以类相从、分篇编次的。但这本并非全书,还有缺文,或者这个写卷只是选本,篇题也不知是否原书就有。卷末有"开元十一年捌月五日写了刘丘子于二舅……"两行小字,似乎抄写已完。由此可知早在开元年间,《启颜录》就有节选的抄本,而这个抄本里也已经有了侯白本人和唐人裴略等人的故事,因此可以断言书里的唐人故事是早在开元年间就有了。

侯白,字君素,隋魏郡临漳人,举秀才为儒林郎,以滑稽善辩知名。隋高祖闻其名,召令于秘书修国史,后给五品食,月馀而死(见《隋书·陆爽传》)。侯白死于隋代,而书中却有唐人故事,显然已不是原著。鲁迅《中国小说史略》(第七篇)曾作过解释:"其有唐世事者,后人所加也;古书中往往有之,在小说尤甚。"《启颜录》所以会被增益扰乱,还由于这本书的性质特殊。侯白"以滑稽善辩知名",苏鹗《演义》卷下说:

> 侯白,字君素,魏郡邺人,始举秀才隋朝,颇见贵重,博闻多知,谐谑辩论,应对不穷,人皆悦之。或买酒馔求其言论,必启齿发题,解颐而返,所在观之如市。越公甚加礼重,文帝将侍从以备顾问,撰《酒律》、《笑林》,人皆传录。

这里所说的《笑林》,恐怕是《启颜录》的原名。由于"人皆传录",就有讹传增改的可能。元人韦居安《梅磵诗话》卷上也说:

> 林和靖诗好为的对,虽人名亦取其字虚实色类相偶,如"伶伦近日无侯白,奴仆当时有卫青"之类,人多称其工。然侯白本非伶伦,以秀才入官,隋文帝尝令于秘书省修国史,但好为滑稽,《启颜录》亦称其机辨敏捷。杨素与牛宏退朝,白谓素曰:"日之夕矣。"素大笑曰:"以我为'牛羊下来'耶?"其诙谐皆此类。《隋、唐书》亦有侯白《笑林》十卷。世为优者多附益之,故和靖以为伶伦,误也。

韦居安说《隋、唐书》亦有《笑林》十卷,恐怕是记忆之误,可能就是依据《演义》来的。他说《启颜录》"称其机辨敏捷",显然把《启颜录》和《笑林》看作两种书;又说"世为优者多附益之",则似乎说明《启颜录》不是侯白自己的著作,所以书中有不少侯白

以后的故事,就是为优者所"附益"的。《太平广记》卷248引《启颜录》的《侯白》条说:

> 白在散官,隶属杨素,爱其能剧谈,每上番日,即令谈戏弄。或从旦至晚,始得归。才出省门,即逢素子玄感,乃云:"侯秀才,可以(与)玄感说一个好话。"

"说一个好话",就是讲一个好故事。"说话"这个词,可能最早见于此书,研究话本的人都引为例证。这里所谓"谈戏弄",就是讲笑话。侯白虽然不是专业的说话人,但实际上已成了专门伺候隋文帝和杨素的伶官弄臣。他的《启颜录》大概就是说话的底本。敦煌本中载有杨素戏弄侯白的故事:

> 越公杨素戏弄侯白曰:"山东人多仁义,借一而得两。"侯白问曰:"公若为得知?"素曰:"有人从其借弓,乃云'揭刀去',岂非借一而得两。"白应声曰:"关中人亦甚聪明,问一而知二。"越公问曰:"何以得知?"白曰:"有人问比来多雨,渭水涨不,报回'霸涨',岂非问一而〔知〕二。"越公于是服其辩捷。

这段对话不十分明白,读者很难理解。幸好《太平广记》所引这个故事前面有一段说明:

> 素关中人,白山东人,素尝卒难之,欲其无对。而关中下俚人言音,谓水为"霸";山东人亦言擎将去为"揭刀去"。

这就讲清楚了。这段说明应该是说话人的插话。但《太平广记》里有些故事缺误较多,文字不如敦煌本完整正确。比较起来,敦煌本所收的故事更为生动有趣,语言更为通俗活泼,可能更接近原著。有些故事像是采自民间口头创作,如董子尚村人买镜一条:

鄠县董子尚村,村人并痴。有老父遣子将钱向市买奴,语其子曰:"我闻长安人卖奴,多不使奴预知之,必藏奴于馀处,私相平章,论其价直。如此者,是好奴也。"其子至市,于镜行中度,行人列镜于市,顾见其影少而且壮,谓言市人欲卖好奴,而藏在镜中。因指麾镜曰:"此奴欲得几钱?"市人知其痴也,诳之曰:"奴直十千。"便付钱买镜怀之而去。至家,老父迎门问曰:"买得奴何在?"曰:"在怀中。"父曰:"取看好不。"其父取镜照云(之),正见须鬓皓白,面目黑皱,乃大嗔,欲打其子,曰:"岂有用十千钱而贵买如此老奴!"举杖欲打其子,其子惧而告母,母乃抱一小女走至,语其夫曰:"我请自观之。"又大嗔曰:"痴老公,我儿止用钱十千买得子母两婢,仍自嫌贵!"老父欣然释之。于馀处尚不见奴,俱谓奴藏未肯出。时东邻有师婆,村中皆谓出言甚中,老父往问之。师婆曰:"翁婆老人,鬼神不得食,钱财未聚集,故奴藏未出。可以吉日多办食求请之。"老父因大设酒食请师婆,师婆至,悬镜于门而作歌舞,村人皆共观之。来窥镜者皆云:"此家王〔旺〕相,买得好奴也。"而悬镜不牢,镜落地分为两片。师婆取照,各见其影,乃大喜曰:"神明与福,令一奴而成两婢也。"因歌曰:"合家齐拍掌,神明大歆飨。买奴合婢来,一个分成两。"

这个故事只见于敦煌本,可以说是《启颜录》中的代表作。前人的书里也有类似的故事,如《太平广记》卷262引《笑林》的"不识镜"条,就非常简单。

　　有民妻不识镜,夫市之而归。妻取照之,惊告其母曰:"某郎又索一妇归也。"其母亦照曰:"又领亲母来也!"

而《启颜录》却编出了这么生动有趣的情节,更富有戏剧性。最后讲师婆又借机装神弄鬼,骗取钱财,又是对迷信鬼神的辛辣讽刺。《启颜录》的故事内容比较充实,情节新奇,语言生动,是很好的笑话集。它的题材丰富多样,各类兼备,既有出自成书的古代笑谈,也有采自当时流传的民间创作。有些故事,曾见于邯郸淳(?)的《笑林》、刘义庆的《世说新语》、阳松玠的《谈薮》等,可以看作古代笑话的选编。更值得重视的是,《启颜录》保存了不少民间故事,反映了隋唐时期的社会生活和风土人情,又比较接近口语,可以作为研究隋唐社会习俗和中古汉语的文献资料。敦煌本上并没有署作者的姓名,而且还有唐代人的故事,可能是唐人整理的侯白说话记录,又加以补充,才成了现在这个样子。《启颜录》的书名也可能是后人所题,最初只是沿用了《笑林》的书名。《太平广记》所引的《启颜录》有超出敦煌本之外的约六十条,相同的条目也有分合不同。《类说》里还有一些佚文的节要。新版的《启颜录》(上海古籍出版社1990年版)补辑了不少佚文,非常详备,但似乎还有可以补充的。如陶毅《清异录》"神"门《侯白唾神荼》条,似为佚文。

> 侯白,隋人,性轻多戏言,常唾壁误中神荼像。人因责之,应曰:"侯白两脚墮地,双眼觑天。太平田地,步履安然。此皆符耳,安敢望侯白哉!"

句道兴搜神记及孝子传

在敦煌出土遗书中,还应该提到一本句道兴的《搜神记》,这是敦煌小说中明确署有作者姓名的。年代不详,大概是唐代或唐以前的人编的。书名与干宝的《搜神记》相同,但决不是干宝《搜神记》的残本。从它注明的出处看,是一部辑录古书而成的志怪小说集。它所引用的有"史记"、"织终传"、"异匆〔物〕志"、"晋传"、"妖言传"、"博物传"、"南妖皇记"、"太史"等书，都无从考查，可能是当时流传于民间的通俗读物，而且还有不少脱文错字，更令人难以追索。从已经掌握的资料看，绝大部分是唐代以前流传的故事。句道兴所依据的大致是魏晋南北朝的材料（包括民间口头传说）。

句道兴《搜神记》和干宝《搜神记》以及《稗海》的八卷本《搜神记》都有相同的故事，如《辛道度》、《王道平》、《李纯》等条。比较起来，可以认为确有互相承袭的关系，但未必是句本《搜神记》抄自干宝《搜神记》。相反的，个别条目倒可能是今本《搜神记》误收了源出句本的故事。如辛道度遇秦女的故事，讲的是秦文王女儿的鬼魂与辛道度相爱，结为夫妇，共居三日，分别时辛道度向她要了一个金枕作为纪念。后来辛出卖金枕，被秦王夫人见到，认出是她女儿送葬之物，遂认辛道度为女婿，封为驸马都尉。这个故事也见于今本干宝《搜神记》和《稗海》本《搜神记》。故事里所说封辛道度为驸马都尉，并非晋代以前的制度，说明它不是干宝的原作，可能出现于南北朝以后。句本的情节最为详尽，语言比较通俗，像是民间故事。文末注"事出史记"，不知根据的是什么书，但当有更早的来源。

句本《搜神记》里有一篇故事叙述王景伯弹琴时有鬼女来听，两人弹琴作诗，互相赠物留念，也是一个幽婚型的故事。

> 昔有王景伯者，会稽人也，乘船向辽水兴易。时会稽太守刘惠明当官孝满，遂将死女尸灵归来，共景伯一处。上宿忧思，月明夜静，取琴抚弄，发声哀切。时太守死女闻琴声哀怨，起尸听之，来于景伯船外，发弄钗钏。闻其笑声，景伯停琴曰："似有人声，何不入船而来？"鬼女曰："闻琴声哀切，故来听之，不敢辄入。"景伯曰："但入，有何所疑。"向前

便入,并将二婢,形容端正,或〔惑〕乱似生人。便即赐坐,温凉以〔已〕讫,景伯问曰:"女郎因何单夜来至此间?"女曰:"闻君独弄哀琴,故来看之。"女亦小解抚弄,即遣二婢取其毡被,并将酒肉饮食来,共景伯宴会。既讫,景伯还琴抚弄,出声数曲,即授与鬼女。鬼女得琴,即叹哀声甚妙。二更向尽,亦可绸缪。鬼女歌讫还琴,景伯遂与弹,作诗曰:"今夜叹孤愁,哀怨复难休。嗟娘有圣德,单夜共绸缪。"女郎云:"实若愁妾,恩当别报。"道得,停琴煞烛,遣婢出船,二人尽饮,不异生人。……

这个故事相当完整,在句本《搜神记》里是比较长的一篇,可惜文字有不少脱误,有些地方读不大通。王景伯的故事亦见于《太平御览》卷579、《乐府诗集》卷60和《永乐琴书集成》卷17所引的《续齐谐记》佚文,王景伯作王敬伯,女鬼名刘妙容,情节大致相同。《乐府诗集》还收录了刘妙容的两首《宛转歌》。这个故事又见于《太平广记》卷318引邢子才《山河别记》,文字比较简单,人名也不同,王景伯作王恭伯,刘女名作稚华。这三种记载恐怕有一个共同的来源,而一事异传,正说明这个故事流传很广。句本《搜神记》的文字粗疏冗沓,大概是根据民间传说记录下来的。

句本《搜神记》里有一篇董永的故事,比干宝《搜神记》里的记载就详细一些,文字较为通俗,情节也接近于后来的《董永遇仙传》话本了,但是还没有仙女生子和董仲寻母的故事。与敦煌写卷的《董永》唱词(斯2204。原缺题)相比,似乎小说产生的时代更早一些。还有一个田昆仑的故事,和董永故事有些相似,但没有宣传孝道和天命的思想,是一个很优美的人神恋爱故事。田昆仑与仙女所生的儿子田章,也寻找母亲,得到董仲的指点,找到了母亲,跟到天上,得到天书八卷,博学多知,回下界作官。后世董永儿子的故事,可能又是吸取了田章故事的情节而扩展的。田昆仑偷藏天女的仙衣,使她不能飞走,是民间故事里常见的情节结构。这种鸟女型的故事各民族都有,至今云南傣族民间故事,也有孔雀公主仙衣被藏的情节。田昆仑所遇的天女是三只白鹤,形象很美,生子以后的情节更为神奇。这是句本《搜神记》中最长的一篇,很富于民间色彩,还带有异域情调,为民间文学和小说史的研究提供了珍贵的材料。

句本《搜神记》是一本小说选辑,文字比较粗糙通俗,运用了一些当时的口语,而故事情节较之六朝志怪又有所变化,所以有人认为它是"唐代说话初级阶段的'话本'"。它和敦煌本《庐山远公话》等风格相近,可以说是说话人用以参考的底本,然而它的口语化程度稍低,艺术加工不多,基本上还是志怪小说的辑录。它和后来的《绿窗新话》、《醉翁谈录》等书的性质相似,大概是说话人摘抄的资料。我们可以从中看到一些不见于别的书的民间故事,也可以大致了解唐代说话的艺术水平。

与《搜神记》类似的还有一种《孝子传》(拟题),它的性质更为特殊。它是编者汇集了五种敦煌抄本而合成的(《敦煌变文集》卷8)。其中两卷摘抄古代史传中孝子的故事,近似类书。另三卷的体裁有共同特点,每个故事以诗作结,类似说唱文学。故事情节也很新奇,如舜子故事讲到舜淘井时,得到银钞,又在井下傍掏一个洞,从东家井里出来,这些情节都不见于史传,而在敦煌本的《舜子变》里则有更详细的描写。舜子故事末尾有两首诗:

> 瞽叟填井自目盲,舜子从来历山耕。
> 将米冀都逢父母,以舌舐眼再还明。
>
> 孝顺父母感于天,舜子淘井得银钱。

> 父母抛石压舜子,感得穿井东家连。

这两首诗亦见于《舜子变》的末尾,可能它就是变文的唱词或解座词。敦煌本《孝子传》还有好几首这样的诗,如郭巨、王褒、文让、王武子的故事之后都有诗为证,近似说唱艺人的底本。再举一篇唐代的故事为例,可见它是唐代以后的产物。

> 王武子者,河阳人也。以开元年中征涉湖州,十年不归。新妇至孝,家贫,日夜织履为活。武母久患劳〔痨〕瘦,人谓母曰:"若得人肉食之,病得除差。"母答人曰:"何由可得人肉?"新妇闻言,遂自割眼(股)上肉作羹,奉送武母。母得食之,病即立差。河南尹奏,封武母为国太夫人,新妇封郢郡夫人,仍编史册。开元廿三年行下。诗曰:
>   武子为国远从征,母病食人肉始轻。
>   新妇闻之方割股,阿家吃了得疾平。

敦煌遗书中有一些宣扬佛法的应验记之类,其中记载了不少神奇故事,可以看作志怪小说。有的比唐临的《冥报记》写得还精巧一些。这里摘录《忏悔灭罪金光明经冥报传》的前半篇为例:

> 昔温州治中张居道,沧州景城县人,未莅职日,因适女事,屠宰诸命——牛、羊、猪、鸡、鹅、鸭之类。辛得重病,绝音不语,因而便死,唯心尚暖,家人不即葬之。经三夜却活,起坐索饮。诸亲非亲邻里远近闻之,大小奔赴。居道具说因由:
>
> 初见四人来,一人把棒,一人把索,一人把袋,一人着青衣,骑马戴帽,至门下马,唤居道着前,怀中拔一张文书,示居道看,乃是猪羊等同辞共诉居道。其辞曰:"猪等虽前身积罪,合受畜生之身,配在世间,自有年限。限满罪毕,自合成人。然猪等自计,受畜生身化时未到,遂被居道枉相屠

煞,时限欠少,更归畜生。一个罪身,再遭刀机,在于幽法,理不可当。请裁。"后有判命:"差司命追过。"使人见居道看遍,即唱三人近前,一人以索系居道咽,一人以袋收居道气,一人以棒打居道头,反缚居道两手,将去直行,一道向北。行至路半,使人即语居道言:"吾被差来时,检尔寿算,元不合死,但坐你煞尔许众生,被冤家言讼。"……居道曰:"自计往误,诚难免脱。若为乞示余一计较,且使免逢冤家之面,阎王峻法,当如之何?"使人语居道云:"汝但能为所煞众生发心愿造《金光明经》四卷,则得免脱。"居道承教,连声再唱:"愿造《金光明经》四卷,尽形供养,愿冤家解怨释结。"……少时有一主者把状走来,其状云:"依检,某日得司善牒报,世人张居道为杀生故,愿造《金光明经》四卷。依科,其所遭煞并合乘此功德随业化形。牒报至准法处分者,其张居道冤家诉者,以某日准司善牒,并判化从人道生于世界讫。"王即见状,极怀欢喜,曰:"居道虽煞众生,能设方计,为其发愿修造功德,令此债主便生人道。既无执对,偏词不可悬信,判放居道再归生路。当宜念善,多造功德,断肉止煞,勿复悭贪惜财,不作桥梁,专为恶业。"于是出城,如从梦归。①

这是佛教徒为推广《金光明经》而编造的故事,即所谓"灵验记"或"感应传",一般都放在《金光明经》的前面。为了宣传佛经的效用,故事编得非常巧妙精细,许多细节是取自现实生活的。有些情节与《纪闻》中的《屈突仲任》、《续玄怪录》中的《吴全素》

---

① 斯3257、北1361、北1362、北1424、北1426、伯2099、L.735等卷。此据杨宝玉校注本,引自宋家钰、刘忠编《英国收藏敦煌汉藏文献研究》,中国社会科学出版社,2000年1版,332—333页。

十分相似。陈寅恪先生早在《忏悔灭罪金光明经冥报传跋》中指出:"至灭罪冥报传之作,意在显扬感应,劝奖流通,远托《法句譬喻经》之体裁,近启《太上感应篇》之注释,本为佛教经典之附庸,渐成小说文学之大国。盖中国小说虽号称富于长篇巨制,然一察其内容结构,往往为数种感应冥报传记杂糅而成。若能取此类果报文学详稽而广证之,或亦可为治中国小说史者之一助欤。"①

敦煌故事赋

赋是来源很古的文体,与楚辞有密切关系,但又不完全相同。刘勰《文心雕龙·诠赋》说:"于是荀况礼、智,宋玉风、钓,爰锡名号,与诗画境。"是把荀况、宋玉作为赋的创始者的。荀况有《赋篇》和《成相篇》,宋玉有《风赋》、《钓赋》和《高唐赋》、《神女赋》、《登徒子好色赋》等(是否宋玉作品还有疑问)。《赋篇》近似隐书(谜语),《成相篇》即所谓"成相杂辞";《高唐赋》等则是客主问对的叙事赋。《汉书·艺文志》把赋分为屈原赋、陆贾赋、孙卿赋和杂赋四派(宋玉赋属于屈原一派),杂赋里包括有客主赋十八篇、大杂赋二十四篇、成相杂辞十一篇,隐书十八篇。看来杂赋的内容比较杂,有一部分是接近于民间文学的诙谐文体。荀况的《成相篇》就是用当时流行的成相体写的,近代研究者都认为是古代的说唱文学。1975年湖北云梦睡虎地出土的竹简中发现了八首成相辞,又为《成相篇》提供了新的佐证。在宋玉《登徒子好色赋》之后,出现了一系列带有诙谐性的叙事赋,还有一些是虽不称作赋而实际也属于赋体的,如王褒

---

① 《金明馆丛稿二编》,上海古籍出版社1980年1版,257页。

《僮约》《责须髯奴辞》之类。赋的体制也不断有所变化，如蔡邕的《短人赋》是一篇嘲弄矮人的赋，句式以四言为主而最后以楚辞体的歌为结尾，就是在不歌而诵的赋之后结以可歌的乱辞。《初学记》卷19引刘谧之《庞郎赋》的开头说："坐上诸君子，各各明君耳。听我作文章，说此河南事。"似乎赋是可以说给诸君子听的。这类赋的特点之一是带有诙谐嘲戏的意味。《文心雕龙·谐谑》说："于是东方、枚皋，铺糟啜醨，无所匡正，而祗嫚媟弄，故其自称为赋，乃亦俳也。……潘岳丑妇之属，束皙卖饼之类，尤而效之，盖以百数。"潘岳的《丑妇赋》已失传，但《初学记》卷19引有刘思真的《丑妇赋》，还可以引为旁证：

> 人皆得令室，我命独何各。不遇姜任德，正值丑恶妇。才质陋且俭，姿容剧嫫母。鹿头猕猴面，椎额复出口。折颊厣楼鼻，两眼颤如白。肤如老桑皮，耳如侧两手。头如研米槌，发如掘扫帚。恶观丑仪容，不媚似铺首。……

这也是一篇嘲弄人的游戏文章，令人奇怪的是，这篇赋完全是五言古诗，可见赋的体裁是越来越多样了，敦煌出土的一篇五言《燕子赋》并不是突然出现的。敦煌遗书中还有一篇赵洽的《丑妇赋》(伯3716)，虽不是五言诗体，但内容也和刘思真的作品相似，可惜文字潦草，不易读通。

1993年在连云港市东海县尹湾村出土的汉简中有一篇《神乌赋》[①]，研究者一致认为它正是敦煌故事赋的前驱。《神乌赋》写定于西汉成帝年间，全篇以四言为主，与《天问》《桔颂》及荀子的赋篇大体相似，而叙述的则为一个鸟类争斗的寓言故

---

① 《尹湾汉墓简牍》，中华书局1997年1版，149页。参看裘锡圭《神乌赋初探》，《文物》1997年1期。

事,较曹植的《鹞雀赋》年代更早。其中描述雌乌受伤临死时与雄乌诀别的对话,言词哀婉,凄恻动人,简直是一篇优美的小说。如果把它和敦煌写本《燕子赋》比较一下,就可以看出它们之间在体制和题材上都有一脉相承的关系。从汉魏到唐代,除了歌功颂德的大赋和抒情写景的小赋,还有一种叙事代言的俗赋在流传和发展。敦煌出土的故事赋,不仅给我们展示了一种韵文体的小说,而且也为研究变文、俗讲文的产生提供了线索。

敦煌本《晏子赋》铺叙晏子使梁的故事,采用了《晏子春秋》里晏子使楚的材料,加以改编,虽称为赋,但基本上是散文,押韵很疏,近似屈原《卜居》、宋玉《对楚王问》之类。它用问答体表现晏子的善于应对,不辱使命,如赋中的两节:

> 梁王曰:"不道卿无智,何以短小?"晏子对王曰:"梧桐树虽大里空虚,井水虽深里无鱼,五尺大蛇怯蜘蛛,三寸车辖制车轮。得长何益?得短何嫌?"

> 梁王曰:"不道卿短小,何以黑色?"晏子对王曰:"黑者天地之性也。黑羊之肉,岂可不食?黑牛驾车,岂可无力?黑狗趁兔,岂可不得?黑鸡长鸣,岂可无则?鸿鹤虽白,长在野田;丧车虽白,恒载死人。漆虽黑向共前,墨挺虽黑在王边。方知此言见大〔白〕何益?"

这种施逞机智和博识的辩难,在民间文学和笑话里是常见的,如《启颜录》里"论难"、"辩捷"两篇里就有类似的故事。

敦煌本《韩朋赋》讲的是民间久巳流传的韩朋(或作凭)夫妇殉情的故事。最早见于甘肃省文物工作队1979年在敦煌西北的马圈湾发掘出来的汉代木简。中华书局1991年出版的《敦煌汉简》中释文496号残简中有"韩朋对曰:臣取妇二日三夜,去之来游,三年不归"等文字,与《韩朋赋》中"入门二日,意合同居"等语基本相合。裘锡圭先生考证说:"韩朋故事残简的抄写时代,大概不会超出西汉后期和新朝范围。"①这样,敦煌俗文学的历史就提前了五六百年。传为曹丕撰著的《列异传》(《艺文类聚》卷92引),只有简单的几句话:"宋康王埋韩凭夫妻,宿夕文梓生,有鸳鸯雌雄各一,恒栖树上,晨夕交颈,音声感人。"②干宝《搜神记》卷11的记载比较详细,韩凭的妻子何氏,被宋康王夺走了,韩凭也被囚禁。何氏偷偷给韩凭通信,说明自己决心以死相抗。韩凭先自杀,何氏把自己的衣服弄烂了,在高台上跳下去,左右的人揪她的衣服揪不住,她就摔死了。宋王把她和韩凭分葬在两个地方,地上长出了两棵梓树,"根交于下,枝错于上",树上有一对鸳鸯双栖双宿。宋人把这树叫作"相思树"。《韩朋赋》故事与之大体相同,但增添了许多枝节,不同的地方如韩妻名贞夫而没说何氏。韩朋仕宋六年不归,贞夫寄书给韩,被宋王所见,派梁伯骗取贞夫入宫。宋王迫令韩朋穿着破衣裳去筑清凌台。贞夫用箭射书与韩,表达自己的心意。韩朋自杀,贞夫亲去观看葬礼,跳入墓穴。天下大雨,水漫了墓穴,宋王派人打捞,只找到了两块石头。宋王把石头分别埋在大道两旁,过后长出两棵树,枝叶相接,根下相连。宋王伐树,两块木片落到水里,变成一对鸳鸯,飞回本乡。鸳鸯落下一根羽毛,十分美丽,宋王拿羽毛在身上一抹,就发出光彩,当抹到颈项时,头就掉下来了。这个结尾更富于惩恶复仇的反抗精神,体现了民间文学的特色。《韩朋赋》的伯字2653号写卷,"臣"字写作"忈",是武后所造的字,很可能是武后时代的钞本。作品大概是六朝以至

---

① 《汉简中所见韩朋故事的新资料》,《复旦学报》(社会科学版)1999年3期。
② 《增补事类统编》卷85禽部引《列异志》(出《广事类赋》)较此略详。

唐初产生的①。

《韩朋赋》基本上是四言韵文,句型整齐,韵脚较严,可以看作一首规模宏伟的叙事诗。试看贞夫在家时亲自写给韩朋的信:

> 浩浩白水,回波如[而]流。皎皎明月,浮云映之。青青之水,冬夏有时。失时不种,禾豆不滋。万物吐化,不违天时。久不相见,心中在思。百年相守,竟好一时。君不忆亲,老母心悲。妻独单弱,夜常孤栖。常怀大忧。盖闻百鸟失伴,其声哀哀;日暮独宿,夜常栖栖。太山初生,高下崔嵬。上有双鸟,下有神龟。昼夜游戏,恒则同归。妾今何罪,独无光晖。海水荡荡,无风自波。成人者少,破人者多。南山有鸟,北山张罗。鸟自高飞,罗当奈何。君但平安,妾亦无他。

再看贞夫和宋王的一段对话:

> 宋王曰:"卿是庶人之妻,今为一国之母,有何不乐?衣即绫罗,食即咨口。黄门侍郎,恒在左右。有何不乐,亦不欢喜?"贞夫答曰:"辞家别亲,出事韩朋。生死有处,贵贱有殊。芦苇有地,荆棘有丛。豺狼有伴,雄兔有双。鱼鳖有水,不乐高堂。燕雀群飞,不乐凤凰。妾是庶人之妻,不乐宋王之妇。"

从这两段引文,可以看出原文的风格,也可以看出贞夫的性格。宋元以后的书只记下一首《青陵台歌》和一首《乌鹊歌》,即"南山有鸟,北山张罗。鸟自高飞,罗当奈何"四句,又"乌鹊双飞,

---

① 容肇祖《敦煌本〈韩朋赋〉考》根据用韵考证它可能是六朝时期的作品,文载《庆祝蔡元培先生六十五岁论文集》,又收入《敦煌变文论文录》。

不乐凤凰。我自庶人,不乐君王"四句①。《青陵台歌》、《乌鹊歌》的辑录出于《韩朋赋》之后,但另有所据,只摘取了《韩朋赋》的片断。

敦煌本《燕子赋》也是一篇寓言故事,叙说黄雀以强凌弱,强占了燕子的宅舍,两家打架,告到凤凰那里,经过审问,判了雀儿的罪,最后两家言归于好。赋中用了许多成语俗语,形象生动,在许多细节中反映了当时的现实生活,真实动人,妙趣横生。例如燕子告状的诉词:

> 燕子单贫,造得一宅。乃被雀儿强夺,仍自更著恐吓:"……云野鹊是我表丈人,鹈鸠是我家伯。州县长官,瓜萝亲戚。是你下牒言我,共你到头并亦。火急离我门前,少时终须吃掴。"燕子不忿,以理从索,遂被撮头拖曳,捉衣扯擘。辽乱尊拳,交横秃剔。父子数人,共相敲击。燕子被打,伤毛堕翮。起止不能,命垂朝夕。仗乞检验,见有青赤。不胜冤屈,请王科责。

《燕子赋》写的虽不是人,但确实写出了人的面貌,人的思想感情。黄雀依仗权势夺取燕子的住宅,也是社会生活的折射。参看《明皇杂录》里的一段记载:

> 杨贵妃姊虢国夫人,恩宠一时,大治第宅。栋宇之盛,举无与比。所居韦嗣立旧宅。韦氏诸子,方午偃息于堂庑间,忽见妇人衣黄罗帔衫,降自步辇,有侍婢数十人,笑语自若,谓韦氏诸子曰:"闻此宅欲货,其价几何?"韦氏降阶曰:"先人旧庐,所未曾舍。"语未毕,有工数百人,登东西厢,撤其瓦木。韦氏诸子乃率家僮,挈其琴书,委于路中。而授韦

---

① 见《风雅逸篇》、《诗纪》等书。参看容肇祖《敦煌本〈韩朋赋〉考》。

氏隙地十数亩,其宅一无所酬。

和虢国夫人相比,黄雀还算是好对付的,燕子可以上凤凰那里告他的状,而且居然还获得了胜诉。《燕子赋》里有一段雀儿的答辩,说得很可笑,但也揭出了官府的常例,有功勋的可以赎罪:

> 但雀儿去贞观十九年,大将军征讨辽东,雀儿投募充僚,当时配入先锋。身不骑马,手不弯弓,口衔艾火,送着上凤。高丽遂灭,因此立功,一例蒙上柱国,见有勋告数通。必其欲得磨勘,请检《山海经》中。

从这段话里可以知道《燕子赋》的写作年代一定在贞观十九年(645)之后。全文都是像这样四言和六言相杂的韵文,代言对答,口吻毕肖,可以说是故事赋的杰作。

另有一篇《燕子赋》,故事情节和杂言赋基本相同,但全篇是五言诗(只有一句例外),这是赋的新体,可与上引刘思真《丑妇赋》相印证。

还有一些虽然不称作赋而实际上属于赋体的作品,如吐鲁番古墓出土的《唐写本孔子与子羽对语杂抄》[1],残存片断,据《吐鲁番文书》编者的按断,可能写于龙朔二年(662)。由于原件是从男尸纸鞋上拆下来的纸片,文字残缺太多,无法连缀通读,只能看出是孔子和子羽两人问答的对话,其中如"枯树无枝,特牛无雌……木马无驹,仙人无妇,玉女[无]夫"等话,却可以从敦煌出土的《孔子项托相问书》中找出类似的词句[2],可见它是一个民间久已流传的故事,不过子羽是项托的化身,或者一

---

[1] 拟题见《吐鲁番出土文书》第五册,文物出版社1983年版。
[2] 参看张鸿勋《〈唐写本孔子与子羽对语杂抄〉考略》,载《敦煌学辑刊》1984年第1期。

事异传。很重要的一点是,这个故事早在龙朔二年以前就已传钞,可以证明这种赋体的民间故事早于《游仙窟》的产生,也大致早于变文的流行,为我们提供了韵文体小说发展到传奇体小说的一个中间环节。

《唐写本孔子与子羽对语杂抄》的残文难以通读,我们只能把《孔子项托相问书》作为一个典型例证来考察。项托七岁为孔子师,是一个很古老的传说,见于《战国策·秦策》和《史记·甘茂列传》等书。《淮南子·说林》说:"项托使婴儿矜。"高诱注解释说:"项托年七岁,穷难孔子,而为之师,故使小儿之畴自矜大也。"可见早在秦汉时代,就有项托七岁穷难孔子的故事。敦煌出土的《孔子项托相问书》抄本很多,足以说明其流传之广。它的产生也较早,未必晚于《孔子与子羽对语杂抄》,因为项托故事来源很古,而子羽的故事未见更早的记载。《相问书》讲孔子和小儿项托两人互相问难,最后孔子被项托难倒了,显示了小儿的聪明才智。试看孔子与项托的一段问答:

> 夫子问小儿曰:"汝知何山无石?何水无鱼?何门无关?何车无轮?何牛无犊?何马无驹?何刀无环?何火无烟?何人无妇?何女无夫?何日不足?何日有馀?何雄无雌?何树无枝?何城无使?何人无字?"小儿答曰:"土山无石。井水无鱼。空门无关。辇车无轮。泥牛无犊。木马无驹。斫刀无环。萤火无烟。仙人无妇。玉女无夫。冬日不足。夏日有馀。孤雄无雌。枯树无枝。空城无使。小儿无字。"

这一连串的问答,类似现在《小放牛》的格式,在民间文学里是常见的。项托回答了孔子一系列问题,就轮到他问孔子了。

> 小儿却问夫子曰:"鹅鸭何以能浮?鸿鹤何以能鸣?

松柏何以冬夏常青?"夫子对曰:"鹅鸭能浮者缘脚足方,鸿鹤能鸣者缘咽项长,松柏冬夏常青者缘心中强。"小儿答曰:"不然也!虾蟆能鸣,岂犹咽项长?龟鳖能浮,岂犹脚足方?胡竹冬夏常青,岂犹心中强?"

这一下,却把孔子驳倒了。这些难题亦见于《启颜录》,还编成了一个故事:

> 山东人娶蒲州女,多患瘿,其妻母项瘿甚大。成婚数月,妇家疑婿不慧,妇翁置酒,盛会亲戚,欲以试之。问曰:"某郎在山东读书,应识道理。鸿鹤能鸣何意?"曰:"天使其然。"又曰:"松柏冬青何意?"曰:"天使其然。"又曰:"道边树有骨髓何意?"曰:"天使其然。"妇翁曰:"某郎全不识道理,何因浪住山东。"因以戏之曰:"鸿鹤能鸣者颈项长,松柏冬青者心中强,道边树有骨髓者车拨伤。岂是天使其然!"婿曰:"请以所闻见奉酬,不知许否?"曰:"可言之。"婿曰:"虾蟆能鸣,岂是颈项长?竹亦冬青,岂是心中强?夫人项下瘿如许大,岂是车拨伤?"妇翁羞愧,无以对之。(《太平广记》卷248引)

从情节结构的繁简比较,大概《孔子项托相问书》产生在《启颜录》之前,但民间文学是活在群众口头上的,这个故事长期在流传演变,现存的敦煌写本未必是最早最完善的本子。《相问书》在孔子被项托折服之后,又有一篇七言的诗赞,讲项托入山游学,孔子又来找他,项托的父母被迫说出项托在白尺树下读文章。孔子竟找去拔刀把他斫死了。这个结尾旨在揭露孔子的狭隘和残酷,在思想上别有特色。不过这一大篇七言诗赞写得不大通顺,文意不很明白,与前面故事的文体、风格都不统一,可能是在流传中又添加上去的。前 部分基本上是四言句,夹杂一些杂言,偶尔押一些韵,与《晏子赋》相近。孔子项托问难的故事源远流长,影响极广。明代有一篇《小儿论》,收在徐梁成刻本《张子房小儿论学士诗》中①,《小儿论》就是《相问书》的一个改本,内容大体相同。直到解放前,北京打磨厂宝文堂书铺还有铅印本《新编小儿难孔子》一书②,与敦煌本杂言部分的文字十之七八相同。

敦煌遗书中还有一卷《茶酒论》,署"乡贡进士王敷撰",铺叙茶和酒两家辩论,互相争功,最后由水出来作结论,茶和酒谁都离不开水。这种主客论难的赋,来源很古,司马相如的《子虚赋》、《上林赋》就是这种写法。直到明末,还有邓志谟的《茶酒争奇》,扩展到两卷之多,则已经是拟话本的一体。《茶酒论》大体上是四言韵文,无疑就是赋的别体。试看原文的开头一段:

> 窃见神农曾尝百草,五谷从此得分。轩辕制其衣服,流传教示后人。仓颉致其文字,孔丘阐化儒因。不可从头细说,撮其枢要之陈。暂问茶之与酒,两个谁有功勋。阿谁即合卑小,阿谁即合称尊?今日各须立理,强者先饰一门。

> 茶乃出来言曰:"诸人莫闹,听说些些。百草之首,万木之花。贵之取蕊,重之摘芽。呼之茗草,号之作茶。贡五侯宅,奉帝王家。时新献入,一世荣华。自然尊贵,何用论夸!"

> 酒乃出来:"可笑词说!自古至今,茶贱酒贵。单醪投河,三军告醉。君王饮之,叫呼万岁。群臣饮之,赐卿无畏。和死定生,神明歆气。酒食向人,终无恶意。有酒有令,仁义礼智。自合称尊,何劳比类!"

---

① 北京图书馆藏。《历朝故事统宗》卷9亦载此故事。
② 见《敦煌变文集》241页附录。

还有一个说唱孟姜女故事的残卷，前人拟题作《孟姜女变文》（伯5039），但体制与标准的变文（如《汉将王陵变》）略有不同。它虽是韵散相间，诗文结合，但文的部分却是押韵的四言句，实际上是赋体。例如现存的两段残文：

> 哭之已毕，心神哀失。懊恼其夫，掩从亡没。叹此贞心，更加忿郁。髑髅无数，死人非一。骸骨纵横，凭何取实。咬指取血，洒长城以表单〔丹〕心，选其夫骨。
>
> 三进三退，或悲或恨。鸟兽齐鸣，山林俱振。冤魂□□，□□□□。点血即肖〔消〕，登时渗尽。□脉骨节，二百馀分。不少一支，□□□□□。更有数个髑髅，无人搬运。姜女悲啼，向前供问："如许髑髅，佳俱〔家居〕何郡？因取夫回，为君传信。君若有神，儿当接引。"

这两段以四言为主的韵文之后，都有七言的歌辞，其后还插入一篇骈体的祭文。从文体看可以说是赋。赋中杂有五七言诗，也是六朝赋的新体，如庾信的《春赋》、《荡子赋》就是如此。这篇孟姜女故事的说唱文学，称之为赋也未尝不可。

敦煌变文多数是韵文和散文相结合，各段都有七言诗体的唱词，但也有全篇散文，只有一两首诗作结的，如《舜子变》（又作《舜子至孝变文》）原题作变文，基本上是六言为主的赋体，大体上押韵。试看其中的一段：

> 后阿娘亦〔一〕见舜子，五毒嗔心便起："自从夫去辽阳，遣亲勾当家事。前家男女不孝，东院酒席常开，西院书堂常闭。夜夜伴涉恶人，不曾归来宅里。卖却田地庄园，学得甚鬼祸术魅。大杖打又不死，忽若尧王敕知，兼我也遭带累。解事把我离书来，交〔我〕离你眼去！"瞽叟报言娘子："他缘人命至重，如何打他鞭耻〔笞〕？有计但知说来，一任

与娘子鞭耻。"后妻报言瞽叟："不鞭耻万事绝言,鞭耻者全不成小事。"

不经两三日中间,后妻设得计成。妻报瞽叟曰："妾见后院空仓,三二年来破碎。交伊舜子修仓,四畔放火烧死。"……舜子才得上仓舍,西南角便有火起。第一把火是阿得[后]娘,续得瞽叟第二,第三不是别人,是小弟象儿。即三具火把铛脚且烧,见红炎连天,黑烟且不见天地。舜子恐大命不存,权把二个笠子为鸱[翅],腾空飞下仓舍。舜子是有道君王,感得地神拥起,逐不烧毫毛不损,归来书堂院里。先念《论语》、《孝经》,后读《毛诗》、《礼记》。

《舜子变》结尾有两首诗,已见前面《孝子传》引文。它的体制比较特殊,可能早期变文的格式就是如此,还没有突破叙事赋的规范;也可能是写本省略了唱词部分,只是一个节本。但是就从这些散文看,它和唐末变文如《张义潮变文》、《张淮深变文》的体制、风格显然有所不同,而与天宝年间写作的《降魔变文》比较接近,应该看作是较早的作品①。因此说敦煌故事赋是变文的前驱,大致是符合历史实际的。

其实,即使是俗讲经文,也是从赋演变而来。如《妙法莲华经讲经文》(拟题。伯2305)在第二段经文之后,有一段韵文,实为赋体。

仙人常居山里,高闲无比。风吹丛竹兮韵合宫商,鹤笑孤松兮声和角徵。队队野猿,潺潺流水。有心永住临泉,无意暂游帝里。忽闻空中人言,又见庵前云起。思量兮未回

---

① 参看拙作《舜子变与舜子故事的演化》,《庆祝潘石禅先生九秩华诞敦煌学特刊》,台北文津出版社1996年1版,89—99页。

来由,发言兮问其所以。空中告言,别无意旨。缘有个大国轮王求法,愿抛生死。仙人幸有莲经,何为摄为弟子?大王兮要礼仙人,仙人兮收来驱使。

像这样的讲经文也可以说是一种故事赋。至于早期的故事赋是不是可供说唱的口头文学,由于文献不足,还有待继续探讨。不过故事赋的善于运用对话,铺叙情节,对于小说以至戏剧的表现手法都不无借鉴作用,则是可以肯定的。

历史故事话本

敦煌遗书中有不少历史题材的说唱文学,除了《季布骂阵词文》和变文里的《汉将王陵变》等,还有一些以说为主的散文体(包括骈文)的话本。

有一篇讲伍子胥故事的话本,前人曾拟题作《伍子胥变文》,但从它的体制看,与一般变文有所不同,没有某些变文特有的套语,虽然间有唱词,然而以叙说为主。当然,变文的体制也是灵活多样的,并非截然一致。由于原本残缺无题,所以不妨称之为诗话体的小说[①]。全文演述伍奢父子遭到楚平王的残害,伍子胥逃亡避难,一路上得到浣纱女、渔人的援助,最后投奔吴国为相,领兵讨楚,为父兄报仇,也报答了浣纱女、渔人的恩。其中有一些情节不见于史传,显然出于民间艺人的虚构和敷演。如伍子胥逃到阿姊家里,阿姊不敢明言,只用哑谜表示心意,教他速去。他两个外甥却想捉伍子胥去见楚王领赏,伍子胥运用阴阳方术逃脱了灾难。他又逃到妻子门口,叩门乞食,又不敢相认,否认自己是伍子胥。夫妻二人互相用药名诗问答。接着有

[①] 参考周绍良《谈唐代民间文学》。

一段唱词,作为故事人物的对话。伍妻的唱词中有这样几句:

> 偏怜鹊语蒲桃架,念燕双栖白玉堂。君作秋胡不相识,妾亦无心学采桑。见君口中双板齿,为此识认意相当。粗饭一飡终不惜,愿君且住莫匆忙。

《乐府诗集》卷80近代曲辞中有一首《双带子》:

> 私言切语谁人会,海燕双飞绕画梁。君学秋胡不相识,妾亦无心去采桑。

后两句相同(一字不同),也不知哪一个在前。很可能是《伍子胥》话本采用了民歌的成句,因为变文、讲经文里常有引用别人诗句的例子。

话本中有好几首歌,作为伍子胥本人的唱词,如:

> 子胥愧荷鱼人,哽咽悲啼不已,遂作悲歌而叹曰:
> 大江水兮淼无边,云与水兮相接连。
> 痛兮痛兮难可忍,苦兮苦兮冤复冤。
> 自古人情有离别,生死富贵总关天。
> 先生恨胥何勿事?遂向江中而覆船。
> 波浪舟兮浮没沉,唱冤枉兮痛切深。
> 一寸愁肠似刀割,途中不禁泪沾襟。
> 望吴邦兮不可到,思帝乡兮怀恨深。
> 倘值明主得迁达,施展英雄一片心。

《伍子胥》话本有说有唱,而以表述为主,穿插以故事人物的诗歌,与唐代传奇有共同之点,而更接近于后世的《大唐三藏取经诗话》、《张子房慕道记》、《快嘴李翠莲记》等诗话体的小说。它的篇幅曼长,情节曲折,却比后世的诗话更为宏伟,可以算是长篇的讲史话本,值得我们重视。

秋胡故事的话本,现存残卷,有人拟题为《秋胡变文》,鲁迅《中国小说史略》称之为《秋胡小说》,全篇是散文,中间只有一首秋胡的赠诗,从体制看不像是变文。这个故事出自《列女传》,话本基本上根据原来的故事敷演,只增加了一些细节,如秋胡入山访师,苦学三年,又去魏国作官,一去九年不归(《列女传》说是"五年乃归",《西京杂记》说是"游宦三年")。《列女传》说秋胡是鲁人,当指春秋时的鲁国,话本却说秋胡读的书有《公羊》、《谷梁》、《文选》,还引用了司马相如、董永、郭巨的典故。《列女传》说秋胡官于陈,话本说他投了魏国,又说是表奏陈王。经过说话人的改编,却造成了许多混乱。话本讲到秋胡戏妻的一段:

> 秋胡唤言道:"娘子,不闻道:采桑不如见少年,力田不如丰年。仰赐黄金二两,乱彩一束,暂请娘子片时在于怀抱,未委娘子赐许以不?"其妇下树,敛容仪,不识其夫,唤言:"郎君,新妇夫婿游学,经今九载,消息不通,音信隔绝。阿婆年老,独坐堂中。新妇宁可冬中忍寒,夏中忍热,桑蚕织络,以事阿婆。一马不被两鞍,单牛岂有双车并驾?家中贫薄,宁可守饿而死,岂乐黄金为重?忽而一朝夫至,遣妾将何申吐?纵使黄金积到天半,乱彩堕[垛]似丘山,新妇宁有恋心,可以守贫取死。"

经过说话人的再创作,的确把秋胡妻子的性格描画出来了,应该说它在艺术上有成功之处。可惜结尾不完,不知怎样收场。如果像元人石君宝的杂剧《秋胡戏妻》那样改成了团圆结局,那就不免有些画蛇添足。至于京剧《桑园会》,又说秋胡故意试妻子是否贞节,那就更是点金成铁了。

《前汉刘家太子传》是原有的题目,而后面又题作《刘家太子变》。从体制看完全是散文,没有唱词或诗歌,可能是变文的别体,或者省略了唱词,只是一个节本。故事讲汉帝的太子因王莽篡权,逃亡到南阳,投奔一个张老。王莽下令追捕太子,太子又逃出城外,遇一耕夫,把他埋在地下,口中衔七粒粳米,口衔竹筒,在土外出气。脱难后又上昆仑山找太白星,最后兴兵复汉。这个太子大概指光武帝刘秀,他实际上并非前汉皇帝的太子。王莽的女婿汉平帝,十四岁就死了,并没有太子。这个故事基本上是虚构的,再加上许多神异的情节,显然出自民间说话。

这个故事后面附录有西王母和宋玉、燕昭王、董贤四个故事,与刘家太子毫无关系,大概这个写卷是说话人的一个资料本。《前汉刘家太子传》的文字相当粗略,它并不是史书的摘抄,而是话本的提纲。后面附录的西王母故事,说明出自"史记",也不见于司马迁的《史记》,正和句道兴的《搜神记》相同。又引宋玉的故事,出自《同贤记》。《同贤记》的书名也见于唐写本的《琱玉集》。可见后面四个故事也是话本的摘要。

《韩擒虎话本》原卷缺题,末尾说:"画本既终,并无抄略。""画"字为"话"字之讹是很可能的,因此近人拟题作《韩擒虎话本》。即使"画"字不误,也不能否认它实质上是话本,更可以说明"画本"和变文一样是与图画相配合而说唱的。讲的是隋代大将韩擒虎的故事。韩擒虎曾带兵平陈,活捉陈叔宝,立下大功。话本基本上根据史实,但增添了许多虚假的情节。韩擒虎临死前曾说过:"生为上柱国,死作阎罗王,亦足矣。"话本大概就是根据这两句话加以铺衍,增加了不少史传所没有的故事。话本开头讲杨坚的故事,好像是韩擒虎故事的"得胜头回"。先从法华和尚讲《法华经》说起,有八大海的龙王来听经,送一盒龙膏给法华和尚,教他为杨坚治头疼,换了脑盖骨,才能戴稳平天冠。接着说杨妃用药酒毒死皇帝,册立杨坚为皇帝。随后才说到杨坚命韩擒虎带兵讨陈。话本说韩擒虎为将时只有十三岁;又说陈将任蛮奴与韩擒虎的父亲同学,韩擒虎摆五虎拟山阵,逼降了任蛮奴;陈王逃入枯井,神明不助,化为平地。这些情节,都是虚构出来的。最后说五道将军奉天符,请他去作阴司之主,过了三天,便辞别隋文帝升天而去。话本开头说是"会昌既临朝之日",把唐武宗的年号加到北周上了。从杨妃毒死皇帝的情节看,应该是指周宣帝宇文赟的时候。说话人随手拈来,不知年代先后,说明他历史知识不足。这也是话本中常见的现象。

《韩擒虎话本》全篇是散文,没有诗赞,文字也比较朴实,接近口语,当是讲史性质的话本。原卷没有纪年,作品的年代还待考证。

《唐太宗入冥记》原缺标题,据王国维、鲁迅以来沿用的拟题。原文残缺很多,只能看出大致的内容,讲唐太宗李世民生魂被勾入阴司,阎罗王吩咐判官崔子玉勘问。因为建成、元吉在阴司告状,所以追他来对质。崔子玉对唐太宗作了指点和恐吓,唐太宗答应赏钱物给崔子玉,又许给他加官。崔子玉就徇私枉法,给唐太宗勾改文案,添注十年天子。试看原文这段:

> 崔子玉(曰)又心口思惟:"□不痛嚇,然可觅得官职。"子玉遂乃奉曰:"陛下若□□[不通]文状,臣有一个问头,陛下若答得,即却归长安;若□□[答不]得,应不及再归生路。"皇帝闻已,忙怕极甚,苦嘱崔子玉:"卿与我出一个异[易]问头,朕必不负卿。"崔子玉觅官心切,便索纸祗揖皇帝了,自出问□[头]云:"问大唐天子太宗皇帝,去武德七年,为甚□□[杀兄]弟于前殿,囚慈父于后宫?仰答。"崔

> 子玉书□□与皇帝。[皇帝]把得问头寻读,闷闷不已,如杵中心,抛□[问]头在地,语子玉:"此问头交朕争答不得!"

尽管文字有残缺,还可以看出原文的大意。一个南征北战、威加海内的大唐天子,到了地狱门口,也就吓得六神无主,对判官唯命是听;一个崔子玉,好像是暂判冥事的人间官吏,一朝有权在手,便可以营私舞弊,向皇帝要钱要官。这个冥报故事,反映了当时社会生活的某些风貌,很有些但丁《神曲》的意境。比起当时那些宣扬佛法的许多冥报故事来,内容丰富得多。

唐太宗杀他的兄弟建成、元吉的事,在唐代就有人敢提出责问。张鷟《朝野佥载》卷六记载:

> 太宗极康豫,太史令李淳风见上,流泪无言。上问之,对曰:"陛下夕当晏驾。"太宗曰:"人生有命,亦何忧也!"留淳风宿。太宗至夜半,奄然入定,见一人云:"陛下暂合来,还即去也。"帝问:"君是何人?"对曰:"臣是生人判冥事。"太宗入见,冥官问六月四日事,即令还。向见者又迎送引导出。淳风即观玄象,不许哭泣,须臾乃瘥。至曙,求昨所见者,令所司与一官,遂注蜀道一丞。上怪问之,选司奏,奏进止与此官。上亦不记,旁人悉闻,方知官皆由天也。

这就是《唐太宗入冥记》的素材,那个生人判冥事的大概就是判官崔子玉,六月四日就是指李世民杀建成、元吉的那天。《唐太宗入冥记》最后又提出要唐太宗请和尚讲《大云经》和抄写经文来赎罪,这就和佛教宣传结合起来,也就是后来《西游记》里唐太宗请玄奘讲经和取经故事的由来。《大云经》是武后时流行起来的,据说经文预示将有女主临世,僧人造谣说武后是弥勒下生,当作阎浮提主。武后就大事宣扬《大云经》,为她登极制造舆论。再联系《朝野佥载》的记载,《唐太宗入冥记》故事可能产生于武后时期或稍晚。

敦煌遗书中有一篇《黄仕强传》(北京阳21、淡58,伯2186、2297、2136等卷),讲永徽三年(652)有一个兵士黄仕强被误抓到冥司,审问后放回,阴吏问他要钱,又教他抄写《证明经》三卷,可以得寿一百二十岁。这个故事年代较早,大约在永徽三年后不久。其中索贿和写经延寿等情节,与唐太宗入冥故事十分相似,可能即为后者所借鉴。

敦煌遗书中还有《唐玄奘诗》五首(斯0373),分咏西天途中的胜迹,像是后人伪托的,也许就是《大唐三藏取经诗话》的雏型。如《题尼莲河七言》:"尼莲河水正东流,曾浴金人体得柔。自此更谁登彼岸,西看佛树几千秋。"这些材料都为《西游记》故事的产生准备了条件。

庐 山 远 公 话

《庐山远公话》是敦煌写卷中明确标明为"话"的话本,也是一篇最长的、最典型的话本。原卷尾有题记:"宋开宝五年(972)张长继书记。"抄写于宋初,写作或传说的时代大概在宋代之前,很可能是唐五代的作品。原卷现藏英国伦敦博物馆,编号为斯2073,收入《敦煌变文集》卷2。《庐山远公话》的出现,明确宣告了宋代之前就有话本的流传,而且它已经达到了相当成熟的水平,比之后来出现的《大唐三藏取经诗话》还要丰满得多。这是十分值得注意的。

《庐山远公话》讲的是东晋名僧慧远的故事,慧远是当时的佛教大师,据说诗人陶渊明、谢灵运都与他有交往。梁僧祐《出三藏记集》和慧皎《高僧传》里都有慧远的传记。《高僧传》的记载相当详备,已经有一些神奇化的故事,但是并没有《远公话》那么多的虚幻情节。故事梗概是:惠远家住雁门,从旃檀和尚出家为僧。后辞师至庐山修行,专念《涅槃经》。庐山山神为之造寺,有千尺潭龙化为老人来听经,不懂经义,远公特意要制造《涅槃经疏抄》作为讲解。寿州贼首白庄率徒党五百人来庐山劫略,把远公掳去为奴。远公弟子云庆把《涅槃经疏抄》分付与道安和尚。白庄把远公卖给崔相公为奴,改名善庆。这时道安在东都福光寺开讲《涅槃经》,远公去和他论难,问倒了道安,说出自己就是惠远。于是惊动了皇帝,晋文帝迎请远公到大内供养。最后远公请求归山,回到庐山,用"自性心王"造一法船,归依上界。

这个故事基本上是虚构的。大概是俗讲僧有意夸大慧远的神通奇迹,编出许多离奇故事,既用以宣扬佛法,又借以邀求布施。可是故事过于荒诞,有的正统的佛教徒却对之表示反对。元代僧普度的《庐山莲宗宝鉴》卷4《辨远祖成道事》曾对当时流行的《庐山成道记》提出了批评①,指出它的七诳:

> 远公礼太行山道安法师出家,妄传为师旃檀尊者,一诳也;妄以道安为远公孙者,二诳也;远公三十年影不出山,足不入俗,妄谓白庄劫掳者,三诳也;晋帝三召,远公称疾不赴,妄谓卖身与崔相公为奴者,四诳也;道安臂有肉钏,妄为远公者,五诳也;临终遗命,露骸松下,全身在西岭,见在凝寂塔可证,妄谓远公乘彩船升兜率者,六诳也;道生法师,虎丘讲经,指石为誓,石乃点头,妄为远公

---

① 参考周绍良《读变文札记·〈庐山远公话〉》,载《文史》第7辑,中华书局1979年版。

者,七诳也。

从普度的《辨远祖成道事》,可以知道《庐山成道记》就是《庐山远公话》,它一直流传到元代;而他所举出的"七诳",却正是说话人的虚构和创造,从小说的艺术构思来说,并不能一概加以否定。这对于中国小说的发展,还是有一定作用的。其实,所有宣传报应灵验的佛教故事,又何尝不是虚构。《远公话》正是用"诳"语的形式来为宣传佛教服务的。特别是远公被白庄掳去为奴,又以五百贯钱的代价卖给崔相公的一节,远公对此用轮回报应作了解释:原来崔相公前世是一个商人,白庄也是一个商人,崔相公向白庄借了五百贯钱,远公作保。后来崔相公死了,远公本当代他偿还,不幸也死了。所以远公这世命该被白庄掳去,把他卖了五百贯钱,还做了六年奴隶。远公告诫门弟子,欠债一定要还,否则后世做奴隶也要偿债。这种现身说法,实际上是奴隶主的哲学,现世作奴隶的以至作牛作马的,都是前世欠了人家的债,所以不该抱怨。如《远公话》所说:"远公因自知偿债,更不敢怨恨他人。出入往来,一任鞭镫驱使。"

《庐山远公话》完全是佛教文学,不仅本身是宣传佛法的故事,而且在故事中间还穿插了讲经的内容。崔相公在福光寺听了道安讲《涅槃经》,回到家里又给夫人和家里大小良贱三百馀口解说《涅槃经》中之义。崔相公说了生、老、病、死、五阴、求不得、怨憎会、爱别离八苦交煎,详细讲解,用了约两千多字。远公接着又说了四生十类和十二因缘,赢得了崔相公的敬佩。话本里又描述了道安在福光寺讲经,远公前去论议,两人问答的情形,给我们提供了讲经的实例。实际上就是说话人运用讲故事的形式向听众讲了经义,宣扬了佛教。这种结构也很见匠心。

《远公话》在语言上也很有特色,既运用了一些口语,也运用了不少骈偶的排句,体现了所谓"传奇体"的特色。如话本中有些对话,口语化程度比较高。

> 山神又问:"僧人到此,所须何物?"树神奏曰:"商[适]来问他,并不要诸事。言道只要一寺舍伽蓝居住。"山神曰:"若要别事即难,若要寺舍住持,浑当小事。汝也不要东西,与我点检山中鬼神,与此和尚造寺。"

还有一些说话人的自问自答,显示了话本的特点:

> 且见其山非常异境,何似生?

> 远公知契诸佛如来之心,遂乃却请其笔空中而下。争得知?至今江州庐山有掷笔峰见在。

> 远公还在何处?远公常随白庄逢州打州,逢县打县,朝游川野,暮宿山林……

话本也和变文一样,有不少骈体的文句,如:

> 盖闻法王荡荡,佛教巍巍,王法无私,佛行平等。王留玫[政]教,佛演真宗,皆是十二部尊经,总是释迦梁津。

> 是日夜拣炼神兵,闪电百般,雷鸣千钟[种],彻晓喧喧,神鬼造寺,直至天明,造得一寺,非常有异。且见重楼重阁,与忉利而无殊;宝殿宝台,与西方无二。树木丛林,拥[蓊]郁花开,不拣四时;泉山傍流,岂有春冬段[断]绝。更有名花嫩蕊,生于觉悟之傍;瑞鸟灵禽,飞向精舍之上。

话本里还有一些偈,都是作为故事人物代言体的诗,如:

> 远公次成偈曰:修竹萧萧四序春,交横流水净无尘。缘墙薜荔枝枝绿,赴[覆]地莓苔点点新。疏野免交城市闹,

> 清虚不共俗为邻。山海此地修精舍,要请僧人转法转[轮]①。
>
> 自从远公于大内见诸宫常将字纸秽用茅厕之中,悉嗔诸人,以为偈曰:儒童说五典,释教立三宗。视礼行忠孝,挻遣出九农。长扬并五策,字与藏经同。不解生珍敬,秽用在厕中。悟灭恒沙罪,多生忏不容。陷身五百劫,常作厕中虫。

这样的体制和许多俗讲文相同,偈往往是作为人物对话来用的。后来的《大唐三藏取经诗话》还是如此,《诗话》里的诗都是作为话中人物的作品穿插在每一段的结尾(偶有例外)。《远公话》里旃檀和尚嘱告惠远说:"逢庐山即住,便是汝修行之处。"这种手法也为《水浒传》所袭用,如智真长老吩咐鲁智深"遇林而起,遇山而富,遇水而兴,遇江而止"。所以说《远公话》是敦煌写卷中最标准的话本。至于它在夸张和虚构等方面的艺术技巧,也是说话人敷演捏合的传统手法。

叶 净 能 诗

《叶净能诗》是原有的题目,"诗"字有人认为应作"话",有人认为应作"传",也有人认为实为诗话,省略了一个"话"字。总之,大家都认为它是一个话本。敦煌写卷中的说唱文学,体制多样,名称不一,现在很难以固定的格式来衡量它。这个话本全是散文,并无诗赞。最后一首唐玄宗的祭义,虽然押韵,还未必能算是诗。

《叶净能诗》专讲道士叶净能的神奇事迹,实际上是把许多

---

① 原卷明显的错字,已据《敦煌变文集》校者的意见径改。

道士的故事汇集改编而成的。叶净能,当作叶静能,唐代实有其人,他活动于高宗、武后、中宗时期。《唐会要》卷67《试及邪滥官》门记载:神龙元年(705)六月,除方术人叶静能为国子祭酒,当时有左卫骑曹参军宋务光上疏劝谏说:"秘书监郑普思、国子祭酒叶静能,或挟小道以登朱紫,或因浅术以取银黄,既亏国经,实悖天道。"又有酸枣县尉袁楚客上书给中书令魏元忠说:"今国子祭酒叶静能、秘书监郑普思等,不修忠正以事君,妄引鬼神而惑主。……此国贼也。"据赵璘《因话录》卷5说:"有人撰集怪异记传云'玄宗令道士叶静能书符',不见国史。不知叶静能中宗朝坐妖妄伏法,玄宗时有道术者乃法善也。谈话之误差尚可,若著于文字,其误甚矣。"叶静能在中宗时以善符禁小术出入宫廷,景龙四年(710)六月在李隆基发动的政变中与韦后同时被杀①。但《太平广记》卷26《叶法善》条又说:"(叶法善)叔祖靖能,颇有神术,高宗时入直翰林,为国子祭酒。武后监国,南迁而终。"(出《集异记》及《仙传拾遗》)与《旧唐书》、《唐会要》的记载显有矛盾。看来,他不是玄宗时的人,可能与武后时南迁的叶靖能不是一人。

《因话录》说"有人撰集怪异记传",把叶静能和唐玄宗联系在一起。这本《叶净能诗》正是这样编的,而且正是把许多叶法善的传说放到叶静能头上了。《叶净能诗》讲了十几个故事,大多数都见于别的书,说是叶法善或其他人的事迹②。如在华阴县从华岳神手里夺回张令的妻子,类似的故事很多,《太平广记》卷378引《逸史》说是李主簿妻被华岳神金天王摄去生魂,

---

① 见《旧唐书》卷7《睿宗纪》及卷51《中宗韦庶人传》。
② 参考张鸿勋《敦煌话本〈叶净能诗〉考辨》,见《敦煌学论集》,甘肃人民出版社1985年第1版,第130—144页。

幸得叶天师书符救回,与此大体相同。那个叶天师应该是指叶法善。别的书中或作明崇俨,或作仇嘉福,都有类似的事迹。又如开元十四年正月十五夜,叶净能带领玄宗去剑南看灯,《太平广记》卷26引《集异记》、《仙传拾遗》也说是叶法善的事,但地点是凉州(卷77引《广德神异录》也基本相同)。牛僧孺《玄怪录》有《开元明皇幸广陵》一篇①,说是开元十八年正月望夕,皇帝和叶仙师去广陵观灯,命随从的乐官奏《霓裳羽衣》一曲。事后广陵奏告那夜看到了仙人乘彩云西来,又奏《霓裳羽衣》一曲,证实这事并非虚幻。《龙城录》则说是申天师的事(详后)。

《叶净能诗》只说到:"净能又将皇帝于蜀王殿上。随驾同观,遂令奏乐数曲。"并没有说奏的是什么曲。其他书里都把奏《霓裳羽衣》曲作为唐明皇游月宫那一次的活动,而且多数说是叶法善的事。唐明皇游月宫是一个非常著名的故事,许多书里都有记载,但有的说是叶法善,有的说是罗公远,有的说是申天师,只有宋傅干《注坡词》卷一《水调歌头》(其三)注引《明皇杂录》作叶静能:

> 《明皇杂录》:八月十五夜,叶静能邀上游月宫。将行,请上衣裘而往。及至月宫,寒凛特异,上不能禁。静能出丹二粒进上服之,乃止。②

王灼《碧鸡漫志》卷3和胡仔《苕溪渔隐丛话》前集卷24都有考证。说明这是唐代非常流行的传说。《叶净能诗》也有这个故事,但情节略有不同,如不带侍从,没奏乐曲,特别渲染月宫的冷,别有特色。不妨引录一段原文,以见话本的一斑。

---

① 见明刻本《玄怪录》,已收入中华书局版《玄怪录》卷3。
② 今本《明皇杂录》无此条。

八月十五日夜,皇帝与净能及随驾侍从,于高处既〔玩〕月,皇帝谓净能曰:"月中之事,其可恻〔测〕焉?"净能奏曰:"臣说亦恐无益,臣愿将陛下往至月宫游看可否?"皇帝曰:"何以得往?"净能奏曰:"陛下自行不得,与臣同往,其何难哉?"皇帝大悦龙颜。皇帝曰:"可将侍从同行?"净能奏曰:"剑南看灯,凡人之处;月宫上界,不同人间。缘陛下有仙分,其可暂往。"皇帝又问曰:"着何色衣服?"净能奏曰:"可着白锦绵衣。"皇帝曰:"因何着白锦绵衣?"净能〔奏曰〕:"缘彼是水晶楼殿,寒气凌人。"皇帝装束便行,净能作法,须臾便到月宫内。观看楼殿台阁,与世人不同;门窗□牖,全殊异世。皇帝心看楼殿,及入重门,又见楼处宫阁,直到大殿,皆用水精、瑠璃、玛瑙,莫测涯际。以水精为窗牖,以水精为楼台。又见数个美人,身着三殊之衣,手中皆擎水精之盘,盘中有器,尽是水精七宝合成。皇帝见皆存礼度。净能引皇帝直至婆罗树边看树,皇帝见其树,高下莫测其涯,枝条直赴三千大千世界。其叶颜色不异白银,花如同云〔雪?〕色。皇帝树下徐行之次,踌躇暂立,冷气凌人,雪凝彻骨。皇帝谓净能曰:"寒气其〔甚〕冷,朕欲归宫。"

　　《叶净能诗》是唐代神仙方技故事的集锦,把叶净能说是唐玄宗时的叶天师,正如赵璘所指出的是时代差误。赵璘是大和八年(834)进士,《因话录》记事至宣宗时期,所说的大概是中唐末年的情况。《叶净能诗》应该就是那时的作品。它是一个宣扬道士方术的故事,和宣扬佛法灵验的故事显然是对立的,这在敦煌遗书中实为罕见。然而它又借用了一些释家的词语,如"帝释"、"三千大千世界",还是蒙受了佛教的影响。

游　仙　窟　附朝野佥载

《游仙窟》是唐代小说中最特殊的一篇作品,无论内容或形式,都有它独特的地方。它可以说是"传奇体"的创始者,然而它的渊源和影响却十分隐晦,在唐代小说中似乎是一个孤立的现象。因此把它从前面《唐代传奇的兴起》一章里分割出来,放在通俗小说一起来谈,也许可以理出一些发展线索来。

《游仙窟》作者张鷟,字文成,即《灵怪集》作者张荐的祖父,事迹附见两《唐书》的《张荐传》,但莫休符《桂林风土记》的记载较为详明,摘录如下:

> 张鷟,字文成,深州陆泽人也,后赵右侯宾之裔。鷟少聪敏过人,其祖齐工文学,以当时儒士多称鷟之才,莫不叹异,因曰:"我孙为人所知,如天以鷟鷟为凤凰之佐,五色成文。"因名鷟字文成。弱冠应举,下笔成章,中书侍郎薛元超特授襄乐尉。迁监察御史、司门员外。开元中,姚元崇为相,诬其奉使江南受遗,赐死。其子上表请代父死。黄门侍郎张延珪、刑部尚书李日知("李日知"原误作"李白",据《旧唐书·张荐传》改)等连表称冤,遂减死流岭南。数年,起为龚州长史。卒年七十三。文成凡七举四参选,皆中甲科。正谏大夫员半千谓人曰:"张子之文,如青铜钱万拣万中。"时号青铜钱学士。

《风土记》说他"弱冠应举,下笔成章",徐松《登科记考》把他系在仪凤二年(677)下笔成章科及第,如果弱冠确指二十岁,那么张鷟当生于显庆三年(658)左右;卒年七十三,则当卒于开元十八年(730)前后①。

《游仙窟》在国内久已失传,清末才从日本传抄回来。《风土记》曾说到:"新罗、日本国,前后遣使入贡,多求文成文集归本国。"大概《游仙窟》从唐代就流传到日本去了,在日本流传至今,颇有影响。原卷题"宁州襄乐县尉张文成作",与《风土记》所说"特授襄乐尉"的张鷟相符,定为张鷟所作,无可怀疑。但文中说他"见管河源道行军总管记室",却像是稍晚的事。

《游仙窟》以作者自叙的方式记他在奉使途中经过一个相传为"神仙窟"的第宅,与崔十娘及其五嫂相会,一起饮酒赋诗,调情作乐,留宿一夜就分手离去。故事本来很简单,但篇幅很长,描写得十分细腻繁复,穿插了大量诗歌。开头一段写他进入神仙窟,情景恍惚,带有神秘色彩,好像和志怪小说中某些人神(或人鬼)相恋的故事相似,但后面却完全说是现实生活,不说崔十娘是人还是仙或鬼。试看原文的开头一段:

> 若夫积石山者,在乎金城西南,河所经也。《书》云:"导河积石,至于龙门。"即此山是也。仆从汧陇,奉使河源。嗟命运之迍邅,叹乡关之眇邈。张骞古迹,十万里之波涛;伯禹遗踪,二千年之坂隥。深谷带地,凿穿崖岸之形;高岭横天,刀削冈峦之势。烟霞子细,泉石分明,实天上之灵奇,乃人间之妙绝。目所不见,耳所不闻。日晚途遥,马疲人乏。行至一所,险峻非常,向上则有青壁万寻,直下则有碧潭千仞。古老相传云:"此是神仙窟也,人迹罕及,鸟路才通。每有香果琼枝,天衣锡钵,自然浮出,不知从何而至。"

---

① 关于张鷟的事迹,两《唐书》本传所记有不少错乱。《桂林风土记》所载也有疏失,如迁监察御史是以后的事,司门员外郎是最终的官衔。

从这一段看,仿佛是《搜神记》(或《幽明录》)里所写的刘晨、阮肇入天台山遇仙女的情节。可是下面却说崔十娘是名门世族的女儿,嫁给弘农杨府君的长子。她的哥哥和丈夫都身死战场,她和五嫂寡居在这里的别宅。下面有一段男女问答的对话,却和敦煌出土的《下女夫词》有某些相似之处,似乎作者又曾采用了民间文学的素材①。《游仙窟》基本上是用骈体文写的,这是它不同于其他唐代小说的一个显著特点,从上面引开头一段原文就可以看出。再看原文的结尾一段:

……下官咏曰:"人去悠悠隔两天,未审迢迢度几年?纵使身游万里外,终归意在十娘边。"十娘咏曰:"天涯海角知何处,玉体红颜难再遇。但令翅羽为人生,会些高飞共君去。"下官不忍相看,匆把十娘手子而别。行至二三里,回头看数人,犹在旧处立。余时渐渐去远,声沉影灭,顾瞻不见,恻怆而去。行到山口,浮舟而过。夜耿耿而不寐,心茕茕而靡托。既怅恨于啼猿,又凄伤于别鹄。饮气吞声,天道人情。有别必怨,有怨必盈。去日一何短,来宵一何长。比目绝对,双凫失伴。日日衣宽,朝朝带缓。口上唇裂,胸间气满。泪脸千行。愁肠寸断。端坐横琴,涕血流襟。千思竞起,百虑交侵。独嚬眉而永结,空抱膝而长吟。望神仙兮不可见,普天地兮知余心。思神仙兮不可得,觅十娘兮断知闻。欲闻此兮肠亦乱,更见此兮恼余心。

这一段不仅多用对偶,而且还大体押韵,格律谨严,音调和谐,完全是六朝小赋的格局。然而从全篇看,大体上是不押韵的骈文,

---

① 《下女夫词》收入《敦煌变文集》卷3。参看拙作《关于变文的几点探索》,载《文学遗产》增刊第十辑,中华书局1962年1版,80—101页。又收入《敦煌变文论文录》。

而且着力用对话和对诗来叙述故事,展开情节,有许多独创的手法。当然,这种文学体裁不是凭空出现的。如果和敦煌写卷中的故事赋及变文联系起来看,可以认为它是从秦汉以来的辞赋演变而来。宋玉的《高唐赋》、曹植的《洛神赋》、张敏的《神女赋》等不仅在题材上提示了人神相恋的情节,而且也在体裁上开辟了韵文体小说的道路。敦煌本的《晏子赋》、《韩朋赋》,故事性更强了,可能产生在唐代之前;《燕子赋》大约是盛唐时期的作品①。总之,敦煌故事赋的时代与《游仙窟》相差不远,或前或后。韵文体(或骈文体)的小说和故事赋的关系非常密切,从整个敦煌说唱文学的体制大致可以看出这个迹象。如果把《游仙窟》和变文比较,共同点就更多一些。用骈体文和诗赞相结合来演述故事,是变文的基本特点,这种体裁产生的年代还无法确定,现存的《降魔变文》里说到"大唐汉圣主开元天宝圣文神武应道皇帝",这是唐玄宗天宝七载(748)至八载(749)所用的徽号②。可见《降魔变》是一篇年代较早的作品。它就用了不少很工整的对仗,如描写须达买园的一段:

　　……忽见一园,竹木非常蓊蔚。三春九夏,物色芳鲜;冬际秋初,残花翁郁。草青青而吐绿,花照灼而开红。千种池亭,万般果药,香芬芬而扑鼻,鸟噪哜而和鸣。树动扬三宝之名,神钟震息苦之响。祥鸾瑞凤,争呈锦羽之晖;玉女仙童,竞奏长生之乐。(《敦煌变文集》365页)

这和《游仙窟》的体制很相似。当然,我们不能说变文就是受了

---

① 有人认为《韩朋赋》是初唐以前,或为晋至萧梁间的作品,见容肇祖《敦煌本〈韩朋赋〉考》。《燕子赋》两种都以开元年间的"括客"作为背景,多数学者认为大约是开元末年至建中元年(780)施行两税法以前的作品。
② 据中华书局版校点本《旧唐书》卷9。参见《资治通鉴》卷216。

《游仙窟》的影响,变文应该是从故事赋和其他说唱文学发展而来,它的产生大概与《游仙窟》的时代相近。很可能倒是张鷟借鉴了当时的说唱文学才创作了《游仙窟》,不过这一点还有待进一步探讨。

《游仙窟》里还运用了许多诗作为对答,如:

> 下官咏曰:"旧来心使眼,心思眼即传。由心使眼见,眼亦共心怜。"十娘咏曰:"眼心俱忆念,心眼共追寻。谁家解事眼,副着可怜心。"于时五嫂遂向果子上作机警曰:"但问意如何,相知不在枣。"十娘曰:"儿今意正密,不忍即分梨。"下官曰:"勿遇深恩,一生有杏。"五嫂曰:"当此之时,谁能忍柰。"

这里的诗近似六朝的子夜歌,如以"枣"谐"早",以"梨"谐"离",以"杏"谐"幸",以"柰"谐"耐",完全是民歌的手法。至于在故事中穿插赠诗,那么如前面引到的《神女传》、《杜兰香别传》已经开其端了,但互相赠答,则是唐代传奇里才盛行起来的。这种方式在话本和俗讲文里也可以见到,如《庐山远公话》常用远公作偈作为过渡,《维摩诘经讲经文》有佛和文殊作偈互相对答(《敦煌变文集》635—638页)。后世的《大唐三藏取经诗话》及《张子房慕道记》、《快嘴李翠莲记》等话本都以主人公自己的诗歌作为分章的标志。像《游仙窟》这样大量地用诗唱和,恐怕还是模仿民间对歌的习俗。张鷟《游仙窟》在体制上有不少特点,只有从民间文学去找它的因由,才能得到比较合理的解释。

张鷟还有《朝野佥载》一书,《新唐书·艺文志》列在杂传记类,《直斋书录解题》才把它归入小说类。原书二十卷,现存六卷本或十卷本,都不是全本。中华书局版赵守俨点校本,附有补辑,是目前最完备的版本。《朝野佥载》主要记载武后时期的事迹,对于当时政治的黑暗腐败,酷吏的阴狠残暴,都有所揭露。书中也记载了一些神怪故事和笑话趣闻,具有小说成分。可是前人却评论它"纪事皆琐尾摘裂,且多媟语"①,那是从史学的价值观念来衡量的。如果把它看作唐代前期小说化的杂传记,那么也有一定的历史价值。它写出了一些人物的性格特征,可以作为志人小说《世说新语》的后继,刘肃《大唐新语》里就采用了它的部分记载。有些故事对后世小说还有影响,如李杰判寡妇告子不孝的公案(卷5),就是《拍案惊奇》卷17《西山观设箓度亡魂、开封府备棺追活命》的原型。唐太宗入冥的故事,最早见于《朝野佥载》(卷6),已见前引。但全书文学性较差,只能看作小说史的史料。

---

① 洪迈《容斋续笔》卷12《龙筋凤髓判》。

第五章　唐代传奇的全盛时期

离魂记所标志的新起点

贞元、元和年间是唐代小说的黄金时代。以单篇传奇文为代表的唐代小说,在这时期崛起了一个新的高峰,和盛唐诗歌一样几乎是不可逾越的。文言小说是中国古代小说的一种重要体裁,在蒲松龄《聊斋志异》之前,许多名作都产生于唐代,而且又集中出现于贞元、元和年间。以作家而论,数量之多为前所未见,如群星会聚,灿烂天空。鲁迅说:"惟自大历以至大中中,作者云蒸,郁术文苑,沈既济、许尧佐擢秀于前,蒋防、元稹振采于后,而李公佐、白行简、陈鸿、沈亚之辈,则其卓异也。"(《唐宋传奇集》序例)其中除沈亚之的《秦梦记》写于大和初年,蒋防的《霍小玉传》可能写于长庆初年,其他作家的名篇都写于贞元、元和年间,真是一个空前的黄金时代。

以作品而论,古代小说在唐以前还是小说的萌芽状态,到了唐代才起了重大变化,而开元、天宝之后又有一个飞跃的发展,数量和质量都有很大提高,在文体上形成了所谓"传奇"这种新体。不过当时人并没有称之为"传奇",也没有视之为"小说"(参看前面序论),只是运用一些新的手法来写传记文。我们不妨沿袭宋代以来的习惯说法,概称之为"传奇",但以单篇作品为主。单篇传奇除了篇幅较长之外,和一般唐人小说并没有本质的区别,而不少小说专集里的作品却是长短不一的。顾名思义,传奇所传的必须是奇人奇事。但作者却往往以史家的姿态,标榜自己所写的是真人真事,实际上既有真人真事,也有真人假事乃至假人假事,最主要的一点还是在于奇。"奇"和"怪"有所不同,传奇所传的"奇",还是以真实性为基础的,不过它所追求的不是事实的真实,而是艺术的真实,如刘勰所说的:"酌奇而不失其真,玩华而不坠其实。"(《文心雕龙·辨骚》)虽然唐人传奇有不少神仙鬼怪的故事,而且各个作家还有不同的艺术风格,但是在细节真实上比以往的史传散文都有所进步。它不仅写故事,而且写出了人物的性格和感情。尤其在描写青年男女的爱情生活时,进入到了以往史传散文的禁区,因此突破了一般的传记文的范围,开创了一种传奇体的小说。

唐代小说的高峰在贞元以后,但发展变化大致开始于大历年间。如果要找出一个前后期的分界点的话,可以拿有确切纪年的《任氏传》作为标志。不过还可以找到更早一些的先驱之作,小说集如《纪闻》、《广异记》里已经有不少篇幅曼长、记叙委曲的篇目,如前面所述;陈玄祐的《离魂记》则是一篇较早把异闻和言情相结合的单篇传奇。《离魂记》结尾说:"大历末,遇莱芜县令张仲规,因备述其本末。镒则仲规堂叔,而说极备悉,故记之。"原文大概就写于大历末年,比写于建中二年的《任氏传》略早。篇幅并不长,题材也不新鲜,但和志怪小说显然有所不同。如果把它和题材相似的《幽明录·庞阿》作对比,就可以看出《离魂记》在艺术上有一些新的特色。先看《幽明录·庞阿》原作:

> 钜鹿有庞阿者,美容仪。同郡石氏有女,曾内睹阿,心悦之。未几,阿见此女来诣阿,阿妻极妒,闻之,使婢缚之,送还石家,中路,遂化为烟气而灭。婢乃直诣石家,说此事。石氏之父大惊曰:"我女都不出门,岂可毁谤如

此!"阿妇自是常加意伺察之。居一夜,方值女在斋中,乃自拘执,以诣石氏。石氏父见之,愕眙曰:"我适从内来,见女与母共作,何得在此?"即令婢仆于内唤女出。向所缚者,奄然灭焉。父疑有异,故遣其母诘之。女曰:"昔年庞阿来厅中,曾窃视之。自尔仿佛即梦诣阿。及入户,即为妻所缚。"石曰:"天下遂有如此奇事!"夫精情所感,灵神为之冥著,灭者盖其魂神也。既而女誓心不嫁。经年,阿妻忽得邪病,医药无征。阿乃授币石氏女为妻。(《太平广记》卷358)

《离魂记》写的是一个少女为了追寻她的情人,灵魂与躯体分离了。《庞阿》里的石氏女爱的是一个美貌的有妇之夫;《离魂记》里张倩娘爱的是从小一起长大的表兄王宙,她父亲曾亲口许婚,"后有宾寮之选者求之",才又悔约另许人家,所以她才要抗婚私奔。从这个基本情节看,《离魂记》所赞扬的是婚姻自主,谴责的是背信负约,思想性显然加强了。再看它的具体描写:

……宙阴恨悲恸,决别上船。日暮,至山郭数里。夜方半,宙不寐,忽闻岸上有一人行声甚速,须臾至船。问之,乃倩娘,徒行跣足而至。宙惊喜发狂,执手问其从来。泣曰:"君厚意如此,寝食相感。今将夺我此志,又知君深情不易,思将杀身奉报,是以亡命来奔。"

这里不仅写出了特定的氛围背景,而且写出了人物的心情沽动。倩娘为了爱情,不怕艰难险阻,半夜里光脚(古人不穿鞋只穿袜也叫跣足)偷偷出门赶路,向王宙表白衷情,愿意"杀身奉报"。正出于这种生死不渝的感情,她的灵魂才能突破肉体的限制,冲开封建家长的束缚,终于和相爱的情人形影相随。

这样的离魂故事就有了一定的真实感,能使读者在感情上进入一个艺术的幻境,信以为真。《离魂记》后面还写到张倩娘在生了两个孩子后,又想到自己的父母,"涕泣言曰:'吾曩日不能相负,弃大义而来奔君。向今五年,恩慈间阻,覆载之下,胡颜独存也!'"寥寥几句话,却道出了一个女性的复杂感情。她既能为了爱情舍命私奔,而事过境迁之后,又不能忘掉亲生父母,还想回家看望。这种心情是可以理解的,这样把倩娘的性格写得更丰富了。至于最后才揭开谜底,原来私奔王宙的只是倩娘的灵魂,这又是小说家故弄玄虚的手法,而且在某种意义上还可以说是暗示封建礼教的枷锁实际上并不能突破,只有灵魂才是自由的。《离魂记》比《庞阿》的篇幅大约只多出了一倍,但是在思想和艺术上却提高了很多,显示出作家在小说写作上有了较高的自觉性和创造性。我们把《离魂记》看作唐代小说成熟的起点,还不仅因为它年代较早而已。

任氏传与枕中记

唐代小说划时代的作品,应该说是沈既济的《任氏传》和《枕中记》。沈既济是史官,曾撰《建中实录》十卷。据《元和姓纂》卷7的记载:"婺州武义主簿朝宗生既济。既济,进士,翰林学士。"

《新唐书》卷132《沈既济传》说:

> 沈既济,苏州吴人。经学该明。吏部侍郎杨炎雅善之,既执政,荐既济有良史才,召拜左拾遗、史馆修撰。……炎得罪,既济坐贬处州司户参军。后入朝,位礼部员外郎,卒。撰《建中实录》,时称其能。

沈既济生卒年不详,只知道他儿子沈传师生于769年①,沈既济如果长于传师二十岁以上,当生于749年以前,卒年约在800年左右。

杨炎称赞沈既济有良史才。李肇《国史补》卷下也说:"沈既济撰《枕中记》,庄生寓言之类;韩愈撰《毛颖传》,其文尤高,不下史迁。二篇真良史才也。"他并不把《枕中记》看作小说,而是看作史传文。宋朝人编《文苑英华》,一般不收传奇文,但收了《枕中记》和《长恨歌传》,大概也因为欣赏作者的史才。

《任氏传》的写作年代十分明确,原文末尾明说是"建中二年,既济自左拾遗……谪居东南,自秦徂吴,水陆同道。……因请既济传之,以志异云"。这是大历以后唐代小说的新成就,可以说是群峰中的第一个高峰。妖狐化为美女的传说,在六朝志怪中已曾见到。《玄中记》曾说:"狐五十岁能变化为妇人,百岁为美女。"志怪小说里的狐精多半是为害于人的,而且故事情节十分简单。《太平广记》的狐类里就有一些妖狐魅人的故事。到了唐代,出自《广异记》的《李黁》、《李参军》两篇,已有近似《任氏传》的地方。李黁所爱的郑氏,有美色而性婉约,像是任氏的前身;李参军所娶的萧氏,最后被狗咬死,遭遇和任氏同样的结局。《任氏传》承先启后,创造性地塑造了任氏的形象,写出了一个热情而坚强的女性;在妖狐身上体现了特定社会中的某些妇女特征。任氏接受了郑六的追求,开始的时候似乎有些轻佻妖媚,然而她看到郑六对她感情诚挚,就坦率地表示:"凡某之流,为人恶忌者,非他,为其伤人耳。某则不然。若公未见恶,愿终己以奉巾栉。"这就是任氏不同于以往狐精的地方。她不伤害人,而是十分温顺地爱着郑六,只因郑六不嫌弃她是狐

---

① 据《旧唐书·沈传师传》,太和元年卒,年五十九。

精,所以她决心爱上了穷贱而寄人篱下的郑六,终身信守不渝。当韦崟对她施行强暴的时候,她竭力反抗,又十分坚决。她特别同情于郑六的穷馁而不能自立,斥责韦崟因为供给郑六衣食而敢于夺人所爱,终于义正辞严地折服了韦崟。因此作者赞叹说:"嗟乎!异物之情也,有人道焉。遇暴不失节,徇人以至死,虽今妇人有不如者矣!"沈既济所看重的是任氏的节义,但传记中着重描写的并不是三从四德的妇道,而是真挚强烈的"异物之情"。这就构成了小说里的浪漫主义色彩。

《任氏传》是传奇小说,它情节曲折丰富,细节描写十分生动,表现手法十分巧妙。如对任氏的美貌,从各个不同的角度加以描写。首先从郑六的眼里见到她"容色姝丽",就惊喜而追踪其后;继而跟到她家里欢会之后,又看到她"妍姿美质,歌笑态度,举措皆艳,殆非人世所有";后来别后重逢,郑六又看到她"回眸去扇,光彩艳丽如初":都从正面写她的美。另外,又从韦崟的家僮眼里看到她,说是"天下未尝见之";韦崟举出许多美人来比,最后举出"秾艳如神仙"的吴王家第六女,家僮都说是"非其伦也"。接着韦崟亲自到她家里察看,作者只用了"殆过于所传矣"一句,就把任氏的美丽从侧面烘托出来了。再进一步,作者又用市人张大的话来作渲染,张大见到了任氏,"惊谓崟曰:'此必天人贵戚,为郎所窃,且非人间所宜有者。愿速归之,无及于祸。'"这样多方面的、多层次的描画,充分显出作者的艺术匠心,在唐人小说中是突出的。李肇称沈既济为良史才,实际上对他的估价还是不足的。《任氏传》不仅写出了一个新奇曲折的故事,写出了一个艳丽多姿的美人,而且还写出了一个特殊女性的特殊情性。沈既济在篇末发出感叹说:"惜郑生非精人,徒悦其色而不征其情性。向使渊识之士,必能揉变化之理,察神人之际,著文章之美,传要妙之情,不止于赏玩风态而已,惜哉!"意在言外,作者实际上是在自赏自叹,真正能够"著文章之美,传要妙之情"的不就是沈既济自己吗?对于读者来说,并不可惜郑生不是"精人",而是庆幸作者是个"渊识之士",给我们留下了这篇绚丽多彩的传奇小说。

白居易曾作《任氏行》(见陈尚君《全唐诗补编》)。宋代有演任氏故事的大曲①,《董西厢》也提到"郑子遇妖狐",可见金代有演任氏故事的诸宫调。清代有崔应阶的《情中幻》杂剧和佚名的《情中幻》传奇,都演《任氏传》故事。《任氏传》的影响,最明显的就表现在《聊斋志异》里的许多狐女故事了。

《枕中记》见于《文苑英华》卷833,《太平广记》卷82题作《吕翁》,引自《异闻集》。这个故事后人称之为"黄粱梦",引作典故,诗文中屡见不鲜。它的情节构思来源于《搜神记》的杨林玉枕等故事,可能也受到庄子寓言的启发。不过沈既济写的却完全是唐代的现实生活。卢生进士及第,就像登上龙门,节节上升,建功立业,曾镇守边塞,征服吐蕃,在朝执政十馀年,号为贤相。"两窜岭表,再登台铉,出入中外,回翔台阁,三十馀年间,崇盛赫奕,一时无比",与当时某些大臣的经历相似。然而在道士吕翁看来,不过是一场梦境。杜甫在《秋兴》中说:"闻道长安似弈棋,百年世事不胜悲。王侯第宅皆新主,文武衣冠异昔时。"已经揭示了这种现象。后来白居易在新乐府《杏为梁》里更明白指出:"杏为梁,桂为柱,何人堂堂李开府。碧砌红轩色未干,去年身没今移主。……逆旅重居逆旅中,心是主人身是客。"就为《枕中记》作了具体的注解。建中二年(781)杨炎自宰相罢官,贬崖州司马,又中途赐死,沈既济也株连被贬。而杨炎

---

① 见洪适《盘洲文集》卷78《勾南吕薄媚舞》及关汉卿《金线池》楔子。

的前任和荐举者元载,也是弄权营私,贪纵不法,最后全家处死。这些都是《枕中记》卢生的模型。沈既济写卢生得尽天年,临终还得到皇帝的慰问,还是有些粉饰现实的写法。不过,他写出了富贵尊荣只是黄粱一梦,就给了那些权豪势要以当头棒喝,多少起到了警戒讽谕的作用。

《枕中记》里的卢生,是个热中躁进的人物。他说:"当建功树名,出将入相,列鼎而食,选声而听,使族益茂而家用肥,然后可以言其适。"可见他追求的"适"是什么。蒲松龄在《聊斋志异》的《续黄粱》一篇中把批判性的主题写得更鲜明,他用异史氏的名义评论说:"闻作宰相而欢然于中者,必非喜其鞠躬尽瘁可知矣。是时方寸中宫室妻妾,无所不有。"这就揭示了小说人物曾孝廉的灵魂。《枕中记》的卢生果然"末节颇奢荡,好逸乐,后庭声色皆第一。前后赐良田、甲第、佳人、名马,不可胜数",在梦中享受到了他的"人生之适"。可惜是一场梦,也幸而是一场梦。作者对这个人物是有所揭露,也有所回护的。这篇小说大概写于沈既济被贬之后,对官场黑幕、宦海风波的认识比较深刻。可能晚于《任氏传》。

《枕中记》的情节比六朝志怪详细曲折,富有真实感,但文笔还比较简炼质朴,不太华艳,主要情节与碑传文的写法相近,只是在开头和结尾的细节上有一些很精彩的描写,如卢生梦醒的情景:"卢生欠伸而寤,见方偃于邸中,顾吕翁在傍,主人蒸黄粱尚未熟,触类如故,蹶然而兴,曰:'岂其梦寐耶?'"黄粱梦的故事在后世影响深远,如《醉翁谈录》所载小说名目中就有《黄粱梦》,元人马致远有《邯郸道省悟黄粱梦》杂剧,明人汤显祖的《邯郸记》传奇,更为有名。于此可见《枕中记》在唐人小说中的地位。

李景亮的《李章武传》，和《任氏传》有某些相似之处，不过女主角是鬼而不是狐精。王氏妇人爱上了李章武，死后仍不忘旧情，也和任氏那样一片痴心，冒着阴司的责罚，来与李章武重会，她告诉邻人说："我夫室犹如传舍，阅人多矣。其于往来见调者，皆殚财穷产，甘辞厚誓，未尝动心。顷岁有李十八郎，曾舍于我家。我初见之，不觉自失。后遂私侍枕席，实蒙欢爱。今与之别累年矣，思慕之心，或竟日不食，终夜无寝。"就是这样一种执著的爱情，在女鬼身上发射出美丽的光彩。《李章武传》在体制上有一点特色，就是文中穿插了男女主人公的赠答诗，如王氏妇的赠诗：

捻指环相思，见环重相忆。愿君永持玩，循环无终极。
河汉已倾斜，神魂欲超越。愿郎更回抱，终天从此诀。

风格和《游仙窟》十分相近，更远一些，就可以和成公智琼、杜兰香的赠诗找到联系了。

李景亮，曾应贞元十年(794)详明政术可以理人科，见《唐会要》卷76。《李章武传》说到贞元十一年以后的事，写作年代自然较晚。李章武又见于《本事诗·事感》，大和(827—835)末为成都少尹，似乎实有其人。

柳　毅　传

《柳毅传》，《太平广记》卷419引自《异闻集》，题作《柳毅》，无"传"字。传末有陇西李朝威自叙，当即李朝威撰。《类说》(卷28)本《异闻集》题作《洞庭灵姻传》，可能是原名。

水神托人传书的故事，在六朝志怪中屡见不鲜。如《搜神记》卷4载胡母班故事：

胡母班,字季友,泰山人也。曾至泰山之侧,忽于树间逢一绛衣驺呼班云:"泰山府君召。"班惊愕,逡巡未答。复有一驺出,呼之。遂随行数十步,驺请班暂瞑,少顷,便见宫室,威仪甚严。班乃入阁拜谒,主为设食,语班曰:"欲见君,无他,欲附书与女婿耳。"班问:"女郎何在?"曰:"女为河伯妇。"班曰:"辄当奉书,不知缘何得达?"答曰:"今适河中流,便扣舟呼青衣,当自有取书者。"班乃辞出。昔驺复令闭目,有顷,忽如故道。遂西行,如神言而呼青衣。须臾,果有一女仆出,取书而没。……

又如《异苑》卷5:

　　秦时中宿县十里外有观亭江神祠坛,甚灵异。经过有不恪者,必狂走入山变为虎。晋中朝有质子将归洛,反路见一行旅,寄其书云:"吾家在观亭,亭庙前石间有悬藤即是也。君至,但扣藤,自有应者。"及归,如言,果有二人从水中出,取书而没。寻还云:"江伯欲见君。"此人亦不觉随去,便睹屋宇精丽,饮食鲜香。言语接对,无异世间。今俗咸言观亭有江伯神也。(《太平广记》卷291引作《南越志》,《水经注》卷38溱水注略同。《酉阳杂俎》前集卷14邵敬伯寄书故事也相似。)

到了唐代,就扩展成为《广异记》里的三卫故事。下面引录全文,以便对比。

　　开元初,有三卫自京还青州。至华岳庙前,见青衣婢,衣服故恶,来白云:"娘子欲见。"因引前行。遇见一妇人,年十六七,容色惨悴,曰:"己非人,华岳第三新妇,夫婿极恶。家在北海,三年无书信,以此尤为岳子所薄。闻君远还,欲以尺书仰累。若能为达,家君当有厚报。"遂以书付之。其人亦信士也,问北海于何所送之。妇人云:"海池上第二树,但扣之,当有应者。"言讫诀去。及至北海,如言送书,扣树毕,忽见朱门在树下,有人从门中受事。人以书付之。入顷之,出云:"大王请客入。"随行百馀步后入一门,有朱衣人长丈馀,左右侍女数千百人。坐毕,乃曰:"三年不得女书。"读书,大怒曰:"奴辈敢尔!"乃传教,召左右虞候,须臾而至,悉长丈馀,巨头大鼻,状貌可恶。令调兵五万,至十五日,乃西伐华山,无令不胜。二人受教走出。乃谓三卫曰:"无以上报。"令左右取绢二匹赠使者。三卫不悦,心怨二匹之少也。持别,朱衣人曰:"两绢得二万贯方可卖,慎无贱与人也。"三卫既出,欲验其事,复往华阴。至十五日既暮,遥见东方黑气如盖,稍稍西行,雷震电掣,声闻百里。须臾,华山大风折树,自西吹云,云势益壮,直至华山。雷火喧薄,遍山涧赤,久之方罢。……数月货易毕,东还青土,行至华阴,复见前时青衣云:"娘子故来谢恩。"便见看盖犊车,自山而下,左右从者十馀辈。既至下车,亦是前时女郎,容服炳焕,流目清眄,迨不可识。见三卫,拜乃言曰:"蒙君厚恩,远报父母。自闹战之后,恩情颇深,但愧无可仰报尔。然三郎以君达书故,移怒于君,今将五百兵于潼关相候。君若往,必为所害,可且还京。不久大驾东幸,鬼神惧鼓车,君若坐于鼓车,则无虑也。"言讫不见。三卫大惧,即时还京。后数十日,会玄宗幸洛,乃以钱与鼓者,随鼓车出关,因得无忧。(《太平广记》卷300)

大约比《广异记》晚二三十年,李朝威又把它改写成《柳毅传》,增加了爱情的成分,加强了人物的性格描写,艺术性就大大提高了。从志怪发展到传奇,在题材上可以看得很清楚,《柳毅传》就是一个典型例子。李朝威采用龙宫传书的情节,加以扩展,把神怪和爱情、婚姻、家庭等多方面的题材结合起来,构成了一个内容丰富的故事。神女与人相会和相爱的故事,在汉魏以至唐代的小说里,也是屡见不鲜的。甚至还有像《洛神赋》那样描写会见水神的韵文作品,不过写得扑朔迷离,真有些"飘忽若神"。《柳毅传》里的龙女,却完全是封建社会里良家妇女的形象,她不是来自天上,也不是来自水府,而是来自现实生活。她虽然是洞庭龙君的女儿,但是远嫁异乡之后,也像《红楼梦》里的迎春一样,受尽丈夫和公婆的虐待,以至被迫去野外牧羊(实为雨工)。所以当柳毅问到她的时候,不禁含泪倾诉自己的身世:"父母配嫁泾川次子,而夫婿乐逸,为婢仆所惑,日以厌薄。既而将诉于舅姑,舅姑爱其子,不能御。迨诉频切,又得罪舅姑。舅姑毁黜以至此。"接着又说:"洞庭于兹,相远不知其几多也?长天茫茫,信耗莫通。心目断尽,无所知哀。闻君将还吴,密通洞庭。或以尺书,寄托侍者,未卜将以为可乎?"这个龙女孤苦无援,行动不能自由,连家信也没法寄,根本不像是有神通变化的龙。幸而遇到了侠义的柳毅,替她送信回家,钱塘君一怒之下,就把她解救出来了。她对于柳毅的感激之情,真是铭心刻骨。当柳毅答应为她送信时,曾半开玩笑地说:"吾为使者,他日归洞庭,幸勿相避。"龙女说:"宁止不避,当如亲戚耳。"这个时候,她对于柳毅,已经有了亲切的好感了。龙女回宫后,钱塘君恃酒使气,偏要用威势强求柳毅和龙女结婚,不料引起了柳毅的拒绝。于是故事发生了波折。

龙女已经爱上了柳毅,这不是天命宿缘,也不是一见倾心,而是建立在感激和信任上的感情。她没有屈从于父母之命,再嫁给濯锦小儿。这次,她不像以前那么懦弱温顺,居然敢违抗家长作主、门第相当(她家是水族龙王)的婚姻制度,一片痴情地等待柳毅。最后她假托卢氏,嫁给了柳毅,直到生了儿子以后,才吐露衷情,说:"始不言者,知君无重色之心;今乃言者,知君有感余之意①。妇人匪薄,不足以确厚永心。故因君爱子,以托贱质②。未知君意如何,愁惧兼心,不能自解。君附书之日,笑谓妾曰:'他日归洞庭,慎无相避。'不知当此之际,君岂有意于今日之事乎?"她这样卑微委曲地求得柳毅的爱,除了出于感恩报德的心意,还表现了她一定程度的自卑感。在古代男尊女卑的社会里,妇女从属于丈夫,在生子之前,她在夫家的地位还不稳固,还怕柳毅像以前那样嫌弃她。龙女到了人间,就成了异类,也是远离家乡的弱女子,况且她又是再婚之妇,因此怕再次为夫婿厌薄,"愁惧兼心,不能自解"。这种刻画入微的性格描写,充分体现了古代妇女深受压迫的痛苦。不像别的神女那样,飘然而来,忽然而去,行动自由,恋爱主动,被爱的男子却像奴仆一样受命于她(如《广异记》里的华岳神女)。在神怪题材的唐代小说里,《柳毅传》最富于社会生活的内容,也最合乎近代的现实主义创作方法,如恩格斯所要求的那样,除了细节真实之外,还正确地表现出典型环境中的典型性格。

唐代小说多数以描塑女性形象见长,在爱情故事里,男主角的形象往往是软弱的,消极的,暗淡的。《柳毅传》却不同,不仅写出了龙女的性格,而且更着重写出了柳毅的性格。柳毅是一个落第儒生,个性却很刚强豪爽。他一听龙女诉说的委屈,就说:"吾义夫也,闻子之说,气血俱动,恨无毛羽,不能奋飞。是何可否之谓乎!"他就见义勇为,慨然答应为她传书。当钱塘君救回龙女之后,在酒席上提出把龙女许配给他。这本来不是恶意,可是钱塘君以势压人,一开口就说什么"如可,则俱在云霄;如不可,则皆夷粪壤",就引起了柳毅的反感,他严肃地作了

---

① "感余"《虞初志》本作"爱子",较好。
② "贱质"《太平广记》谈刻本作"相生",今从陈鳣校宋本。

回答：

> 毅以为刚决明直，无如君者。盖犯之者不避其死，感之者不爱其生，此真丈夫之志。奈何箫管方洽，亲宾正和，不顾其道，以威加人。岂仆之素望哉！若遇公于洪波之中，玄山之间，鼓以鳞须，被以云雨，将迫毅以死，毅则以禽兽视之，亦何恨哉。今体被衣冠，坐谈礼义，尽五常以志性，负百行之微旨，虽人世贤杰，有不如者，况江河灵类乎？

这一番严正周密的言论，竟把粗暴刚强的钱塘君说服了。柳毅不为强暴所屈，慷慨陈辞，表现了他为人的正直勇敢。他路见不平，仗义为龙女报信诉冤，本来毫无私心夹杂其间，因此坚决拒绝了婚事。然而当龙女到宴席上亲自拜谢又殷勤话别的时候，柳毅也不免"殊有叹恨之色"。后来如愿以偿，有情人终成眷属，柳毅回答龙女的问话时作了真诚的表白：

> ……夫始以义行为之志，宁有杀其婿而纳其妻者邪？一不可也。善素以操真为志尚，宁有屈于己而伏于心者乎？二不可也。且以率肆胸臆，酬酢纷纶，唯直是图，不遑避害。然而将别之日，见君有依然之容，心甚恨之。终以人事扼束，无由报谢。

这一段话确实把柳毅的内心表达出来了，说明他的性格也不是简单地只有刚强的一面，他的感情也不是静止地没有变化。《柳毅传》把钱塘君的勇猛强悍，也描写得非常突出。他虽粗暴而不蛮横，所以能够接受柳毅的责难而改变自己的态度，还和柳毅结为知心朋友。

《柳毅传》的语言艺术很高明，如洞庭君与钱塘君的问答：

> 君曰："所杀几何？"

曰:"六十万。"
"伤稼乎?"
曰:"八百里。"
"无情郎安在?"
曰:"食之矣!"

对话十分简洁,节奏急促,就像戏曲里的对白,一句一个锣鼓点,而钱塘君的形象也就跃然欲出,如在眼前了。《柳毅传》的主体是散文,便于直叙,但传中也用了不少整齐的排句,长于铺叙,如"蛾脸不舒,巾袖无光,凝听翔立,若有所伺";如"柱以白璧,砌以青玉,床以珊瑚,帘以水精,雕琉璃于翠楣,饰琥珀于虹栋";如"俄而祥风庆云,融融怡怡。幢节玲珑,箫韶以随。红妆千万,笑语熙熙。后有一人,自然蛾眉。明珰满身,绡縠参差"。这些近于赋体的句子,又丰富了小说的表现手法,开拓了"传奇体"的道路。传文中还穿插了三首楚歌,作为小说中人物的作品,也点缀洞庭湖畔的风光。

《柳毅传》对后世影响很大。唐人的《灵应传》已经引为故实。宋人有《柳毅大圣乐》官本杂剧,元人有尚仲贤的《柳毅传书》杂剧,明代有许自昌的《桔浦记》、黄维楫的《龙绡记》传奇,清李渔又把它和《张生煮海》故事合而为一,改编成《蜃中楼》。何镛亦改编为《乘龙佳话》戏曲八出。《聊斋志异》的《织成》篇也引作典故,还附载了一个柳毅袭位为洞庭君头戴鬼面的故事。烟霞主人则据以改编为章回小说《跻云楼》。至于文人引用"风鬟雾鬓"等词句,更是常见了。

作者李朝威,生平无考。可能是唐宗室蜀王后裔,见《新唐书》卷70《宗室世系表》。传末说到开元末薛嘏遇见柳毅,又过了四纪,李朝威才撰为此文,大概在唐德宗贞元(785—804)年间。

柳 氏 传

许尧佐,生卒年不详。贞元初曾游凤翔节度使邢君牙幕府,刘汾称之为举子(《太平广记》卷496引《乾䐑子》)。贞元六年(790)进士①,十年登贤良方正能直言极谏科(《唐会要》卷76),贞元十六年与敦煌张宗本、荥阳郑权,皆佐征西府(《唐诗纪事》卷41)。为太子校书郎,位至谏议大夫(《新唐书·许康佐传》)。元和八年(813)为吉州司户(《宝刻丛编》卷15《粲公碑》)。元和十一年(816)以左赞善大夫副使南诏(《旧唐书·南蛮传》)。元和十四年(819)撰有《阳翟县厅壁记》(《宝刻类编》卷5)。《新唐书》说他家兄弟擢进士,尧佐最先进,"八年康佐继之"。

《柳氏传》记载诗人韩翃的故事②,讲到柳氏归韩之后,翃累迁至中书舍人,已经是唐德宗时期的事。许尧佐写作《柳氏传》,可能在贞元初年。《柳氏传》讲天宝年间韩翃贫穷落拓的时候,有一个家资豪富的李生把歌妓柳氏赠送给他。"翃仰柳氏之色,柳氏慕翃之才",两情相爱。第二年,韩翃登第后探亲回家,柳氏独居京城。天宝末年安史之乱,柳氏剪发毁形,避难于法灵寺。这时韩翃当了平卢、淄青节度使侯希逸的书记,从军在外,曾派人打听柳氏的消息,寄诗给她说:"章台柳,章台柳,昔日青青今在否?纵使长条似旧垂,亦应攀折他人手。"柳氏也寄诗答他说:"杨柳枝,芳菲节,所恨年年赠离别。一叶随

---

① 据陈耀东《〈登科记考〉考补》,《唐代文史考辨录》,团结出版社1990年1版。
② 《太平广记》卷485作"韩翊",现据《新唐书·文艺传》、《唐诗纪事》、《本事诗》等改作韩翃。

风忽报秋，纵使君来岂堪折。"这两首诗后来传诵人口，被当作词调。柳氏还没有重会韩翃，就被蕃将沙吒利抢去了。等到韩翃随希逸回京后，偶然遇见柳氏，十分伤感。淄青诸将有一个虞侯许俊，知道以后，自告奋勇，突然闯入沙吒利的家里，用计把柳氏夺回。侯希逸替他们报告了皇帝，下诏判令柳氏归还韩翃。

这个故事讲才子佳人的悲欢离合，曲折动人，主要描写柳氏钟情于韩翃，历尽艰难困苦，虽被大将沙吒利"宠之专房"，仍不忘旧情；还写出了许俊见义勇为的豪侠行动，是一个智勇兼备的英雄人物。许尧佐在传文结尾处加以评论说："然即柳氏，志防闲而不克者；许俊，慕感激而不达者也。向使柳氏以色选，则当熊、辞辇之诚可继；许俊以才举，则曹柯、渑池之功可建。"可见作者所赞扬的是这两个人物，还为他们没有碰上更好的机遇而表示惋惜。《柳氏传》是唐人传奇中较早的作品，开创了写现实生活中爱情故事的风气，对后来的小说有很大影响。韩翃的生平约略可考，如《极玄集》、《唐才子传》都说他是天宝十三载进士，与《柳氏传》叙事相合。故事的基本情节可能实有所据，但细枝末节不免有出入。总的说，以真人真事为基础而又加以一定程度的艺术想象，这是传记体小说的普遍特征。唐代小说基本上都是采取这种写作方法的。它近似于现代的报告文学或有人称之为"纪实小说"的作品。《柳氏传》的故事在《本事诗》里也有记载，细节稍有不同，尤其是后面还有德宗赞赏他的寒食诗因而御笔点名命他为驾部郎中知制诰的故事，历来传为美谈。《本事诗》最后又说："开成中，余罢梧州，有大梁凤将赵唯为岭外刺史，年将九十矣，耳目不衰，过梧州，言大梁往事，述之可听，云此皆目击之。故因录于此也。"看来作者孟棨是以实录来要求自己的著作的。

《柳氏传》的情节结构，近则对于唐代小说，远则对于后世小说，都有一定的启发作用。一个美貌女子，爱上了一个才子，又被权贵豪强劫夺了去，幸而遇到了一个英雄仗义相助，把她救了出来，终于破镜重圆，几乎成为一个常见的熟套。如薛调的《无双传》和《灯下闲谈》里的《虬须叟》、《韦洵美》等。《传奇》里《昆仑奴》的情节大体上也是与此类似。明清小说里也有近似的故事。至于清代白话小说《章台柳》（醉月楼刊本）也是根据《柳氏传》故事改编的，当然更足以说明影响之久了。根据这个故事改编的戏曲很多，现存的只有梅鼎祚的《玉合记》一种，大部分都已失传了①。

　　《柳氏传》的重要成就，还是在于突破了搜神志怪的传统，而面向现实人生，写了青年男女的爱情故事，而且以一个地位卑贱的歌妓为主角。柳氏作为家妓，虽和官妓、私娼不完全相同，但实际上相差不远。她最初是李生的幸姬，但她却属意于一个"羁滞贫甚"的韩翃，能识人于未遇之时。后来跟了韩翃，不久又分手独居，贫困乏食，只能变卖妆具以自给。遇上安史之乱，她剪发毁形，寄迹尼寺。最后还是被蕃将沙叱利所夺。作者赞扬她始终忠于爱情，然而并不苛求她舍生守节，只说她是"志防闲而不克者"。这样的描写是真实的，并没有理想化，可以说是符合于生活的本来面目。稍后出现的《李娃传》、《霍小玉传》，也都是以妓女为主角的爱情、婚姻故事，艺术成就又大大提高了，然而开拓这个新局面的应该说是许尧佐的《柳氏传》。

---

① 如钟嗣成《章台柳》杂剧、南戏《章台柳》和张国筹《章台柳》（杂剧）、张四维《章台柳》、吴鹏《金鱼记》、吴大震《练囊记》等。

李 娃 传

白行简(776—826),字知退,诗人白居易的弟弟,元和二年(807)进士及第(据《唐诗纪事》卷41),累迁司门员外郎、主客郎中,两《唐书》附见《白居易传》。

《李娃传》,见《太平广记》卷484,引自《异闻集》。《类说》本《异闻集》收录节文,题作《汧国夫人传》,可能是原名。《类说》本篇末提到"旧名一枝花",大概是编者曾慥所加。元稹《酬翰林白学士代书一百韵》诗自注说"尝于新昌宅说一枝花话"。《醉翁谈录》癸集卷一《李亚仙不负郑元和》条则明确记载:李娃,"字亚仙,旧名一枝花。"可证元稹所说的"一枝花话"即李娃故事。《李娃传》末尾说:"予伯祖尝牧晋州,转户部,为水陆运使,三任皆与生为代,故详谙其事。"如果这是事实,那么这位荥阳生与白行简的伯祖是同辈,所以白氏兄弟熟悉这个故事。白行简又说:

> 贞元中,予与陇西公佐话妇人操烈之品格,因遂述汧国之事。公佐拊掌竦听,命予为传。乃握管濡翰,疏而存之。时乙亥岁秋八月。

贞元中的乙亥岁,是贞元十一年(795),白行简二十岁,有可能写出这样的文章。但传文开头一段说:

> 汧国夫人李娃,长安之倡女也,节行瑰奇,有足称者,故监察御史白行简为传述。

监察御史是白行简后来才有的官衔,显有矛盾。这一段话不像是原文所有,应该是后人(如《异闻集》编者陈翰)追加的。另外,795年白行简丁父忧居丧在家,会不会写这样的小说,也不无疑问,但确切年代还难以考定①。

《李娃传》写李娃与荥阳生的爱情、婚姻关系,但实际上写了广阔的社会生活,主要不是写爱情的。荥阳生爱上了美貌的妓女李娃,结果受了鸨母的骗,弄得金尽囊空,被父亲抓去打昏死了,还弃尸街上。幸而复苏后遇救,最后在冻饿濒死的时候又遇到李娃。李娃感到十分痛心、悔恨,决心不顾一切来抚养荥阳生,恢复他的健康,还资助他读书,终于考中了进士,又考上直言极谏科第一名。荥阳生做官了,李娃却决定要离开他,让他另娶高门。这个故事对封建社会的门第观念和家长统治制度,揭露得非常深刻。先看作者怎样写荥阳公的残酷。他为了儿子不争气,当了唱挽歌的挽郎,就把他置之于死地。

> 父责曰:"志行若此,污辱吾门,何施面目复相见也!"乃徒行出,至曲江西杏园东,去其衣服,以马鞭鞭之数百。生不胜其苦而毙。父弃之而去。

看到这里,真令人惊讶和气忿,一点儿父子之情也没有了。这就是封建家长制的极端表现。我们再看《红楼梦》里的贾政,也这样下狠心要打死宝玉,就可以理解了。另一面,一个本来是倚门卖笑的妓女,却在危急之中把荥阳生抢救过来,帮助他读书做官,最后愿意主动离开他,以免妨碍他的前途。这是多么善良和宽宏!

《李娃传》写出了一个光采夺目的女性形象。李娃是一个

---

① 戴望舒《读李娃传》认为"那时以古文笔法写小说的风气尚未大开",实非确证;他说"乙亥"是"乙酉"(805)之误,可备一说,但恐无机会与李公佐相遇。卞孝萱《校订〈李娃传〉的标题和写作年代》认为贞元乙亥为元和己亥(819)之误,似较合理,但也有疑问,因白行简这年随白居易在忠州,能不能先期入京,有待证实。反之,元和十三年(818)以前,李公佐一直在南方游宦,有可能与白行简相遇。

聪明、美丽而又坚强、热情的妓女,她一出场就以妖艳的姿色吸引了荥阳生,双方眉目传情。当荥阳生上她家借居时,她又殷勤接待,为鸨母赢得了厚重的钱财。到了荥阳生资财耗尽的时候,鸨母就设下倒宅计把他赶走。这时李娃虽然情意弥笃,也不得不顺从鸨母的安排,可能还作了违心的配合。因为她身不由己,而且也不能幻想把那种逢场作戏的纨袴子弟作为终身的寄托。金尽情疏,本来是娼门的惯例。

可是当荥阳生流浪街头,饥寒交迫,要饭要到李娃门口的时候,她见到这个"枯瘠疥疠,殆非人状"的旧情人,不禁产生了悔恨和爱怜,就不顾一切地把他收留下来,为此与鸨母进行了一番巧妙而坚决的斗争。她晓之以道义,动之以利害,终于争取到了人身的自主权。她把荥阳生养起来,不仅供他衣食,还供他读书应考。她的感情是非常丰富的,可能带有怜悯和赎罪的心情,毅然以恢复荥阳生的健康、地位和幸福为己任,然而不能说就没有爱情。

最后,她的苦心终于有了结果,荥阳生取得了功名富贵,重新得到了名誉地位。李娃完全有权利得到荥阳生的爱情,做他名正言顺的夫人,享受家庭生活的幸福。可是她却自动提出分手,给荥阳生以充分的自由。她说:

> 今之复子本躯,某不相负也。愿以残年,归养老姥。君当结媛鼎族,以奉蒸尝。中外婚媾,无自黩也。勉思自爱,某从此去矣。

难道她对荥阳生真是没有感情吗?难道她甘于独守空闺乃至重操旧业吗?当然不是。她清醒地认识到在当时那个门第观念极重的社会里,他们是不可能结合的。唐代像崔、卢、李、郑、王这五姓高门,都自相通婚,甚至不肯与皇家结亲,何况她是一个卑贱的妓女。再说，在世俗观念的压迫下，今后荥阳生能保证不像李益、张生那样变心吗？因此她决心作出这样的自我牺牲，对荥阳生作了加倍的补偿。李娃是那样的明智，那样的练达，她比霍小玉更加清醒，更加成熟，连八年的短期幸福也不寄予奢望。

如果故事到此结束，当然是一个很深刻的现实主义的悲剧。它表现了封建社会里婚姻制度和青年男女的爱情相矛盾，也和广大群众的感情相矛盾。可能是出于作者的理想，也许为了满足大多数读者的愿望，请出荥阳生的父亲来作主，一变初衷，让他们正式结婚。最后还要表彰一下，说李娃"妇道甚修，治家严整"，"封汧国夫人"。这样的结局在现实生活中不能说绝对不可能，但总是不够典型的。《李娃传》的喜剧结尾，在一定程度上表达了人民群众的理想，并没有削弱多少整个故事的现实主义风格。宋元以后，大多数爱情、婚姻题材的小说戏曲，以有情人终成眷属为结尾，其中有某些值得肯定的乐观主义精神或浪漫主义色彩，还是可以理解的。民间文学中对爱情悲剧也往往加上美丽的、积极的、幻想性的结尾，就是出于人民群众的艺术加工。

《李娃传》不但写了一个李娃，而且还写出了荥阳公残酷无情的狰狞面目，写出了鸨母贪婪奸诈的鬼蜮伎俩，也写出了凶肆主人和挽歌郎的侠义风格。荥阳生是传里的中心人物，但始终处于从属地位。作者精细地写出了他怎样由一个世家公子沦落为挽歌郎和乞丐，后来又折节读书，成为回头的浪子。他一见李娃，就失魂落魄，不惜千金买笑，终于上当受骗，流落街头，历尽了种种磨难。最后托庇于李娃的绣襦之下，他开头那种轻狂的纨袴子弟作风已经消磨尽了。他一直处于被动状态，直到李娃要离开他时，尽管"勤请弥恳"，还是同意李娃送到剑门就分手的约言,并没有和她生死与共的坚决行动。要不是他父亲坚持挽留李娃,恐怕只能就此分手了。荥阳生幼稚单纯,又庸碌无能,只有在赛歌一场中才表现了他的才华。正因为他落到了山穷水尽的悲惨境地,所以唱挽歌时悲从中来,唱出了自己的心声,能够"曲尽其妙,虽长安无有伦比"。白行简对这一场面描写得非常精彩,竭力烘托了荥阳生的歌艺高超,而实际上正是写他的不幸,并且为他父亲打死他铺垫背景。当再遇李娃时,他"愍惣绝倒,口不能言,颔颐而已",表明他满腔怨恨,不是语言所能表达。荥阳生的情节很多,而性格并不十分鲜明,这正是他的个性,比较消极平庸。他在李娃的诱导管教下,回到了读书上进的"正路"上来,也是当时"落难公子"的唯一出路。这是历史的局限,也是作家思想的局限。

《李娃传》是唐代小说中的名篇,是少数杰作之一。它在中国文学史上影响很大。第一,它写出了优美的女性形象,尤其在塑造妓女形象上有独特的成就。李娃的性格和感情比霍小玉还丰满一些,比柳氏和杨倡等就更鲜明光采了。她的自我牺牲精神甚至比法国小仲马笔下的茶花女更为伟大。第二,它和"一枝花话"有密切关系,可能在唐代就已在民间说话中流传,但白行简未必是根据话本改写为传奇义的。元稹曾写过一篇《李娃行》,现存残句(见中华书局版《元稹集》外集卷7)。这个故事到后世曾编为话本、剧本,现存的有明刻本的《郑元和》小说和石君宝《李亚仙诗酒曲江池》、薛近兖《绣襦记》戏曲。第三,这个故事的情节构思有一定的开创性,后世小说、戏曲中有不少"落难公子中状元"的题材就滥觞于此。团圆结局在一定范围内也有冲击封建婚姻制度的积极意义。

白行简只凭一篇《李娃传》,就使他成为中国小说史上的著名作家而无愧色。还有一篇《三梦记》(见抄本《说郛》卷4),相传是白行简作的。但其中第二梦叙元稹梦见白居易兄弟游曲江的故事,与实际情况不合。元稹《梁州梦》诗题下自注说是"梦与杓直、乐天同游曲江",并没有提到白行简;白居易的《同李十一醉忆元九》诗也没有提到他弟弟。《三梦记》末尾还有一条会昌二年(842)的故事,已在白行简身后,更说明它是伪托的了①。

莺 莺 传

《莺莺传》在唐代传奇中可以说是影响最大的作品,因为后世用这个题材编写的戏曲特别多,实际上已经大大超过了它本身的作用,而广大戏曲观众知道这个故事出自元稹手笔的却不多。

元稹(779—831),字微之,河南洛阳县人,十五岁举明经,贞元十九年(803)中书判拔萃科,补校书郎,元和元年(806)登才识兼茂明于体用科,为左拾遗,历监察御史,官至工部尚书同平章事(相当于宰相)。后降职为同州刺史,改越州刺史。大和三年(829),入朝为尚书左丞,又检校户部尚书,兼武昌军节度使。两《唐书》有传。元稹是当时有名的才子,与白居易齐名,两人作诗唱和,交情很深。当时把他们的诗称为"元和体"。

《莺莺传》讲张生、崔莺莺两人相爱而又诀绝的故事。张生是个性格温茂、容貌俊美的才子,"年二十三未尝近女色",寓居于蒲州的普救寺,恰好遇上他的表姨母崔家孀妇全家也借住在普救寺。这年,蒲州发生兵变,张生请托蒲州的将军派人保护了崔家。崔夫人设宴酬谢张生,让她女儿莺莺出来见客。张生一

---

① 参考方诗铭《三梦记辨伪》,载《文史杂志》第 3 卷第 1 期(1948 年 3 月出版)。

见莺莺,就爱上了她,托婢女红娘送两首《春词》去挑逗她。莺莺也写了一首《明月三五夜》命红娘送还他。中间经过一些波折,莺莺终于自己来到了张生的寝室,委身于他。他们竟然偷偷在西厢同居了一段时期。最后张生应考赴京,不再回去,互相写信表示诀绝。一年后,莺莺嫁了别人,张生也另有所娶。后来张生还以表兄的身份上她丈夫家要求会面,莺莺就拒不出见了。

《莺莺传》的突出成就是塑造了崔莺莺这样一个典型形象。她不同于《任氏传》里的妖狐、《柳毅传》里的龙女,而是现实社会里的人;也不同于李娃和霍小玉,她不是妓女而是名门闺秀。她的确知书达礼,又富于文才,然而爱情往往是会战胜理智的,因而造成了终身遗恨。当她初见张生的时候,"以郑之抑而见也,凝睇怨绝,若不胜其体者",完全是一个"娇"、"骄"二气兼备的少女。张生"稍以词导之",她傲慢地闭口不对。真是艳如桃李,而冷若冰霜。红娘告诉张生说:"崔之贞慎自保,虽所尊不可以非语犯之。"接着又指点张生,可以给莺莺投送情诗来试试。张生写了两首诗送去,果然换来了莺莺的答诗:"待月西厢下,迎风户半开。拂墙花影动,疑是玉人来。"从诗意来看,似乎莺莺已经允诺了张生的求爱,可是当张生跳墙而闯入西厢的时候,她突然义端服严容地大大数落了张生。她抬出了礼义两顶大帽子,指责张生"始以护人之乱为义,而终掠乱以求之,是以乱易乱",最后要求张生"以礼自持,无及于乱"。一番话说得堂堂正正,义正辞严,她还对酬诗约会的举动作了周详的解释,为了要当面劝导张生。然而,过了几天,她忽然又由红娘送到了张生的寝室,"娇羞融冶,力不能运支体,曩时端庄,不复同矣"。对于前面那一次"赖简"的严词正论,与其说是她装假,不如说是她内心冲突的一次败仗。这时,在"情"和"礼"的天平上,忽然加上了一个砝码,"情"的一头便一下子直坠下去了。

他们的欢乐像梦境一样短暂,不久张生又赴西京应考,就和莺莺分手了。次年,张生考试失利,不再回蒲州,写信给莺莺说明还要在京进修,暗示诀绝。莺莺给张生的复信写出了她的哀怨,文情并茂,凄惋动人。试看她的原信:

> 捧览来问,抚爱过深。儿女之情,悲喜交集。兼惠花胜一合,口脂五寸,致耀首膏唇之饰。虽荷殊恩,谁复为容?睹物增怀,但积悲叹耳。伏承使于京中就业,进修之道,固在便安。但恨僻陋之人,永以遐弃。命也如此,知复何言!自去秋已来,常忽忽如有所失。于喧哗之下,或勉为语笑,闲宵自处,无不泪零。乃至梦寐之间,亦多感咽离忧之思,绸缪缱绻,暂若寻常。幽会未终,惊魂已断。虽半衾如暖,而思之甚遥。一昨拜辞,倏逾旧岁。长安行乐之地,触绪牵情。何幸不忘幽微,眷念无斁。鄙薄之志,无以奉酬。至于终始之盟,则固不忒。鄙昔中表相因,或同宴处。婢仆见诱,遂致私诚。儿女之心,不能自固。君子有援琴之挑,鄙人无投梭之拒。及荐寝席,义盛意深。愚陋之情,永谓终托。岂期既见君子,而不能定情。致有自献之羞,不复明侍巾帻。没身永恨,含叹何言!倘仁人用心,俯遂幽眇,虽死之日,犹生之年。如或达士略情,舍小从大,以先配为丑行,以要盟为可欺。则当骨化形销,丹诚不泯,因风委露,犹托清尘。存没之诚,言尽于此。临纸呜咽,情不能申。千万珍重,珍重千万!……

她倾诉自己的衷情,有爱、有恨、有怨、有悔、有期望,也有绝望。她在上次分手的时候,已经"阴知将诀",对张生发出了卑屈的请求:"始乱之,终弃之,固其宜矣。愚不敢恨。必也君乱之,君终之,君之惠也。则殁身之誓,其有终矣。"隔了一年,张生果然不来了,可是又寄信赠物表示殷勤,更拨动了她痛苦的心弦。她吐露了心中的隐痛,在人前"勉为笑语",而在一人独处时却泪零不住。她没有埋怨张生欺骗了她,只是委婉地说是"婢仆见诱,遂致私诚";她不恨张生"有援琴之挑",而恨自己"无投梭之拒"。她不说是自己瞎了眼睛,只是说自己"不能定情,致有自献之羞"。她恨的是自己,实际上是恨张生。然而又对张生充满了爱,也寄予了幻想。爱和恨的交织,对莺莺是多大的折磨,她在信里对自己的心灵作了细致宛转的剖析,把她的思想性格、器量、见识、情操、才智都表现出来了。这封信是《莺莺传》里极为重要的部分,如果真是崔莺莺写的,那可以说是唐代散文中的特绝之作;如果是元稹的拟作,那么应该说元稹对于崔莺莺这个人物是非常熟悉的,而且是描写得非常准确的。

《莺莺传》的结尾,写到张生以外兄的名义,要求再见莺莺一面,莺莺"终不为出",最后赋诗一章以谢绝云:"弃置今何道,当时且自亲。还将旧时意,怜取眼前人。"尽管是那么怨而不怒,充分体现了温柔敦厚的诗教传统,然而却可以看出莺莺的性格是坚强得多了。在感情和理智的斗争中,她终于摆到了理智这一边,而且在诗里明白地说出了"弃置"二字,对张生提出了指责,恨的分量压过了爱的分量。元稹说"时人多许张为善补过者",但是从传奇中莺莺的话里却得不出这个结论。

从宋代迄今,许多研究者都认为张生的事迹和元稹本人基本相同,证明张生就是元稹的化身[①]。我们把《莺莺传》作为小说来看,其中一定有作者亲身体验的生活素材,也有作者精心结构的艺术加工。元稹对于自己的风流韵事,既不能忘情,又不能不有所掩饰。张生作为小说的男主角,对始乱终弃的行为,进行

[①] 参考卞孝萱《元稹年谱》及有关论著。

文过饰非,说什么"予之德不足以胜妖孽,是用忍情",真是得了便宜还要卖乖。如果说元稹只是客观描述,还可以说对这个人物是有所批判的。但作者在传末说是"时人多许张为善补过者",那就表现了本人的思想倾向。元稹《梦游春》诗中说:"一梦何足云,良时事婚娶。"足以说明他对这件事的态度。和《霍小玉传》以及后世的书生负心故事比较,《莺莺传》有一定的特殊性。霍小玉是妓女,地位卑贱;而莺莺出身大族,父系和母系都是当时王、卢、郑、崔、李五姓高门之一,比张生的门第高贵。张生抛弃莺莺的时候,并没有登科成名,而是"文战不胜"。因此从一般情况说,王实甫《西厢记》里对老夫人逼张生上京应考的情节处理比较合理①。《莺莺传》里的张生则是主动离弃她,据说"尤物"就是"妖孽",能够"溃其众,屠其身",害人祸国,实际上是如莺莺信中所说的"以先配为丑行,以要盟为可欺",怕这段婚前艳遇会玷污了他的声誉,影响他的前途。近人评论多从莺莺和张生门第高下分析,认为是当时门阀制度的反映,但《莺莺传》本身并没有提供这方面的论据(元稹就婚韦丛是事实,不能和文学创作混为一谈)。当然,崔家只剩下孤儿寡母,门庭衰落,尽管"财产甚厚",恐怕在政治上已经失势了。总的说,《莺莺传》的真实性很高,并没有因为作者的倾向性而从根本上破坏了它的艺术成就,可以说它的表现方法基本上是现实主义的。

从宋代的何东白先生开始,就对《莺莺传》的结局提出了异议。他批评张生与莺莺"既不能以理定其情,又不合之于义"。而逍遥子则说是:"聚散离合,亦人之常情,古今所共惜也。"他

---

① 《莺莺传》里说:"张生常诘郑氏之情,则曰:'我不可奈何矣。'因欲就成之。"这段话如何理解,还可研究。

在鼓子词最终一曲里说:"地久天长终有尽,绵绵不似无穷恨。"(见赵令畤《侯鲭录》卷5)对莺莺的悲剧性遭遇表示了同情。在这种心理的促使下,后世许多戏曲作家就对莺莺的故事作了改造。至晚在董解元的笔下,把《西厢记》编成了团圆结局,把矛盾的中心转移到老夫人身上。这是出于对崔莺莺这个人物的爱惜和同情,希望能弥补她的遗恨,让她得到幸福。广大读者和观众支持他们的自由恋爱,赞成他们的结合。"愿普天下有情的都成了眷属",就代表了人民群众的普遍愿望。《西厢记》对《莺莺传》的改造,反映了不同时代不同阶级的社会观念,有它一定的合理性,但对于《莺莺传》原有的现实主义成分却削弱了。至于后来层出不穷的才子佳人故事更多空虚的幻想和摹拟的手法,就不值得提倡了。

《莺莺传》全文载于《太平广记》卷488。《类说》本《异闻集》收录节要,题作《传奇》。《侯鲭录》等书引用时也作《传奇》。可能《莺莺传》又名《传奇》①。后世因为张生写过《会真诗》,又把《莺莺传》称作《会真记》,那是很晚的事了。元稹写《莺莺传》大概在贞元二十年(804)九月。当时杨巨源曾写了《崔娘诗》、李绅写了《莺莺歌》,在文坛上广为流传。元人杂剧《西厢记》之后,演这个故事的戏曲不断出现②,除李日华和陆采的《南西厢记》等,还有一些用封建思想做翻案文章的作品。无论怎么对待,都足以说明其影响之大。

宋施元之、顾禧《注东坡先生诗》卷12引《丽情集》,有元微之《崔徽传》,又说:"微之为作《崔徽歌》。"按《类说》、《绿

---

① 《莺莺传》在《广记》里用作标题,和大部分篇目只用人名不同。《类说》本《异闻集》的标题也不一定是原名,如《柳氏传》作《柳氏述》,《李章武传》作《碧玉㮑叶》,都有可疑。
② 参看谭正璧《王实甫以外二十七家〈西厢〉考》,载《文献》1981年总7期。

窗新话》引《丽情集》,有崔徽故事,但没说是元稹所作。佚文如下:

> 蒲女崔徽,同郡裴敬中为梁使蒲,一见为动,相从累月。敬中言还,徽不得去,怨抑不得自支。后数月,敬中密友知退至蒲,有丘夏善写人形,知退为徽致意于夏,果得绝笔。徽捧书谓知退曰:"为妾谢敬中,崔徽一旦不及卷中人,徽且为郎死矣。"明日发狂,自是称疾,不复见客而卒。

《绿窗新话》附元稹的《崔徽歌》八句,别的书里还引有《崔徽歌》残句①。任渊《后山诗注》卷12引元稹《崔徽歌序》,文字与《丽情集》相似。《崔徽传》可能就是《崔徽歌序》。崔徽故事也哀婉动人,有人认为莺莺姓崔还是从崔徽引起的联想。这是元稹写的又一篇传奇文,可惜全文不传。宋任康敖有崔徽故事《薄媚》大曲,见施德操《北窗炙輠》卷下。

长恨歌传及其他

陈鸿,据《新唐书·艺文志》注说:"字大亮,贞元主客郎中。"而陈鸿《大统纪序》则说他自己"贞元丁酉岁登太常第,始闲居,修《大统纪》三十卷,七年书始就,绝笔于元和六年辛卯"。按贞元无丁酉,所以徐松《登科记考》(卷16)说:"以七年至辛卯推之,即此年乙酉之讹。"陈鸿于贞元二十一年乙酉(805)才登科,不可能贞元中已官至主客郎中。又元稹《授丘纾、陈鸿员外郎等制》说:朝议郎、行太常博士、上柱国陈鸿,"可虞部员外

---

① 见中华书局版《元稹集》外集卷7。

郎"。据《册府元龟》卷979载：长庆元年五月，以虞部员外郎陈鸿为赴回鹘婚礼使判官。可见陈鸿应该是贞元末登科，长庆元年(821)为虞部员外郎，大和三年(829)才官至尚书主客郎中(《全唐文》卷612陈鸿小传，不详所据)①。

陈鸿的《大统纪》未见传本，《唐文粹》中收有他的《大统纪序》和大和三年正月所写的《庐州同食馆记》，可以得知他活动的一些踪迹。《全唐文》还收他的一篇《华清汤池记》，大部分见于《明皇杂录》，很可疑。《长恨歌传》说："元和元年冬十二月，太原白乐天自校书郎尉于盩厔(周至)，鸿与琅琊王质夫家于是邑。"他的家住在盩厔，可能就是当地人。

《长恨歌传》有不同版本：一种附见于白居易《白氏长庆集》中《长恨歌》之后，与《文苑英华》卷794所收的基本相同；另一种是《文苑英华辨证》和明刻本《文苑英华》附录的《丽情集》及京本大曲本，文字与前者出入很大。另外还有《太平广记》卷486所收的《长恨传》，结尾部分有删改。《丽情集》本与《文苑英华》本有许多不同的地方，显著的如："别疏汤泉，诏赐澡莹，既出水，体弱力微，若不胜罗绮，光彩焕发，转动照人。"《丽情集》本作："上见之明日，诏浴华清池，清澜三尺，中洗明玉，莲开水中，鸾舞鉴中。既出水，娇多力微，不胜罗绮。"又如《英华》本有这样的话："故当时谣咏有云：'生女勿悲酸，生男勿喜欢。'又曰：'男不封侯女作妃，看女却为门上楣。'其为人心羡慕如此。"《丽情集》本没有，可是在杨贵妃"死于尺组之下"后，却多出几句："叔向母云：'其〔甚〕美必甚恶。'李延年歌曰：'倾国复倾城。'此之谓也。"特别引人注意的是结尾部分，《英华》本是：

---

① 参考岑仲勉《唐史余渖》卷2《姚崇十事》条。

使者还奏太上皇，皇心震悼，日日不豫。其年夏四月，南宫晏驾。元和元年冬十二月，太原白乐天自校书郎尉于盩厔。鸿与琅玡王质夫家于是邑，暇日相携游仙游寺，话及此事，相与感叹。质夫举酒于乐天前曰："夫希代之事，非遇出世之才润色之，则与时消没，不闻于世。乐天深于诗，多于情者也。试为歌之，如何？"乐天因为《长恨歌》。意者，不但感其事，亦欲惩尤物、窒乱阶，垂于将来者也。歌既成，使鸿传焉。世所不闻者，予非开元遗民，不得知。世所知者，有《玄宗本纪》在。今但传《长恨歌》云尔。

《丽情集》本作：

方士还长安，奏于太上皇。上皇甚感，自悲殆不胜情。嘻！女德，无极者也；生死，大别者也。故圣人节其欲，制其情，防人之乱者也。生感［惑］其志，死溺其情，又如之何？元和元年冬十二月，太原白居易尉于盩厔。予与琅琊王质夫家仙游谷，因暇日携手入山。质夫于道中语及于是。白乐天，深于思者也。有出世之才，以为往事多情而感人也深，故为《长恨词》以歌之，使鸿传焉。世所隐者，鸿非史官，不知；所知者有《玄宗内传》今在。予所据，王质夫说之尔。

这两种版本内容相差不多，而文字大不相同，《丽情集》本的议论多一些，有些地方似乎和《长恨歌》呼应较密，如引李延年歌"倾国复倾城"，与"汉皇重色思倾国"相印证；杨妃"使青衣小童，取金钗一股，钿合一扇：苟心如金，坚如钿，上为天，下为世人，重相见时，好合如旧"，也与"但令心似金钿坚，天上人间会相见"相符合。因此有人认为《丽情集》本是陈鸿原作，而通行本则是白居易或别人的改本①。然而《白氏长庆集》是白居易自己编定的,《文苑英华》和《太平广记》都是北宋初年李昉等人编纂的,应该说是比较可靠的依据②。《丽情集》的编撰较晚,而且实际上是一部小说集,如白居易的《燕子楼》诗序就被改得面目全非,根本不可信从③。至于和《长恨歌》接近,也可能是后人按照《长恨歌》追改的。所以我们讨论《长恨歌传》还是以通行的白集和《英华》本为准。

从原文看,这个故事是王质夫讲的,先请白居易写成《长恨歌》,然后再请陈鸿作传。陈鸿特意声明:"世所不闻者,予非开元遗民,不得知。""今但传《长恨歌》云尔。"意思是这篇传只是转述王质夫所讲的故事,不是他亲见亲闻,是否事实他不负责任。而且说白居易的《长恨歌》"亦欲惩尤物、窒乱阶,垂于将来",还加上"意者"二字,表示出于自己的推测。总之,陈鸿的态度比较客观,文笔也比较平直质朴,基本上是"信以传信,疑以传疑"的写法。如果和《大统纪》联系起来看,可以认为陈鸿本来是倾向于史学家的。

《长恨歌传》对唐玄宗的好色纵欲、荒政致乱,确有批判的意思,但着重描写的却是"世所不闻"的玄宗追念杨妃和杨妃托方士寄钿合金钗以寻旧好的故事。前半段写杨妃的"殊艳尤态"、"善巧便佞",深得玄宗的宠幸,因而杨家叔父昆弟皆列位清贵,姊妹封国夫人,与白居易《长恨歌》所叙大致相同。但讽刺性更为明白,如说"得弘农杨玄琰女于寿邸",就比"养在深闺

---

① 此说最早出于陈寅恪《元白诗笺证稿》第 1 章;又见于詹瑛《〈长恨歌〉与〈长恨歌传〉》,载《学林漫录》第 3 集;张宗原《〈长恨歌传〉管见二题》,载《文学评论丛刊》第 16 辑,但詹、张两文没有说是白居易删改。
② 洪迈《容斋三笔》卷 6《白公夜闻歌者》引《长恨传》也是通行本。
③ 参看拙作《〈丽情集〉考》,载《文史》第 21 辑。

人未识"更为直率;说"京师长吏为之侧目",也比"可怜光彩生门户"来得尖锐,就为下文的"请以贵妃塞天下怨"提供了依据。这前半段的故事无非是"世所知者",不过作了一点细节描写。后半段的故事大概出于方士的夸饰和文人的虚构。王质夫叙说了这个故事,又鼓动白居易用诗歌以广其传,说是:"非遇出世之才润色之,则与时消没,不闻于世。"果然,这个故事凭借《长恨歌》而传诵千古了,陈鸿的《长恨歌传》还是附骥尾而得以并传的。方士奉命到海上仙山去寻杨妃的魂魄,是一个神奇传说,在唐代流传很广。《太平广记》卷20引《仙传拾遗》的《杨通幽》篇,叙事更为详尽:

> 杨通幽,本名什伍,广汉什邡人。幼遇道士,教以檄召之术。受三皇天文,役命鬼神,无不立应。……玄宗幸蜀,自马嵬之后,属念贵妃,往往辍食忘寐。近侍之臣,密令求访方士,冀少安圣虑。或云杨什伍有考召之法,征至行朝。上问其事,对曰:"虽天上地下,冥寞之中,鬼神之内,皆可历而求之。"上大悦,于内置场,以行其术。是夕,奏曰:"已于九地之下,鬼神之中,遍加搜访,不知其所。"上曰:"妃子当不坠于鬼神之伍矣。"二日夜,又奏曰:"九天之上,星辰日月之间,虚空杳冥之际,亦遍寻访而不知其处。"上悄然不怿曰:"未归天,复何之矣?"炷香冥烛,弥加恳至。三日夜,又奏曰:"于人寰之中,山川岳渎祠庙之内,十洲三岛江海之间,亦遍求访,莫知其所。后于东海之上,蓬莱之顶,南宫西庑,有群仙所居。上元女仙太真者,即贵妃也,谓什伍曰:'我太上侍女,隶上元宫。圣上太阳朱宫真人,偶以宿缘世念,其愿颇重。圣上降居于世,我谪于人间,以为侍卫耳。此后一纪,自当相见。愿善保圣体,无复意念也。'乃取开元中所赐金钗钿合各半,玉龟子一,寄以为信,曰:'圣

上见此,自当醒忆矣。'言讫流涕而别。"什伍以此物进之。上潸然良久,乃曰:"师升天入地,通幽达冥,真得道神仙之士也!"

《仙传拾遗》多采集唐人小说。这篇故事产生于唐代,大概在《长恨歌传》之后。《绀珠集》卷11引《传奇》有《金钗玉龟》一条,也就是杨什伍寻求杨妃的故事,是否裴铏的作品,还有待核实。宋初乐史编撰《杨太真外传》主要根据《长恨歌传》采用了方士寻求杨妃的情节,但加上了杨通幽的姓名。董逌《广川画跋》卷1《书马嵬图》引《青城山录》记杨妃故事,与《仙传拾遗》基本相同,但道士名作陈什邡,又说杨妃原为上元玉女张太真,略有差异①。传为元人伊世珍辑的《瑯嬛记》又引述一个故事,说是道士王舟以少君术画一女人像,仅类人形,使明皇怀之,凝神定虑,想其平日,三日三夜,真变成了贵妃面貌。道士又焚符诵咒,吸烟呵像上,晚上请明皇入帐中,与贵妃会见。贵妃泣曰:"以天下之主,不能庇一弱女,何面颜复见妾乎?沉香亭下月中之誓何在也!"这个故事对《长恨歌传》作了新的改编,杨贵妃对唐明皇的谴责十分尖锐,又纠正了"七月七日长生殿"的纰漏。据说出自《玄虚子仙志》②,实为假托。《仙传拾遗》年代最早,与《长恨歌传》距离较近。它详细叙述了杨什伍"上穷碧落下黄泉"的寻求,但并没有讲到"七月七日长生殿"的密誓。把时间安排在玄宗幸蜀期间,也比较合理,因为玄宗回京之后,被李辅国幽禁于西内,不大可能再惊师动众地请道士为他去找杨妃。当然,《仙传拾遗》的故事充满了神秘色彩,不如《长恨歌传》那么富有生活气息。

---

① 参考钱锺书《管锥编》第2册,835页。
② 亦见《广艳异编》卷14《工道上》,不注出处。

《长恨歌传》最精彩的还是杨妃托方士寄信物的一段。杨妃已经是回到了仙山的神女,当她见到玄宗派来的使者时,不禁触动旧情,拿出金钗、钿合,各折其半,献给太上皇以"寻旧好"。方士还不满足,要求她说出一件秘事,以取信于太上皇。杨妃经过一番沉思之后,终于说出了七月七日骊山宫中"愿世世为夫妇"的密誓。她回忆当年夜半无人,玄宗凭肩而立,两人对着牛郎织女星立下盟约的情景,更不禁尘心如波澜迭起,爱情如死灰复燃,完全忘记了"仓皇展转,竟就死于尺组之下"的悲痛了。杨妃又自悲说:"由此一念,又不得居此,复堕下界,且结后缘。或为天,或为人,决再相见,好合如旧。"这种生死不渝、天地不隔的爱情,竟突破了皇帝和宠妃的局限,令人信以为真,不惜付与仅能给予弱者的同情。这是《长恨歌》和《长恨歌传》的艺术魅力所在。后来白朴的《梧桐雨》和洪昇的《长生殿》也多少接受了这方面的影响,对自食其果的悲剧人物付与了某种宽厚的同情。《长恨歌传》对环境和场景有一些形象化的描写,如"每至春之日,冬之夜,池莲夏开,宫槐秋落","于时云海沉沉,洞天日晓,琼户重阖,悄然无声",都有助于人物心理的刻画,增强了传记文学的情采。

有一篇《开元升平源》,《新唐书·艺文志》小说家类著录作陈鸿撰。但《郡斋读书志》、《直斋书录解题》、《玉海》61引《中兴馆阁书目》都作吴兢撰,似乎应该把它归属吴兢。《开元升平源》叙述姚崇向唐玄宗提出十条建议,开创了开元时期的清明政治,因此称为"升平源"。《新唐书·姚崇传》就采取了这些记载。司马光《资治通鉴考异》说:"世传《升平源》,以为吴兢所撰。……似好事者为之,依托兢名,难以尽信,今不取。"如果说是陈鸿依托吴兢之名,也不大合理。所以鲁迅认为:"疑此书本不著撰人名氏,陈鸿、吴兢,并后来所题。二人于史皆有名,欲假以增重耳。"(《唐宋传奇集·稗边小缀》)本文叙事平直简洁,完全像史家的实录,如果和《长恨歌传》相比,显然缺乏文采。

还有一篇《东城老父传》,《太平广记》卷485引作陈鸿撰,《宋史·艺文志》同。但文中有四个地方自称"鸿祖",明刻本《虞初志》卷7就署名作陈鸿祖,《全唐文》卷720也把陈鸿祖另立一家,和陈鸿分为两人。尽管我们不能把《东城老父传》定为陈鸿的作品,但因为曾有陈鸿撰的说法,姑且把它附在这里说一说。

《东城老父传》叙述老人贾昌幼年为唐玄宗的鸡坊小儿,训练斗鸡,深得玄宗的宠幸,命他当五百小儿长,天下号称为"神鸡童"。当时人编了一首歌谣说:"生儿不用识文字,斗鸡走马胜读书。贾家小儿年十三,富贵荣华代不如,能令金距期胜负,白罗绣衫随软舆。父死长安千里外,差夫持道挽丧车。"玄宗爱好斗鸡,只是他佚游腐败的征象之一。他享乐无度,荒废朝政,还有多方面的表现。最后导致安史之乱,更有许多原因。可是传文说:"上生于乙酉鸡辰,使人朝服斗鸡,兆乱于太平矣。"却是一个文不对题的解释。安史乱后,贾昌流落民间,投靠僧寺为生,过去的荣华富贵都一去不复返了。他向陈鸿祖追述往事,历历可听,讲到开元盛世的景象,恍如梦境,和杜甫的《忆昔》、元稹的《连昌宫词》有共同的主题思想。杜甫、元稹用诗歌所写的内容,陈鸿祖则以传记体小说来表现了。贾昌以自己的亲身经历,说明了唐代由治而乱、由盛而衰的大转变,可以看到唐代历史的一个侧面。然而正如他自己所说:"老人少时以斗鸡求媚于上,上倡优畜之,家于外宫,安足以知朝廷之事。"因此他只能摆出一些现象,不可能也不必要对历史作科学的分析。陈鸿祖也只是客观地记录贾昌的话,不加评论,俨然是史家的笔法,实

际上当然就体现了作者的观点。《东城老父传》也有一些精细藻丽的描写,如:

> 昌冠雕翠金华冠,锦袖绣襦裤,执铎拂道。群鸡叙立于广场,顾眄如神,指挥风生,树毛振翼,砺吻磨距,抑怒待胜,进退有期,随鞭指低昂,不失昌度。胜负既决,强者前,弱者后,随昌雁进,归于鸡坊。

就用了赋体的铺叙手法,不同于一般的历史记事。

李公佐的南柯太守传等

李公佐,字颛蒙,曾举进士(据《神仙感遇传》卷3),陇西人(应为郡望),行二十三。根据现存作品中的自叙,可以知道他的活动踪迹:

贞元十三年(797)泛潇湘苍梧(《古岳渎经》)。

贞元十八年(802)自吴之洛,暂泊淮浦(《南柯太守传》)。

元和六年(811)以江淮从事受使至京,回次汉南(《冯媪传》)。

元和八年(813)春,罢江西从事,扁舟东下,淹泊建业(《谢小娥传》)。冬,在常州(《古岳渎经》)。

元和九年(814)春,访古东吴,泛洞庭,登包山(《古岳渎经》)。

元和十三年(818)夏,始归长安,经泗滨(《谢小娥传》)。

有一个著有《建中河朔记》六卷的李公佐,大概即指此人。《直斋书录解题》杂史类引他的序说:

> 与从弟正封读国史,至建中、贞元之际,序述河朔故事,

未甚详备。以旧闻于老僧智融及谷况《燕南记》所说略同,参错会要,以补史阙。

另外有一个长期在南方做小官的李公佐,此人大约在会昌五年(845)任扬府录事参军,因牵涉了当时哄动一时的吴湘狱案件,于大中二年(848)被削两任官(见《旧唐书·宣宗纪》)。因年代较晚,恐怕不是作者。此外,还有第三个李公佐,见于白居易《论元稹第三状》,说"只如奏李公佐等之事,多是朝廷亲情"(《白居易集》卷59),则是宗室①。李公佐和白行简是朋友,曾听白行简讲李娃的故事。他们如果确在贞元十一年相会,那么大概在符离或襄阳。

《南柯太守传》是李公佐作品最著名的一篇,可能还是写作年代最早的一篇。原文说到贞元十八年"暂泊淮浦,偶觌淳于棼生貌②……辄编录成传,以资好事",传文似乎就作于这年。有人认为是李公佐暮年削官以后的作品③,但无确证。

《南柯太守传》(《广记》卷475引作《淳于棼》),讲的是淳于棼梦入槐安国,国王把金枝公主许嫁给他,又命他任南柯郡太守。守郡二十年,功业显赫。金枝公主病死,淳于棼自请罢郡还国,威福日盛。结果受到别人的流言中伤,国王遣他回家。回到家里,才从梦中醒来。醒后寻到大槐树下有一大穴,挖下去看到群蚁在内,这就是大槐安国。槐树南枝又有一穴,就是南柯郡。这个故事以梦入蚁穴为中心结构,题材来源于六朝志怪(见前序论)。它和《枕中记》有一些相似的地方,都是以人生如梦来

---

① 《新唐书》卷70《宗室世系表》有千牛备身公佐,为河东节度使说子,当即此人。《酉阳杂俎》前集卷14有李公佐,大历中在庐州,可能又是一人。
② "淳于棼生貌"谈刻本《广记》作"淳于生棼",这里依据明抄本《广记》及《一见赏心编》校改。
③ 刘开荣《唐代小说研究》第7章第3节。

警戒追求荣华富贵的人，把世俗的禄位看作幻境。但二者又有许多不同。《枕中记》只是一个单纯的梦，《南柯太守传》则把梦和怪结合了起来，槐树下的蚁穴是实有的，不过槐安国里的国王、公主却只是梦中所见。《枕中记》的主人公卢生是个文士，《南柯太守传》的主人公淳于棼则是个武将。前者通过应试登第，逐步上升，出将入相，富贵终老；后者凭借意外的姻缘，突然发迹，后来公主一死，他的地位就变化了，终于被撵出了驸马府。这些情节在志怪小说里找不到来源，倒可以在野史笔记里看到它的影子。如宋僧文莹《续湘山野录》记载丁谓讲的一个故事：

> 江南李国主钟爱一女，早有封邑，聪慧姿质，特无与比。年及厘降，国主谓执政曰："吾止一女，才色颇异，今将选尚，卿等为择佳婿，须得少年奇表，负殊才而有门地者。"执政遍询搢绅，须外府将相之家，莫得全美。或有诣执政言曰："尝闻洪州刘生者，为本郡参谋，岁甲未冠，仪形秀美，大门曾列二卿，兼富辞艺，可以塞选。"执政遽以上言，亟令召之，及至，皆如其说，国主大喜。于是成礼，授少列，拜驸马都尉，鸣珂锵金，出入中禁，良田甲第，奇珍异宝，赫奕崇盛，雄视当时。未周岁，而公主告卒。国主伤悼悲泣曰："吾不欲再睹刘生之面。"敕执政削其官籍，一簪不与，却送还洪州。生恍若梦中，触类如旧。

这个故事产生在《南柯太守传》之后，不是作者所能见到的生活素材，但可以说明《南柯太守传》的情节有一定的普遍意义。驸马可以靠公主得势，也可以因公主而失势，唐代的有些少年学士都不愿与公主结亲，原因就在这里。李公佐对淳于棼这个人物，是持批判态度的。他"因使酒忤帅，斥逐落魄，纵诞饮酒为事"，忽然在梦里平步青云，当上了驸马，受任南柯太守，于是就汲用了酒徒周弁、田子华,倚为亲信。不料在与檀萝国的交战中周弁轻敌致败,淳于棼虽然没有因此受责,但已走上了失势的道路。公主死后,他的靠山已经没有了,可是他还是"出入无恒,交游宾从,威福日甚",那就难免要引起国王的猜忌。在受到制裁之后,又是"流言怨悖,郁郁不乐"。最后被送出槐安国境而没有受到谴责,还是便宜的事。淳于棼在上表时说:"臣将门馀子,素无艺术,猥当大任,必败朝章。自悲负乘,坐致覆悚。"这是他对自己的估计。传末李公佐又明白地加以评论说:"虽稽神语怪,事涉非经,而窃位著生,冀将为戒。后之君子,幸以南柯为偶然,无以名位骄于天壤间云。"作者对淳于棼前后的遭遇处境作了非常精细的描写。开头槐安国王请他入境时的情景是:"生左右传车者传呼声甚严,行者亦争辟于左右。"后来送他出境时的情景是:"至大户外,见所乘车甚劣。左右亲使御仆,遂无一人。""所送二使者,甚无威势。生逾怏怏。生问使者曰:'广陵郡何时可到?'二使讴歌自若,久之乃答曰:'少顷即至。'"通过前后两种情景的对比,就把世态炎凉描画出来了。最后写淳于棼醒来时的场面:"见家之僮仆拥篲于庭,二客濯足于榻,斜日未隐于西垣,馀樽尚湛于东牖。梦中倏忽,若度一世矣。"这样一个冷落寂灭的景象,对热中功名利禄的人真是一瓢冷水,也加深了对"窃位著生"者的讽刺。

《南柯太守传》比《枕中记》的篇幅长了许多,因为情节更曲折,细节描写更详尽了。例如在右相引见国王时遇见了酒徒周弁,在结亲行礼时又插入了群女戏弄新郎的对话。女伴在调笑中又追述了他们在禅智寺观舞和孝感寺听讲经的情景,历历如在目前,就加强了故事的真实感。故事中间,又穿插淳于棼与他父亲通信的情节,预约岁在丁丑相见,为后来淳于棼三年后去世设下伏笔。总之,《南柯太守传》里的生活内容丰富,表现手法也多样,在灵怪题材中是不多见的杰作。篇末有李肇作赞说:"贵极禄位,权倾国都,达人视此,蚁聚何殊。"他为《南柯太守传》作了简明的总结,显然对这篇作品是赞赏的。可是他又在《国史补》里说:"有传蚁穴而称者,李公佐《南柯太守》……皆文之妖也。"(卷下《叙近代文妖》)似乎对这种文体又有所非议,不像对《枕中记》那么高度评价。"南柯梦"长期以来成为人所熟知的典故,早在皇甫枚《三水小牍》的《陈璠》里就有"五年荣贵今何在,不异南柯一梦中"的诗句。汤显祖根据这个故事编的戏曲《南柯记》,也是明代传奇的名著之一。

《庐江冯媪传》,《广记》卷343引无"传"字,出《异闻录》(当作《异闻集》),不知是否原题。冯媪是一个穷寡无子的乡妇,在逃荒的途中遇见女鬼,原是董江的亡妻,她泣诉丈夫将别娶新人,公婆要索取她的旧物给新媳妇,因此悲泣不止。女鬼不愿前夫再娶的故事,在《太平广记》里还可以找出一些。这篇小说写得比较好,如冯媪所见鬼女的情态,先是"携三岁儿,倚门悲泣",见到冯媪求宿,就"入户备饪食,理床榻,邀媪食息",寥寥几笔,写出了一个善良妇女的形象。她说到舅姑"征我筐笪刀尺祭祀旧物以授新人,我不忍与",表现了她爱念前夫的感情,也透露了家庭和财产的争夺。开头冯媪并不知道她是鬼,直到人家说出董江妻已死,才明白借宿的是董妻墓穴。这种手法正是传奇小说故布疑阵、引人入胜的惯技。

《古岳渎经》,《广记》卷467题作《李汤》,出《戎幕闲谈》。《戎幕闲谈》是韦绚所作,而这篇作品从内容看显然是李公佐的手笔。宋王十朋《集注分类东坡诗》卷2《濠州七绝·涂山》"川锁支祁水尚浑"句注:"《异闻集》载《古岳渎经》:禹治水,至桐柏山,获淮涡水神,名曰巫支祁。……唐时有渔者钓得一古锁牵出,其末有如猕猴者,盖此物。"当即本篇,曾收入《异闻集》。

《辍耕录》卷29《淮涡神》条也引《古岳渎经》考证泗州大圣锁水母处的传说,并引东坡诗注为证。鲁迅《唐宋传奇集》即据《辍耕录》改题作《古岳渎经》。但《岳渎经》只是李公佐从山洞找出的仙书,并不能概括故事的全部内容。可能《戎幕闲谈》也曾转录这篇故事。李肇《国史补》卷上又说:

> 楚州有渔人,忽于淮中钓得古铁锁,挽之不绝,以告官。刺史李汤大集人力引之,锁穷,有青狝猴跃出水,复没而逝。后有验《山海经》云:"水兽好为害,禹锁于军山之下,其名曰无支祁。"

这里的故事与《古岳渎经》大致相同,李肇所说的《山海经》恐怕是《岳渎经》之误。他只说"后有验《山海经》云",不说验者是李公佐,可能是别有所据,也可能是记忆不准。胡应麟《少室山房笔丛》卷32《四部正讹》下曾对《古岳渎经》作了考证,在引述原文之后,说:

> 案此文出唐小说,盖即六朝人踵《山海经》体而赝作者;或唐文士滑稽玩世之文,命名《岳渎》可见。以其说颇诡异,故后世或喜道之。宋太史景濂亦稍隐括集中,总之以文为戏耳。罗泌《路史辨》有无支祁,世又讹禹事为泗州大圣,皆可笑!

禹制服无支祁的故事,后来演变为僧伽降无支祁,再演变为泗州大圣降水母,到了《梼杌闲评》里又说是观音大士锁住了水怪支祁连(第一回)。这是水怪传说在流传中的不断变化。无支祁故事可能唐代曾在口头流传。李公佐所与的故事分为两个部分:前一部分是杨衡所讲的,李汤于永泰(765)年间命渔人拉起大铁锁,牵出一个像猿猴的怪兽。后一部分讲李公佐与元锡、周焦君登包山,入灵洞,探得仙书古《岳渎经》第八卷,弄明白了淮涡水神无支祁的来历,是禹治水时命庚辰把它锁在龟山脚下的。

后一部分故事更为神奇,所谓山洞里找出来的古《岳渎经》,恐怕是李公佐参照传说编造出来的。

《谢小娥传》(《广记》卷491)讲豫章人谢小娥,嫁历阳侠士段居贞为妻。小娥的父亲和女婿一起往来江湖做买卖,被强盗杀害,两家几十口人都被沉入江中。小娥才十四岁,也受伤落水,被别的船上人救起,幸免于死。她流落到上元县妙果寺,依靠尼姑生活。她梦见父亲告诉她仇人是"车中猴,门东草",梦见丈夫告诉她凶手是"禾中走,一日夫"。小娥到处求人解这个谜,最后遇到路过建业的李公佐,给她解答了这个难题,说:"车中猴,车字去上下各一画,是申字;又申属猴,故曰车中猴。草下有门,门中有东,乃兰(蘭)字也。又,禾中走是穿田过,亦是申字也。一日夫者,夫上更一画,下有日,是春字也。杀汝父是申兰,杀汝夫是申春,足可明矣。"小娥就改装男子给人家当雇工,终于找到仇人家里,伺机刺杀两个仇人,告状到官,全获馀党,她得到特许免罪。这篇传是李公佐记载他亲自经历的事,特意要表彰谢小娥的节和贞。时间、地点和过程写得很具体,似乎可信。但是依靠梦中暗示,猜谜破案,未免近于荒诞;小娥到浔阳郡碰上仇人的家,又过于巧合。这些情节可能是出于作者的虚构,还借以显示自己猜谜的智力。正因为他运用了传记体的写法,虽然形象化的描写不多,但事情的经过写得非常确切精密,能令读者信以为真。既然这个故事不是得之传闻而是作者的亲见亲闻,自己还参与了情节的进展,成为传中的一个重要人物,那就当然无可怀疑的了。然而如果我们相信它是事实的话,就必须承认梦里鬼魂显示字谜是破案的关键,否则故事就无法成立。因此我们宁可认为是李公佐"有意为小说",巧妙地运用了艺术虚构的手法,把真人和假事组合起来了(谢小娥杀贼报仇可能有事实依据)。后来宋祁编纂《新唐书·列女列传》时,就采取李公佐的传文，写入了段居贞妻传，正说明《谢小娥传》是写得成功的。唐代小说的特点之一，就是有意识地把真人真事和艺术虚构相结合，还往往采用自述手法，加强了作品的真实感。

《谢小娥传》写于元和十三年夏月之后，是李公佐晚期的作品，似乎从搜神志怪的兴趣转向了现实人生，可是他并没有完全放弃"征异话奇"的习惯，所以一定要加上托梦猜谜的情节，这也是传奇创作的需要。稍后，李复言又把这个故事改写为《尼妙寂》，收入《续玄怪录》。尽管他明说是根据李公佐写的传复述的，可是把主人公的姓名和年代都改了，谢小娥改为姓叶，丈夫改名为任华，元和八年的事提前到贞元十七年（明刻本《幽怪录》作元和十七年，更不合事实，现据《广记》卷128引），却造成了混乱。作为小说，在艺术上也不如李公佐原作。明末凌濛初《拍案惊奇》第19卷《李公佐巧解梦中言，谢小娥智擒船上盗》还是依据《谢小娥传》改写的。王夫之也据以编为《龙舟会》杂剧，宣扬了谢小娥守节复仇的精神。

以单篇传奇来说，李公佐是一个多产的作家。除上述四篇作品外，可能还有一篇《燕女坟记》。据《古今事文类聚》前集卷45羽虫部燕门《燕女坟》条引唐李公佐撰《燕女坟记》①；又见《类说》本《丽情集》，题作《燕女坟》，不署作者姓名。

> 宋末娼家女姚玉京，嫁襄州小吏卫敬瑜，溺水而死，玉京守志养姑舅，常有双燕巢梁间，一日为鸷鸟所获，其一孤飞，悲鸣徘徊。至秋，翔集玉京之臂，如告别然。玉京以红缕系足，曰："新春复来为吾侣也。"明年果至，因赠诗曰："昔时无偶去，今年还独归。故人恩义重，不忍更双飞。"自

---

① 参考李剑国《唐五代志怪传奇叙录》，南开大学出版社1993年1版。

> 尔秋归春来，凡六七年。其年，玉京病卒。明年燕来，周章哀鸣。家人语曰："玉京死矣，坟在南郭。"燕遂至葬所，亦死。每风清月明，襄人见玉京与燕同游汉水之上。

这个故事又见《绿窗新话》卷下、《群书类编故事》卷24。《太平广记》卷270《卫敬瑜妻》条则引自《南雍州记》，情节稍有不同。事见《南史》卷74《孝义传》下，卫敬瑜妻作王整之姊，不是姚玉京，还多一首诗。

霍小玉传

蒋防，字子微①，义兴人。两《唐书》无传，附见《旧唐书》卷166《庞严传》："严与右拾遗蒋防俱为稹、绅保荐，至谏官、内职。"《咸淳毗陵志》卷16记载：

> 蒋防，澄之后。年十八，父诫令作《秋河赋》，援笔即成。警句云："连云梯以迥立，跨星桥而径渡。"于简遂妻以子。李绅即席令赋《鞲上鹰》，诗云："几欲高飞天上去，谁人为解绿丝绦？"绅识其意，荐之。后历翰林学士、中书舍人。

他由于李绅、元稹的推荐，于长庆元年（821）任翰林学士，二年加司封员外郎，三年加知制诰（据丁居晦《重修承旨学士壁记》）。长庆四年（824），随着元稹、李绅被李逢吉陷害，蒋防也贬汀州刺史（见《旧唐书·敬宗纪》）。其后，又改连州刺史，蒋

---

① 《古今万姓统谱》卷86作字子微。此从《全唐文》卷719小传。《古今图书集成》职方典常德府部引蒋子微《灵岩洞》诗，疑即蒋防作。"子微"盖出防微杜渐之义。

防在《连州静福山廖先生碑铭》中说到:"长庆末,余自尚书司封郎、知制诰、翰林学士得罪出守临汀,寻改此郡。"最后,又迁袁州刺史(据蒋防《汨罗庙记》)。据李绅《趋翰苑遭诬构四十六韵》诗自注,蒋防当卒于开成元年(836)以前①,年寿不详。

  《霍小玉传》是蒋防的杰作,比他的诗文著名得多。他就是以这一篇小说而留名于中国文学史的。《霍小玉传》的写作年代不能确定,有人认为作于长庆元年②,有人认为作于元和中期③,但是都没有确证。蒋防的年辈晚于李绅、元稹,他成名时年纪很轻,写作传奇文的时间当在元稹之后,则是无疑问的。《霍小玉传》写诗人李益和妓女霍小玉的故事,可能以当时传闻的一些轶事为基础。如果写成于元和末或长庆初,那时李益已经是年逾古稀的老翁了。对于李益青年时代的浪漫事迹,难免有传闻失实和艺术虚构的地方。如《霍小玉传》说李益二十二岁时以书判拔萃登科,授郑县主簿。按徐松《登科记考》,李益登拔萃科在建中四年(783),他已经三十六岁,而大历六年(771)则是讽谏主文科及第。可见小说的情节和历史的事实并不符合。霍小玉临死时说要变为厉鬼,使他妻妾不安,而后来李益果然猜疑成疾,也是事出有因。李肇《国史补》中曾说:"散骑常侍李益少有疑病,亦心疾也。"柳宗元《先君石表阴先友记》也说:"李益……风流有文词,小有僻疾,以故不得用。"④李翱《论故度支李尚书事状》又说:"朝廷公议皆云:李尚书性猜忌,甚于李益,而出其妻……"⑤可见李益猜疑,当时已成为众所周知的

---

①③ 参考吴庚舜《传奇研究也要知人论世》,载《中国古典文学论丛》第一辑,人民文学出版社1984年第1版。
② 见卞孝萱《元稹年谱》长庆元年。
④ 《柳宗元集》卷12。
⑤ 《李文公集》卷10。

故事。因此后来《旧唐书·李益传》说:"(李益)有疾病而多猜忌,防闲妻妾过为苛酷,而有散灰扃户之谈闻于时,故时谓妒痴为李益疾。"这样就把李益防闲妻妾的僻疾坐实了。

《霍小玉传》的故事可能是用李益猜忌病的传闻铺演出来的,但它却真实地反映了封建社会里妓女的不幸遭遇。唐代的妓女很多,可能是音乐文艺发达的副产品。唐代以前的妓女多数是家妓,实际上是婢妾,不是营业性的。唐代妓女有一部分是官妓,带有营业性的,卖艺而兼卖身。如长安平康里的妓女,经常为举子和新进士所追逐,孙棨的《北里志》有详细的记载。这些妓女的地位很卑微,一般给官宦人家作妾还不够格,当正式妻子就更不可能了。孙棨在《北里志》里记述了自己的亲身经历。有一个叫宜之的妓女,长得很美,还有点文才,孙棨很赏识她,赠给她不少诗。宜之愿意委身于他,但不能如愿。孙棨记下了这段往事,十分感人。

> 宜之每宴洽之际,常惨然郁悲,如不胜任,合座为之改容,久而不已。静询之,答曰:"此踪迹安可迷而不返耶?又何计以返?每思之,不能不悲也。"遂呜咽久之。他日忽以红笺授予,泣且拜,视之,诗曰:"日日悲伤未有图,懒将心事话凡夫。非同覆水应收得,只问仙郎有意无?"余因谢之曰:"甚知幽旨,但非举子所宜,何如?"又泣曰:"某幸未系教坊籍,君子倘有意,一二百金之费尔。"未及答,因授予笔,请和其诗。予题其笺后曰:"韶妙如何有远图,未能相为信非夫。泥中莲子虽无染,移入家园未得无。"览之因泣,不复言,自是情意顿薄。

这一个小故事很足以说明唐代妓女的地位卑微和命运悲惨,尽管她对孙棨一片痴情,但是不可能"移入家园"。孙棨给宜之的回答是坦率的。霍小玉对此也有充分的认识和适当的估计,因此在欢乐的定情之夜,忽然流泪对李益说:"妾本倡家,自知非匹。今以色爱,托其仁贤。但虑一旦色衰,恩移情替,使女萝无托,秋扇见捐。极欢之际,不觉悲至。"这时李益"引谕山河,指诚日月"地和她订立了盟约,"誓不相舍"。过了两年李益登拔萃科,得官赴任。小玉在送别时又一次清醒地指出:"以君才地名声,人多景慕,愿结婚媾,固亦众矣。况堂有严亲,室无冢妇。君之此去,必就佳姻。盟约之言,徒虚语耳。"然而她还是对李益寄托了一线希望,提出了一个极低的要求:"妾年始十八,君才二十有二,迨君壮室之秋,犹有八岁。一生欢爱,愿毕此期。然后妙选高门,以谐秦晋,亦未为晚。"她只求能得到短暂的幸福生活,不惜委曲求全,可是李益一到家就接受了母亲替他聘定的表妹卢氏,并没有一句推辞的话,而且还四处去借债作聘礼。后来小玉忧恨成病,托人招请李益,李益总是避不见面,直到小玉临死的时候,还是被黄衫豪士强拉到家里才能当面永诀。小玉对李益发出了怨恨的谴责:"我为女子,薄命如斯;君是丈夫,负心若此。……征痛黄泉,皆君所致。"霍小玉虽然对自己的处境有过清醒的估计,但这样的结局还是她始料所不及的。

恩格斯说:"在整个古代,婚姻的缔结都是由父母包办,当事人则安心顺从。"又说:"对于骑士或男爵,以及对于王公本身,结婚是一种政治行为,是一种借新的联姻以扩大自己势力的机会。"[1]唐代的高门士族也是如此。李益顺从他母亲的意志,和"甲族"卢氏结婚,也是一种政治行为。这是当时的婚姻制度和门第观念所决定的,不能完全由李益个人负责。但是李益对这件婚事根本没有抵制,对霍小玉丝毫没有留恋,连一点同情和

---

[1] 《家庭、私有制和国家的起源》,《马克思恩格斯选集》第四卷,第72、74页。

歉意都没有,一分手就翻脸无情地抛弃了她,那就无法原谅了。这个故事并不曲折,李益的背信弃义,并没有动摇或斗争的过程。作者的倾向性也很鲜明,对李益持批判态度,并不像《莺莺传》的作者那样说什么"时人多许张生为善补过者"。《霍小玉传》一再用旁人对霍小玉的同情来反衬李益的薄幸,如卖玉钗时引起老玉工的伤感、延先公主的悲叹。又如李益的表弟崔允明给小玉传递消息,密友韦夏卿对李益批评劝戒,正如作者所概括的:"风流之士,共感玉之多情;豪侠之伦,皆怒生之薄行。"小说里还出现了一个黄衫豪士,采取强制行动,把李益硬拖到霍小玉家里,使他们见最后一面。这个打抱不平的黄衫豪士,和成人之美的红娘一样,成了读者所喜爱的配角人物。李益的薄行,已经超出了封建社会传统观念所允许的范围。霍小玉的悲惨结局,李益个人应负主要责任,所以引起了公众的愤慨。蒋防在《霍小玉传》中所表现的爱憎非常分明,这在唐代小说中是很突出的。虽然结尾部分鬼魂冤报的情节表现了作者认识上的局限性,李益猜疑成病也只是一种简单化的处理,但也体现了作者对负心行为的一种谴责。

《霍小玉传》不仅思想性很强,艺术性也是很高的。有些场景写得非常生动,如开头鲍十一娘说媒的一段:

> 经数月,李方闲居舍之南亭。申未间,忽闻叩门甚急,云是鲍十一娘至。摄衣从之,迎问曰:"鲍卿今日何故而来?"鲍笑曰:"苏姑子作好梦也未?有一仙人,谪在下界,不邀财货,但慕风流。如此色目,共十郎相当矣。"生闻之惊跃,神飞体轻,引鲍手且拜且谢曰:"一生作奴,死亦不惮。"

只寥寥几句话,就把人物的性格写出来了。鲍十一娘花言巧语,舌底生花,真如传中所说的"追风挟策,推为渠帅"。李益则轻狂庸俗,丑态毕露,完全是一个他自己所说的好色"鄙夫"。蒋防恰当地运用对话,比较接近口语,能把人物的神情写得栩栩如生。霍小玉聪明美丽,感情真挚,她的形象是在情节发展中逐步突现出来的。最后写到她临终的场面:"沈绵日久,转侧须人,忽闻生来,欻然自起,更衣而出,恍若有神。遂与生相见,含怒凝视,不复有言。"这对她内心的刻画是深刻入微的,和《西厢记》(第五本)所写的"不见时准备着千言万语……及至相逢一句也无",真有异曲同工之妙。

明人胡应麟论唐代小说时说:"《广记》所录唐人闺阁事,咸绰有情致,诗词亦大率可喜。"①《霍小玉传》和《莺莺传》、《李娃传》都是"纪闺阁事",写的是爱情、婚姻故事,都突破了神仙鬼怪的传统题材而面向现实生活,成为唐人小说中的光辉名作。《霍小玉传》的年代略晚,在思想性和艺术性上都发展到了一个新的高度,只是结尾较弱,未免有些偏离生活的真实,艺术的真实也削弱了。

沈亚之的秦梦记等

沈亚之,字下贤,吴兴人。《新唐书·文艺传》只在序里提到了他的名字,并没有叙述他的生平。记载比较详细的是晁公武《郡斋读书志》的《沈亚之集》条:

> 元和十年(815)进士。泾原李汇辟掌书记。为秘书省正字。长庆初,补栎阳尉。四年,为福建团练副使,事徐晦。后累进殿中丞御史、内供奉。大和三年,柏耆宣慰德州,取

---

① 《少室山房笔丛》卷36。

为判官。耆罢,亚之贬南康尉,后终郢州掾。亚之以文词得名,狂躁贪冒,辅耆为恶,故及于贬。常游韩愈门,李贺、杜牧、李商隐俱有拟沈下贤诗,亦当时名辈所称云。①

李贺《送沈亚之歌序》说:"文人沈亚之,元和七年以书不中第,返归于吴江。吾悲其行,无钱酒以劳,又感沈之勤请,乃歌一解以送之。"李贺在诗中称他为"吴兴才人"。沈亚之以文词得名,他的诗歌有独特的风格,李贺和杜牧、李商隐都曾摹拟他的诗体,可见他在当时诗坛上的地位不低。长庆元年(821)登贤良方正能直言极谏科(据《登科记考》卷19)。大和三年(829),任柏耆的判官,因而也随着柏耆被贬而谪南康尉②。最后终于郢州掾,大约在大和五年(831)之后③。

沈亚之有《沈下贤文集》,现存十二卷,诗并不多,恐怕已有散失。杂著文章中有好几篇传记,如《异梦录》、《湘中怨解》、《秦梦记》都见于《太平广记》所引的《异闻集》,可见唐人都视之为传奇文。

《异梦录》(《广记》卷282题作《邢凤》),叙邢凤梦见美人授以诗卷,邢凤抄下了一首《春阳曲》,词云:"长安少女踏春阳,何处春阳不断肠。舞袖弓弯浑忘却,罗衣空换九秋霜。"邢凤问她什么叫"弓弯",美人就为他表演了弓弯形状的舞姿。据说这个故事发生于贞元年间,邢凤亲自告诉了陇西公李汇。元和十年(815)五月十八日,李汇会集宾客,给沈亚之等人讲了这个故事,沈亚之就记录成文,第二天又拿给晚来的宾客阅读。这个故

---

① 《唐才子传》所载大致相同。
② 参看《旧唐书》的《文宗纪》和《柏耆传》。
③ 《辞海》定沈亚之生卒为约781—约832年,大概据近人张全恭的推算,并无确证。

事当时就流传开去,谷神子《博异志》又根据《异梦录》收录了这个故事,改题作《沈亚之》,文字稍有不同,如"罗衣空换九秋霜"作"罗帏空度九秋霜"。类似的故事还见于段成式《酉阳杂俎》前集卷14,情节稍异,而歌词基本一致,末句又改作"蛾眉空带九秋霜"。由此也可以说明这个故事的广为流传。这个故事的情节十分简单,只是一般的神怪异闻,但是沈亚之写得摇曳多姿,就显得引人入胜,与六朝志怪有所不同了。他一开头写陇西公(李汇)与宾客讲故事的时间、地点,慢慢地进入正题。在陇西公讲完故事之后,又写听者的反映:"皆叹息曰'可记',故亚之退而著录。"写完这个故事之后,又添出一段馀波,由姚合讲了一个类似的故事:王炎在梦中奉吴王之命为西施写挽歌。这样,就不仅是写一个异梦的故事,而且还写了讲故事的人和环境,使读者感到很亲切,好像和作者的距离缩短了。如果和《博异志》里的《沈亚之》比较一下,就会觉得改写者删掉了一些看来不重要的枝叶,故事就像枯树一样缺乏生意了。由此也许可以说明《异梦录》和一般志怪小说的区别。

《湘中怨解》的故事也不太曲折。一个太学进士郑生,在路上遇到一个因受兄嫂虐待而想投河的孤女,就把她收回家同居了。这个女子名叫汜人,长得很美,又能写歌词。几年之后,她才告诉郑生说:"我湘中蛟宫之娣也,谪而从君。今岁满,无以久留君所,欲为诀耳。"郑生留不住她,终于分别了。十几年后郑生在岳阳楼上望见江中船上有一个像汜人的女子,载歌载舞,一会儿又不见了。这一段写得扑朔迷离,增加了神秘色彩,就像汉武帝所说的:"是邪,非邪?立而望之,偏何姗姗其来迟!"试看原文这一段:

> 后十馀年,生之兄为岳州刺史。会上巳日,与家徒登岳阳楼,望鄂渚,张宴。乐酣,生愁吟曰:"情无垠兮荡洋洋。

怀佳期兮属三湘。"声未终,有画舻浮漾而来。中为彩楼,高百尺馀,其上施帏帐,栏笼画饰。帷褰,有弹弦鼓吹者,皆神仙蛾眉,被服烟霓,裾袖皆广长。其中一人起舞,含嚬凄怨,形类汜人。舞而歌曰:"溯青山兮江之隅。拖湘波兮裛绿裾。荷卷卷兮未舒。匪同归兮将焉如!"舞毕,敛袖,翔然凝望。楼中纵观方怡。须臾,风涛崩怒,遂迷所往。

这样一个馀味不尽的结尾,大有"曲终人不见,江上数峰青"的诗意。它也许可以说是一种诗化的小说,与小说化的传记显然有所不同。

沈亚之的代表作是《秦梦记》。本篇以作者自叙的手法记他梦与秦国公主弄玉结婚,过不久,公主病死,沈亚之为她写了墓志铭和挽歌,最后出宫还家,即从梦中惊醒。这个故事似乎脱胎于李公佐的《南柯太守传》,而文情奇诡,出于作者独特的艺术构思。写挽歌的一段,又可能自《异梦录》末附记的姚合所讲王炎梦中为西施写挽歌的情节演化而来。试对这两段文字作一对比:

  吾友王炎者,元和初,夕梦游吴,侍吴王久。闻宫中出辇,鸣笳箫击鼓,言葬西施。王悼悲不止,立诏词客作挽歌。炎遂应教,诗曰:"西望吴王国,云书凤字牌。连江起珠帐,择水葬金钗。满地红心草,三层碧玉阶。春风无处所,凄恨不胜怀。"词进,王甚嘉之。(《异梦录》)

  ……公主忽无疾卒,公追伤不已。将葬咸阳原,公命亚之作挽歌,应教而作曰:"泣葬一枝红,生同死不同。金钿坠芳草,香绣满春风。旧日闻箫处,高楼当月中。梨花寒食夜,深闭翠微宫。"进公,公读词,善之。(《秦梦记》)

这两段不仅故事情节相似，而且诗的意境也相似。《秦梦记》作于《异梦录》之后约十二年，可见沈亚之对王炎那一段故事印象很深，当年把它附在邢凤故事之后也不会是没有用意的。

沈亚之选择这样一个题材，可能有一些真人真事作为素材。《沈下贤文集》卷11有一篇《郭公墓志》，讲到这位驸马，"尚西河公主，岁馀改宫苑闲厩使。府君宽柔和易，不守刚决。长庆二年七月五日暴疾卒于主家……初，西河公主前降吴兴沈氏，生子男一人，及郭氏之丧，无后，而以沈氏之嗣为之主办"。这个驸马就是郭子仪的孙子郭铦，卒年应为长庆三年（见《新唐书》卷137《郭铦传》）。据《新唐书》卷83《诸公主列传》："西河公主，始封武陵郡主，下嫁沈翚，薨咸通时。"西河公主的前驸马沈翚，也是吴兴沈氏，大概是沈亚之的同族，所以请沈亚之为郭铦写墓志。这位西河公主初嫁沈翚，再嫁郭铦，与《秦梦记》中的弄玉有相似之处。唐代公主再嫁是常有的事，当时并不认为违背礼法。直到宣宗大中五年（851）才下令，"先降嫁公主县主，如有儿女者，并不得再请从人"（《唐会要》卷6）。《秦梦记》所写弄玉再嫁的情节，正反映了唐代的现实，可能正是从西河公主再嫁得到启发的。可是沈亚之竟把自己写成弄玉的后夫，说民间对弄玉"犹谓萧家公主"，而后来宫人又把沈亚之所住的翠微宫称为"沈郎院"，硬把古代传说中弄玉和萧史这一对神仙眷属拆散了。弄玉和萧史吹箫随凤飞去本来是一个很优美的神仙故事（见《列仙传》），《秦梦记》却把它续写成一个生离死别的动人悲剧，说是萧史先死，弄玉再嫁，最后公主又忽然无疾而卒。这个故事构思极为离奇，正如作者自己所说："呜呼！弄玉既仙矣，恶又死乎？"

梦中尚公主和幽婚的故事，是一个传统的小说题材。敦煌写本句道兴《搜神记》里有一个辛道度与秦国公主相爱的故事。

公主赠金枕与辛道度作为信物，后来被秦文王夫人发现，遂封辛道度为驸马。《搜神记》所说的秦文王，像是指战国时代的秦王，秦女墓在雍州城西五里，当指秦国故地，这和《秦梦记》的背景是相同的。《秦梦记》采用了《列仙传》里萧史弄玉的故事作为由头，明说是秦穆公时的事，结尾又借用友人崔九万的考古知识，证明橐泉正是秦穆公的墓地，更加强了历史的真实感。而梦遇公主的情节，也可能曾得到辛道度故事的启示。至于梦中入赘和公主先死、驸马出宫还籍等情节，又和《南柯太守传》有不少相似之处。从许多地方看，可以认为沈亚之曾广泛借鉴了以前的小说，又结合生活体验，才创造出了具有独特风格的传奇文。《秦梦记》大概是他最晚最成熟的作品。

　　沈亚之是个很有名的诗人。他的小说穿插了不少诗歌，充分显示了他的诗才，如《异梦录》、《秦梦记》的诗和墓志铭，就可以说明"沈下贤体"的特色。尤其是《湘中怨解》里的楚歌，格调清新，色彩鲜明，真如作者自己所说："其词丽绝，世莫有属者。"沈亚之的小说，构思新奇，辞藻华丽，具有诗的韵味，也可以说是"沈下贤体"。李贺说他"工为情语，有窈窕之思"（见《沈下贤文集》无名氏元祐丙寅〔1086〕序），应当是概指诗文而言。鲁迅说他的三篇传奇，"皆以华艳之笔，叙恍忽之情，而好言仙鬼复死，尤与同时文人异趣"（《中国小说史略》）。近人则认为沈亚之的作品，不仅"在精神上是浪漫主义的"，"在艺术方法上也是浪漫主义的或倾向浪漫主义的"①。由此可以说明沈亚之的作品在唐代小说中是别具一格的。

　　沈亚之的小说，写于元和至大和年间。如《异梦录》作于元和十年为李汇掌书记时，《湘中怨解》作于元和十三年，《秦梦

---

①　陈涌《鲁迅与现实主义和浪漫主义问题》，载《人民文学》1981年10期。

记》作于大和初,都在他被贬之前。除了这三篇著名的作品外,文集里还有《冯燕传》和《歌者叶记》,也曾为人看作小说。《冯燕传》亦见于《文苑英华》卷795,并附《冯燕歌》(一说司空图作),又见于《太平广记》卷195,汪辟疆《唐人小说》亦曾收录。《冯燕传》写得比较质朴,大概是根据真人真事写的传记。冯燕是一个放荡无行的无赖,与张婴的妻子私通。一次,张婴回家,冯燕藏在门后,张妻拿刀给冯燕示意教他杀张婴,冯燕却把张妻杀了。张婴被误认为凶手,判刑将斩,冯燕出来自认杀人。当时人都认为冯燕是豪侠。沈亚之为他写了传。《冯燕歌》说:"为感词人沈下贤,长歌更与分明说。"似乎歌也是沈亚之作的。宋代曾布又根据《冯燕传》故事写了《水调大曲》(见王明清《玉照新志》卷2)。《歌者叶记》是为一个有名的歌女写传,写得也很有情采。《唐人百家小说》中收录了这篇。《沈下贤集》里类似的传记文还有一些,但都是记实性的文章,不涉及仙鬼幻梦,与小说稍有距离。值得研究的是《韵语阳秋》卷2、《诗人玉屑》卷12都引有沈亚之诗"徘徊花上月,虚度可怜宵"两句。这两句诗见于《广记》卷326《沈警》条,出自《异闻集》。《类说》本《异闻集》题作《感异记》,不著作者。《韵语阳秋》、《诗人玉屑》所引的诗,可能真是沈亚之的作品。《感异记》中的主人公沈警是梁东宫常侍,也是吴兴武康人,与沈亚之同姓同族,可能是借用东晋时沈警的姓名。情节结构和诗歌赠答,与《湘中怨解》、《秦梦记》有相似之处。但仔细看来,义风比较明快,和沈亚之的几篇传奇还有些差别。如果不算《感异记》,只把《冯燕传》、《歌者叶记》算作传奇文,沈亚之的作品也比李公佐还多,可以说是唐代传奇的一大作家。

《感异记》以前不大为人注意,是否沈亚之的手笔,还有待研究。但无论如何,总是一篇很优美的小说。这里节录几段,以

便参看:

> 沈警,字玄机,吴兴武康人也。美风调,善吟咏,为梁东宫常侍,名著当时。……途过张女郎庙,旅行多以酒肴祈祷。警独酌水具祝词曰:"酌彼寒泉水,红芳掇岩谷。虽致之非遥,而荐之随俗。丹诚在此,神其感录。"既暮,宿传舍,凭轩望月,作《凤将雏含娇曲》,其词曰:"命啸无人啸,含娇何处娇。徘徊花上月,空度可怜宵。"又续为歌曰:"靡靡春风至,微微春露轻。可惜关山月,还成无用明。"吟毕。闻帘外叹赏之声,复云:"闲宵岂虚掷,朗月岂无明。"音旨清婉,颇异于常。忽见一女子褰帘而入,拜云:"张女郎姊妹见使致意。"警异之,乃具衣冠,未离坐而二女已入。……大女郎歌曰:"人神相合兮后会难,邂逅相遇兮暂为欢,星汉移兮夜将阑,心未极兮且盘桓。"小女郎歌曰:"洞箫响兮风生流,清夜阑兮管弦遒。长相思兮衡山曲,心断绝兮秦陇头。"……小婢丽质,前致词曰:"人神路隔,别促会赊。况姮娥妒人,不肯留照;织女无赖,已复斜河。寸阴几时,何劳烦琐?"遂掩户就寝,备极欢昵。……警乃赠小女郎指环,小女郎赠警金合欢结,歌曰:"结心缠万缕,结缕几千回。结怨无穷极,结心终不开。"大女郎赠警瑶镜子,歌曰:"忆昔窥瑶镜,相望看明月。彼此俱照人,莫令光彩灭。"赠答极多,不能备记,粗忆数首而已。

明代人编的《古今说海》,收入《感异记》,改题为《润玉传》,不著作者。

第六章 唐代中期的小说集

辨 疑 志

陆长源,字泳之(《新唐书》本传作泳,似脱"之"字),吴人,官都官郎中、汝州刺史,徙宣武节度使行军司马。两《唐书》有传。陆耀遹《金石续编》卷9有陆长源《唐华阳三洞景昭大法师碑》署衔作"朝议大夫、检校国子司业兼御史中丞、吴县开国男"。贞元十五年(799)二月,宣武军节度使董晋卒,陆长源以行军司马检校礼部尚书,汴州刺史、御史大夫、宣武军节度度支营田、汴宋亳颍观察等使,汴州军乱,被杀(见《旧唐书·德宗纪》)。著有《唐春秋》六十卷、《辨疑志》三卷(《新唐书·艺文志》)。能诗,尝与孟郊唱和(《唐才子传》卷5)。

当单篇传奇蓬勃兴起的时候,志怪小说集仍在不断出现,但是也有一些新的变化。其中《辨疑志》一书很值得重视。《中兴馆阁书目》著录《辨疑志》:"辨世俗流传之谬"。(《玉海》卷57引)《直斋书录解题》则说:"辨里俗流传之妄。"原书已失传,只有《太平广记》和《说郛》(原本卷34)引有佚文,都是破除迷信的故事,正好和《冥报记》、《纪闻》等书是针锋相对的。陆长源撰写《辨疑志》大约在贞元前,也是较早的作品。

从现存的佚文看来,陆长源对僧道犯戒的行为,表现了深恶痛绝的态度。范摅《云溪友议》(三卷本卷下)《金仙指》条,记载他的两篇判词:

> 婺州陆郎中长源，判僧常满、智真等同于倡家饮酒烹宰鸡鹅等事，云："且口说如来之教，在处贪财；身着无价之衣，终朝食肉。苦行未同迦叶，自谓头陀；神通有何净名，入诸淫舍。犯尔严戒，黩我明刑。仍集远近僧，痛杖三十处死。"
>
> 又断金华观道士盛若虚云："本是樵童牧竖，偶然戴帻依师。不游玄牝之门，莫鉴丹田之义。早闻僭犯，苟乃包容；作孽既多，为弊斯久。常住钱谷，唯贮私家；三盏香炉，不修数夕。至于奴婢，遍结亲情。良贱不分，儿女盈室，行齐犬马，一异廉愚，恣伊非类之徒，负我无为之教。贷其死状，尚任生全。量决若干，便勒出院。别召精洁主首，务在焚修。"

于此可以看出陆长源的"持法峭刻"（《唐诗纪事》卷48），也揭露了僧道教徒的虚伪无耻。他在《辨疑志》中无情抨击那些骗人的僧道如《纸衣师》、《裴玄智》等，就可以理解了。

《辨疑志》佚文仅存十几条，都是"辨里俗流传之妄"的，对破除迷信不遗馀力。有些篇的科学性还相当强。例如《李恒》（《广记》卷288）的故事：

> 陈留男子李恒家事巫祝，邑中之人，往往吉凶为验。陈留县尉陈增妻张氏，召李恒，恒索于大盆中置水，以白纸一张沉于水中，使增妻视之。增妻正见纸上有一妇人，被鬼把头髻拽，又一鬼后把棒驱之。增妻惶惧涕泗，取钱十千，并沿身衣服与恒，令作法禳之。增至，其妻具其事告增。增明召恒，还以大盆盛水，沉一张纸，使恒观之，正见纸上有十鬼拽头，把棒驱之，题名云："此李恒也。"恒惶走，遂却还昨得钱十千及衣服物，便潜窜出境。众异而问，增曰："但以白

矾画纸上,沉水中,与水同色而白矾干。"验之亦然。

又如《石老》的故事:

> 幽州石老者,卖药为业,年八十,忽然腹大,十餘日全不下食,饮水而已。其疾犹扶持而行。比其子号叫四邻云:"适来有两鹤入吾父室中,吾父亦化为白鹤同飞去。"遂指云中白鹤擗地号。顷之,人异而观之,皆焚香跪拜。节度使李怀仙差兵马使朱希来验,见室中有穿纸格出入处,遍问邑人四邻,皆言石老化为白鹤飞去,翔翥云间移时。节度使赐石老子米一百石、绢一百匹。远近传石老得仙。太清宫道士段常著《续仙传》,备载石老得升仙事。月餘,其子与邻人争斗官中物,鞫乃为分绢不平,云:"石老病久,其夕奄忽将终,其子以木贯大石缚父尸,沉于桑干河水,妄指云中白鹤是父。"州县差人检验,于所沉处涝漉得尸,怀仙怒,遂杖杀其子。(原本《说郛》卷34。又见《虚谷闲抄》)

这两条揭穿了那些骗人的把戏,在当时是可以起一些振聋发聩作用的。又如《姜抚先生》(《广记》卷288)一条,记一个名叫荆岩的太学生,根据历史事实揭穿姜抚自称年已数百岁的谎言,就运用了认真的考据方法:

> 唐姜抚先生,不知何许人也。尝著道士衣冠,自云年已数百岁,持符,兼有长年之药、度世之术,时人谓之姜抚先生。……有荆岩者,丁太学四十年不第,退居嵩少,自称山人,颇通南北史,知近代人物。尝谒抚,抚简踞不为之动。荆岩因进而问曰:"先生年几何?"抚曰:"公非信士,何暇问年几。"岩曰:"先生既不能言甲子,先生何朝人也。"抚曰:"梁朝人也。"岩曰:"梁朝绝近,先生亦非长年之人。不审先生梁朝出仕,为复隐居?"抚曰:"吾为西梁州节度。"岩

曰:"何得诳妄!上欺天子,下惑世人。梁朝在江南,何处得西梁州?只有四平、四安、四镇、四征将军,何处得节度使?"抚惭恨,数日而卒。

这个姜抚实有其人,他的诈骗活动别人也揭露过。据《新唐书·方伎列传》载,姜抚自称有不死术,他欺骗玄宗皇帝,说服用常春藤能长生不老。右骁卫将军甘守诚指出:常春藤就是千岁蘽,"民间以酒渍藤饮者多暴死"。姜抚感到恐慌,就托词找药逃走了。《辨疑志》的记载和正史不同,恐怕另有所据。最后说姜抚惭恨而死,可能是为了揭穿他的长生不死术而虚构出来的结局。这对于受骗上当的玄宗皇帝却是一个绝妙的讽刺。那位荆岩驳斥姜抚的谎言,说明了智慧来源于知识。陆长源本人就是这样来辨疑解惑的,他在《女娲墓》条中说:

> 吴阊门外有太伯庙,来往舟船求赛者常溢,谓庙东又有一宅者,有塑像,云是太伯三郎。长尊祭时,巫祝云:"若得福,请为太伯买牛造华盖。"其如太伯轻天下以让之,而适于勾吴,岂有顾一牛一盖而为人致福哉!又按《太伯传》,太伯无嗣,立弟仲雍。太伯三郎不晓出何典耶?(原本《说郛》卷34)

此外,如《萧颖士》条(《广记》卷242)说萧颖士把女人当作狐精,闹成笑话,可与《纪闻》的《田氏子》(《广记》卷450)参看;《双圣灯》条(《广记》卷289)说一个军卒把老虎的眼睛当作双圣灯,结果被虎拖走,可与《博异志》的《张竭忠》参看。这些故事都能发人深思。

《辨疑志》出现于唐代宗教盛行和神怪小说蜂起的时期,是非常难能可贵的。它在唐代小说中可以说是异军突起、别树一帜的作品,如果把它和一般的志怪小说等量齐观,就不免抹煞了它的特色。可惜自宋代以来,并没有得到足够的重视。只有洪迈《夷坚志补》卷4和周密《齐东野语》卷19引到它关于九头鸟的记载,赵与时在《宾退录》卷10中引到《姜抚先生》作为辨别传说真伪的例子。此后竟逐渐湮没失传了。现在我们见到它的片断佚文,更觉得十分珍贵,应该在小说史上给它以应有的地位。

龙 城 录

《龙城录》,《新唐书·艺文志》没有著录,见于陈振孙《直斋书录解题》小说类,据说:"称柳宗元撰。龙城,谓柳州也。罗浮梅花梦事出其中。《唐志》无此书,盖依托也。或云王铚性之作。"这部书北宋前期还没有人提到过,北宋末何薳《春渚纪闻》卷5《古书托名》条说:"世传《龙城录》载六丁取《易说》事。《树萱录》载杜陵老、李太白诸人赋诗事,诗体一律。而《龙城录》乃王铚性之所为,《树萱录》则刘焘无言自撰也。"何薳最早提出《龙城录》的作者是王铚,后来张邦基《墨庄漫录》卷2和《朱子语类》卷138都沿袭了这个说法。洪迈《容斋随笔》卷10《梅花横参》条则说是刘焘所作①。然而他们的话都缺乏确切根据,而且还有一些明显的矛盾。苏轼在《次韵杨公济梅花十绝》和《十一月二十六日松风亭下梅花盛开》两组诗里都用了《龙城录》的典故,如《再用前韵》(十一月……)说:"罗浮山下梅花村,玉雪为骨冰为魂。纷纷初疑月挂树,耿耿独与参横昏。"就和《龙城录》的《赵师雄醉憩梅花下》故事相合。原文如下:

  隋开皇中,赵师雄迁罗浮。一日,天寒日暮,在醉醒间,因憩仆车于松林间酒肆傍舍,见一女人淡妆素服,出迓师

---

① 可能是洪迈记错了《春渚纪闻》的话,把《龙城录》和《树萱录》混为一谈了。

雄。时已昏黑，残雪对月色微明，师雄喜之，与之语，但觉芳香袭人，语言极清丽，因与之扣酒家门，得数杯，相与饮。少顷，有一绿衣童来，笑歌戏舞，亦自可观。顷醉寝，师雄亦懵然，但觉风寒相袭。久之，时东方已白，师雄起视，乃在大梅花树上，上有翠羽，啾嘈相须，月落参横，但惆怅而尔。

我们知道王铚是活动于南宋初年的人，绍兴十四年（1144）以献《祖宗八朝圣学通纪论》迁官（见《建炎以来系年要录》卷151），苏轼（1037—1101）不可能引用到他的书。如果说是刘焘所作，刘焘还是苏轼的门生，于元祐三年（1088）中进士（见《嘉泰吴兴志》卷17），也不可能是《龙城录》的作者①。况且，罗浮梅花梦的故事早在唐代就已有人引用，殷尧藩《友人山中梅花》诗说："好风吹醒罗浮梦，莫听空林翠羽声。"（《全唐诗》卷492）显然就是用《龙城录》的典故②。再说，庆历元年（1041）完成的《崇文总目》中著录有《续前定录》一书，书中引到《龙城录》的罗池石刻故事，可见其书最晚在1041年前已流传于世。

我们还可以找到类似的例证。《龙城录》里有一个《华阳洞小儿化为龙》的故事：

> 茅山隐士吴绰，素擅洁誉。神凤初，因采药于华阳洞口，见一小儿手把大珠三颗，其色莹然，戏于松下，绰见之，因前询谁氏子，儿奔忙入洞中。绰恐为虎所害，遂连呼相从入，欲救之。行不三十步，见儿化作龙形，一手握珠填左耳中。绰素刚胆，以药斧劚之，落左耳，而三珠已失所在，龙亦不见。出不十馀步，洞门闭矣。绰后上皇封素养先生。此

---

① 详见拙作《唐代小说琐记·龙城录》，载《文史》第26辑。
② 参考王利器《晓传斋读书笔记》，载《古籍论丛》，福建人民出版社1982年第一版。

语贾宣伯说。

韩愈《答道士寄树鸡》诗说:"烦君自人华阳洞,割取乖龙左耳来。"显然也是用《龙城录》的典故。可见这个故事早在唐代就已流传了。《龙城录》还有《罗池石刻》一条:

> 罗池北,龙城胜地也。役者得白石,上微辨刻书云:"龙城柳,神所守。驱厉鬼,山左首。福土氓,制九丑。"余得之,不详其理,特欲隐予于斯欤?

韩愈《柳州罗池庙碑》的迎享送神诗也说:"福我兮寿我,驱厉鬼兮山之左。"就是用《罗池石刻》上的词句,足以说明韩愈是见到过《龙城录》的。

《龙城录》基本上是一部志怪小说集。其中许多故事是荒诞无稽的,有些是传说而不是史实,如《刘仲卿隐金华洞》的故事作者本来就说是民间"俗传",后人据以考证其事的有无,不免失之拘泥。唐代文人写小说的很多,即使《龙城录》记事不实,也不能说明它就是伪书。柳宗元文集中有一篇《李赤传》,就是记鬼怪故事的(又见于《独异志》),并没有人认为它是伪作。柳宗元是与韩愈齐名的古文家,他们都写过一些小说性的文字。韩愈的《毛颖传》是游戏文章,柳宗元却说它"有益于世"(《读韩愈所著毛颖传后题》)。柳宗元自己写的《三戒》和《河间传》等,都是寓言性的作品,也带有小说笔法。他写一些小说,也不见得没有可能,尽管《龙城录》的出现不无疑问,但是前人怀疑的理由却不能成立。在找不出充分证据之前,柳宗元的著作权还不能轻易否定。

《龙城录》基本上是一部志怪小说,有的粗陈梗概,情节简单,基本上还是六朝小说的规格。但文笔清雅,保持了散文的风格,在记载异闻轶事之后经常以作者的视点,发表一些个人的评议和感叹(如上列《罗池石刻》条)。如果真是柳宗元作品的话,那么作于他贬柳州之后,就是元和十年(815)以后所作,正当传奇小说蓬勃发展的时期。柳宗元却坚守古文家的家法,写得比较质朴古雅,确如汪琬所说的"文气高洁",因而不像小说。书中较为著名的故事除前面引到的罗浮梦和华阳洞之外,如《明皇梦游广寒宫》故事,可能是唐人小说中比较早的记载。

> 开元六年,上皇与申天师、道士鸿都客,八月望日夜,因天师作术,三人同在云上游月中,过一大门,在玉光中飞浮,宫殿往来无定,寒气逼人,露濡衣袖皆湿。顷见一大官府,榜曰"广寒清虚之府"。其门兵卫甚严,白刃粲然,望之如凝雪。……少焉,步向前,觉翠色冷光,相射目眩,极寒不可进。下见有素娥十余人,皆皓衣乘白鸾,往来笑舞于广陵(当作庭)大桂树之下。又听乐音嘈杂,亦甚清丽。上皇素解音律,熟览而意已传。顷,天师亟欲归,三人下若旋风,忽悟,若醉中梦回尔。次夜,上皇欲再求往,天师但笑谢而不允。上皇因想素娥风中飞舞绅被,编律成音,制《霓裳羽衣》舞曲。自古洎今,清丽无复加于是矣。

这个故事在唐代广为流传,亦见于《集异记》等书,但带领唐明皇游月宫有的说是叶法善,有的说是罗公远,详见前面第四章论敦煌本《叶净能诗》一节。《龙城录》说是申天师,是它独特的一家之言。文中称明皇为"上皇",似乎是唐人的口吻。王灼《碧鸡漫志》和胡仔《苕溪渔隐丛话》考证《霓裳羽衣曲》的来源,引了不少资料,但没有直接引用《龙城录》而转引了后出的《异人录》。《龙城录》说唐明皇作《霓裳羽衣曲》在开元六年,与西凉节度使杨敬述进《婆罗门引》的时代相近,但改名为《霓裳羽衣曲》,却是天宝十三载(754)的事①。敦煌本《叶净能诗》也着重描写广寒宫的冷气逼人,与《龙城录》相同,但时间挪在开元十四年之后,又和叶静能的故事捏合在一起,矛盾就更多了。

通 幽 记

《通幽记》,《新唐书·艺文志》小说家类著录,一卷,陈劭撰。《崇文总目》作三卷,"劭"作"邵"。陈劭,生平不详。原书已失传,仅见《太平广记》引有佚文。《通幽记》中的故事多数发生于贞元以前,纪年最晚的是贞元九年(793),见于《卢瑗》条(《广记》卷363)。似乎写作年代较早,可能在贞元、元和年间,但没有确证。

《通幽记》现存佚文不多,却有几篇比较著名的作品。如《唐晅》(《广记》卷332)、《卢顼》(《广记》卷340)都收入《古今说海》,题作《唐晅手记》和《小金传》;《妙女》(《广记》卷67)也被选入《唐人百家小说》、《五朝小说》等书。《赵旭》(《广记》卷65)则见于罗烨《醉翁谈录》(己集卷2),曾被说话人作为话本的资料。这几篇都是篇幅较长,情节较奇的,因此流传很广。

《唐晅》讲的是唐晅的妻子张氏早死,其鬼魂来与唐晅相见,两人叙谈家常,情意绵绵,十分亲切。张氏还带着一个幼殇的女儿美娘。试看他们相会的一段:

> 晅趋前,泣而拜。妻答拜。晅乃执手,叙以平生。妻亦

---

① 见《唐会要》卷33,又《碧鸡漫志》引杜佑《理道要诀》。

流涕谓晅曰:"阴阳道隔,与君久别。虽冥寞无据,至于相思,尝不去心。今六合之日,冥官感君诚恳,放儿暂来。千年一遇,悲喜交集。又美娘又小,嘱咐无人。今夕何夕,再遂申款。"晅乃命家人列拜起居,徙灯入室,施布帷帐。不肯先坐,乃曰:"阴阳尊卑,以生人为贵,君可先坐。"晅即如言。笑谓晅曰:"君情既不易平生,然闻已再婚。新故有间乎?"晅甚怍。妻曰:"论业君合再婚。君新人在淮南,吾亦知甚平善。"……又曰:"岂不欲见美娘乎?今已长成。"晅曰:"美娘亡时襁褓,地下岂受岁乎?"答曰:"无异也。"须臾,美娘至,可五六岁。晅抚之而泣。妻曰:"莫抱,惊儿。"

他们暂时相会,又互相赠诗。唐晅赠诗说:"峄阳桐半死,延津剑一沉。如何宿昔内,空负百年心。"张氏答诗说:"兰阶兔月斜,银烛半含花。自怜长夜客,泉路以为家。"最后含泪分别。文末作者说:"事见唐晅手记。"好像真是出于主人公的亲身经历。由于细节写得很周密,故事虽然荒诞不经,却有一定的真实感,能把读者引入幻境。

《卢顼》讲卢家的婢女小金屡次被鬼物纠缠,最后梦见一个骑大狮子的老人,教她绣佛作幡,逃往别处,才平安无事。这个故事杂乱地堆砌一些鬼怪奇迹,毫无可取。《妙女》讲崔家的婢女妙女,见到一个僧人用锡杖连击三下,就昏迷过去,过几天醒来,就不再吃饭,说她被引入一个宫殿,见到许多天仙。据说妙女本是提头赖吒天王的小女,因泄露天门的秘密被谪堕人世。此后她就和天上的亲族来往,发生许多奇事。最后妙女留恋人世,不愿回去,又恢复了饮食。作者在篇末说:"其家纪事状尽如此。不知其婢后复如何。"又假托转录自别人的记事。这个故事采用了印度的传说,所谓提头赖吒天王,即四大天王中的东方持国天王。小说里说赖吒天王姓韦名宽,第大,号上尊;夫人姓李,号善伦。这样一来,就把印度传说加以汉化了。于此也可看出《通幽记》接受了佛教故事的影响。

《赵旭》叙赵旭梦见仙女,自称青童,说是因为"时有世念",天帝罚她到人间"随所感配",与赵旭相好,经常来往。后来赵旭的家奴盗卖仙女带来的珍宝,泄露了秘密,仙女就不再来了,留给赵旭《仙枢龙席隐诀》五篇,教他修持仙道。最后作者又说:"《仙枢》五篇,篇后有旭纪事,词甚详悉。"也是假托故事人物的自述。神女和人相爱,是传统的小说题材,这篇并没有多少新意,只是提到了《抱朴子》内篇和《仙枢》隐诀等话,宣扬"仙道密妙",又袭用了道教徒的说法。陈劭在神怪故事里随意夹杂一些释道两家的言语,思想很混乱,实在不大高明。《通幽记》在艺术上还有一些可取之处,如上述《唐晅》的细节就很有生活气息,仿佛听到了一对久别重逢的夫妻在对话。小说里穿插的诗歌也很有情采,如《赵旭》中仙女唱的歌说:"月露飘飘星汉斜,独行窈窕浮云车。仙郎独邀青童君,结情罗帐连心花。"很有些民歌味。《薛二娘》(《广记》卷470)中的獭精,也能给被他魅惑的村女作别诗说:"潮来逐潮上,潮落在空滩。有来终有去,情易复情难。肠断腹中子,明月秋江寒。"却很有人情味。《武丘寺》(《广记》卷338)中的三首鬼诗,真有些鬼气森森,又很像汉魏古风,如其二《示幽独君》云:"高松多悲风,萧萧清且哀。南山接幽垅,幽垅空崔嵬。白日徒煦煦,不照长夜台。虽知生者乐,魂魄安能迴。况复念所亲,恸哭心肝摧。恸哭更何言,哀哉复哀哉!"如果这些都是陈劭自己的作品,那么可以说他的诗才比史才高明得多。皮日休、陆龟蒙都有和幽独君的诗。《通幽记》可以说是诗人之作,是以诗笔见长的。

玄怪录与续玄怪录 附周秦行记

牛僧孺(780—848)[①],字思黯,安定鹑觚(今甘肃灵台)人[②]。永贞元年(805)进士及第[③],元和三年登贤良方正能直言极谏科,对策第一[④]。长庆年间官至御史中丞、户部侍郎、同中书门下平章事。开成三年(838)拜左仆射。会昌二年(842)贬至循州员外长史。宣宗即位(846),移衡州、汝州长史,迁太子少保。又转太子少师。大中二年(848)卒,年六十九。(详见两《唐书》本传及杜牧《牛公墓志铭》、李珏《牛僧孺神道碑》)牛僧孺和李德裕在政治上见解不同,形成势不两立的宗派斗争,世称"牛李党争"。四十馀年,搞得朝政混乱,而且在文学领域也造成消极影响。

牛僧孺的《玄怪录》是很著名的小说集,《新唐书·艺文志》著录十卷。宋代人避始祖玄朗名讳改称为《幽怪录》。大概到了南宋时,《玄怪录》这部书就被弄乱了。陈振孙《直斋书录解题》说:"《唐志》十卷,又言李复言《续录》五卷,《馆阁书目》同。今但有十一卷,而无续录。"可见那时的《玄怪录》已经不是原貌了。这个十一卷本又见于明代高儒的《百川书志》卷八,书名作《幽怪录》,据说:"唐陇西牛僧孺撰,载隋唐神奇鬼异之事,各据见闻出处,起信于人,凡四十四事。"卷数比《新唐书·艺文志》著录的多一卷,而篇数却只有四十四篇,就很奇怪。现存明代高承埏《稽古堂群书秘简》本《玄怪录》(十一卷)和陈应翔刻本

---

① 据杜牧《牛公墓志铭》。生年或作779,以卒年六十九岁为实足年龄,恐误。
② 或作陇西狄道人,此从《隋书·牛弘传》。
③ 据《北梦琐言》卷1。
④ 据《旧唐书·宪宗纪》。杜牧《牛公墓志铭》误作四年。

《幽怪录》(四卷),都是四十四篇,但分卷不同,另附李复言续录两卷。这是现存《玄怪录》篇目最多的刻本,很值得重视(中华书局版《玄怪录》以陈刻本为基础)。

在见到这两个明刻本之前,我们只能从《太平广记》和《类说》、《绀珠集》、《说郛》等书里看到《玄怪录》的佚文。明刻本《玄怪录》的出现,给我们提供了一部分从未见过的篇目,是非常珍贵的资料。然而它还不是《玄怪录》的原本,因为一则卷数与唐宋书志所载不合,而且《太平广记》里还有四十四篇之外的佚文;一则某些篇目还有疑问。

《太平广记》所引的《玄怪录》佚文共三十一篇,其中《淳于矜》一篇,实出刘义庆《幽明录》;《窦玉》一篇,见于宋刻本《续幽怪录》,也有疑问。明刻本的四十四篇中,有《元无有》等十八篇见于《广记》,另有《杜子春》等七篇《广记》引作《续玄怪录》;还有《郭代公》一篇,见于《说郛》。其余十八篇中,有七篇亦见于《类说》本《幽怪录》,但只是节要。还有几篇散见于《异闻总录》和《古今说海》,但并未注明出自《玄怪录》。明刻本所独有的,实际上只有七篇,即《韦氏》、《党氏女》、《袁洪儿夸郎》、《许元长》、《王国良》、《马仆射总》、《岑曦》。

明刻本的四十四篇中,已经混入了李复言《续玄怪录》的作品,明显的例证如《尼妙寂》篇末有这样一段:"太和庚戌岁,复游(《广记》作"陇西李复言游")巴南,与进士沈田会于蓬州,因话奇志,持以相示,一览而复之。录怪之日,遂纂于此焉。"《广记》卷128引作《续玄怪录》是可信的。又如《王国良》篇中一再提到李复言,说是李复言听当事人王国良亲口讲的故事,也应该出自李复言的手笔。

《玄怪录》与《续玄怪录》关系密切,可能在宋代已经混淆在一起了。因此我们只能把它们合在一起来讨论。

《续玄怪录》,《新唐书·艺文志》著录五卷,李复言撰。《崇文总目》、《郡斋读书志》则作十卷,多出了五卷,令人发生疑问。现存南宋临安府尹家书籍铺刻本题作《续幽怪录》,四卷,前两卷与高刻本附录的两卷(陈刻本《幽怪录》作一卷)相同。与《太平广记》所引《续玄怪录》相较,也有差异,可见四卷本《续幽怪录》也不是原书。

李复言,生平不详。目前有两种说法:一是认为即字复言的李谅,他是贞元十六年(800)进士,与白居易、元稹有交往,官至岭南节度使,卒于大和七年(833),见《旧唐书·文宗纪》;一是认为李复言是开成五年(840)应举的进士,据钱易《南部新书》甲集的记载:

> 李景让典贡年,有李复言者,纳省卷,有"纂异"一部十卷。榜出曰:"事非经济,动涉虚妄,其所纳仰贡院驱使官却还。"复言因此罢举①。

这个李复言很像是《续玄怪录》的作者。但从宋刻本《续幽怪录》的文字看,有些问题还很难解释。如《辛公平上仙》篇末说:"元和初,李生畴昔宰彭城,而公平之子参徐州军事,得以详闻,故书其实,以警道途之傲者。"《张质》篇末说:"元和六年,质尉彭城,李生者为之宰,讶其神荡,说奇以导之,质因具言也。"这个李生像是作者自称,他在元和六年(811)已经当了彭城宰,恐怕不会到了开成五年(840)还在应举。而且《南部新书》只说是"纂异",并没有说是《续玄怪录》。

如果说李复言就是李谅,也有其不可解决的矛盾。如《钱方义》篇末说到"大和二年(828)秋,与方义从兄及河南兄不旬

---

① 参看徐松《登科记考》卷21。

求岐州之荐",就不会是贞元十六年及第的李谅。尤其是《麒麟客》里说张茂实"大中(《广记》卷53引作唐大中初)偶游洛中",即使算是大中元年(847),也已在李谅身后多年了。

回头再看《玄怪录》,书中有不少元和、长庆以后的作品,如《张宠奴》故事发生在长庆元年,《马仆射总》说到长庆二年,更令人奇怪的是《齐饶州》一篇,与《广记》卷358所引的《齐推女》情节相似而文字大不相同,最后讲到大和二年(828)听人讲述这个故事,时间已在牛僧孺的晚年,也很多疑问。加以书中确有不少出于续录的迹象,因此无论《玄怪录》或《续玄怪录》,现存的传本都不是原貌,大概是后人改编的。

例证之一是《尼妙寂》,《广记》卷128引作《续玄怪录》,作者明说是李复言根据李公佐写的传编纂的,但故事情节和人物姓名都不相同,显然是改编者随意篡改的。例证之二是《齐推女》,明刻本《齐饶州》也是改得面目全非,恐怕这也出于李复言的手笔。例证之三是《李沈》,与《甘泽谣》里的《圆观》故事基本相同,只是人名不同,细节稍异。《甘泽谣》年代很晚,不可能是《李沈》的前身。但《太平广记》卷154引《独异志》的李源故事,似乎在《李沈》之前,有可能是《玄怪录》改编者所借资的蓝本。通过这三篇故事的比较,可以对改编者的写作方法有一些了解。他编纂现成的故事,往往不局守原著,在人名、时间、地点上都加以改变,更便于艺术的加工。同时他又在结尾处加上一些故事来源和传闻过程的记录,加强了真实感。这在小说创作上颇具特色,但那些情节却不能信以为真。由此看来,《续玄怪录》包括明刻本《玄怪录》里的一部分故事,可能是开成五年应举的李复言编纂的,而实际作者却不止一个。因为故事来源很多,又经过编纂者的改写,已经不是原貌,所以书中有不少矛盾。至于元和初任彭城宰的李生是谁,则有待进一步查考。

牛僧孺的作品,《太平广记》所引的比较可靠,但也有可疑的。如《崔绍》(《广记》卷385)讲到大和八年(834)的事,那时牛僧孺任淮南节度副大使,会不会有闲情逸致写小说,很成问题。况且《说郛》(原本卷4)本的《墨娥漫录》引作《河东记》,似较可信。反之,《刘法师》一篇,《广记》卷18引作《续玄怪录》,而《玄怪录》这篇结尾却多出一句:"昭应县尉薛公干为僧孺叔父言也。"应该出自《玄怪录》[①]。

应该肯定,《玄怪录》所收的都是篇幅较长、水平较高的作品。其中至少有十八篇是可以与《广记》互证的。如《元无有》历来认为是《玄怪录》的代表作,故事并不新鲜,只是主人公名为元无有,显然出于有意识的假托。这一点和某些作者有意标榜为亲见亲闻的实录,显有不同。夜里投宿遇怪的情节,类似的还有《来君绰》、《滕庭俊》等篇。比较优秀的作品如《刘讽》,故事虽然简单,但对话语言写得十分生动,试看原文:

> 文明年,竟陵掾刘讽,夜投夷陵空馆,月明下憩。忽有四女郎西轩至,仪质温丽,缓歌闲步,徐徐至中轩,回命青衣曰:"紫绥,取西堂花茵来,兼屈刘家六姨姨、十四舅母、南邻翘翘小娘子,并将溢奴来,传语道此间好风月,足得游乐。弹琴咏诗,大是好事。虽有竟陵判司,此人已睡明月下,不足回避也。"未几而三女郎至,一孩儿,色皆绝国。于是紫绥铺花茵于庭中,揖让班坐。坐中设犀角酒樽、象牙杓,绿罽花觯,白琉璃盏,醪醴馨香,远闻空际。女郎谈谑歌咏,音词清婉。一女郎为明府,一女郎为录事,明府女郎举觞浇酒曰:"愿三姨婆寿等祇果山,六姨姨与三姨婆寿等,刘姨夫

[①] 薛公干,长庆初泗州刺史,见白居易《李谅授寿州刺史薛公干授泗州刺史制》。任县尉当在其前。

得太山府君纠判官,翘翘小娘子嫁得诸馀国太子,溢奴便作诸馀国宰相。某三四女伴总嫁得地府司文舍人,不然,嫁得平等王郎君六郎子、七郎子,则平生素望足矣。"一时皆笑曰:"须与蔡家娘子赏口。"翘翘录事独下一筹,罚蔡家娘子曰:"刘姨夫才貌温茂,何不与他五道主使,空称纠判官,恐六姨姨不欢,深吃一盏。"蔡家娘子即持杯曰:"诚知被罚,直缘刘姨夫年老眼暗,恐看五道黄纸文书不得,误大神伯公事。饮亦何伤。"于是众女郎皆笑倒。……三更后,皆弹琴击筑,齐唱迭和。歌曰:"明月清风,良宵会同。星河易翻,欢娱不终。绿樽翠杓,为君斟酌。今夕不饮,何时欢乐?"又歌曰:"杨柳杨柳,袅袅随风急。西楼美人春梦中,翠帘斜卷千条入。"又歌曰:"玉户金釭,愿陪君王。邯郸宫中,金石丝簧。卫女秦娥,左右成行。纨缟缤纷,翠眉红妆。王欢转盼,为王歌舞。愿得君欢,常无灾苦。"

这个故事从刘讽的耳中听到几个妇女的谈话,并没有正面介绍人物的姓名、身份,读者可以从对话中知道,那个蔡家娘子是一个能言善道的妇女。她祝愿每个人都得到幸福,随机应变,面面俱到,很像《红楼梦》里的王熙凤。另一个翘翘小娘子,说话也很伶俐乖巧,抓住蔡家娘子话里的缺点,故意挑剔,罚她喝酒,实际上却是在和席上的六姨姨调笑。他们在酒宴上行令取乐,和大观园里群芳夜宴的场面十分相似,语言也富有个性,如闻其声,如见其人,又近似《聊斋志异》的写法。这样的描写技巧在唐人小说里还不多见。最后几首歌词写得非常优美,在唐诗中也是佳作。尤其是四言诗,与六朝的《青溪小姑曲》等风格相近。于此可以看出作者的才华,也可以看出志怪小说在唐代的新发展。

《玄怪录》里还有如《顾总》故事,构思非常奇特,说顾总是建安文人刘桢的后身,当了一名小吏,常受凌辱。忽然见到王粲、徐干,拿了刘桢的文集给他看,还和他谈见后两家的家庭生活,亲切而细腻,富有情趣。又如《古元之》故事,对理想社会和神国的设想非常具体,不耕不织,就能丰衣足食,"一国之人,皆自相亲,有如戚属"。这个和神国"虽非神仙,风俗不恶",比桃花源描写得更为周到,但没有"往来种作"的劳动人民,也没有"设酒杀鸡作食"的世俗人情,完全是虚无寂灭的空想,大概来自印度佛家的思想①。另一篇《张佐》(《广记》卷83作《张左》)所讲的兜玄国,也描写了一个幻想世界,但主要是神仙家的思想。又如《巴邛人》写桔中两个仙翁对弈的故事,《萧志忠》写野兽用美女佳酒行贿,求滕六降雪,巽二起风阻止萧志忠出猎的故事,设想都很新奇,常被后世引为典故。

还有一篇《郭代公》(也见于《说郛》),写郭元振旅途中上人家投宿,遇到一个女子被父母嫁给妖怪乌将军。她痛哭求救,郭元振见义勇为,伺机拔刀砍断了乌将军的手,原来是一只猪蹄。郭元振说服群众,一起把猪妖除掉。这个故事赞扬了郭元振有智有勇,为民除害的侠义精神,影响很大。《西游记》里孙悟空高老庄捉妖的情节,与此有相似之处。《醒世姻缘传》第62回又把除乌将军的故事移植到明代人高谷身上,还铺衍了不少情节,作为书中的一段插曲。②

作者还有不同说法的《杜子春》、《张老》、《裴谌》、《尼妙寂》、《柳归舜》、《刘法师》、《刁俊朝》等七篇(《太平广记》都引作《续玄怪录》),大多数都是名篇。如《杜子春》写一个穷极无

---

① 钱锺书《管锥编》第2册第797页指出它"所言几全本佛典《弥勒下生经》及《长阿含经》之三〇《世纪经·郁单曰品》第二"。
② 《醒世姻缘传》第27回还采用了《刁俊朝》(《广记》卷220引作《续玄怪录》)的故事。

聊的破落户杜子春,遇见一个老人,先后三次周济他三百万、一千万、三千万钱,杜子春为了报答老人,决心要替老人看守药炉。老人告诫他只要不说话,就能炼成仙丹。杜子春遇到了各种考验,无论是尊神、恶鬼、夜叉、猛兽来恐吓他,他总是毫不动心,闭口不言。最后一个大将军把他斩了,魂魄到了地狱里受尽种种折磨,阎王又命他投生在王家作女人,长大了嫁给进士卢珪,生了一个儿子,还是不说话。卢珪强迫他说话,甚至把亲生的儿子摔死,他"爱生于心,忽忘其约",不觉喊出声来。突然天火四起,药炉已烧毁了。杜子春还坐在原处。道士告诉他:"吾子之心,喜怒哀惧恶欲,皆能忘也;所未臻者,爱而已。向使子无噫声,吾之药成,子亦上仙矣。"喜、怒、哀、惧、恶、欲和爱,就是《礼记·礼运》所说的七情。杜子春克服了六种情,唯独忘不了爱。他意志十分坚强,在猛虎、毒龙、火坑、镬汤、刀山、剑林面前,都神色不动,甚至魔鬼把他妻子抓来,一寸一寸地截断,也不能打动他。只有在亲生儿子摔死时才情不自禁,失声惊叫。这种爱的力量是伟大的,真可以感天动地。作者把亲子之爱放在压倒一切的位置上,比夫妻之爱更为深切,这是封建社会伦常观念的反映。这个故事来源于印度的烈士池传说,据《大唐西域记》卷7《烈士池及传说》的记载:有一个隐士得到了仙方,要找一个烈士为他守着坛场,不能出声。烈士被杀后托生,不过他投胎为男人,他的妻子要杀他的儿子,才叫喊一声,引起空中火下,隐士拉着烈士入池避难。两个故事情节完全相同,只是烈士转世后还是男子,幻境里的磨难也少一些。在印度的传说里,本意是把爱说成是魔;我们在唐人小说里看到的是爱战胜了"道"。尽管道士的炼丹术失败了,我们却喜欢那个七情未泯的杜子春,到底还是现实世界的人,而没有变成槁木死灰的神仙。

《张老》写一个谋娶了少女的老叟,原来是神仙。这个故事流传很广,《古今小说》卷33《张古老种瓜娶文女》就是据之改编的。《裴谌》讲裴谌和王敬伯两人学道求仙,一个有志竟成,一个半途而废。后来王敬伯遇到裴谌,看到他家里的陈设都非人世所有,宴会中裴谌还召了王敬伯的妻子来弹筝奏曲,这时才知道裴谌已成仙了。这样的故事在唐代小说中常见,成为一个类型。

只见于明刻本的作品,也很值得注意。如《开元明皇幸广陵》讲叶仙师带唐明皇月夜游广陵,是唐代盛传的故事。《袁洪儿夸郎》讲袁夸郎作了晋侍中王济的女婿,构思与《顾总》近似。《吴全素》讲死后还魂,与敦煌本《黄仕强传》有相似的情节。《齐饶州》像是《广记》所引《齐推女》的改编本,篇幅扩充了近一倍,在细节描写上也别具匠心。

见于宋刻本《续幽怪录》的应属李复言的作品,但也不无疑问,如《窦玉妻》一篇《广记》却引作《玄怪录》。书中的《辛公平上仙》是仅见于单行本的,也是一篇很可珍贵的资料。辛公平在途中结识了一个迎驾的阴吏,带他进入宫中,看到一个将军把金匕首献给了皇帝,皇帝就头眩离座,不久,军吏们就簇拥着皇帝出宫门走了。过后,辛公平才知道皇帝死了。这个故事影射宫廷中的一次政变阴谋。由于《续幽怪录》中的年代曾被篡改,研究者对所写事件的背景有不同看法,有人认为是影射宪宗被杀的[1],有人认为是暗示顺宗被害的[2]。从《续幽怪录》全书讳改"贞"字的通例看,篇首的"元和末"是不可依据的,因此有可能是元和年间的产物,透露了当时人对顺宗之死的一种说法。《辛公平》写皇帝"上仙",情节极为离奇,环境氛围写得阴森可

---

[1] 陈寅恪《顺宗实录与续玄怪录》(《北京大学四十周年纪念论文集乙集》)。
[2] 卞孝萱《唐代小说与政治》,载《中华文史论丛》1985年第1辑。

怖,扣人心弦,在艺术上很有特色。

书中还有一些著名的篇章,如《薛伟》梦化为鱼,《李卫公靖》代替龙神行雨,都是曾见于《广异记》里的故事情节,只是人名和细节不同。这两篇又都收入《古今说海》,分别改题为《鱼服记》和《李卫公别传》。《张逢》写张逢化虎吃人之后,又恢复原形,几年后竟遇上了被吃者的儿子,造成解不开的冤仇。这在同类型的人化虎故事中,大概是较早的作品。最著名的是《定婚店》的故事,韦固月夜在宋城南店遇到一个老人,他说自己是主管男女婚姻簿的,预示韦固未来的妻子是一个卖菜婆的三岁的女孩,已经用红绳把他们的脚系在一起了。韦固见到了那个女孩,很不满意,派他的家奴用小刀去刺死她,匆忙中刺伤了眉心,女孩幸免于死。过了十四年,韦固娶了相州刺史王泰的女儿,婚后看到妻子眉间常贴着一个花子,问起来才知道是小时候被暴徒刺伤的。这个故事宣扬婚姻前定,无法改变。"赤绳系足"就成了一个常用的典故。青年人关心自己的婚姻大事,在没有条件实现恋爱自由的时代,只能把幸福寄托于冥冥中的主宰,用来自我安慰。《定婚店》虽然反映了青年人无力抗拒命运的捉弄,而且还让一个灭绝人性的凶犯得到了圆满的结局,可是却产生了很大的影响,实在是有些可悲的。

《玄怪录》是在元和年间单篇传奇盛行以后出现的小说集。现存篇目中有一些元和以后的产物,还不能轻易否定其为牛僧孺的作品。较之前期的小说集有所不同,就在于作者有了较自觉的创作意识,即"有意为小说"。如《元无有》就有意表示故事出于虚构,《顾总》等故事假托为前朝的人物,又追溯其前生的事迹,构思十分巧妙。鲁迅说:"造传奇之文,会萃为一集者,在唐代多有,而煊赫莫如牛僧孺之《玄怪录》。"(《中国小说史略》第10篇)它之所以煊赫一时,就因为在艺术上有一些新的东西。《玄怪录》的题材完全是志怪故事,但和以往的志怪小说不同,注意于语言的提炼和细节的铺叙,开拓了志怪小说的一个新阶段。如果说传奇注重于人物的刻画,志怪注重于情节的结构,那么《玄怪录》就是在怪异的故事情节里加强了人物形象的描写。《玄怪录》的直接影响就是《续玄怪录》及其他续书的不断出现,从而产生了一系列新型的志怪小说集。鲁迅指出《聊斋志异》的特点是"用传奇法,而以志怪",这种写作方法可以说从《玄怪录》就已开端了。

《周秦行记》,原题牛僧孺撰(见《太平广记》卷489),但从宋代以来就有人认为是别人伪托的。《周秦行记》以作者自叙的口气,记载旅途中的一件奇遇。小说中的主人公自称"僧孺姓牛",贞元中落第,归途经过伊阙南道鸣皋山下,投宿到一大宅,见到汉代的薄太后,召请了汉代的戚夫人、王昭君、南齐的潘淑妃、唐代的杨贵妃和晋代的绿珠等一起饮酒赋诗,最后命昭君伴寝。酒宴中薄太后问到:"今天子为谁?"牛僧孺回答:"今皇帝先帝长子。"太真笑曰:"沈婆儿作天子也,大奇!"这里杨贵妃所说的"沈婆",就是指代宗的沈后。沈后在安史之乱中,两度被胡人掳去,最后连尸骨也没有找回来。"沈婆儿"就是指当时的皇帝德宗。《行记》里还写到:

> 太后曰:"牛秀才远来,今夕谁人为伴?"戚夫人先起辞曰:"如意成长,固不可。且不宜如此。况实为非乎?"潘妃辞曰:"东昏以玉儿身死国除,玉儿不拟负他。"绿珠辞曰:"石卫尉性严忌,今有死,不可及乱。"太后曰:"太真今朝先帝贵妃,不可言其他。"乃顾谓王嫱曰:"昭君始嫁呼韩单于,复为株累若鞮单于妇。固自用,且苦寒地胡鬼何能为!昭君幸无辞。"昭君不对,低眉羞恨。俄各归休。

所有的妃嫔以及绿珠都有理由拒绝,只有昭君两次嫁给胡人,所以只能羞恨从命。这个情节如果和杨贵妃所笑话的"沈婆儿"联系起来,不能不理解为对两度失身于胡人的沈后在作有意的讽刺。

收在李德裕文集里的《周秦行记论》,就针对这篇小说对牛僧孺进行攻击:"余得太牢(指牛)《周秦行记》,反复睹其太牢以身与帝王后妃冥遇,欲证其身非人臣相也,将有意于狂癫。及至戏德宗为'沈婆儿',以代宗皇后为'沈婆',令人骨战。可谓无礼于其君甚矣!怀异志丁图谶明矣!"这篇《周秦行记论》的作者还引用所谓谶言,说牛僧孺怀有篡逆的"异志",从而得出结论,说:"为人臣怀有逆节,不独人得诛之,鬼得诛矣!"又说:"所恨未暇族之,而余又罢。"显然,他要罗织牛僧孺的罪名,务求族灭其家而后快。这种阴险毒辣的用心,实在令人可怕。当然,这篇《周秦行记论》未必是李德裕自己写的。

然而,《周秦行记》是不是牛僧孺自己写的,也大可怀疑。牛僧孺虽然在《玄怪录》里写过不少神怪故事,但会不会写出这样大胆放肆,甚至是大逆不道的故事,来给自己找麻烦呢?恐怕他不至于如此愚蠢。宋初张洎在《贾氏谈录》里提出:

> 牛奇章初与李卫公相善,尝因饮会,僧孺戏曰:"绮纨子何预斯坐?"卫公衔之。后卫公再居相位,僧孺卒遭谴逐。世传《周秦行纪》,非僧孺所作,是德裕门人韦瓘所撰。升成中曾为宪司所核,文宗览之,笑曰:"此必假名,僧孺是贞元中进士,岂敢呼德宗为沈婆儿也!"事遂寝。

后来如《秘书省续编到四库阙书目》和晁公武《郡斋读书志》等都依据此说,把《周秦行记》归之于韦瓘。张洎的材料来源于贾黄中,贾黄中是由五代入宋的人,离牛李党争的时代已远,他的话是否可信,还需要考核。近人著作如岑仲勉《隋唐史》认为韦瓘并非李德裕门人,行辈还在德裕之先,不会伪造这篇《周秦行记》。这里有必要对韦瓘的生平作一些考辨。韦瓘的事迹简略地见于《新唐书》卷162《韦夏卿传》:

> 正卿子瓘,字茂弘,及进士第,仕累中书舍人。与李德裕善,德裕任宰相,罕接士,韦瓘往请无间也。李宗闵恶之,德裕罢,贬为明州长史,会昌末,累迁楚州刺史,终桂管观察使。

《新唐书》只说他与李德裕善,没有说是李德裕门人。韦瓘自己在《浯溪题名》中说:"太仆卿分司东都韦瓘,大中二年过此。余大和中以中书舍人谪官康州,逮今十六年。去冬罢楚州刺史,今年二月有桂林之命,才经数月,又蒙除替,行次灵川,闻改此官。"①大体上可以和《新唐书》相印证。再参看莫休符《桂林风土记》的记载:"(碧浔亭)大中初前韦舍人瓘创造……韦舍人年十九入阙选进士举,二十一进士状头,榜下除左拾遗。于时名重缙绅,指期直上。马相为长安令,二十八度候谒,不蒙一见。后任廉察桂林,才半岁而马相执大政,寻追怀旧事,非时除宾客分司。"综合各书记载,有几个问题值得研究。

第一,韦瓘进士及第的时间,据《唐才子传》卷6《鲍溶传》说:"元和四年韦瓘榜第进士。"徐松《登科记考》据之定为元和四年(809),似无可疑。然而《桂林风土记》说他"榜下除左拾遗",而《唐会要》卷56《左右补阙拾遗》门载元和十五年八月韦瓘与李珏、宇文鼎等上疏言事,卷55《谏议大夫》门又载元和十

---

① 见《容斋随笔》卷8《浯溪留题》、叶奕苞《金石录补》卷20,《全唐文》卷695收韦瓘《浯溪题壁记》,记明为大中二年十二月七日。

五年十月左拾遗韦瓘与谏议大夫郑覃、崔郾等于阁中奏事①。如果韦瓘于元和四年及第后即除左拾遗，何以到了元和十五年还在左拾遗任上，十年没有改官。《桂林风土记》的说法可能有误。

第二，韦瓘的生年，据《桂林风土记》说"二十一进士状头"，则上推二十年当生于贞元五年(789)②，比李德裕小两岁。《全唐文》卷695收有韦瓘《修汉太守马君庙记》，纪年为二十年二月三日，当时贞元二十年，韦瓘只有十六岁，能写这样的文章，的确可以说是早慧。《全唐文》又收有《宣州南陵县大农陂记》，纪年为元和八年，似乎当时韦瓘在宣州，不是在左拾遗任。

第三，韦瓘贬官的时间，《梧溪题名》说是"大和中"，"逮今十六年"，这话是大中二年说的，往前推十六年，就是大和六年(832)，那时李德裕还没有入相。即使算是十六个年头，就是大和七年，李德裕刚上台，跟他贬官没有关系。《新唐书》说是"德裕罢，贬为明州长史"，如果指大和八年德裕罢相，那就只有十四年了。

第四，韦瓘贬官的地点，《梧溪题名》说是"谪官康州"，《新唐书》说是"贬为明州长史"，也有矛盾。除非是先谪康州，李德裕罢相后又量移明州长史，这种可能性也不大。

总之，韦瓘生平不能确考的地方很多③。他所撰《康志睦

---

① 亦见《新唐书》卷182《李钰传》。《资治通鉴》于元和十五年九月及十月壬午日下也载此二事，但没有韦瓘的名字。
② 《太平广记详节》卷10《王陟》条引《续定命录》，谓韦瓘生于贞元四年，见张国风《韩国所藏〈太平广记详节〉的文献价值》，《文学遗产》2002年4期。则元和四年为实足年龄二十一岁。
③ 徐松《登科记考》把元和四年状元的韦瓘和字茂弘的韦瓘分作两人，也事出有因，但无法证实。

碑》,《宝刻类编》卷6注作咸通三年(862),似韦瓘咸通中尚在世①。可能真的不是元和四年状元的韦瓘。比较清楚的是他的行辈还在李德裕之前,不可能是他的门人,关系不一定很密切,《周秦行记》也不一定是他所写。

除了韦瓘,还有一个不为人注意的说法,刘克庄《后村诗话》前集卷一说:"如《周秦行记》,世以为德裕客韦绚所作,二党真可为戒!"《后村诗话》虽然年代很晚,也没有说明资料来源,但刘克庄说是"世以为"如此,而韦绚确实是李德裕的幕客(见《戎幕闲谈序》),他伪造《周秦行记》的可能性比韦瓘更大,不妨存此一说。

无论如何,《周秦行记论》确实是针对《周秦行记》而发的。文中说到"事具史官刘轲《日历》",说明它作于《牛羊日历》之后。刘轲是元和十三年(818)进士,据说他曾作《牛羊日历》,把牛僧孺、杨虞卿称作牛羊,肆意谩骂牛党,进行人身攻击。《牛羊日历》见于《新唐书·艺文志》小说家类,附注说"檀栾子皇甫松序"。《资治通鉴考异》卷20(亦见《通鉴》卷243)则引了一条皇甫松《续牛羊日历》的文字,司马光说它是"朋党之论"。

> 太牢既交恶党,潜豫奸谋。太牢乃元和中青衫外郎耳,穆宗世,因承和荐,不三二年位兼将相。宪宗仙驾至灞上,以从官召知制诰。当时宰臣未尽兼职,而独综集贤、史馆两司;出镇未尽佩相印,而太牢同平章事,出夏口。夏口去节十五年,由太牢而加节焉。太牢早孤,母周氏,冶荡无检,乡里云云,兄弟羞赧,乃令改醮,既与前夫义绝矣。及贵,请以出母追赠。《礼》云:"庶氏之母死,何为哭于孔氏之庙乎?"又曰:"不为伋也妻者,是不为白也母。"而李清心妻配牛幼

---

① 参考李剑国《唐五代志怪传奇叙录》。

简,是夏侯铭所谓"魂而有知,前夫不纳于幽壤;殁而可作,后夫必诉于玄穸"。使其母为失行无适从之鬼,上罔圣朝,下欺先父,得曰忠孝智识者乎?作《周秦行记》,呼德宗为"沈婆儿",谓睿真皇太后为"沈婆",此乃无君甚矣!

皇甫松更竭力攻击牛僧孺,揭露到他母亲改嫁失节,最后点出他写作《周秦行记》,图穷而匕首现,指斥他"无君之甚",意图置之死地,和《周秦行记论》的口吻完全一致。

皇甫松据说是牛僧孺的表甥,与牛僧孺有私仇。《唐摭言》卷10《韦庄奏请追赠不及第人近代者》条说:"或曰,松,丞相奇章公表甥,然公不荐。因襄阳大水,遂为《大水辨》,极言诽谤,有'夜入真珠室,朝游玳瑁宫'之句,公有爱姬名真珠。"(真珠的事也见于《牛羊日历》)我们把《续牛羊日历》和《周秦行记论》以及《牛羊日历》合起来看,他们互为配合,声气相通,极尽诬陷中伤之能事,其手段之卑劣狠毒,也是惊人的。有人认为李德裕无党,但确实存在着一个反牛的联盟。这个皇甫松就是一个反牛的先锋。如果说伪造《周秦行记》的不是韦绚的话,那么皇甫松倒有很大嫌疑。《周秦行记》是政治斗争的产物,内容荒唐无稽,本无足取,但语言生动,诗也写得很好,因此流传很广①,影响不小,从唐代至今不断有人提到它。

河 东 记

《河东记》,据《郡斋读书志》著录:"三卷。唐薛渔思撰。亦记谲怪事,序云续牛僧孺之书。"洪迈《夷坚支志》癸集序说到

---

① 敦煌遗书有抄本《周秦行纪》(伯3741),写于石晋清泰二年(934),可见五代时已传到边远地区。

"薛涣思之《河东记》",似乎作者的姓名应为薛涣思。生平不详。

《河东记》原书失传,只见《太平广记》等书引有佚文。书中不少故事发生于大和年间,写作年代应当在大和之后,据晁公武引原序说是续牛僧孺的《玄怪录》而作,可能和《续玄怪录》同时或稍早。《河东记》里确有一些与《玄怪录》相似的故事,如《萧洞玄》篇(《广记》44)就和《玄怪录》的《杜子春》情节相同。萧洞玄遇到神人传授给他炼丹秘诀,需要一个合作者守护丹灶,找到了终无为,只要一夜不说话,就可以功成升天。终无为受了各种考验,都坚持不开口。最后地府的平等王把他抓去,派他托生在王家,长大娶妻生子,妻子要他说话,用摔死孩子来威胁他,他还是不开口。妻子果然摔死了孩子,他不禁失声叫喊,就恍然惊醒,原来是幻境,丹灶却消失了。这个故事和《杜子春》一样,都表示爱子之情战胜了服药求仙的虔诚。不同的地方是终无为转生为男子而不是女子,和《大唐西域记》所说烈士池传说相近,恐怕直接承袭自印度故事。此外,如《胡媚儿》、《卢佩》也近似《玄怪录》的《侯遹》、《崔书生》等。

《板桥三娘子》(《广记》卷286)可能是《河东记》中最著名的一篇。板桥店店主三娘子运用法术种了荞麦,做饼给客人吃了,客人就变成驴,三娘子吞没了客人的货物。旅客赵季和窥见她的秘密,就用巧计以其人之道还治其身,使三娘子也变成了驴。这个故事恐怕也受到域外文学影响①。《聊斋志异》中有一篇《造畜》,情节也与《三娘子》相似,可能原来是民间流传的故

---

① 杨宪益《零墨新笺》(中华书局1947年版)第九章曾指出这个故事来源于荷马史诗《奥迭修纪》(今译《奥德赛》)及罗马阿蒲流(今译阿普列乌斯)的《变形记》。

事,蒲松龄加以记述,未必会抄袭《河东记》。

《申屠澄》(《广记》卷429)写一个虎女,比较优美。唐代小说里有一些人娶虎女为妻的故事,如《集异记》的《崔韬》、《原化记》的《天宝选人》(《广记》433、427),虎女的形象都很可怕,崔韬所遇的雌虎最后把儿子和丈夫都吃了,真是母大虫的形象。申屠澄所遇的雌虎却很可爱,一开头先说她"雪肤花脸,举止妍媚";随后写她很善于应对,喝酒时申屠澄引用《诗经》的句子说:"厌厌夜饮,不醉无归。"虎女笑着说:"天色如此,归亦何往哉?"接着也引用《诗经》的句子说:"风雨如晦,鸡鸣不已。"暗示的是后面两句:"既见君子,云何不喜!"申屠澄十分惊讶她的明慧,就向她父亲求婚。他们结婚之后的生活非常美满,试看下面这一段描写:

> 既至官,俸禄甚薄,妻力以成其家,交结宾客,旬日之内,大获名誉,而夫妻情义益洽。其中厚亲族,抚甥侄,泊僮仆厮养,无不欢心。后秩满将归,已生一男一女,亦甚明慧。澄尤加敬焉。尝作赠内诗一篇曰:"一官惭梅福,三年愧孟光。此情何所喻,川上有鸳鸯。"其妻终日吟讽,似默有和者,然未尝出口。每谓澄曰:"为妇之道,不可不知书。倘更作诗,反似姬妾耳。"澄罢官,即罄室归秦,过利州,至嘉陵江畔,临泉藉草憩息,其妻忽怅然谓澄曰:"前者见赠一篇,寻即有和,初不拟奉示。今遇此景物,不能终默之。"乃吟曰:"琴瑟情虽重,山林志自深。常忧时节变,辜负百年心。"吟罢,潸然良久,若有慕焉。

这里的虎女,如此聪明温顺,既能勤俭持家,又能厚待亲朋,写的诗又委婉动人。她知书达礼,很想写诗,又说妇女不该作诗,完全是一个恪守封建礼教的妇女形象。申屠澄和她相敬相爱,他们这种富有感情的家庭生活，在古代小说里还是很少见的。最后写她回到故居，发现一张虎皮，披上就变为虎突门而去，她的山林之志终于战胜了琴瑟之情。也许她已经厌倦了世俗的家庭生活，不愿再恪守封建主义的妇道，正如她经过长期的克制，最后还是突破清规戒律把诗写出来了。古代小说里有关老虎的故事很多，明人陈继儒曾编集了六卷《虎荟》，应该说《申屠澄》这篇是最好的作品。

《独孤遐叔》(《广记》281) 的故事情节也是为人熟知的。夫妻两人在梦中相遇，丈夫看到妻子跟别人一起饮酒，就用砖石打去，却惊醒了梦。它和旧传为白行简撰的《三梦记》之一刘幽求故事①及《纂异记》的《张生》(《广记》282)，几乎完全雷同。《河东记》对环境的描写还是比较真切的，在进入梦境之前布置了一个凄凉寂寞的场景，给人以迷离恍惚之感。

《叶净能》是许多叶静能故事中的一个，常持满饮酒过量就倒了，也说明了某种哲理。《蕴都师》写都僧不守戒律，为夜叉所诱惑，却嘲笑了佛法的脆弱无力。《崔绍》一篇《广记》卷385引作《玄怪录》，而《说郛》卷4《墨娥漫录》则引作《河东记》②，不知有何根据。故事发生于大和八年，归属《河东记》较为合理。《崔绍》篇幅之长，在唐代小说集中是罕见的。

《河东记》作为《玄怪录》的续书，风格基本相似，故事情节有些重复，似乎创造性不足。但有几篇写得很好（如上述的《申屠澄》），穿插的诗也很有情思，不比《续玄怪录》差。这位薛渔思自己没有一首诗留传于世，而在小说里却充分显示了他的诗

---

① 《三梦记》不是白行简的作品，但刘幽求故事产生较早，见段成式《酉阳杂俎》前集卷8引《李子正辩》。

② 《河东记》"崔绍"作"崔照"，故事情节相同。

才,《全唐诗》编者把小说里的诗都列在鬼神妖怪名下,不免委屈了真正的作者。

戎幕闲谈

与牛僧孺对立的李德裕,自己写过《次柳氏旧闻》,虽然《四库全书》列入小说家,但《新唐书·艺文志》列在史部杂史类。我们留在后面再谈。李德裕也爱讲神怪故事,他的幕宾韦绚(801—?)根据他讲的故事编了一本《戎幕闲谈》。原序说:

> 赞皇公博物好奇,尤善语古今异事。当镇蜀时,宾佐宣吐亹亹,不知倦焉。乃谓绚曰:"能题而纪之,亦足以资于闻见。"绚遂操觚录之,号为《戎幕闲谈》。大和五年十一月二十三日巡官韦绚引。(原本《说郛》卷7)

《戎幕闲谈》,《新唐书·艺文志》著录一卷,注:"绚字文明,执谊子也,咸通义武军节度使。"吴廷燮《唐方镇年表》卷4引《定州志》载北岳题名:"咸通六年(865)二月二十九日,初献易定等州观察处置等使、定州刺史兼御史大夫韦绚。"大概是他晚年的官职。韦绚还著有《刘公嘉话录》,记录刘禹锡的言论。自序说:

> 绚少陆机入洛之三岁,多重耳在外之二年,自襄阳负笈至江陵,挐叶舟,升坐峡,抵白帝城,投谒故赠兵部尚书中山刘公二十八丈,求在左右学问。是岁长庆元年春,蒙丈人许措足侍立,解衣推食,晨昏与诸子起居。或因宴命坐与语论,大抵根于教诱。……今悉依当时日夕所话而录之,不复编次,号曰《刘公嘉话录》,传之好事以为谈柄也。时大中十年二月,朝散大夫、江陵少尹、上柱国京兆韦绚序。

他于大和五年(831)编《戎幕闲谈》,大中十年(856)又编了《刘公嘉话录》,两部书都已散佚。《刘公嘉话录》有唐兰辑本(载《文史》4辑)。《戎幕闲谈》,《说郛》只收五条,《类说》收九条,都是节要。《太平广记》所引佚文较为完整,值得注意的是它和别的书有错综复杂的关系。如《广记》卷467《李汤》,即李公佐的《古岳渎经》,原文说得很清楚,是李公佐所讲的故事,不知为何又收入李德裕讲述、韦绚记录的《戎幕闲谈》。《广记》卷77《泓师》条,原注出《大唐新语》及《戎幕闲谈》①。其后半段说:

> 燕公子均、垍,皆为禄山委任,授贼大官。克复后,三司定罪,肃宗时以减死论。太上皇召肃宗谓曰:"张均弟兄皆与逆贼作权要官,就中张垍更与贼毁阿奴家事,犬彘之不若也。其罪无赦。"肃宗下殿叩头再拜曰:"臣此在东宫,被人诬谮,三度合死,皆张说保护,得全首领,以至今日。张说两男一度合死,臣不能力争。脱死者有知,臣将何面目见张说于地下?"呜咽俯伏。太上皇命左右曰:"扶皇帝起。"乃曰:"与阿奴处置,张垍宜长流远恶处(竟终于岭表),张均宜弃市,更不要苦救这个也。"肃宗掩泣奉诏。

《资治通鉴》卷220《考异》引这一段作《常侍言旨》。《唐人说荟》本《常侍言旨》也有这一故事,但文字简略得多。《广记》卷188引《李辅国》条也见于《常侍言旨》,详见后面的论述。

《戎幕闲谈》里有不少"古今异事",《说郛》本还保留着"赞皇公曰"等字,如:

> 赞皇公曰:予昔为太原从事,睹公牍中文水县解牒,武

---

① 今本《大唐新语》无此条。

士瓘墓前有碑,元和中忽失龟头所在。碑上有"武"字凡十处,皆镌去之。其碑高大于华岳碑,且非人力拔削所及。不经半年,武相遇害。(原本《说郛》卷7)

按赵明诚《金石录》卷25引了这一段文字,加以辨证说:"今此碑'武'字最多,皆刻画完好,无讹缺者。以此知小说所载事多荒诞不可信,类如此。"

《戎幕闲谈》中荒诞不可信的故事的确很多,如《广记》卷32引《颜真卿》事,就有不少神仙家的谎言。作为小说来读,则缺乏文采,在历史真实和艺术真实上都无足取。

博 异 志

《博异志》,《新唐书·艺文志》小说家类著录三卷,谷神子撰。晁公武《郡斋读书志》著录一卷,说:"序称其书颇箴规时事,故隐姓名。或曰名还古,而竟不知其姓。志怪之书也。"明人胡应麟据以推测,说:"唐有诗人郑还古,尝为殷七七作传,其人正晚唐,而殷传文与事皆类是书,盖其作也。"(《少室山房笔丛》卷36《二酉缀遗》)胡应麟的说法大致可信,但说他是作殷七七传的晚唐人却毫无根据[①]。姚旅则认为,谷神子即作《道德指归论》的冯廓[②]。《四库全书总目提要》也提出了同样的说法。还有人根据《云笈七签》卷88《道生旨》署名谷神子裴铏,认为《博异志》的作者也是裴铏[③]。但是从《博异志》的记事年代来考察,作者当为中唐人,与郑还古的行事比较符合,冯廓太

[①] 参看拙作《唐代小说琐记·博异志》,载《社会科学战线》1982年4期。
[②] 见《露书》卷2。
[③] 柳文英《谈裴铏的传奇》,载《光明日报》1957年12月15日。

早,裴铏太晚,两说都难以成立①。

郑还古,据《唐诗纪事》卷 48 记载,"登元和进士第",应为中唐人。赵璘《因话录》(卷 3 商部下)说:

> 荥阳郑还古,少有俊才,嗜学,而天性孝友。初家清(当作青)齐间,遇李师道渐阻王命,扶持老亲归洛,与其弟自舁肩舆,晨暮奔迫,两肩皆疮。妻柳氏,仆射元公之女也,妇道克备。……而竟以刚躁喜持论不容于时,惜也!

按:李师道叛乱始于元和十年(815),至元和十四年被杀,郑还古归洛大概在元和十年左右。《诗话总龟》前集卷 44 引《抒情诗》说:

> 郑还古,为河中从事,为同院所诽谤,贬吉州掾。道中为《望思台》诗云:"谗语能令骨肉离,奸情难测事堪悲。何因掘得江充骨,捣作微尘祭望思。"又云:"吉州新置掾,驰驿到条山。薏苡殊非谤,羊肠未是艰。自惭多白发,争敢竞朱颜。苦有前生债,今朝不懊还。"

从诗里可以看出,他确如《因话录》所说的"以刚躁喜持论不容于时",贬吉州掾时已是"自惭多白发,争敢竞朱颜"的暮年了。《卢氏杂说》(《太平广记》卷 168)还说他除国子博士后不久就亡殁,当时他还眷恋着一个柳家的歌妓,似乎年龄还不大,但《卢氏杂说》近于小说,所记故事不太可信,只能供作参考。《逸史》(《广记》卷 159)则说他为太学博士时与刘氏(《唐诗纪事》引作柳氏)结婚,那应该是他青年时代的事。

《太平广记》卷 79《许建宗》条记载"郑还古大和初与许建

---

① 参考余嘉锡《四库提要辨证》卷 18;王达津《博异志作者问题质疑》,载《光明日报》1958 年 4 月 13 日。

宗同寓佐山"（出自《传异记》，即《博异志》之讹）；又卷142《李全质》条说到会昌壬戌（842）济阴大水，谷神子与李全质同舟（亦出《传异记》）。可见郑还古在会昌二年还在世。据现有材料加以归纳，大致可以知道，郑还古为元和年间进士，家居东都洛阳，曾任太学博士和河中从事、吉州掾等。从会昌二年上溯到元和年间中进士，约二十多年，他的生年还在元和之前好多年。可以作为郑还古写《博异志》旁证的是薛用弱《集异记》中《蔡少霞》条，记蔡少霞曾在梦中为仙人召去写碑，薛用弱最后说："自是兖豫好奇之人，多诣少霞询访其事。有郑还古者为立传焉。……少霞尔后修道尤剧，元和末已云物故。"郑还古为蔡少霞立传，在蔡少霞物故之前，当在元和年间或更早，而且还应该在郑还古由山东迁居洛阳之前，可以说明他写作小说早在元和年间就已开始。而《博异志》中又写到会昌二年的事，则说明他的写作活动时期是很长的。

《博异志》又名《博异记》（如《四库全书》），现存传本只有十篇，已经不是完本。《太平广记》所引《博异志》有超出今本之外的，有的佚文引作《博异记》、《博异录》、《博异传》等，都是《博异志》之讹，中华书局1980年排印本已辑入补编。还有引作《传异记》的，如卷356引《马燧》条，见于今本《博异志》，所以《许建宗》、《李全质》两条，也应该是《博异志》的佚文。《太平广记》卷339《崔书生》条，原注出自《博物志》，但不像张华《博物志》的文字，可能也是《博异志》之讹。

谷神子的序说："余放志西斋，从宦北阙，因寻往事，辄议编题，类成一卷。非徒但资笑语，抑亦粗显箴规。或冀逆耳之辞，稍获周身之诫。只求同已，何必标名。"原序说是"一卷"，与《新唐书》著录不同，恐怕是后人改字以符合存书卷数的。序言又说"粗显箴规"，但现存各篇里看不出有什么箴规的话，可能还有一些篇目已经删削了。今本所存的十篇中,最著名的是《崔玄微》。在一个风月清朗的春夜,有几个女郎来到崔玄微的院里,一个姓杨,一个姓李,一个姓陶,一个穿绯色衣裳的姓石名醋醋。接着又来了一位封十八姨,他们一起喝酒唱歌。封十八姨泼翻了酒,弄污了醋醋的衣裳。醋醋发怒,说别人都奉求十八姨,她偏不奉求。明夜又来,求崔玄微保护他们,只要在这月的二十一日,在苑东树立一面朱幡,就能挡住东风。崔玄微后来才明白,他们都是花精,醋醋就是石榴,封十八姨就是风神。这是一个很美妙的梦境,就像是莎士比亚的《仲夏夜之梦》,在神怪故事里写出了封十八姨的轻佻傲慢,石醋醋的娇憨倔强,具有一定的个性。这个故事又为段成式所采录,收入《酉阳杂俎》续集卷3,也可以说明它的影响。还有一篇《沈亚之》,就是沈亚之的《异梦录》,显然是转录沈作,稍有删节,也可见其成书晚于沈亚之的《异梦录》。

《刘方玄》一篇,语言非常生动,细节描写非常真实,可以说是《博异志》最杰出的作品。

> 山人刘方玄,自汉南抵巴陵,夜宿江岸古馆之厅。其西有巴篱,所隔又有一厅,常扃锁,云多有怪物,使客不安,已十数年不开矣。中间为厅廊崩摧,州司完葺至新净,而无人敢入。其夜,方玄都不知之,至二更后,见月色满庭,江山清寂。唯闻厅西有家口语言啸咏之声,殆不多辨。唯一老青衣,语声稍重而带秦音者言曰:"往年阿郎贬官时,常令老身骑偏面骡,抱阿荆郎。阿荆郎娇,不肯稳坐,或偏于左,或偏于右,堕损老身左膊,至今天欲阴,使我患酸疼焉。今又发矣,明日必大雨。如今阿荆郎官高也,不知知有老身无?"复闻相应答者。俄而有歌者,歌音清细,若曳绪之不绝,复吟诗者,吟声切切如含酸和泪之词。幽咽良久,亦不

可辨其文而无所记录也。久而老青衣又云："昔日阿荆郎爱念'青青湖畔草'，今日亦颇谓'绵绵思远道'也。"仅四更，方不闻其声。

这一段从刘方玄耳中听到隔壁鬼的对话，并没有见到身形，而口吻毕肖，神情如见，一个老青衣的身份、性格、声音、表情，都活活地表现出来了。对环境也描写得清寂阴冷，如临其境。并没有多少故事情节，而引人入胜。这样高度的语言艺术，在唐人小说中还是不多见的。

《博异志》里时常穿插一些诗歌，也写得很好。如佚文《吕乡筠》(《广记》卷204)在君山老父吹笛引起奇迹之后，吟诗曰："湘中老人读黄老，手援紫虀坐翠草。春至不知湘水深，日暮忘却巴陵道。"这首诗深得苏轼的赞赏，说："唐末有见人作此诗者，词气殆是李谪仙。"①可是《全唐诗》卷235却收作贾至的《君山》诗，《永乐大典》卷2261又引作高骈的《洞庭湖诗》(题据孙望《全唐诗补逸》)。虽然这首诗有可能是借用他人作品，也可见《博异志》注重词章之美。

《广记》所引的《张遵言》(卷309)、《李黄》(卷458)情节奇异，篇幅曼长，都曾被选入《古今说海》，题作《张遵言传》和《白蛇记》，影响较大。这又是另一种风格的作品。

集 异 记

《集异记》，《新唐书·艺文志》著录三卷，作者薛用弱，河东(今山西永济)人，《新唐书》原注说："字中胜，长庆光州刺史。"《太平广记》卷312引《三水小牍》的《徐焕》条曾提到："大和

---

① 《苏轼文集》卷67《记太白诗》，中华书局版第2097页。

（827—835）中,薛用弱自仪曹郎出守此郡（弋阳）,为政严而不残。"光州即弋阳郡,如果两种说法都有根据的话,那么薛用弱就是从长庆末到大和初都在弋阳任官。

《集异记》原书已散失,现存的传本多数只有二卷十六条。晁公武《郡斋读书志》著录二卷（袁州本作三卷）,说:"集隋唐间谲诡之事,一题《古异记》。首载徐佐卿化鹤事。"现存的如《顾氏文房小说》本也是二卷,头一条就是徐佐卿化鹤事,与《读书志》相合。《四库全书》本则作一卷。看来都不是足本。《太平广记》引《集异记》不见于今本的约七十条,清人陆心源曾据以辑录佚文四卷,编入《群书校补》。但是《广记》所引的《集异记》未必全是薛用弱的作品,而且引书也不免有误。其中如《张天锡》（《广记》276）原注"出李产集异传",当即晋郭季产《集异记》之误。另外还有两条,鲁迅就辑入郭季产的《集异记》。《集异记》这个书名,不止薛用弱和郭季产两人用过,唐人还有一本《集异记》,《郡斋读书志》称之为《陆氏集异记》,说:"唐陆勋纂,语怪之书也。凡三十二事,言犬怪者居三之一。"①有人据此推测《广记》所引佚文中讲犬怪的都出自陆本,但无从确证。另一方面,今本第一条《徐佐卿》条,《广记》卷36和《岁时广记》卷36却引作《广德神异录》,这可能是出于转引②。因此,辑补《集异记》的佚文不能草率从事,应该充分估计到《集异记》版本的复杂性。《太平广记》所引《集异记》佚文,《高元裕》（卷278）条说到大中二年（848）的事,如果确是薛著的话,那么写作的年代就很晚了。只能存疑待考。

---

① 现存陆勋《集异志》,有《宝颜堂秘笈》本,四卷,与《郡斋读书志》所说又不同。
② 《太平御览》卷32引徐佐卿事亦作《集异记》。

《集异记》是传奇文兴盛之后才出现的小说集,但大体上还是志怪小说的规模,与前期的《广异记》相差不远,如《裴越客》(《广记》卷 428)虎为媒的故事,就和《广异记》里的《勤自励》基本相同。通行本十六篇中有不少著名的篇章,是历史人物的异闻轶事。如《集翠裘》讲狄仁杰与张昌宗赌双陆赢得一件集翠裘的故事,清人裘琏曾据以编为杂剧。《王维》弹奏《郁轮袍》博得解头的故事,曾传为佳话。明人王衡、黄兆森都曾据以编为杂剧,张楚叔又据以编为传奇。《王涣之》记载诗人王涣之(应即王之涣)与王昌龄、高适旗亭画壁的故事,更是常被人称道的唐代诗坛趣闻。原文如下:

> 开元中,诗人王昌龄、高适、王涣之齐名。时风尘未偶,而游处略同。一日,天寒微雪,三诗人共诣旗亭,贳酒小饮,忽有梨园伶官十数人,登楼会宴。三诗人因避席隈映,拥炉火以观焉。俄有妙妓四辈,寻续而至,奢华艳曳,都冶颇极。旋则奏乐,皆当时之名部也。昌龄等私相约曰:"我辈各擅诗名,每不自定其甲乙,今者可以密观诸伶所讴,若诗入歌词之多者,则为优矣。"俄而一伶拊节而唱,乃曰:"寒雨连江夜入吴,平明送客楚山孤。洛阳亲友如相问,一片冰心在玉壶。"昌龄则引手画壁曰:"一绝句。"寻又一伶讴之曰:"开箧泪沾臆,见君前日书。夜台何寂寞,犹是子云居。"适则引手画壁曰:"一绝句。"寻又一伶讴曰:"奉帚平明金殿开,强将团扇共徘徊。玉颜不及寒鸦色,犹带昭阳日影来。"昌龄则又引手画壁曰:"二绝句。"涣之自以得名已久,因谓诸人曰:"此辈皆潦倒乐官,所唱皆《巴人》《下俚》之词耳。岂《阳春》《白雪》之曲,俗物敢近哉!"因指诸妓之中最佳者曰:"待此子所唱,如非我诗,吾即终身不敢与子争衡矣。脱是吾诗,子等当须列拜床下,奉吾为师。"因欢笑而

俟之。须臾,次至双鬟发声,则曰:"黄沙远上白云间,一片孤城万仞山。羌笛何须怨杨柳,春风不度玉门关。"涣之即揶揄二子曰:"田舍奴,我岂妄哉!"因大谐笑。诸伶不喻其故,皆起诣曰:"不知诸郎君何此欢噱?"昌龄等因话其事。诸伶竞拜曰:"俗眼不识神仙,乞降清重,俯就筵席。"三子从之,饮醉竟日。

这个故事写得神情如画,风趣生动,是一个戏剧性的场面。它不仅描写了诗人的轶事,而且还记录了唐诗的异文,王之涣诗中"黄沙远上白云间"的"沙"字,正好为唐诗古本的异文作旁证①。据这个故事编成的戏曲很多,有张龙文的《旗亭宴》、裘琏的《旗亭馆》杂剧,金兆燕的《旗亭记》传奇等。由此可见,《集异记》所写的不仅是志怪故事,而且影响更大的还是那些志人的故事。如果和《世说新语》比较,它在艺术上就有所发展了。

当然,《集异记》里多数是神怪故事,如《蔡少霞》是名篇之一,蔡少霞梦为人召去抄碑铭,情节并不曲折,而所载山玄卿撰《苍龙溪新宫铭》一文,却文辞奇妙瑰丽,常为文人称赏。苏轼《游罗浮山》诗中有"汝应奴隶蔡少霞,我亦季孟山玄卿"两句,就是用《集异记》的典故。但洪迈《容斋随笔》卷13《东坡罗浮诗》条曾指出苏轼的错误:

东坡游罗浮山作诗示叔党,其末云:"负书从我盍归去,群仙正草《新宫铭》。汝应奴隶蔡少霞,我亦季孟山玄卿。"坡自注曰:"唐有梦书《新宫铭》者,云紫阳真人山玄卿撰。其略曰:'良常西麓,原泽东泄。新宫宏宏,崇轩辚辚。'又有蔡少霞者,梦人遣书碑铭曰:'公昔乘鱼车,今履

---

① 《乐府诗集》卷22载此诗作"黄沙直上白云间"。

> 瑞云。躅空仰途,绮辂轮囷。'其末题云五云书阁吏蔡少霞书。"予按唐小说薛用弱《集异记》载蔡少霞梦人召去,令书碑,题云《苍龙溪新宫铭》,紫阳真人山玄卿撰。其词三十八句,不闻有五云阁吏之说。"鱼车""瑞云"之语,乃《逸史》所载陈幼霞事,云苍龙溪主欧阳某撰。盖坡公误以幼霞为少霞耳。玄卿之文,严整高妙,非神仙中人嵇叔夜、李太白之流不能作。

苏轼记忆固然有误,但是他凭记忆就能背出《新宫铭》中的词句,可见他对这篇文章欣赏的程度。洪迈对《苍龙溪新宫铭》的评价也很高,他自己还模仿它写了一篇《广州三清殿碑》。明人胡应麟《少室山房笔丛》卷37《二酉缀遗》也说:

> 唐人小说,诗文有致佳者。薛用弱《集异记》,文采尚出《玄怪》下,而山玄卿一铭殊工。盖唐三百年,如此铭者亦罕睹矣。……右铭辞精炼奥古,奇语甚多。洪景庐拟作一章,未堪伯仲也。倘果出玄卿,则羽人能文,当推上座,稚川、贞白皆退舍矣。

《蔡少霞》作为《集异记》的代表作,由此可以看出《集异记》是以文辞见长,而不是以情节新奇取胜的。在二卷本之外,《广记》所收的佚文虽然不无疑问,但不能轻易否定[①]。值得注意的作品如《李清》(《广记》卷36)讲李清用长绳缒下云门山悬崖,进入一个神仙洞窟,当天回到故乡,已经过了六十多年了。这个故事曾收入《古今说海》,题作《李清传》,也就是《醒世恒言》卷38《李道人独步云门》的素材。明代有《云门传》说唱本,

---

[①] 有人认为《太平广记》所引《集异记》佚文多出陆勋《集异记》,但缺乏论证,而且陆勋《集异记》只有三十二事,还不到《广记》所引佚文的半数。

演此故事,可能还早于《恒言》,现存台湾故宫博物院①。又如《崔韬》的虎女故事(《广记》卷433),宋官本杂剧有《崔智韬艾虎儿》,在金元时代曾被编成诸宫调和大曲《崔韬逢雌虎》(见《西厢记诸宫调》、关汉卿《谢天香》杂剧)。清人徐昆《柳崖外编》卷8《俞俊》和冯晟《谈屑》卷4《猇亭碑》实即抄袭本篇。《宫山僧》(《广记》卷365)故事,也被凌濛初改写为《东廊僧怠招魔,黑衣盗奸生杀》(《拍案惊奇》卷36)。说明《集异记》对后世的影响还是不小的。

会昌解颐录

《会昌解颐录》,《新唐书·艺文志》小说家类著录,四卷,书名无"录"字,无作者姓名。《宋史·艺文志》作五卷。重编本《说郛》卷49收此书佚文,署包湑撰,不知有何依据。唐代有一个包谞,著有《河洛春秋》二卷,是记安史之乱的杂史笔记,见《新唐书·艺文志》,据《直斋书录解题》说作者是洋州司功。这个包谞会不会就是《会昌解颐录》的作者包湑,无从考证。重编本《说郛》往往乱题作者,并不可靠,只能存而不论。

《会昌解颐录》从书名看,大概写作于会昌(841—846)年间。《广记》卷454引《张立本》条说:

> 唐丞相牛僧孺在中书,草场官张立本有一女,为妖物所魅。其妖来时,女即浓妆盛服于闺中,如与人语笑。其去,即狂呼号泣不已。久,每自称高侍郎。一日,忽吟一首云:"危冠广袖楚宫妆,独步闲厅逐夜凉。自把玉簪敲砌竹,清

---

① 据韩南《云门传:从说唱到短篇小说》,见《韩南中国古典小说论集》,台湾联经出版事业公司1979年版。

歌一曲月如霜。"立本乃随口抄之。立本与僧法舟为友,至其宅,遂示其诗云:"某女少不曾读书,不知因何而能?"舟乃与立本两粒丹,令其女服之,不旬日而疾自愈。其女说云:"宅后有竹丛,与高锴侍郎墓近。其中有野狐窟穴,因被其魅。"服丹之后,不闻其疾再发矣。

这个故事又见于《三梦记》后面的《纪梦》(原本《说郛》卷4),假托白行简的记载,说有一个张家的女儿,梦中见到一个并州帅王公,看中了她,口授给她一首诗说:

> 鬟梳闹埽学宫妆,独立闲庭纳夜凉。手把玉簪敲砌竹,清歌一曲月如霜。

这首诗和《会昌解颐录》所载基本相同,只差几个字,但故事情节则差别很多,《纪梦》的构思比较复杂,似乎又出于《会昌解颐录》之后。《纪梦》最后说张氏女儿死于会昌二年六月十五日,与《解颐录》的年代也没有矛盾。这首诗为人传诵,曾被误收入高适的诗集①,题作《赠张立本女吟》,可能因为故事中张女每自称高侍郎,就归到高适名下了。但这首诗的确写得很好,放在高适集里也并不逊色。还有《祖价》(《广记》卷348)里的三首鬼诗也写得凄切冷峭,真有鬼气逼人之感。

《会昌解颐录》的故事并不太新鲜,没有什么动人的情节。如《元自虚》(《广记》卷361)的故事与《集异记》的《韦知微》大体相似,只是前面多出了山魈自称萧老,能预报吉凶等一些情节。人名改为元自虚,也和《玄怪录》里的元无有一样,显然出自虚拟,作者只作了一点细节的加工。王铚《补侍儿小名录》引

---

① 见明刻本《高常侍集》,清影宋抄本《高常侍集》不收此诗,《四库全书》从之。

了一条昆明池神女故事的佚文,只是《柳毅传》故事的缩写,可能是直接根据水神寄信的民间传说记录的,但出现在《柳毅传》之后,就丝毫引不起读者的兴趣了。不妨引以参看:

> 开元中,有士人从洛阳道见一女子,容服鲜丽,泣谓曰:"己非人,昆明池神之女,嫁剑阁神之子。夫妇不和,无由得白父母,故欲送书一封耳。"士人问其处,女曰:"池西有斜柳树,君可叩之。若呼阿青,当有人从水中出。"士人入京,便送书池上,果有此树,叩之,频唤阿青。俄见幼婢从水中出,得书甚喜,曰:"久不得小娘子消息。"延士人入,谓曰:"君后日可暂至此。"如期,果有女子从水中出,手持真珠一筒,笑以授士人云。

逸 史

《逸史》,《新唐书·艺文志》小说家类著录,二卷,列在《卢子史录》之后,没有作者姓名,注:"大中时人。"据叶梦得《避暑录话》卷上说:

> 白乐天集自载李浙东言海上有仙馆待其来之说,作诗云:"吾学空门非学仙,恐君此说是虚传。海山不是吾归处,归即须归兜率天。"顷读卢肇《逸史》记此事稍详①。……唐小说事多诞,此既自见于乐天诗,当不谬。

因知《逸史》作者是卢肇。肇,字子发,袁州宜春人,会昌三年(843)状元②。卢肇是当时名士,中状元后曾得意一时,但宦途

---

① 按《逸史》此条见《太平广记》卷48。
② 见《玉泉子》及《北梦琐言》卷3。

并不顺利,咸通中出知歙州①,后谪连州,移宣、池、吉三州。综述他的生平较详的是赵希弁《郡斋读书志·附志》:

> 肇字子发,宜春人。幼好学,颖拔不群。宜春令卢崿一见奇之,曰:"子异日有闻乎。"由是愈激厉。唐会昌二年,预江西解试未送,启谢曰:"巨鳌赑屃,首冠蓬山。"主文询其谓,对曰:"巨鳌不灵,顽石在上。"一坐尽笑。唐制取士,许帘献所业,先察其素。时王起知举,肇为书以献,起问曰:"乡荐如公材几何?"对曰:"皆才选也,未易品判。然如肇者亦犹沉江之鳌,九肋实希。"继而同举黄颇进谒,起问如初,则曰:"舍颇其谁!"起由是少颇而多肇之谦。始李德裕以言事出为宜春长史,嘉肇文行,异礼之。至是德裕以言事迁太尉,总枢柄,绝朋党,晚进寒素,难游其门,独肇入谒,常许袍带从容谈论。既试有期,知举以取士白,亦旧例也。德裕曰:"某不荐人,然喜今榜得一状元矣。"迨试果魁中。任著作郎,迁京兆府司录。使相卢商、裴休、卢简求争辟之。历集贤学士,歙、宣、池三州刺史。所至皆有可纪。后为吉州刺史,卒。②

卢肇著《文标集》三卷,现存抄本,见《皕宋楼藏书志》卷70,有绍兴庚辰(1160)童说序。他的《海潮赋》是著名作品,《新唐书·艺文志》等书都单独著录。另有《卢子史录》一书,也已失传。《逸史》的序作于大中元年(847),卢肇在序中说:

---

① 《新安志》卷9载卢肇咸通中除歙州刺史。但《宝刻丛编》卷15著录卢肇撰并书《新兴寺碑》,以大中二年(848)立,署歙州刺史,似在此前。存疑待考。
② 陆游《跋唐卢肇集》说:"子发曾谪春州。"(《渭南文集》卷28)《书苑菁华》卷16也说,咸通末,"卢肇罢南浦太守归宜春"(《唐尚书省郎官石柱题名考》卷18引)。可见他的事迹还需要辑考。

> 卢子既作《史录》毕,乃集闻见之异者,目为《逸史》焉。其间神仙交化,幽冥感通,前定升沉,先见祸福,皆摭其实,补其缺而已。凡纪四十五条,皆我唐之事。时大中元年八月。(原本《说郛》卷24)

可以得知他先写了《史录》,然后写作《逸史》,共四十五条。可是现在见于《太平广记》的佚文却有七十多条,可能是成书后又有增补,也可能《广记》所引的有伪作。《逸史》有旧抄本三卷,见《皕宋楼藏书志》卷62,已归日本静嘉堂。这本书长期未见书目著录,抄本可能出于后人辑集。但陶宗仪编《说郛》时曾见到原序,似乎明初还有传本。现在根据《广记》等书辑集,已有八十八篇①,就比自序所说的四十五条超出近一倍了。

《逸史》多数为神仙故事,著名的篇章如《卢李二生》(《广记》卷17)、《李林甫》(《广记》卷19)、《太阴夫人》(《广记》卷64)、《许飞琼》(《广记》卷70)、《李主簿妻》(《广记》卷378)等。

《卢李二生》讲两人学仙,一个半途而废,一个坚持学道而成功,与《广异记》的《张李二公》(《广记》卷23)故事相似,与《续玄怪录》的《裴谌》故事也基本雷同。后出的《仙传拾遗》里《薛肇》故事和《卢李二生》更是如出一辙,如筮筴上都题有"天际识归舟,云间辨江树"两句诗,也丝毫不差,不过主人公的姓名都改过了。《李林甫》讲一个道士预告李林甫当作二十年宰相,如果不枉杀人,三百年后可以白日升天。这一篇收入《古今说海》等书,改题为《李林甫外传》。《太阴夫人》讲卢杞遇到仙女太阴夫人,愿意嫁他,邀他上了水晶宫,替他启奏上帝,允许他在三件事中选择一件:第一是常留水晶宫,第二是作地仙,第三是为中国宰相。催他回答时,卢杞沉默了

---

① 据李剑国《唐五代志怪传奇叙录》。

好久,最后大喊道:"人间宰相!"太阴夫人惊讶失色,把他推回了尘世。《许飞琼》故事很简单,但影响较大。原文如下:

> 唐开成初,进士许瀍游河中,忽得大病,不知人事。亲友数人环坐守之。至三日,蹶然而起,取笔大书于壁曰:"晓入瑶台露气清,坐中唯有许飞琼。尘心未尽俗缘在,十里下山空月明。"书毕复寐。及明日,又惊起,取笔改其第二句曰:"天风飞下步虚声。"书讫,兀然如醉,不复寐矣。良久渐言曰:"昨梦到瑶台,有仙女三百馀人,皆处大屋,内一人云是许飞琼,遣赋诗。及成,又令改,曰'不欲世间人知有我也'。既毕,甚被赏叹,令诸仙皆和,曰:'君终至此,且归。'若有人导引者,遂得回耳。"

这个故事又见于孟棨《本事诗》"事感"第二,许瀍作许浑。《唐诗纪事》卷56许浑条亦载此诗,纪事与《本事诗》同。《唐才子传》卷7许浑传也采用了这个故事,文字还比《本事诗》略详一些,如多出"一佳人出笺求诗,未成梦破"两句,好像别有所据。这首诗许浑《丁卯集》(《四部丛刊》影印本)不收,《全唐诗》收在许浑名下,大概就辑自《本事诗》。以上各书都说是许浑的事,只有《逸史》说是许瀍。从年代先后说,卢肇在前,《逸史》虽是神怪小说,但往往以真人作为故事的人物,如果这首诗真出许浑所作,就没有必要改成许瀍。(《类说》卷27又引作许澶。陈鹄《西塘集耆旧续闻》卷2引《唐逸史》所载此诗,也作许澶。可能宋代所传《逸史》本作许澶,《广记》作瀍则同音而讹,但不作许浑则是一致的。)这个故事恍惚迷离,写许飞琼不愿给世人知道他的名字,教许瀍改掉,似有深意。《逸史》里很少诗歌,很难看出卢肇自己的诗才。也许因为这首诗写得好,后人就把它归之于诗人许浑了。《广记》卷49还引有《张及甫》一条,讲张及甫和陈幼霞二人,同时梦见道士请他们写碑,只记得四句是:"昔乘鱼车,今履瑞云。躅空仰途,绮错轮囷。"苏轼却把它和《集异记》里的蔡少霞梦中写《新宫铭》混而为一了。

《李主簿妻》(《广记》卷378)讲东岳神金天王夺走了李主簿妻的魂,叶仙师画了三道符把她追回来。这也是一个久已流传的故事。敦煌遗书《叶净能诗》里也有这一情节,不过李主簿却改为张令。《纪闻》里的《邢和璞》也有类似的故事。

除了神仙故事,《逸史》里还有一些冤魂报应的题材,倒反映了现实生活中的冤案或横暴不平的现象。如《乐生》(《广记》卷122)写副将诬告乐生与"贼帅"通情,招抚使裴某粗暴地下令杀死乐生。乐生的鬼对仇人一一进行了报复。《华阳李尉》(《广记》卷122)写剑南节度使张某强夺李尉的妻子,借机杀了李尉,最后张某被李尉的鬼抓去。《宋申锡》(《广记》卷122)写王璠捏造罪状杀害了宋申锡,后来宋申锡的鬼预告他妻子,王璠和郑注等人将受到惩罚。这几个人物都是历史上实有的,这个故事和《纂异记》里的《许生》一样,都是以鬼魂出现反映了甘露之变,但《逸史》的艺术性远不及《纂异记》,思想性也不如《纂异记》高明,拿这两篇作比较,就可以看出来了。

《逸史》里还有一个很著名的故事,就是钟馗捉鬼,见于《岁时广记》卷40《梦钟馗》所引佚文:

> 明皇开元讲武骊山,翠华还宫,上不悦,因痁疾作,昼寝,梦一小儿,衣绛犊鼻,跣一足,履一足,腰悬一履,搢一筠扇,盗太真绣香囊及上玉笛,绕殿奔戏上前。上叱问之,小鬼奏曰:"臣乃虚耗也。"上曰:"未闻虚耗之名。"小鬼奏曰:"虚者,望空虚中盗人物如戏,耗即耗人家喜事成忧。"上欲怒,呼武士。俄见一大鬼,顶破帽,衣蓝袍,系角带,靸朝靴,径捉小鬼,先刳其目,然后擘而啖之。上问大者:"尔何人也?"奏曰:

"臣终南山进士钟馗也,因武德中应举不捷,羞归故里,触殿阶而死。是时奉旨赐绿袍以葬之。感恩发誓,与我王除天下虚耗妖孽之事。"言讫梦觉,痁疾顿瘳,及诏画工吴道子曰:"试与朕如梦图之。"道子奏旨,恍若有睹,立笔图就进呈。上视久之,抚几曰:"是卿与朕同梦尔。"赐以百金。①

这是现存关于钟馗故事的最早记载。《逸史》说钟馗是武德(唐高祖年号,618—626)年间的不第进士,因为感激皇帝赐绿袍礼葬之恩,为唐明皇除妖捉鬼,还驱走了病魔,所以唐明皇命吴道子把他的状貌画出来,还批示说:"烈士除妖,实须称奖。因图异状,颁显有司。岁暮驱除,可宜遍识,以祛邪魅,兼静妖氛。"(见《梦溪补笔谈》)唐明皇确曾把钟馗图像分赐大臣②,但是否开始于开元年间,还有待查考。根据现有的文献,钟馗作为一个捉鬼的神,他的来历和形象始见于《逸史》,后来又有许多传说和新的创作,如清代阮大铖的《狮子赚》和张大复(彝宣)《天下乐》戏曲(已佚),佚名的《钟馗全传》和刘璋《钟馗斩鬼传》、云中道人《钟馗平鬼传》小说等。

《逸史》自序作于大中元年,书中故事纪年最晚至会昌元年(841),见《白乐天》条(《广记》卷48),但所记李师稷为浙东观察使事在会昌二年(《唐方镇年表》卷5浙东开成五年条)。书中没有大中以后的事,似乎并没有续作。张君房编的《云笈七签》卷113上所收"传",就出自《逸史》,说明他是把《逸史》看作神仙传记的。书中有不少神奇的故事,很有特色,但很少能

---

① 沈括《梦溪补笔谈》卷3载吴道子钟馗图上的唐人题记与此大致相同,还多一些文字。
② 张说有《谢赐钟馗及历日表》(《全唐文》卷223),表中说:"屏祛群厉,缋神像以无邪。"

写出人物性格,只能以情节取胜。

纂 异 记

《纂异记》,《新唐书·艺文志》小说家著录,一卷,李玫撰。注:"大中时人。"《太平广记》卷388引《齐君房》条,文末有作者的自叙:

> 大和元年,李玫习业在龙门天竺寺,镜空自香山敬善寺访之,遂闻斯说,因语玫曰:"我生五十有七矣,僧腊方十二,持钵乞食,尚九年在,舍世之日,佛法其衰乎!"

大和元年(827)李玫在龙门习业,大概已经成年。到大中(847—860)年间就该是中年人了。唐铏《剧谈录》卷下《元相国谒李贺》条后面说:"自大中、咸通以后,每岁试春官者千馀人。其间章句有闻,亹亹不绝。如何植、李玫、皇甫松、李孺犀、梁望、毛涛、贝庥、来鹄、贾随,以文章著美……皆苦心文华,厄于一第。然其间数公,丽藻英词,播于海内。其虚薄叨联名级者,又不可同年而语矣。"可见李玫在大中以后应试不第,但能"以文章著美"。宋钱易《南部新书》壬集有一条值得注意的材料:

> 李纹者,早年受王涯恩。及为歙州巡官时,涯败,因私为诗以吊之。末句曰:"六合茫茫皆汉土,此身无处哭田横。"乃有人欲告之,因而《纂异记》记(记字疑衍)中有喷玉泉幽魂一篇,即甘露之四相也。

这里所说的就是《太平广记》卷350所引《许生》故事。李纹恐怕就是《纂异记》作者李玫之讹。原文说许生在路上遇到一个白衣叟,跟他一起到喷玉泉,白衣叟向四个鬼吟诵甘棠馆所见无名氏题的诗:"浮云凄惨日微明,沉痛将军负罪名。白昼叫阍无近戚,缟衣饮气只门生。佳人暗泣填宫泪,厩马连嘶唤主声。六合茫茫皆汉土,此身无处哭田横。"钱易说这首诗是李纹吊王涯而作,还说他曾为歙州巡官,像是别有所据。如果李纹就是李玫的话,那么他曾受王涯知遇,后来"厄于一第",可能与此有关。他任歙州巡官时,王涯事败,当指大和九年(835)甘露之变。刘克庄《后村诗话》前集卷1又说:

> 唐人多传卢仝因留王涯第中,遂预甘露之祸。……《太平广记》载孝廉许生遇四丈夫与白衣叟会饮于甘棠馆西喷玉泉。四人谓叟曰:"玉川来何迟?"叟举壁问所见诗,座中闻之皆掩面欲恸。已而叟与四人者各赋一篇,盖王涯、贾𫗧、舒元舆、李训与仝之鬼也。……白衣叟所举壁间诗云:"六合茫茫皆汉土,此身无处哭田横。"妙甚!此必是涯、元舆门生故吏所作。

刘克庄大概没有看到《南部新书》的记载,只是猜想作者必是王涯、舒元舆的门生故旧,正好与钱易的说法相合。这篇小说写得很动人,故事并不曲折,但一开头就引人入胜。五个鬼的活动,除了吟诗之外,也没有多少对话,然而气氛极为悲凉,情景也很真切。五首诗写得沉郁典雅,别有情采。它和《续玄怪录》中的《辛公平上仙》一样,都是用神怪故事来写历史题材的小说,艺术风格也有相似之处。这是《纂异记》的一篇代表作,也给我们提供了一些作者的情况。

《纂异记》向无传本,只见《太平广记》所引的佚文①。《类说》卷19收有无名氏《异闻录》一书,五篇故事都出于《纂异记》。《绀珠集》卷1及《施顾注苏诗》又引作《异闻实录》,似即

---

① 重编本《说郛》卷118有《纂异记》一卷,题宋李玫撰,出于伪托。

《纂异记》的改名①。《广记》所引共十三篇②,如《嵩岳嫁女》、《蒋琛》、《韦鲍生妓》、《浮梁张令》等曾被选入《虞初志》或《古今说海》,流传很广,可见其作品早已为人重视。《嵩岳嫁女》(《广记》卷 50)比较著名,有的刊本题作施肩吾撰,又曾单行别刊,《百川书志》和《宝文堂书目》都著录有《嵩岳嫁女记》。这一篇小说篇幅曼长,文词华艳,也体现了《纂异记》的艺术特色。故事叙述田璆、邓韶二人参加华岳神仙的宴会,见到西王母、穆天子、汉武帝等一起唱和作诗,唐代的玄宗皇帝也参加了宴会,召唤丁令威来唱歌,歌词是:"月照骊山露泣花,似悲仙帝早升遐。至今犹有长生鹿,时绕温泉望翠华。"咏叹的是开元天宝遗事。西王母又召叶静能来歌唱当代的时事,也就是《长恨歌》的主题。唐玄宗为之"凄惨良久"。作者虚构了一个神仙故事,借以凭吊往事,又有意在小说中显示了自己的文采。

《蒋琛》(《广记》卷 309)一篇,也曾被选刊单行,题作《蒋氏传》或《蒋琛传》。小说主人公蒋琛见到水神宴会,有范蠡、屈原和雪溪神、太湖神、湖王等一起饮酒作歌,情节结构、文字风格和《嵩岳嫁女》十分相似。瞿佑《剪灯新话》中的《龙堂灵会录》就是摹仿《蒋琛》的作品。《韦鲍生妓》(《广记》卷 349)讲酒徒鲍生与外弟韦生相遇,用自己的乐妓换了他的良马。这时有两个紫衣者闯来,两人讨论写赋的问题,接着就合写了《妾换马赋》。原来这两个是谢庄和江淹的鬼魂。妾换马本是一个传统的题材。魏曹彰曾以爱妾换骏马(《独异志》卷中),晋简文帝有《和人以妾换马》诗(《玉台新咏》卷 7),唐张祜也有《爱妾换马》诗。李玫采用这个题材,虚构了一个故事,又假托谢庄、江淹来写赋,

---

① 参看拙作《唐代小说琐记·纂异记》,载《文学遗产》季刊 1980 年 2 期。
② 据王国良《唐代小说叙录》谓《太平广记》卷 128《荥阳氏》亦出《纂异记》。

设想新奇,而词章华美,也是《纂异记》中的杰作。《浮梁张令》(《广记》卷350)写一个县令贪财好杀,作恶多端。他遇见太山召魂使者,告诉他死期将至。张令求使者救援,使者教他求救于仙官刘纲,并向金天王许愿纳贿。仙官果真替他上章说情,许他延寿五年。事后张令却吝惜钱财,不还金天王的愿,结果还是被鬼使抓去了。这个故事与《嵩岳嫁女》有连系,《嵩岳嫁女》里曾讲到浮梁县令托莲花峰道士奏章求延寿的事,就是指浮梁张令。在不同的篇章中有互相呼应的情节,类似现代的系列小说,这是《纂异记》独创的写法,在唐人小说中还是首见。

《纂异记》有独特的思想性,有自觉的讽喻作用,还有鲜明的政治倾向。除了反映甘露之变的《许生》外,如《嵩岳嫁女》在帝王聚会中为唐玄宗唱出了哀伤的悼歌,这是影射时事作品。在《蒋琛》中让太湖神作歌说:"莫言天下至柔者,载舟覆舟皆我曹。"江神作歌说:"夜来渡口拥千艘,中载万姓之脂膏。……是知溺名溺利者,不免为水府之腥臊。"《徐玄之》(《广记》卷478)中批判蚍蜉王子"不遵典法,游观失度",蚍蜉王又杀戮忠谠的贤臣,结果招致覆国之祸。《三史王生》(《广记》310)中的王生在梦中指责汉高祖"侮慢君亲",驳得汉高祖无言可对。《浮梁张令》中更尖锐地揭露贪官张令,贪财好杀,见利忘义,如天符所说的,"不顾礼法,苟窃官荣,而又鄙僻多藏,诡诈无实"。他求生时不惜许下重愿,等到天符许他延寿五年后却赖帐不还,又如谚语所说的"落水要命,上岸要包"。这个故事还揭露了金天王是贪赃枉法的神,刘纲是徇私舞弊的仙官,天上人间都是那么黑暗肮脏。从这些作品可看出作者的寓意,显然对现实有所不满,对权贵表示轻蔑,在唐人小说中这种批判精神是很少见的。当时作者只能以幻想的寓言式故事来表现,而不是按照生活的本来面貌来反映生活。然而作者的艺术想象力很丰富,许多别出心裁的情节,都能引人注目,又能发人深思。

唐代小说的作者都喜欢在故事里穿插诗歌,而且让古人也写近体诗,《纂异记》是一本代表作,如《许生》、《韦鲍生妓》、《嵩岳嫁女》、《蒋琛》里都有诗赋歌词,足以见出作者的文采。从上面引到的几首诗,就可以看出李玫的诗才。我们还可以看一下托名谢庄、江淹的《妾换马赋》:"彼佳人兮,如琼之瑛;此良马兮,负骏之名。将有求于逐日,故何惜于倾城。香暖深闺,永厌桃花之色;风清广陌,曾怜喷玉之声。原夫人以矜其容,马乃称其德。既各从其所好,谅何求而不克。长跪而别,姿容休耀其金钿;右牵而来,光彩顿生于玉勒。……"这在唐人律赋中也是佳作。赋能用一些细节刻画来作情节的补充,就和故事融合在一起,成为不可分割的部分,不单单是为作者驰骋才华而存在的。《纂异记》是一部真正的传奇集,它的每一篇作品都是标准的传奇文。它是一部很有特色的作品,较之《玄怪录》、《续玄怪录》等又有所提高。可惜由于它散佚已久,加以书名、作者都有一些疑问,因而长期以来不为人所知,几乎被湮没了①。如果把现存的佚文辑集在一起,也许就可以对这部小说集的特色看得更清楚一些。

《纂异记》是唐代小说集的一部杰作。据《剧谈录》的记载,李玫是大中、咸通时期的人,应该算是晚唐的作家了。然而他在大和元年就在龙门习业,大致在大和九年就任歙州巡官,他的创作活动时间可能很长,实际上与郑还古、薛用弱相接,可以说是一个承先启后的作家。《纂异记》代表中唐传奇发展的一个高

---

① 《宋史·艺文志》著录《纂异记》作李玫(元刻本《宋史》作"玫")撰,又注"一作'政'"。《古今说海》等书采录书中作品,不题作者,有的书又改题撰人,如施肩吾《嵩岳嫁女记》之类。

潮。因此我们把它归入唐代小说的中期,作为划分阶段的一个标志。

小　议

中唐是中国文学史上的一个重要阶段,诗歌、散文都有新的变化,尤其是元和年间,出现了一个历史的转折点。如李肇《国史补》卷下《叙时文所尚》提出了"元和体"诗文流派的见解,又说:"大抵天宝之风尚党,大历之风尚浮,贞元之风尚荡,元和之风尚怪也。"李肇的说法不一定完全恰当,而且一个字的评语未免太抽象,不过他指出了一个现象,就是元和以后的文风有新的变化。他说"元和之风尚怪",对于小说来说也很贴切,因为小说本来是以"征异话奇"为出发点的。至于文风的"怪"在小说里倒并不突出。元和年间的小说,李公佐和沈亚之两大作家可以作为代表。他们都写了比较多的作品,也许可以算是专业作家了,但是他们各人也只有四五篇小说,还编不成集子。小说集在唐初出现的《冥报记》之类,实际上是"释氏辅教之书",几乎没有什么文学价值。盛唐时期的《纪闻》、《广异记》已经达到了很高的水平,可以说是唐代小说成熟的一个起点。贞元、元和年间单篇传奇的兴起,可能还受这些小说集的影响;但单篇传奇的成功,又反过来带动了小说集的繁荣。关于传奇和志怪小说的区别,本来是一个复杂的问题。《四库全书》的总纂官纪昀曾把小说和传记分为截然不同的两类(已见前面序论所述),实际上二者并无不可逾越的界限。有些唐人的小说集里,包含不少粗陈梗概的短篇笔记,与志怪实无二致,称之为传奇集恐怕不一定名副其实;但又有一部分篇幅较长的传记体作品,与以往的志怪小说的确有所不同。这种性质的集子很多,直到清代的《聊斋志异》还保持着这个传统。因此只能统称之为小说集。如果更严密一些,还应该称之为文言短篇小说集。

小说专集在贞元、元和年间与单篇传奇并行发展,诸体纷陈,风格多样。如异军突起的《辨疑志》,一反"明神道之不诬"的志怪传统,以见怪不怪、破除迷信为宗旨,在思想上很有特色,不过在艺术上还缺乏新意。在单篇传奇盛行的同时或稍晚,小说集里也陆续出现成就较高的作品,前人常举作例证的是牛僧孺的《玄怪录》。由于原书散佚窜乱,写作年代难以确定。如果撇开有疑问的几篇,书中优秀的作品并不多,如《刘讽》一篇就是艺术上有重大突破的代表作了。小说集的全面发展,则在元和以后。如《博异志》的写作,时间跨度较大。其间有《续玄怪录》、《河东记》、《集异记》以至《纂异记》等,大概在大中初年,形成一个高潮。它不像诗和单篇传奇,可以拿大和年间作为中晚唐的分界。小说集的发展稍晚于单篇传奇,中期和晚期也没有截然的分界。我们以《纂异记》作为一个划分阶段的代表作,是出于更看重它在承先方面的作用。

这一时期小说的特点之一是不少诗人参与了小说的创作,从而提高了小说的艺术性。前一阶段,史学家把小说看作史书的一个分支,有些作家也是以史家的姿态来写新型的传记文学的。但元才子(元稹)、吴兴才人(沈亚之)等却以诗人的身份来写作小说,创立了传奇这一新的文体。随后诗人参与小说创作的日益增多,特别喜欢在叙事文学中穿插诗歌辞赋,如《通幽记》、《博异志》、《集异记》、《纂异记》都注重词章之美,为小说增加了文采。

这一时期小说的另一特点是承认艺术的虚构,不再像六朝志怪那样以实录为标榜,而是有意识地与志怪、志人的小说立异创新。有的作者明白地以元无有、元自虚为主人公的姓名。

《玄怪录》中的《顾揔》,假托刘桢的后身见到王粲、徐干,显然是一个新编的历史人物故事;《续玄怪录》的作者把《谢小娥传》改编为《尼妙寂》,似乎有意要突破真人真事的局限;《纂异记》善于驱使古人的灵魂来表演故事并写作诗赋,更大胆地驰骋了小说家的想象力。他们又善于摘取生活的片断,剪接到神和鬼的故事里去,把人的性格和思想感情嫁接到鬼神的身上,创造出奇幻而又真实的艺术形象,如《通幽记·唐晅》中的张氏、《玄怪录·刘讽》中的蔡家娘子、《博异志·刘方平》中的老青衣,都像是现实生活中常见的人物。

中期小说集的体制不一,风格不同,但总的看,艺术水平比前期的小说集大大提高了。它和单篇传奇一起,体现了唐代小说的全面发展。小说集里包含着许多优秀的作品,独立出来并不比单篇传奇逊色。所以明人编的《古今说海》等书把它裁篇别出,改立题目,假托为唐人单篇传奇,也不足为怪。如果不计较编选者"妄制篇目"以至"改题撰人"所造成的混乱,那么应该说他们的甄选还是很有眼力的。

第七章 唐代传奇的发展和结集

杨娼传

唐代传奇在大和年间开始出现了衰落的征兆,名篇渐少,知名的作家更少。房千里的《杨娼传》可以说是一个低潮的降落点。《杨娼传》虽然写出了一个娼女的奇行烈节,但是情节简单,文字平实,没有超出一般传记文的格局。从思想上说,作者所注重的是杨娼的节义,没有写出人物的情,因而不足以动人。杨娼是长安的一个名妓,被岭南帅买去为妾,非常宠爱,可是帅妻极妒,十分凶悍,这位岭南帅竟不敢把杨娼带回家去,只能在公馀到别馆来偷偷地幽会。后来这个武将病危,想见一见杨娼都不可能,只能派人送她北归。夫主死后,杨娼把他给她的财物全部送还,设位哭奠之后就自杀了。她以一个外室嬖妾的身份,以死来报答夫主对她的宠遇之恩,固然有她的性格特点,但看不出有什么感情的基础。作者在篇末发表议论说:"夫娼,以色事人者也,非其利则不合矣。而杨能报帅以死,义也;却帅之赂,廉也。虽为娼,差足多乎!"他是以封建道德的贞节观念来表扬杨娼的。

房千里,字鹄举,河南人。《新唐书·艺文志》著录有他的《南方异物志》一卷,《投荒杂录》一卷,注:"大和初进士第,高州刺史。"开成三年(838)春,自海上北徙,作《骰子选格序》。又曾"待罪于庐陵"(《庐陵所居竹室记》)。《云溪友议》卷上《南海非》记载他的轶事:

房千里博士初上第,游岭徼诗序云:"有进士韦滂者,自南海邀赵氏而来,十九岁,为余妾。余以鬓发苍黄,倦于游从,将为天水之别。止素秋之期,纵京洛风尘,亦其志也。赵屡对余潸然恨恨者,未得偕行,即泛轻舟,暂为南北之梦。歌陈所契,诗以寄情。"……房君至襄州,逢许浑侍御赴弘农公番禺之命,千里以情意相托,许具诺焉。才到府邸,遣人访之,拟持薪粟给之,曰:"赵氏却从韦秀才矣。"许与房、韦俱有布衣之分。欲陈之,虑伤韦义;不述之,似负房言。素款难名,为诗代报。房君既闻,凡有欧阳四门詹太原之丧。浑寄房秀才诗曰:"春风白马紫丝缰,正值蚕眠未采桑。五夜有心随暮雨,百年无节待秋霜。重寻绣带朱藤合,却认罗裙碧草长。为报西游减离恨,阮郎才去嫁刘郎。"

如此看来,房千里作《杨娼传》,正是有感而发的。他歌颂杨娼死节就是慨叹赵氏之负义。他这次从南海北上,还是初登第时的事。后来他又曾贬官于春州,"窜南方十年"(见《投荒杂录》),开成三年又从海上北徙。那么写作《杨娼传》的时间大概在开成三年之前。《杨娼传》里提到的"岭南帅甲",像是实有其人而隐其名的。他的《南方异物志》和《投荒杂录》,都是记载岭南风物的著作。

无 双 传

　　《无双传》是唐代后期单篇传奇中的佳作。作者薛调,河中宝鼎人,咸通元年(860)为右拾遗内供奉[1]。咸通十一年(870)

---

[1] 《资治通鉴》卷250。

自户部员外郎加驾部郎中,充翰林承旨学士。次年,加知制诰①。据《唐语林》卷4《容止》说:"调美姿貌,人号为生菩萨。……郭妃悦其貌,谓懿宗曰:'驸马盍若薛调乎?'顷之暴卒,时以为中鸩。卒年四十三。"《重修承旨学士壁记》记载,"(咸通)十三年(872)二月二十六日卒官,三月十一日赠户部侍郎"。上推其生年当为大和四年(830)。

《无双传》叙王仙客与他舅舅刘震的女儿无双自幼相狎,有意求婚。在突然发生的一次泾原兵变中,京城混乱,刘震匆忙托王仙客安排家事,答应把无双嫁他。仙客先押送财物逃出城外,刘震全家却被关在城里。叛乱平定后,仙客回到京城,遇见刘家老仆塞鸿,才知道舅父因任朱泚的伪官已被处极刑,无双被没入后宫。王仙客当了长乐驿官,有一次宫中派三十名宫女到园陵去,途经长乐驿,王仙客命塞鸿探听到了无双的下落。无双在床褥下留书给仙客,告诉他富平县的古押衙是人间有心人,可去求他设法。古押衙作了周密的计划,命无双的婢女采苹假扮宫中内使,把一颗药送给无双吃了,当时死去,再把尸体赎出来,让她复生。古押衙把所有参与这个行动的人,包括塞鸿都杀死灭口,最后自杀,一共死了十馀人。王仙客与刘无双逃回故乡,终为夫妇五十年。

这个故事很有些像《柳氏传》,不过它的特点在于古押衙救出刘无双的秘谋险举,并不像许俊那样用奇袭强夺。无双是没入掖廷的宫女,比柳氏的处境更幽密,那里宫禁森严,几乎是插翅难入的。古押衙老谋深算,耐心等待时机,先从茅山道士那里弄来了麻醉药,再让采苹假作中使,说无双是逆党,赐药令她自尽。这些情节都是在事成之后才告诉王仙客的。小说采用了倒

---

① 丁居晦《重修承旨学士壁记》。

叙法揭开谜底,也是一种比较新颖的结构。古押衙感于王仙客优厚的礼遇,不惜以死相报,是一个奇特的豪侠。这种人物在古代确曾出现过,但《无双传》对古押衙的描写又有所夸张,几乎是神化了,因而也脱离了现实,令人感到缺乏生活的根基。如鲁迅所说的,"颇有增饰,稍乖事理"。这种豪侠故事在裴铏《传奇》、袁郊《甘泽谣》里又有所发展,如昆仑奴、红线就变成神仙式的人物了。《无双传》把爱情和豪侠的题材结合在一起,构成了曲折离奇的情节,有强烈的传奇性,这正是唐代传奇的特征之一。明代陆采把这故事改编为《明珠记》戏曲,应该说是很富于戏剧性的。《无双传》并没有神怪的内容,但富于神奇色彩。它在艺术上很有特色,比前期的传奇更注重于情节构思,显示出作者有自觉的创造意识。所以说《无双传》是后期传奇的杰作。

范摅《云溪友议》卷上《襄阳杰》载有一个故事:

> 有崔郊秀才者,寓居于汉上,蕴积文艺,而物产罄悬。无何,与姑婢通,每有阮咸之从。其婢端丽,饶彼音律之能,汉南之最也。姑贫,鬻婢于连帅。连帅爱之,以类无双,给钱四十万,宠眄弥深。郊思慕不已,即强亲府署,愿一见焉。其婢因寒食来从事家,值郊立丁柳阴,马上连泣,誓若山河。崔生赠以诗曰:"公子王孙逐后尘,绿珠垂泪滴罗巾。侯门一入深如海,从此萧郎是路人。"

原文"无双"下有注说:"无双,即薛太保爱妾,至今图画观之。"这个无双可能就是刘无双的原型,薛调把薛太保家改为皇宫,就更显得相见之难了。崔郊的故事与无双故事有类似之处,不过后来连帅竟把女婢还给了崔郊,没有那么离奇怪诞的情节。崔郊的诗写得哀婉动人,历来传诵。"侯门一入深如海"引起了对这类爱情悲剧的同声慨叹。宫门一入那就更深于海了,如果遇不到古押衙这样神通广大的豪侠,无双又怎能救得出来呢?因此只能用浪漫主义的手法来写这样的爱情故事。

东阳夜怪录

《东阳夜怪录》,见《太平广记》卷490,没有作者姓名,叙王洙所闻成自虚自述遇怪的故事。主人公成自虚,显然出自虚构,似乎是从《玄怪录》的元无有、《会昌解颐录》的元自虚等演变而来。成自虚夜行至东阳驿,风雪迷路,僮仆走散,孤身投宿佛寺,在黑暗中听到有老僧智高答话,与他应对谈论。接着先后来了客人卢倚马、朱中正、敬去文、奚锐金、苗介立、胃藏立、胃藏瓠等,互相讥讽,各自吟诵自己的诗,都暗喻自身的行迹。等到钟响天明,这些客人都不见了。成自虚各处寻找,先后发现了橐驼和驴、牛、狗、鸡、猫、刺猬,才知是这些动物作怪。

这个故事近似寓言,作者竭力铺叙情节,渲染环境氛围,人物很多,对话连篇,每个怪物的对话和诗都有寓意,构思非常巧妙。诗写得很含蓄,运用典故,语意双关,都贴切作者身分。如朱中正(牛)的诗说:"乱鲁负虚名,游秦感宁生。候惊丞相喘,用识葛卢鸣。黍稷滋农兴,轩车乏道情。近来筋力退,一志在归耕。"卢倚马(驴)的诗说:"事君同乐义同忧,那校糟糠满志休。不是守株空待兔,终当逐鹿出林丘。""少年尝负饥鹰用,内愿曾无宠鹤心。秋草驱除思去宇,平原毛血兴从禽。"既像咏物寓意,又像失意文人的咏怀言志,可以见出作者的孤愤和文才。

《东阳夜怪录》的结构很缜密,布局非常严谨,充分显示了作者的匠心。如开头从成自虚自叙奇遇说起,先布置一个风雪弥天的黑夜,场境凄冷可怕。随后一个个角色出场,第一个是老僧智高,接着卢倚马等四个来访,然后再来一个苗介立,再由苗介立去请胃氏兄弟,各有不同的方式。他们每个"人"都吟诵自己的诗,也不像联句唱和似的挨着次序,而且各有不同的神情和姿态。如智高的诗,先由卢倚马替他背诵了一首,后来在成自虚的请求下又自己念了两首。胃藏瓠念诵了一首诗,藏立却没有诗。敬去文先出场,而最后一个诵诗。显得错落有致,变化多端。结尾处揭开谜底,成自虚先看到橐驼,最终才发现牛和狗,也和前面各个角色出场的次序不完全相同,就不落于平板了。成自虚发现了怪物的踪迹之后,再由一个老叟加以证实。整个故事头尾完整,前后呼应,可以看出作者确是"有意为小说",在结构安排上是费了一番心思的。这个故事虽然完全出于幻想,却有一定的艺术真实性,能使人感到如实有其事,如亲历其境。

这种类似咏物诗的小说,是从谐隐文章发展而来的。如敦煌写卷中的《燕子赋》就是假托燕子和雀儿的对话,构成一个寓言故事。韩愈的《毛颖传》把毛笔拟人化,虽近似小说,但还缺乏故事情节。他的《石鼎联句诗序》倒写出了一些人物形象,和《东阳夜怪录》有某些相似之处。所以孟棨《本事诗》就说是韩愈作《轩辕弥明传》,明代人把它收入《合刻三志》时改题为《怪道士传》。《玄怪录》的《元无有》也是怪物咏诗言志,粗具故事情节,但对话不多,细节描写很少。比较之下,《东阳夜怪录》就大大提高了。它的结构严整,篇幅曼长,代表了后期传奇在技巧上的发展。

《东阳夜怪录》开头有一段序言性质的说明:

> 前进士王洙,字学源,其先琅琊人。元和十三年春擢第。尝居邹、鲁间名山习业。洙自云:前四年时,因随籍入贡,暮次荥阳逆旅。值彭城客秀才成自虚者,以家事不得就举,言旋故里。遇洙,因话辛勤往复之意。自虚字致本,语及人间目睹之异。

《唐人百家小说》等书就题作王洙撰,似亦可信,但并无确证。王洙的事迹也只见于本文,别无可考。他说是"元和十三年(818)春擢第",写作时间当然在这年之后。从情节结构和文字风格等方面看,大约是《玄怪录》之后的作品。

灵 应 传

《灵应传》,见《广记》卷492,无名氏撰。《唐人百家小说》等书中有一种署名于逖的《灵应录》,与《灵应传》完全不同,而且还是伪书。《灵应传》是一篇单行的传奇文,讲的是龙女拒婚的故事。泾州之东薛举城,有一个九娘子神庙。乾符五年(878)泾原节度使周宝梦见九娘子来访,说她的丈夫是象郡石龙少子,因获天谴早亡,父母强迫她再嫁朝那小龙的季弟,她严辞拒绝。朝那神兴兵逼她就范,她要求周宝发兵救援。周宝把已死兵士的名单送到九娘子庙里,交她指挥。九娘子又要求周宝派一名能干的将官给她,周宝派部下郑承符去,郑就突然死亡。过了几天,郑承符苏醒过来,自述九娘子命他带兵应战,设下埋伏,打败了朝那的兵,活捉了对方的主帅。九娘子对郑承符重加赏赐,厚礼款待。郑承符请假回家探视,复活一个月后又无疾而终。

周宝是历史上实有的人物,他任泾原节度使时在乾符元年至六年间。朝那湫在原州境内,《汉书·郊祀志》曾载:"湫渊,祠朝那。"这个故事的历史、地理背景都有根据,而故事情节也有所依傍,看来作者对旧传小说是相当熟悉的。如九娘子自叙她的身世,说她的先人本住东海之潭,曾遭庚氏焚炙之祸,后来又因梁武帝派罗子春来求取宝珠,才避仇迁居于新平。这里就用了《梁四公记》里的典故。九娘子又讲到洞庭君是她外祖,泾阳君与洞庭君世为姻戚，"后以琴瑟不调，弃掷少妇，遭钱塘之一怒，伤生害稼，怀山襄陵（指水势浩大，出《尚书·尧典》）。泾水穷鳞，寻毙外祖之牙齿。今泾上车轮马迹犹在，史传具存，固非谬也"。这里又把《柳毅传》当作史实来引证。《灵应传》在某种意义上可以说是《柳毅传》的翻案文章，作者把龙女离婚再嫁的故事改造为龙女守节拒婚的故事，思想意识大不相同了。

《灵应传》篇幅曼长，如果把《游仙窟》列在传奇之外，它就是唐代传奇中最长的一篇。其实情节并不曲折，只是对话很长，用九娘子向周宝申诉求援和郑承符自述参战经过两大部分展开故事，颇见匠心。作者有意显示才学，在对话中引用经典，多加辞藻，如九娘子的长篇自白中说：

> 故《诗》云："汎彼柏舟，在彼中河，髧彼两髦，实维我仪。之死矢靡他。母也天只，不谅人只。"此卫世子孀妇自誓之词。又云："谁谓鼠无牙，何以穿我墉？谁谓女无家，何以速我讼？虽速我讼，亦不女从。"此邵伯听讼，衰乱之俗微，贞信之教兴，强暴之男不能侵凌贞女也。今则公之教可以精通显晦，贻范古今……成贱妾终天之誓，彰明公赴难之心。辄具志诚，幸无见阻。

她引证了《诗经》的词句，还用了一些骈偶的文体。周宝也"讶其辨博"，还要"拒以他事，以观其词"。九娘子又引证了历史上申包胥乞秦师复楚退吴的故事来劝说周宝。这些对话虽然典雅纵肆，然而缺乏真实动人的情采，比起《柳毅传》就显得平板空泛了。传文中也有一些比较华美的描写，如周宝见到九娘子的一段：

> ……言犹未终，而见祥云细雨，异香袭人。俄有一妇人，年可十七八，衣裙素淡，容质窈窕，凭空而下，立庭庑之间。容仪绰约，有绝世之貌。侍者十馀辈，皆服饰鲜洁，有

如妃主之仪。顾步徊翔,渐及卧所。

这和柳毅在洞庭君宫中第二次见到龙女的情景十分相似,但和《灵应传》全篇的风格并不相称。

《灵应传》的特色之一是用小说人物的自述来铺叙故事,前半篇主要是九娘子向周宝陈述战祸的起因,后半篇让郑承符追叙谒见九娘子和战败朝那的情况。全篇中作者旁叙的话很少,可见其表现手法,稍有创新。特色之二是严格模仿史传记事,时间顺序十分清楚。开头九月五日周宝梦见九娘子求助,翌日派遣兵士戍于庙侧,七日又梦见九娘子执事者传话,十一日又通过一个甲士传达九娘子的请求,十三日(原文作"三日",误)牒请九娘子收管郑承符,十六日制胜关申报郑承符暴卒。前后脉络分明,俨然史书笔法。这些地方可见作者有很自觉的创作构思。

《灵应传》作于乾符五年之后,是晚唐传奇的代表作品。作者曾借鉴前人的小说,虚构出一个龙女故事,在情节结构和对话语言等方面都曾作了一些努力,但追求形式上的富丽,反而显得内容空虚,人物形象平淡苍白。尤其是宣扬了妇女坚守贞节的封建道德观念,和《柳毅传》等表现妇女追求自由幸福的作品大异其趣,因而逊色多了。

异 闻 集

《异闻集》,《新唐书·艺文志》著录,十卷,陈翰撰,原注:"唐末屯田员外郎。"《唐尚书省郎官石柱题名》列为金部员外郎,赵钺、劳格考出他于乾符元年(874)时为库部员外郎[①]。晁

[①] 岑仲勉《郎官石柱题名新考订》说,金部员外郎应为大中初所官,相隔二十馀年而犹停留于员外郎的官阶,事颇可疑。

公武《郡斋读书志》载："以传记所载唐朝奇怪事，类为一书。"陈振孙《直斋书录解题》又指出："翰，唐末人，见《唐志》，而第七卷所载王魁乃本朝事，当是后人剿入之耳。"王魁故事是宋代开始流传的，而收入了唐人编的《异闻集》，可见原书在当时已经被人篡改增订过了。

《异闻集》原书有十卷之多，现已失传，除《太平广记》所引的二十几篇（或作《异闻录》，其中有的可疑），曾慥《类说》卷28收有节要二十五篇，文字极为简略，其中有几篇不见于《广记》或《广记》未注明出自《异闻集》的。如《柳氏述》（即《柳氏传》）、《霍小玉传》、《离魂记》、《传奇》（即《莺莺传》）等，《广记》都不注出处。这些有作者姓名可考的，已在前面分别作了评述。这里只补充介绍几篇不大为人注意的。

《华岳灵姻》，《类说》和《绿窗新话》引有佚文，《广记》未收。叙韦子卿娶华岳神女三娘子为妻，后来又娶了宋州刺史的女儿。神女开始表示同意，事后刺史女儿久病不愈，道士用符追神女来加以谴责，打了她三杖。最后神女又来，把韦子卿打死了。这个故事在当时流传很广。五代何光远《鉴诫录》卷10《求冥婚》说："议者以华岳灵姻，咸疑谬说；苎萝所遇，亦或妖称。"就提到这事。唐代小说中华岳金天王的故事很多，这是他女儿和凡人相爱的故事，似乎金天王一家都是不大守礼法的。

《冥音录》，见《广记》卷489，《唐人百家小说》等书题朱庆馀撰，无据。叙李侃外妇崔氏有两个女儿，长女不很聪敏，母亲教她音乐总学不会。她想念死去的姨母善于鼓筝，祈求姨母来帮助她。一天夜里梦见姨母教她弹筝，学会了十个曲调。姨母教她把十曲献给阳世的天子。这个故事虽然神奇，但情节很简单。只是记载了十个曲调的名目，却给研究音乐史者提供了新资料。

《韦安道》，见《广记》卷299。叙不第进士韦安道遇到后土夫人，说是"冥数合为配偶"。婚后十馀日，夫人愿随韦安道回家见公婆，车骑侍从非常盛大。后土夫人在韦家按礼行事，也很周到。父母恐怕引起祸害，上奏给则天皇后，天后命二僧和明崇俨去驱除，都被后土夫人所制服。最后韦安道奉他父母之命去向夫人好言恳求，说是："天后法严，惧因是祸及，幸新妇且归。"夫人说："夫为妇之道，所宜奉舅姑之命。"就从命辞归。韦安道送她回到宫中。地上山川河海之神和诸国之王都来朝见后土夫人，最后来的是天后，夫人命天后给韦安道钱五百万，官至五品。安道回来后，天后召见他，赐给他钱和官如后土夫人所命。这个故事写了神与人的婚姻。在人间，后土夫人也像普通妇女一样受公婆的压迫，回到神的世界，她却掌握着生死贵贱的大权，能使天后俯首听命。前人认为这个故事是讽刺武后，只是从武后屈从神意而言的，并无实据。五代时有演唱这个故事的《后土夫人变》(见《茅亭客话》卷4、《春渚纪闻》卷2)，据说内容更为秽亵。这篇可能原名《后土夫人传》。南宋严有翼《艺苑雌黄》说："唐人作《后土夫人传》，予始读之，恶其渎慢而且诬也。比观陈无己《诗话》云：'……唐人记后土事，以讥武后耳。'予谓武后何足讥也，而托之后土，亦大亵矣。后之妄人，又复填入乐章，而无知者遂以为诚是也。"[①]据说后世的后土夫人庙里还塑上了韦安道的像。罗隐的《后土庙》诗说：

> 四海兵戈尚未宁，始于云水学仪形。九天玄女犹无圣，后土夫人岂有灵。一戴好云侵鬓绿，两层危岫拂眉青。韦郎年少知何在，端坐思量太白经。

---

① 胡仔《苕溪渔隐丛话》后集卷18引。

于此可见《后土夫人传》在民间影响之大,是一般唐人小说所不能比的。这类神女故事渊源很远,影响很深,如明人还有《辽阳海神传》(《古今说海》说渊部),情节与《韦安道》相似。一个平庸无奇的男子,突然得到意外的艳遇和富贵,恐怕是出于失意文人的幻想。但写出了一个掌握着无上权力的女性,在爱情和物质生活上都处在主动地位,似乎也反映了一种新的理想。

《独孤穆》,见《广记》卷342。叙独孤穆在旅途中投宿到一家大户,主人是杨氏六娘子,侍女们称之为县主。她自己说是隋炀帝的孙女,被乱兵所杀。因为独孤穆是隋将独孤盛之后,还有故旧之谊,所以有所奉托。他们互相赠诗唱和,县主诗的末句说:"求义若可托,谁能抱幽贞。"独孤穆的诗说:"愿作吹箫伴,同为骑凤人。"两人相爱结合,临别时县主嘱独孤穆把她迁葬洛阳,独孤穆一如其言。最后约至己卯岁相见,到贞元十五年(799)梦见县主派车来接,独孤穆暴亡,遂合葬于杨氏。这类人鬼幽婚的故事在魏晋六朝小说中也是常见的,如《搜神记》卷16的卢充故事(亦见《孔氏志怪》)、敦煌本《搜神记》中的辛道度遇秦王女故事。独孤穆故事与这些故事大体相同,但假托历史上的大业遗事,情节结构比较精细,有一定的真实感。杨六娘子自诉身世,倾吐衷情,也委婉动人。特别是两人写的五言和四言古诗,风格高雅,俨然追摹魏晋。小说中县主自己说:"妾本无才,但好读古集,常见谢家姊妹及鲍氏诸女皆善属文,私怀景慕。帝亦雅好文学,时时被命。当时薛道衡名高海内,妾每见其文,心颇鄙之。向者情发丁中,但直叙事耳,何足称赞。"独孤穆则称赞她:"县主才自天授,乃邺中七子之流,道衡安足比拟。"这些地方大致表示了作者的文学观点,有意贬低薛道衡,而上推建安风骨。不妨引录杨六娘子的一首四言诗,以为例证:

露草芊芊,颓茔未迁。自我居此,于今几年。与君先祖,畴昔恩波。死生契阔,忽此相过。谁谓佳期?寻当别离。俟君之北,携手同归。

应该说,这在唐人的四言诗中,当推佳作。这篇小说,当作于贞元十五年之后,但不会很晚,可能是元和前后的作品。可惜作者姓名无从考证,论他的艺术水平,恐怕不在沈亚之之下。

《樱桃青衣》,见《广记》卷281,不注出处。《锦绣万花谷》后集卷37引这故事作《异闻集》。叙卢子在佛寺听讲时打瞌睡,梦中娶郑氏女为妻,又登第得官,经二十年,有七男三女,后因出行重到故地,又升殿拜佛,忽然听到讲经僧叫他,才从梦中醒来。这个故事完全模拟沈既济的《枕中记》,主人公的姓也相同,只是细节稍有变化,如《枕中记》以旅店蒸黄粱饭为引子,这篇以精舍听讲为过渡。梦中政治生活的升沉曲折,还不如《枕中记》的构思深邃。由于情节相似,所以前人常连类而及。如洪迈《容斋四笔》卷1《西极化人》说:"予然后知唐人所著《南柯太守》、《黄粱梦》、《樱桃青衣》之类,皆本于此。"意即同出一源。

《广记》卷391还引有《郑钦悦》一篇,据文末自叙,应属李吉甫撰。本文记载了郑钦悦辨证大同古铭中的隐语,虽是"异闻",但缺乏故事性,末后又加了一段议论,实在很难算作小说。《新唐书·艺文志》总集类有李吉甫《梁大同古铭记》一卷,当为本篇原名。

值得注意的是《类说》本收有《相如挑琴》一条,文字极为简略,主要是引了一首琴歌。这篇不是唐人小说,却收入了《异闻集》,令人感到奇怪。可能唐代有根据司马相如和卓文君故事改写的小说,现存的佚文只有几十字,就无法据以推测原貌是怎样的了。

这本小说集以"异闻"为名,当然注重在故事的"异",然而书中也收入了描写现实生活的传奇如《柳氏传》、《莺莺传》、《李娃传》等,并不限于神怪故事。可见陈翰所注意的"异闻"与"传奇"是相通的。凡出乎常情的事都可以称作奇闻或异闻,也包括了现实世界的新闻。于此也可以说明传奇的"奇"字的意义。

《异闻集》是一部唐人小说的总集,现在能考出的篇目大约四十多个。所收作品主要是单篇传奇,也有选自个人小说专集的。陈翰作为一个小说编选家,具有相当高的眼力,所选作品大多数是唐人传奇的名篇。在已知的四十四篇中[①],就有二十二篇收入了鲁迅所编的《唐宋传奇集》,可见《异闻集》是一个水平很高的选本。它出现于唐末,反映了唐代小说的发展和成熟。陈翰自己并没有小说作品,只有《卓异记》一书,曾有陈翰撰的一说,但不可信。他精选了这部《异闻集》,就为唐代小说的灿烂成果作了一个很好的总结。正由于陈翰的编集,这些作品才得到了广泛的传播。宋初编纂《太平广记》时,不少传奇就是根据《异闻集》转录的。如果没有《异闻集》的汇辑,这些作品散失的可能性将会更大一些。从宋人著作中引用唐人传奇经常以《异闻集》为出处的情况看,就足以说明这一点。《异闻集》对中国小说的发展起了一定的影响,编者陈翰对唐代小说的流传作出了贡献,他在小说史上应有其一定的历史地位。

---

① 参看拙作《异闻集考》,附见《古小说简目》(中华书局1981年版)。

第八章 唐代后期的小说集

独 异 志

唐代后期的小说有一点变化,主要表现于单篇传奇的衰落和小说集的繁盛。小说集较之前两个阶段,数量上升了,品种也增加了,有志怪、志人、志物以及"志诗"的各种笔记。段成式的《酉阳杂俎》就是一种丛书性质的小说集。虽然后期出现了像《传奇》那样的传奇体小说的代表作,然而更多的还是志怪体的作品,还有不少是偶尔记有异闻的杂史笔记,有些我们将放到后面再谈。总的说来,艺术水平是降低了。在前一阶段的高潮过去之后,落潮的一个低谷可以举《独异志》为例证。

《独异志》,《新唐书·艺文志》小说家类著录,十卷,作者李亢。《崇文总目》作李元,《四库全书》作李冗,现存明嘉靖抄本和《稗海》本都题作李冗,书存三卷,已经不是原本。明抄本书前题"明州刺史赐紫金鱼袋李冗纂"。但曾任明州刺史的实为李伉,"亢"字疑误①。

《独异志》书中记载到唐武宗的庙号,可见成书年代当在宣宗以后。明抄本有一篇残缺不全的序文说:

> 《独异志》,记世事之独异也。自开辟以来迄于今世之经

---
① 详见李剑国《唐五代志怪传奇叙录》。

> 籍□□耳目所（原作可）见闻，神仙鬼怪，并所撮录。然有纪载所繁者俱□□不量虚薄，构成三卷。愿传博达，所贵解颜耳。

序中所说的三卷，可能是后人为适合现存卷数而改的。《太平御览》《太平广记》等书所引有超出今本的佚文，说明原书确不止三卷。作者自叙曾取材于经籍，应该是辑集成书，并非新创。书中"神仙鬼怪，并所撮录"，但是也有并非神怪的史实轶事。这部书模仿《博物志》的编辑方法，博采众说，原书是否分门类事，已无法考证，从现存三卷本看，并无类例可寻。记事极为简略，大多数是异人异事的琐记杂录。最短的一条是"王戎视日睛不眩"，只有七个字；又如"何晏常服妇人之衣"一条只有八个字；"蜀先王刘备自见其耳"一条，也只有九个字。书中记载了"自开辟以来"的异事，因而收录到了上古的神话，如女娲兄妹自为夫妇一条，就是很可重视的史前传说。它反映了原始社会血族群婚制，兄妹自为夫妇正是血缘家庭的一种形式。这个传说以女娲为主角，她的哥哥却没有名字，正反映了母系社会的观念。女娲兄妹为夫妇的传说虽然始见于《独异志》[①]，但可以相信它还有更早的来源。

> 昔宇宙初开之时，只有女娲兄妹二人在昆仑山，而天下未有人民，议以为夫妇，又自羞耻。兄即与其妹上昆仑山，咒曰："天若遣我兄妹二人为夫妻而烟悉合；若不使，烟散。"于是烟即合。其妹即来就兄，乃结草为扇以障其面。今时人取妇执扇，像其事也。

《独异志》辑录的一些古代传说，有些还具有一定的史料价

[①] 中华书局版第387条。卢仝《与马异结交诗》："女娲本是伏羲妇。"略早于《独异志》，但没有说伏羲即其兄。

值。这里再引录几条,以见一斑:

> 后魏曹彰,性偶傥。偶逢骏马,爱之,其主所惜也。彰曰:"余有美妾可换,唯君所选。"马主因指一妓,彰遂换之。马号曰"白鹊"。后因猎,献于文帝。

> 子产闻妇人哭,使人执而拘之。果手刃其夫者。御者问曰:"何以知之?"子产曰:"夫人所亲也,有病则忧,临死则哀。今夫已死,不哀而惧,是以知其有奸也。"

> 羊角哀、左伯陶二人为友而贤。俱诣道途,其遇风雨,粮尽,计不俱存。角哀乃并粮与伯陶,得济;角哀入空树中饿死。

曹彰以美妾换马的故事,可能产生的时代很早,晋简文帝《和人以妾换马诗》,没有指明本事。《纂异记》又据以编出新的故事,而虚构了谢庄、江淹合作《妾换马赋》的情节。子产闻妇人哭声而察知奸情,是一个公案性质的故事。最早见于《韩非子》的《难三》。后世从此派生为许多类似的故事,如《太平广记》卷171引《益都耆旧传》的《严遵》条,《酉阳杂俎》续集卷4的韩滉条,又增添出铁钉贯顶的细节,再演变为包公双勘钉的公案,在小说戏曲里广为流传。羊角哀、左伯陶故事亦见于《后汉书·申屠刚传》的李贤注引《烈士传》("陶"作"桃"),敦煌写本《搜神记》(伯2656)里也讲到羊角哀自刎助战"以报并粮之恩",但都说并粮者是左伯桃而不是羊角哀[①]。这就是后来《清平山堂话本》中《羊角哀死战荆轲》所本。这几个故事虽然情节简单,

---

[①] 敦煌本《耐䴆新妇书》(伯2564等卷)说:"每忆贤人羊角哀,求学山中并粮死。"与《独异志》同。唐吴筠《经羊角哀墓作》诗也说:"伯桃葬角哀,墓近荆将军。"可见本有异说。

然而在小说流变过程中却起着承先启后的作用。

《独异志》记载的唐代故事,也值得注意。如有关诗人贺知章、陈子昂的事迹,曾为研究唐代文学者所参考。徐德言和乐昌公主分镜的故事,比《本事诗》的记载更早一些。《广记》所引的李赤遇女鬼故事,可与柳宗元《李赤传》相参看;韦隐妻的灵魂随夫出使新罗的故事①,很可能是《离魂记》的先驱。还有两条玄奘的神异事迹,可以看到唐代已有取经故事的片断。现据《广记》卷92所引移录于下:

> 沙门玄奘俗姓陈,偃师县人也。幼聪慧,有操行。唐武德初,往西域取经,行至罽宾国,道险虎豹,不可过。奘不知为计,乃锁房门而坐。至夕开门,见一老僧,头面疮痍,身体脓血,床上独坐,莫知来由。奘乃礼拜勤求,僧口授《多心经》一卷,令奘诵之,遂得山川平易,道路开辟,虎豹藏形,魔鬼潜迹。遂至佛国,取经六百馀部而归。其《多心经》至今诵之。

> 初奘将往西域(此六字今本作"唐初有僧玄奘往西域取经,一去十七年,始去之日"),于灵岩寺见有松一树,奘立于庭,以手摩其枝曰:"吾西去求佛教,汝可西长;若吾归,即却东回,使吾弟子知之。"及去,其枝年年西指,约长数丈,一年忽东回。门人弟子曰:"教主归矣!"乃西迎之。奘果还。至今众谓此松为摩顶松。②

---

① 《广记》卷358引作《独异记》,实即《独异志》之讹;如卷163《历阳媪》引作《独异记》,即见今本《独异志》。
② 《广记》原注"出《独异志》及《唐新语》",但今本《大唐新语》不载,《独异志》只有后一段松枝东回故事。

今本《独异志》还有一条说:

> 唐初,僧玄奘至西域取经,入维摩诘方丈室。及归,将书年月于壁,染翰欲书,约行数千百步,终不及墙。

前一段老僧口授《多心经》情节,相当于《西游记》第十九回乌巢禅师传授《多心经》一段;第二段玄奘东归时松树枝向东的情节,也见于《西游记》第一百回。至于玄奘题壁的情节,不见于《西游记》,可是孙悟空在五根肉红柱子上题写"齐天大圣到此一游",还是没跳出如来佛掌心的构思,却与此相似。

《独异志》是一部汇集唐代以前神怪异闻的专书,继承的是《博物志》、《搜神记》的传统,对原始资料不仅没有艺术加工,而且还有所删简。虽然它收录了不少神话传说和古代小说的梗概,起到了保存文献的作用,但是缺乏形象化的描写,有些故事简短到只有八九个字,根本谈不上艺术性。当唐代小说有了长足的发展之后,它还停留在志怪小说的水平,甚至还倒退到了六朝之前丛残小语的格局,就不免带有保守复古的倾向了。

酉　阳　杂　俎

段成式,字柯古,齐州临淄(今山东淄博市东北)人。生年不详,卒于咸通四年(863),享年约六十左右。他是元和末年宰相段文昌的儿子,以荫为秘书省校书郎,出为吉州、处州、江州刺史,终于太常少卿。他家里藏书很多,从小苦学博览,尤深于佛书,早有文名,又长于骈文,与温庭筠、李商隐齐名,号"三十六体"。他的小说有《庐陵官下记》二卷,已佚;《酉阳杂俎》存。

《酉阳杂俎》二十卷,分三十篇;续集十卷,分为六篇。按类分门,源出于张华的《博物志》。篇名很奇怪,如记道术的名为

《壶史》,钞释典的名为《贝编》,述丧葬的名为《尸窆》,志怪异的名为《诺皋记》,馀如《怪术》、《事感》、《盗侠》、《物异》及动植物之类都立专篇,近似一部类书。他的文字也很奇奥,如自序说:

> 夫《易》像一车之言,近于怪也;诗人南箕之兴,近乎戏也。固服缝掖者肆笔之馀,及怪及戏,无侵于儒。无若诗书之味大羹,史为折俎,子为醯醢也。炙鸮羞鳖,岂容下箸乎?固役而不耻者,抑志怪小说之书也。

他称之为"志怪小说之书",还是继承魏晋六朝小说的传统,对于当时已经蔚为大国的传奇小说,实际上采取了漠然无睹的态度。《酉阳杂俎》里多数是搜奇志怪的杂记琐事,篇幅极短,并不重视情节结构,如有关月亮的几条:

> 旧言月中有桂,有蟾蜍,故异书言月桂高五百丈,下有一人常斫之,树创随合。人姓吴名刚,西河人,学仙有过,谪令伐树。(《天咫》)

> 释氏书言,须弥山南面有阎扶树,月过,树影入月中。或言月中蟾桂,地影也;空处,水影也。此语差近。(同上)

> 太和中,郑仁本表弟,不记姓名,尝与一王秀才游嵩山……见一人布衣甚洁白,枕一襆物,方眠熟。即呼之,曰:"某偶入此径,迷路,君知向官道否?"其人举首略视,不应,复寝。又再三呼之,乃起坐,顾曰:"来此!"二人因就之,且问其所自。其人笑曰:"君知月乃七宝合成乎?月势如丸,其影,日烁其凸处也。常有八万二千户修之,予即一数。"(同上)

段成式写的是志怪小说,但也有意于探索自然界的奥秘。如上引第三条里说"月势如丸",其影是"日烁其凸处"①,就相当接近于天体的实际。书中的《诺皋记》是专记神怪事迹的,作者说是"因览历代怪书,偶疏所记",大概都是摘录别人的书,但情节不大新颖。如古屏上妇人踏歌的故事,就采自沈亚之的《异梦录》,可是简略得多了。《支诺皋》篇的崔玄微条即抄自《博异志》,大体相同。书中偶尔出现一些故事性较强的篇章,如《玉格》篇的裴沆从伯条,《壶史》篇的邢和璞条、权同休友人条、卢山人条,《怪术》篇的陆绍条,《盗侠》篇的韦行规条、韦生条,《语资》篇的周皓条,《冥迹》篇的夫人墓条,《诺皋记》的长须国条、智圆条、刘积中条,《支诺皋》的张和条等,都可以说是短篇小说,不过形象化的描写很少,没有达到唐代传奇的水平。这里选录刘积中故事为例。这个故事似乎就是宋人话本《灯花婆婆》的蓝本。

> 刘积中尝于京近县庄居。妻病重,于一夕,刘未眠,忽有妇人白首,长才三尺,自灯影中出。谓刘曰:"夫人病,唯我能理,何不祈我。"刘素刚,咄之,姥徐戟手曰:"勿悔!勿悔!"遂灭。妻因暴心痛,殆将卒。刘不得已,祝之。言已复出;刘揖之坐,乃索茶一瓯,向口如咒状,顾命灌夫人。茶才入口,痛愈。后时时辄出,家人亦不之惧。经年,复谓刘曰:"我有女子及笄,烦主人求一佳婿。"刘笑曰:"人鬼路殊,固难遂所托。"姥曰:"非求人也,但为刻桐木为形稍工者,则为佳矣。"刘许诺,因为具之,经宿,木人失矣。……

《酉阳杂俎》不仅记述了一些佛教故事,还保存了不少有关天象、矿藏和动物、植物的科技史料,而且还引述了一些兄弟民族

---

① 《群书类编故事》卷1《玉斧修月》引"凸处"作"凹处",似更合理。

和异域的传说,如《支诺皋》篇吴洞女叶限金履的故事,很像欧洲的灰姑娘水晶鞋故事①。讲的是有一个吴洞洞主,娶了两个妻子,前妻死了,留下一个女儿叶限。后来父亲死了,后母虐待她。叶限养了一条鱼,被后母杀掉吃了。她在野外哭,有人告诉她鱼骨在粪堆下,可以把它藏在室内,向它祈祷,就可以满足她的愿望。叶限照着做了,果然得到了帮助。洞里的节日来临,后母命叶限看家。她穿着翠纺上衣,着了金鞋也去玩,给后母的女儿发现了,叶限匆忙逃跑,丢了一只金鞋。邻国的国王买到金鞋,经过追寻,终于找到了金鞋的主人,最后娶了叶限为王后。

《酉阳杂俎》内容很杂,其中只有一部分可以算作小说。续集卷5《寺塔记》的前言讲到自己"大中七年归京",可以知道续集写作于大中七年(853)之后。它对后来的小说也有影响,类似的书还不断出现。与同时的和较早的小说集比较,《酉阳杂俎》应该算是一种特殊性质的小说,在科技史、民俗史上有一定文献价值,但从文学性来衡量,只能说价值不高。

乾 馔 子

温庭筠(812?—870?),本名岐,字飞卿,太原人,晚唐有名的诗人和词家。生平略见《旧唐书·文苑传》。他和段成式是齐名的好友,他们曾互相唱和,编成为《汉上题襟集》。温庭筠也写了一本小说《乾馔子》,《新唐书·艺文志》小说家类著录三卷,原书已佚②。据《直斋书录解题》说:"序言:不爵不觥,非庖

---

① 参考杨宪益《零墨新笺》第十章《中国的扫灰娘故事》,中华书局1947年第1版。
② 《绀珠集》所引都是节文。《龙威秘书》本只有八条,不是原书。

非炙,能悦众心,聊甘众口,庶乎乾腪之义。"《郡斋读书志》也说:"序谓语怪以悦宾,无异馔味之悦口,故以'乾腪'命篇。"原序说到"语怪以悦宾",似乎是志怪小说,但是现在所见的佚文中有许多不涉及神怪的。如叶大庆《考古质疑》卷1所引的一条:

> 张由古无学业,对众叹班固文章不入《文选》,众对以《两都赋》、《燕然铭》,由古曰:"此是班孟坚,非固也。"

这是一则笑话。《太平广记》所引的佚文如《萧俛》、《苑诇》等,也都是笑话。还有一些是志人性质的故事,如《窦乂》(《广记》卷243)写一个善于经营的创业者,依靠自己的才能智慧,发家致富。他的谋略和方法十分巧妙,例如他用低价买了一块洼地,在中心立起一面幡子,号召小孩用瓦片投那面幡,打中了就给煎饼、团子吃。小孩们都来掷瓦片,不到一个月,这块洼地就填平了。他在这块地上盖起了二十间店房,获利很大。全文很长,记载了窦乂的许多故事,直到今天看来也不无一定的借鉴意义。

《孟妪》(《广记》卷367)写一个女扮男装的武官,她的丈夫张瞀本来是郭子仪部下的小将,张瞀死后,因夫妇相貌酷类,她假充丈夫的弟弟补了张瞀的缺,七十二岁时官至兼御史大夫。她忽然改变主意,又恢复女装,嫁了一个潘老,还生了两个儿子。这个故事非常奇特,胡应麟《少室山房笔丛》(卷35)说"夫妇酷类,尤为怪也"。从这个意义上,也可以说是传奇,但情节比较简单,人物形象还不够丰满。

《陈义郎》(《广记》卷122)情节比较曲折,就是白罗衫故事的早期形态。讲的是陈义郎的父亲陈彝爽上任途中被朋友周茂昌杀害,霸占了他的妻子郭氏。郭氏带着义郎跟着周茂昌冒名上任,后来义郎长大,读书应举,遇见他的祖母,见他容貌像她孙子,把一件染有血迹的衫子送他。义郎回家告诉母亲,才揭穿他父亲的冤案,义郎亲手杀了仇人,告官自首。这个情节结构在中国古代小说戏曲里经常出现①,可能陈光蕊江流儿故事也是从这个故事演变来的。《警世通言》第11卷《苏知县罗衫再合》又是它在后世的翻版。

影响较大的恐怕是《华州参军》(《广记》卷342)故事。选入《古今说海》时改题为《柳参军传》。柳参军爱上了崔氏女,崔母已经把女儿许配了她的内侄王氏子,崔女不愿嫁王,崔母顺从了女儿,命婢女轻红给柳参军传信,偷成婚礼,崔母骗她哥哥说女儿被内侄抢走了。后来被王氏子发现了柳参军夫妻,告到官府,把崔女判归王家。崔氏还是不愿跟王氏,偷偷约柳参军私奔了。又被王氏子找回来,经过官司,柳参军被流放到江陵。崔氏女与轻红病死了,鬼魂追到江陵,与柳参军同居两年。最后又被人发现,才知道她是鬼。这里引录原文的结尾一段:

> 柳生江陵闲居,春二月,繁花满庭,追念崔氏女,凝想形影,且不知存亡。忽闻叩门甚急,俄见轻红抱妆奁而进,乃曰:"小娘子且至!"闻似车马之声,比崔氏女入门,更无他见。柳生与崔氏女叙契阔,悲欢之甚,问其由,则口:"某已与王生诀,自此可以同穴矣。人生意专,必果夙愿。"因言曰:"某少习乐,箜篌中颇有功。"柳氏即时买箜篌,调弄绝妙。二年间,可谓尽平生矣。无何,王生旧使苍头过柳生之门,见轻红,惊不知其然,又疑人有相似者,未敢谴言。问闾里,又云流人柳参军。弥怪,更伺之,轻红亦知是王生家人,因具言于柳生,匿之。王生苍头却还城,具以其事言于王

---

① 《太平广记》卷121《崔尉子》故事与此相似,出《原化记》,作者皇甫氏,生平不详,大概在温庭筠之后。

生。王生闻之,命驾千里而来。既至柳生之门,于隙窥之,正见柳生坦腹于临轩榻上,崔氏女新妆,轻红捧镜于其侧,崔氏匀铅黄未竟。王生门外极叫,轻红镜坠地,有声如磬。崔氏与王生无憾,遂入。柳生惊,亦待如宾礼。俄又失崔氏所在,柳生与王生从容言事,二人相看不喻,大异之。相与造长安,发崔氏所葬验之,即江陵所施铅黄如新,衣服肌肉,且无损败。轻红亦然。柳与王相誓,却葬之。二人入终南山访道,遂不返焉。

这个故事里的崔氏两次私奔(一次是鬼魂),比《离魂记》里的倩娘更为执著大胆。她和柳生"必果夙愿"的追求,对于《莺莺传》等作品说,可以说是一篇翻案文章。可是像崔氏那样的比翼双飞的愿望,也还是只能在超现实的世界里才能实现。《华州参军》的情节结构在宋元话本《碾玉观音》里可以看到它明显的影响。它无疑是《乾𦠆子》中最杰出的作品。

《乾𦠆子》是一部兼有志人、志怪和杂记琐事的小说集,它带有综合性,和《酉阳杂俎》有某些相似的地方。总的说,文字比较简率,不像作者的诗词那样华美。只有少数篇章的故事性还奇巧新颖,也写出了一些人物形象。

宣　室　志

张读,深州陆泽(今河北深县)人,其高祖是《游仙窟》的作者张鷟,祖父是《灵怪集》的作者张荐,都见于两《唐书》的《张荐传》。他的外祖父牛僧孺又是《玄怪录》的作者,他的伯父张又新撰有《煎茶水记》,也著录于《新唐书·艺文志》的小说家。张读继承祖先的家学,编著了一部篇幅很大的小说集《宣室志》。《新唐书·艺文志》杂史类还著录有张读的《建中西狩录》十卷,

注:"字圣用,僖宗时吏部侍郎。"《郡斋读书志》作"张读圣朋","朋"字恐怕是形近而讹①。《旧唐书》卷149本传说他"登进士第,有俊才。累官至中书舍人、礼部侍郎,典贡举,时称得士。位终尚书左丞。"《新唐书》卷161则说:"大中时第进士,郑薰辟署宣州幕府。累迁礼部侍郎。中和初为吏部,选牒精允。调者丐留二年,诏可,榜其事曹门。后兼弘文馆学士,判院事,卒。"两书详略稍有不同。按《旧唐书·僖宗纪》记载,乾符五年(878)十二月,"以中书舍人张读权知礼部贡举";六年十月,"以礼部侍郎张读权知左丞事"。后来"位终尚书左丞",当在中和、光启年间。

《太平广记》卷182引《阙史》说:"许道敏随乡荐之初……至大中六年崔玙知举年,方擢为上科。时有同年张读,一举成事,年十有九。"②徐松《登科记考》就据此考定张读为大中六年(852)进士,而且他的生年也可以据此定为大和八年(834)。

《郡斋读书志》说:"名曰《宣室》者,取汉文帝召见贾生论鬼神之义。苗台符为之序。"这个苗台符是张读的同年。据王定保《唐摭言》卷3记载:

> 苗台符六岁能属文,聪悟无比,十馀岁博览群籍,著《皇心》三十卷。年十六及第。张读亦幼擅词赋,年十八及第。同年进士,同佐郑薰少师宣州幕。二人尝列题于西明寺之东庑,或窃注之曰:'一双前进士,两个阿孩儿。'台符十七不禄,读位至正卿。

《唐摭言》记张读及第之年与《阙史》相差一岁。如果苗台符真

---

① 《直斋书录解题》也作"圣用",现从多数以"用"为正,存疑待考。
② 《知不足斋丛书》本《阙史》没有"大中六年"等文字。

是大中六年及第,"十七不禄",那么《宣室志》作序的年代当在大中七年之前。但苗台符及第之年还有不同说法,可能是大中八年①,那么《宣室志》的成书可能也稍晚一些。《宣室志》中故事年代最晚的是《类说》本的《曹唐诗》条,已在咸通(860—873)年间。

  《宣室志》现存十卷,与《新唐书·艺文志》相合,但实有散佚,如明抄宋本已附补遗一卷,而《广记》中还有佚文。十卷本中的篇目除少数误辑的,都见于《广记》,似乎今本只是一个收集未备的辑本。全书卷帙很多,纂录仙鬼灵异故事,篇幅有长有短,水平不齐。比较长的篇章如陆颙吐消面虫、李徵化虎、杨宗素求人心等故事②,收入《古今说海》时被改题为《陆颙传》、《人虎传》、《求心录》,都曾广为流传,可是不少人并不知道它真正的作者,如作《登科记考》的徐松也误据明清人的伪托引《人虎传》题李景亮撰。

  陆颙自幼嗜面食,有几个胡人给他吃一粒药,就吐出一条虫。胡人说这叫消面虫,他们把虫拿到海边放在银鼎里用油煎,煎了七日,海里出来一个小童捧出一个白玉盘,装着径寸大珠,胡人叱去不理,又出来一个玉女,捧出一个紫玉盘,装着几十颗珍珠,胡人还是不理。最后一个仙人用绛帕捧出一颗径二寸的大珠,光采照到几十步,胡人才接受了,告诉陆颙说这是至宝。胡人把珠吞在腹中,让陆颙跟他入海,海水都分开几步,他们进入龙宫,随意选取奇珍怪宝,价值亿万,陆颙也因而致富。这个故事设想新奇,先是写胡人用重礼结交陆颙,没

---

① 《韩昌黎集》卷25《苗君墓志铭》韩注引《登科记》说苗台符大中八年登第。《新唐书·艺文志》编年类苗台符《古今通要》下注:"宣懿时人。"似也活到了咸通中。岑仲勉《唐史余沈》中有考。
② 中华书局版第5条、辑佚第53条、第109条。

有说明意图,引起读者的悬念;继而写胡人油鼎炼虫,海中仙人三次献珠,才揭开谜底,就像把海底宝藏打开给大家看,给人以意外的喜悦。元杂剧《张生煮海》的构思可能是从这个故事得到启发的。

人化虎的故事在唐人小说中屡见不鲜,但李徵化虎的情节却别具特色。开始写李徵的性格,"恃才倨傲,不能屈迹卑僚",后来发狂变虎,遇见故友袁傪时又絮絮谈心,说自己"形变而心甚悟",托袁傪不要告诉他的妻子,只说他已经死了,还说:"吾于人世且无资业,有子尚稚,固难白谋。君位列周行,素秉夙义,昔日之分,岂他人能右哉!必望念其孤弱,时赈其乏,无使踣死于道途,亦恩之大者。"又说:"我有旧文数十篇未行于代,虽有遗稿,尽皆散落。君为我传录,诚不敢列人之阈,然亦贵传于子孙也。"这些话完全表达了一个不得志的文人的悲苦心情。在许多人虎故事里,李徵是最富于人性和个性的"虎"。

杨宗素的父亲有病,有一个陈生说必须吃生人的心才能治。杨宗素在山中见到一个老僧愿意舍身喂虎狼,就求他舍心救人。老僧最后却引《金刚经》说:"过去心不可得,现在心不可得,未来心不可得。"化为一猿而去。这个猿精用佛经的话来作辩解,很有些诙谐味,也可以说是表现了猿猴机灵调皮的特性。

《宣室志》里还有不少情节比较曲折新奇的篇章,如《陆乔遇沈约范云》故事,与《玄怪录》中顾总遇王粲、徐干相似,让古代的诗人出场重现,还召唤沈约的儿子青箱来作诗,设想非常奇巧。《胡澭冤死》故事,说胡澭隐藏贾𫗧,因而受牵连被杀,也是反映甘露之变的作品。胡澭即胡证的儿子胡溵,《旧唐书·胡证传》说是禁军借口胡溵藏匿贾𫗧,掠夺胡家的财产。小说则突出描写胡澭的侠义行为。《玉清三宝》写韦弇遇到仙女,赠给他玉清宫的三宝,说到要授给唐明皇一支新曲《紫云》,可与《开天传信记》中明皇奏《紫云回》事相参看。《许贞狐婚》写许贞(《广记》卷454作"计真")娶一李氏女,病死后变为狐,临死时嘱咐许贞要怜爱子女,言语悲切动人,虽不如《任氏传》文笔华丽,但狐女形象也写得很美,并不令人厌惧。《谢翱遇鬼诗》写谢翱与女鬼互相赠诗,情文并美,也很有鬼气。如云:"阳台后会杳无期,碧树烟深玉漏迟。半夜香风满庭月,花下竟发楚王诗。"又云:"惆怅佳期一梦中,武陵春色尽成空。欲知离别偏堪恨,只为音尘两不通。愁态上眉凝浅绿,泪痕侵脸落轻红。双轮暂与王孙驻,明日西驰又向东。"张读自己并没有诗留传,《宣室志》里有不少鬼诗,如果都出于他拟作的话,那么在晚唐诗中还是很有特色的。

《宣室志》里还记载了一些文人轶事,如《韩愈驱鳄》、《柳宗元异梦》和《李贺成仙》等,李贺为上帝召去作《新宫记》的故事当然是荒诞不经的,不过也不失为一个美丽的传说,给这个独具鬼才的诗人身上再添一些浪漫主义色彩。

《宣室志》现存二百馀篇,在唐代小说集中是佚文保存得较多的,除了《广异记》、《独异志》之外,篇目就数它多了。书中篇幅曼长的不少,但更多的是粗陈梗概的短篇,还保持着志怪小说的规模。张读的作品数量很多,但质量并不高。总的说来,文辞不够华丽,细节描写很少。在唐代小说的发展中,并没有提供出什么新的东西,只能说是中等水平的作品。《宣室志》虽不像《独异志》那样显现出复古倒退的倾向,但是和《独异志》有某些相似的地方,就是情节单薄,缺乏描写和想象。它正处在唐代小说开始衰落的转折点,尽管稍晚还有《传奇》、《甘泽谣》等好作品掀起一个新的高潮,但总的趋势是走向低潮了。

传　奇

《传奇》是唐代小说的代表作,宋代以来一直把"传奇"作为唐代小说的通称。尽管传奇文极盛于中唐,而且可能早已有人把《莺莺传》称作传奇,但陈师道《后山诗话》所说的"传奇",确是指裴铏所著的小说集;而尹洙所说的"传奇体",是指"用对语说时景",也确是裴铏《传奇》的文风。

《传奇》见于《新唐书·艺文志》小说家类,三卷。《崇义总目》、《郡斋读书志》著录卷数相同。《直斋书录解题》作六卷,说:"《唐志》三卷,今六卷,皆后人以其卷帙多而分之也。"

裴铏,《新唐书》注说是"高骈从事"。《全唐文》卷805收他的《天威径新凿海派碑》,作于咸通九年(868)。《全唐文》作者小传说:"咸通(860—873)中为静海军节度使高骈掌书记,加侍御史内供奉,后官成都节度副使,加御史大夫。"《唐诗纪事》卷67说:

> 乾符五年(878),铏以御史大夫为成都节度副使,《题石室》诗曰:"文翁石室有仪形,庠序千秋播德馨。古柏尚留今日翠,高岷犹蔼旧时青。人心未肯抛膻蚁,弟子依前学聚萤。更叹沱江无限水,争流只愿到沧溟。"时高骈为使,时乱矣。故铏诗"愿到沧溟"之句,有微旨也。铏作《传奇》行于世。

按高骈于乾符五年正月以西川节度使调任荆南(见《通鉴》卷253),裴铏任节度副使,可能曾暂时代理军政。接任西川节度使的是崔安潜。裴铏的诗如是托讽高骈,当作于乾符五年正月之前。裴铏号谷神子,著有《道生旨》一卷,见《云笈七签》卷

88。晁公武《郡斋读书志》说:"铏,高骈客,故其书(《传奇》)所记皆神仙怪谲事。骈之惑吕用之,未必非铏辈导谀所致。"他把高骈惑溺吕用之等人的荒唐行为归罪于裴铏写作《传奇》,却不免是穿凿附会,深文周纳。高骈的迷信神仙妖术是晚年任淮南节度使时的事,裴铏写作《传奇》大概在早年。书中《元柳二公》和《崔炜》、《张无颇》等所写南海的故事,像是裴铏在静海军当掌书记时从南方采集来的。

《传奇》原书已失传,《太平广记》和《类说》等书收有佚文。近有周楞伽辑注本《裴铏传奇》,共收三十一篇,但也还有可以校补的。如《绀珠集》卷11所引《传奇》中有《红拂》、《金钗玉龟》两条,前者即《虬髯客传》故事,后者即唐明皇命方士找杨贵妃故事(见前)。《传奇》里有不少著名的篇章。如《郑德璘》,《太平广记》卷152注出《德璘传》,似乎原来是单行的传奇文,而《类说》和《绿窗新话》都引作《传奇》,应是裴铏的作品。郑德璘在江上遇见邻舟韦氏女,写诗投赠给她。韦氏女自己不会写诗,只能把邻舟女友录下的别人的诗还赠给郑德璘。第二天韦氏的船在洞庭湖遇风浪翻了,郑德璘又写了两首诗吊唁韦氏。洞庭湖神曾喝过郑德璘的酒,又因为他将来要当巴陵县令,就把韦氏送出水面,与郑德璘结了婚。这个故事除了神仙灵应之外,还安排了许多巧合的情节。如邻舟女听到江中秀才吟诗,就写了下来,韦氏又把它转赠给郑德璘,后来才知道秀才是崔希周。郑德璘在湖上请一个买菱芡的老叟喝松醪春名酒,后来才知道他就是水神。情节曲折而前后呼应,可以看出作者的精心结构。明人沈璟曾把这个故事改编为戏曲《红蕖记》,戏剧性很强。

比较著名的是《裴航》故事(《广记》卷50),叙秀才裴航旅途中与樊夫人同舟相遇,赠之以诗,樊夫人也回赠一诗说:"一饮琼浆百感生,玄霜捣尽见云英。蓝桥便是神仙窟,何必崎岖上玉清。"后来裴航在蓝桥驿遇见一个女子极美,名云英,就向她祖母求婚。老太太要他先以玉杵臼为自己捣药百日,然后才能把孙女嫁他。裴航用重价买到了玉杵臼,又为老太太捣了一百天药,才与云英成婚。云英的姊姊樊夫人也来参加婚礼。裴航也吃了仙药,成了神仙。凡人和神仙结婚,既得美女,又得长生,这是唐代道家的一种妄想,在小说里常有反映。这个故事对后世的小说戏曲影响很大。《清平山堂话本》里有一篇《蓝桥记》,就是《裴航》的节录,元代有庾天锡的《裴航遇云英》杂剧,明代有龙膺、吕天成的《蓝桥记》,杨之炯的《玉杵记》传奇(均佚),现存的有云水道人的《蓝桥玉杵记》、黄兆森的《蓝桥驿》。

《崔炜》(《广记》卷34)叙崔炜因帮助了一个乞食老妪,得到了一束能灸赘疣的艾,因而引出了一系列奇遇。最后由白蛇送他到了南越王赵佗宫中,奉命把田夫人许配给他。崔炜又由羊城使者送至广州,南越王果真派四个女伴把田夫人送来与崔炜结合,才知乞食老妪是葛洪妻鲍姑。崔炜终于"栖心道门","不知所适"。这个故事曲折离奇,险象环生,波澜迭起,引人入胜。可以看出作者有意运用一些历史人物和神仙家的传说,巧妙地构成小说情节。与《崔炜》相似的是《张无颇》(《广记》卷310)。叙张无颇因袁大娘给他玉龙膏,能为人治病,才娶得海神广利王的女儿。这个故事曾被明人杨珽改编成《龙膏记》传奇。

《文箫》(《岁时广记》卷33)叙书生文箫在中秋节的歌舞集会上遇见仙女吴彩鸾,随之入山,见她判断簿书。不久,天帝就因她"以私欲而泄天机",谪为民妻。彩鸾与文箫同居钟陵,因家道贫寒,她以抄写《唐韵》卖钱谋生。彩鸾爱上了凡人,受到天帝的惩罚,和文箫离开仙山,同甘共苦,自力更生,这样的女性有些像为婚姻自主而不惜当垆卖酒的卓文君。这个故事有一定的反封建意义。吴彩鸾嫁文箫的故事流传很广,据说她抄的《唐韵》有不少留传于世,被看作珍宝。如《宣和书谱》卷5记载宋徽宗宫里藏有吴彩鸾书《唐韵》十三卷。至今故宫博物院珍藏的《唐写本王仁昫刊谬补缺切韵》,相传为吴彩鸾所书,上面有明初人宋濂的题跋,还说是真迹。实际上很可怀疑。但可能吴彩鸾并不是什么谪仙,而是人间的一个抄书女子,后来在民间传说中被神化了①。

《封陟》(《广记》卷68)也是神仙与凡人恋爱的故事。孝廉封陟读书少室山中,有仙女来向他求爱,他严词拒绝。仙女三次来劝诱,说她有驻命还丹,能使封陟长生不老,他还是无动于衷,骂她是妖。三年后,封陟病死,遇见上元夫人就是那个仙女,出于怜悯,还判他延寿一纪。封陟才追悔不及。唐代小说里除了凡人与仙女相爱而一起成仙的故事,还有不少故事讲到因没有结合或合而又分遂失去得道登天的良机,如《玄怪录》的《崔书生》、《逸史》的《太阴夫人》等。这个故事好像是从反面表现了道家的求仙幻想,与《裴航》等形成对比。封陟的性格非常固执,竟失去了送上门来的幸福,这是一个与刘晨、阮肇遇仙空返同一类型的悲剧。不知为什么后人很喜欢这个题材,宋、金、元的杂剧都有封陟的剧目。

---

① 元王恽《玉堂嘉话》卷2载:"吴彩鸾龙鳞楷韵,后柳悬诚题云:'吴彩鸾,世传谪仙也。一夕书广(当作唐)韵一部,即鬻于市,人不测其意。稔闻此说,罕见其书。数载勤求,方获斯本。观其神全气古,笔力遒劲,出于自然,非古今学人可及也。时泰和九年九月十五日题。'其制共五十四叶,鳞次相积,皆留纸缝。(天宝八年制)"柳悬诚即书法家柳公权,他在大和九年(835)就说"稔闻此说",可见吴彩鸾故事并不如裴铏所说的是大和末年的事。王恽原注又说此卷是"天宝八年制",那就更早了。宋张邦基《墨庄漫录》卷3又载蜀中导江迎祥院经藏中《佛本行经》六十卷,亦彩鸾所书。似乎吴彩鸾所抄的还不限于韵书。

《颜濬》(《广记》卷350)则是写女鬼与人相爱的故事。颜濬遇到陈后主的张贵妃、孔贵嫔和贵妃的侍儿赵幼芳等,欢饮题诗,与张贵妃同寝一夕而别,情节近似《周秦行记》。《张云容》(《广记》卷69)也与此类似。薛昭遇见杨贵妃的侍儿张云容、萧凤台、刘兰翘等三人,一起饮酒唱和。张云容因服仙药而得复生,与薛昭同归金陵。这个故事在后世也很有影响。

《孙恪》(《广记》卷445)叙妖精与人的爱情故事。孙恪娶美妇袁氏,相爱无间。表兄张闲云看出他身上有妖气,把宝剑借给他镇妖,却被袁氏折得寸断。他们同居十馀年,生有二子。孙恪与袁氏赴任途经端州峡山寺,袁氏题诗壁上说:"刚被恩情役此心,无端变化几湮沉。不如逐伴归山去,长啸一声烟雾深。"就化为老猿随群猿遁入山林。这和《河东记》中的《申屠澄》相似,表现了猿女爱恋丈夫和怀念山林的心理冲突。古代小说有很多讲到人妖的爱情生活,往往被别人破坏。《孙恪》里那个爱管闲事的张闲云,和白蛇传中的法海一样,以除妖为己任。但袁氏却毫不示弱,宝剑对她竟无能为力,安然无事,最后她主动离开孙恪归山。这一点却有特色。

《韦自东》(《广记》卷356)与《续玄怪录》(一作《玄怪录》)的《杜子春》故事相似,大概同出于《大唐西域记》里的烈士池传说。这个故事先叙韦自东自告奋勇,打死两个吃人的夜叉,成了有名的英雄。因此才有道士来请他去看守药炉。韦自东也没有经受住考验,妖魔变成道士的师父,骗过了韦自东,破坏了药炉。后半段情节写得太简单,不如《杜子春》写出了人的感情,后来者未能居上。

《昆仑奴》(《广记》卷194)是《传奇》中的代表作,写黑奴磨勒为崔生设谋画策,把大官家里的红绡妓偷了出来。大官发现线索之后,命甲士围捕磨勒,磨勒却持匕首飞出高墙,不知去向。红绡妓是被主人"逼为姬仆"的,她虽然锦衣玉食,但深入侯门,"如在桎梏",一见崔生,就暗示密约,倾心相许,把自由和幸福的希望寄托在崔生身上。借助于磨勒的智和勇,他们终成眷属。这个爱情加武侠的故事,有些像《无双传》,又有些像《虬髯客传》,很富于传奇性。后世据之编为戏曲的有杨景言的《磨勒盗红绡》(已佚)、梅鼎祚的《昆仑奴剑侠成仙》、梁辰鱼的《红绡妓手语传情》杂剧,更生子的《双红记》则合红绡和红线两个故事而成。

有疑问的是《绀珠集》所引的《红拂》,即《虬髯客传》故事。《太平广记》卷193引作《虬髯传》,不注作者姓名。《崇文总目》、《通志·艺文略》著录《虬须客传》,都不载作者。元末明初陶宗仪编的《说郛》卷34《豪异秘纂》中收录这篇,署名张说。按《直斋书录解题》小说类著录《豪异秘纂》一卷,说:"无名氏所录五事,其扶馀国王一则,即所谓虬须客者也。"《豪异秘纂》的编者当是宋代人①,他引的《虬髯客传》署作张说撰,应该有所依据。明刻本的《虞初志》和重编本《说郛》等书也都题为张说撰。但宋人洪迈《容斋随笔》卷12《王珪李靖》条却引作杜光庭《虬须客传》。《宋史·艺文志》也著录为杜光庭《虬须客传》,有些书如《顾氏文房小说》上就署杜光庭撰。按杜光庭《神仙感遇传》卷4确有《虬须客》一条,比《广记》等书所引的简略得多,像是一个节本。开头一句说:"虬须客道兄者,不知名氏。"这"道兄"二字也令人莫名其妙。《神仙感遇传》里有些传是根据唐代小说改写的,如《裴沈》、《权同休》两条,就出自《酉阳杂俎》(前集卷2,"裴沈"作"裴沆")。因此可以说《虬须客传》的原作者不是杜光庭,有人看到的是《神仙感遇传》里的节本,就归在杜光庭名下,也事出有因。与杜光庭大致同时的苏鹗,在《苏氏演

---

① 《宋史·艺文志》传记类有《豪异秘录》一卷,似即此书。

义》卷下有这样的记载：

> 近代学者著《张虬须传》，颇行于世。乃云隋末丧乱，李靖与张虬须同诣太原寻天子气，及谒见太宗，知是真主。

唐代人所说的"近代"，是指比较接近的前代，并不是当代①。而且苏鹗说"颇行于世"，似乎是流传于世已经有一段时间了，这个"近代学者"不可能指杜光庭。然而张说撰的说法也还是有疑问。《虬髯客传》末尾说："乃知真人之兴，非英雄所冀，况非英雄乎？人臣之谬思乱，乃螳臂之拒走轮耳。"（《广记》卷193）《唐语林》卷5和《顾氏文房小说》本还多出"我皇家垂福万叶，岂虚然哉"一句。强调天命有归，警告人臣不要妄图作乱，这在盛唐时期并没有针对性，像是安史之乱以后的产物。

因此，《绀珠集》所提出的第三种说法，就值得考虑。《虬髯客传》可能是裴铏的作品，像《郑德璘传》那样曾单行流传。裴铏的年代稍早于苏鹗②，称作"近代学者"也还可以。但是从文风上看，又不大像《传奇》的风格。试看与《虬髯客传》情节相似的《昆仑奴》，其中红绡妓的一段对话：

> 某家本富，居在朔方，主人拥旄，逼为姬仆，不能自死，尚且偷生。脸虽铅华，心颇郁结，纵玉箸举馔，金炉泛香，云屏而每进绮罗，绣被而常眠珠翠，皆非所愿，如在桎梏。贤爪牙既有神术，何妨为脱狴牢。所愿既申，虽死不悔。请为奴仆，愿侍光容。又不知郎君高意如何？

这样的词句在《虬髯客传》里是找不到的。《传奇》的文辞华艳，节奏舒缓，多用骈偶句；《虬髯客传》则文辞高古，叙事简洁明

---

① 参看王运熙《〈虬髯客传〉的作者问题》，载《光明日报》1958年3月2日。
② 《全唐文》苏鹗小传作光启二年（886）进士。

快,完全像史传文。尤其在人物性格的刻画上,《虬髯客传》的水平高得多,红拂的形象鲜明生动,《传奇》里任何人物都不能与之相比。

《虬髯客传》是一篇小说,虽然以历史人物李靖为线索,但并没有多少史实的依据。它综合了豪侠、爱情、历史、志怪几个方面的题材,写成一篇绚丽多采的传奇,充分体现了一个"奇"字。虬髯客是主角,作者着力描写了他的神异事迹,然而红拂妓的性格更为突出,似乎真实性也更强一些。她的预见,是以一定生活经验为基础的。她对李靖说:"妾侍杨司空久,阅天下之人多矣,无如公者。丝萝非独生,愿托乔木,故来奔耳。"又说杨素是"尸居馀气,不足畏也"。并不像虬髯客和道士的预见,是靠相面望气的方术。在太原三侠中,红拂妓是中心人物。她赏识了李靖,主动私奔,结为夫妇;又是她识别了虬髯客,结为兄妹,从而得到厚重的资助,又支持了李世民的事业。杜甫《送重表侄王砅评事使南海》诗曾说王珪妻杜氏识真主于微时:"向窃窥数公,经纶亦俱有。次问最少年,虬髯十八九。子等成大名,皆因此人手。……秦王时在坐,真气惊户牖。"唐代可能出现过像杜甫的曾老姑那样的人物,而逐渐形成为传说故事,虬髯又由李世民演变为张三的形象。古代小说里出现过不少有知人之明的女性。红拂妓的智慧,加上勇敢和热情,就成了唐代小说中的一个奇特的女性形象。相形之下,虬髯客这个人物却离奇失真,难以令人理解,实际上降为次要角色了。《虬髯客传》里的对话写得生动紧凑,有助于展开情节和刻画人物。这是一篇艺术技巧十分成熟的小说,它是不是裴铏的作品,还有待于证实。

《传奇》是唐代晚期的小说集。裴铏多方面地借鉴了前人的成果,作了精心的艺术构思。如《孙恪》中张闲云的对话说到"昔日王君携宝镜而照鹦鹉",就是引用《古镜记》的典故;《萧旷》中神女自述陈思王的《感甄赋》是为她而作,则承袭了《文选·洛神赋》李善注所引小说家的说法,又讲到《柳毅传》的故事"十得其四五",《梁四公记》是"妄诞之词"。可见作者对小说非常熟悉。《颜濬》、《张云容》近似《周秦行记》的情节结构,《韦自东》的故事显然有《杜子春》、《萧洞玄》的影响,虽有模拟的痕迹,但也不是简单的抄袭,而有一些新的创造。如《孙恪》综合了许多妖精和人相爱的情节,写出了袁氏的性格特征,既有妖气而又有人情,在宝剑的威胁下镇定自若,始终掌握着主动权,与多数被识破的妖精故事构思不同。裴铏善于布局,安排情节宛转曲折,摇曳多姿。如《崔炜》中先写他资助鲍姑,获得了仙艾,因而先后为老僧和任翁灸疣,才引起任翁要杀他祭神的灾祸;崔炜又因弹琴赢得任女的好感,遂得到她的救援而脱险。继而在奔逃途中坠入蛇穴,又因替蛇灸疣而得到蛇的帮助,把他送到赵佗的宫里。一系列惊险奇幻的情节,都用鲍姑艾贯穿了起来。最后又由田夫人追述往事的因由,结构十分严密。而任女救崔炜后的境遇没有交代,南越王赵佗本人并没有出场,又留有悬念,不落俗套,在唐代小说中还是很有新意的。又如《颜濬》在未见张贵妃之前先遇见赵幼芳,互通情意,《裴航》在未见云英之前先遇见樊夫人,赋诗赠答,都丰富了故事情节。当然,这两个故事有一些重合的地方。《张无颇》因袁大娘的玉龙膏为人治病而娶得广利王的公主,构思也和《崔炜》不免雷同。

  《传奇》里有不少以恋爱、婚姻为题材的故事,尤其是很多写凡人和神仙或鬼怪相结合的故事。这些离奇瑰丽的爱情故事,是《传奇》的一大特色,也是唐代小说的一大特色。后世往往专把爱情故事称为传奇,可能是从唐代小说的传统题材着眼的。传奇小说富于曲折变幻的戏剧性,所以元、明人又把戏曲统称为传奇。所谓传奇性,可以和外国文学中的浪漫主义相比附。

很有意思的是外国文学中的"浪漫主义"一词,与罗曼史(通常译作传奇小说)有共同的语根。中国文学里的传奇性一词,也是从传奇引申而来,而最先用传奇命名的可能就是裴铏。

北宋古文家尹洙曾概括传奇体的特点是"用对语说时景",这确是《传奇》在文体上的特征。中唐的小说作家一般用古文体,往往以史传笔法来传奇,因而有人把唐代传奇的兴起看作是古文运动的结果;晚唐一部分讲究艺术技巧的小说家,却喜欢用骈文体来写小说,裴铏就是一个代表。典型的例证是《封陟》,试看它开头的一段:

> 宝历中,有封陟孝廉者,居于少室。貌态洁朗,性颇贞端,志在典坟,僻于林薮。探义而星归腐草,阅经而月坠幽窗。兀兀孜孜,俾夜作昼,无非搜索隐奥,未尝暂纵揭时日也。书堂之畔,景象可窥,泉石清寒,桂兰雅淡。戏猱每窃其庭果,唳鹤频栖于涧松。虚籁时吟,纤埃昼阒。烟锁篁之翠节,露滋踯躅之红葩。薜蔓衣垣,苔茸毯砌。时夜将午,忽飘异香酷烈,渐布于庭际。俄有辎軿,自空而降,画轮轧轧,直凑檐楹。见一仙姝,侍从华丽,玉珮敲磬,罗裙曳云,体欺皓雪之容光,脸夺芙蓉之艳冶,正容敛衽而揖陟曰:"某籍本上仙,谪居下界,或游人间五岳,或止海面三峰。月到瑶阶,愁莫听其凤管;虫吟粉壁,恨不寐于鸳衾。燕浪语而徘徊,鸾虚歌而缥缈。宝瑟休泛,虬觥懒斟。红杏艳枝,激含嚬于绮殿;碧桃芳萼,引凝睇于琼楼。既厌晓妆,渐融春思。伏见郎君坤仪浚洁,襟量端明。学聚流萤,文含隐豹。所以慕其真朴,爱以孤标,特谒光容,愿持箕帚。又不知郎君雅旨如何?"

裴铏不仅用对偶句来写场景,而且还用大量的骈俪文来写对话,甚至比《游仙窟》还写得典雅工整。又如《孙恪》对袁氏的描写：

> 良久,忽闻启关者,一女子,光容鉴物,艳丽惊人,珠初涤其月华,柳乍含其烟媚,兰芬灵濯,玉莹尘清。

《昆仑奴》对红绡妓的描写：

> 绣户不扃,金钅工微明,惟闻妓长叹而坐,若有所俟,翠环初坠,红脸才舒,玉恨无妍,珠愁转莹。

《裴航》对云英的描写：

> 因还瓯,遽揭箔,睹一女子,露裛琼英,春融雪彩,脸欺腻玉,鬓若浓云,娇而掩面蔽身,虽红兰之隐幽谷,不足比其芳丽也。

都是骈俪化的语言,很像话本和白话小说在描写人物容貌时惯用的赋赞。这种文体和变文系的说唱文学有相通之处,也是晚唐五代骈体文再度盛行的体现。多用诗歌和骈偶句来增加文采,是《传奇》和一部分晚唐小说的艺术特点,但并不就是优点。相反的,大量地运用骈偶句,不便于故事的叙述,只延缓了情节发展的节奏,尤其是在对话里堆砌辞藻,拘泥格律,只能妨碍人物性格的真实描写。骈俪化不是小说语言的发展方向。晚唐小说在语言上追求华丽,过于雕琢,实际上流于繁冗纤弱,导致了小说的衰落。《传奇》在艺术技巧上不无新的尝试,但在人物的塑造上却不很成功,除了个别人物如袁氏、红绡外,多数人物都不能给人留下深刻的印象,就因为没能写出人物的思想感情。

《传奇》以情节新奇见长,又有意以文辞华丽取胜。虽然它的文风有华而不实的缺点,故事情节也有类型化的倾向,但在艺术上独具特色,为唐代小说作了一个较好的总结。原书虽已散失,而佚文还有不少广为流传。明人编选的《古今说海》所收唐人小说,以出自《传奇》的为最多,除《聂隐娘传》一篇大概应属《甘泽谣》外,还有《洛神传》、《昆仑奴传》、《郑德璘传》、《韦自东传》等十四篇之多,足以说明其影响之大。不妨说,晚唐五代以至北宋的小说(如李献民《云斋广录》),还是传奇体的作品成就较高,直到明清还有遗响。

甘 泽 谣

《甘泽谣》,袁郊撰。《郡斋读书志》说:"载谲异事九章。咸通中久雨卧疾所著,故曰《甘泽谣》。"《直斋书录解题》的记载更详细:"唐刑部郎中袁郊撰。所记凡九条,咸通戊子自序,以其春雨泽应,故有甘泽成谣之语,遂以名其书。"他们都见到过袁郊的自序,所以能对书名和著作年代作出具体记录。现在原序已经见不到了,只能凭借这两条记载了解成书的因由。自序作于咸通九年(868),书当成于其前。

袁郊,两《唐书》附见其父袁滋传。《新唐书·艺文志》史部仪注类著录袁郊《二仪实录衣服名义图》、《服饰变古元录》两种书,下注:"字之仪,滋子也,昭宗翰林学士。"《新唐书》卷151《袁滋传》也说袁郊是翰林学士。但袁滋卒于元和十三年(818),见于《旧唐书·宪宗纪》,当时袁郊至少一岁,到昭宗即位时(889)已过七十多年,不大可能再当翰林学士。而袁郊的哥哥袁都(一作郁)却曾于大和九年(835)任翰林学士,可见史书记载有误[①]。此外,《新唐书·宰相世系表》说他"字之乾,虢州刺史",《唐诗纪事》卷65又说他"咸通中为祠部郎中",关于

[①] 参考岑仲勉《翰林学士壁记注补》,见上海古籍出版社1984年版《郎官石柱题名新考订》第304页。

他的生平,各书记载互有矛盾,还有待进一步考证。

《甘泽谣》现有传本,共九篇,与《郡斋读书志》、《直斋书录解题》记载相合,似乎没有什么问题,但周亮工《书影》卷1却提出:

> 或曰:《甘泽谣》别自有书,今杨梦羽所传,皆从他书抄撮而成,伪本也。或曰:梦羽本未出时,已有抄《太平广记》中二十馀条为《甘泽谣》以行者。则梦羽本又赝书中之重儓矣。

因此,就发生了疑问,现存杨仪(梦羽)作序的本子是不是原本呢?周亮工所引的另一种说法,"抄《太平广记》中二十馀条为《甘泽谣》以行者",现在没有看到;至于杨仪所传的版本,已经包括了《太平广记》所收的八篇,只有《聂隐娘》一篇,《广记》引作《传奇》,不无可疑。至于瞿镛《铁琴铜剑楼藏书目录》说"《太平广记》反多数篇",则不符实际。《甘泽谣》中见于《广记》的八篇,与今本文字基本相同,差异较大的是《陶岘》一篇,今本结尾有这样一段:

> 孟彦深复游青琐,为武昌令,孟云卿当时文学,南朝上品。焦遂天宝中为长安饮徒,时好事者为《饮中八仙歌》云云:"焦遂五斗方卓然,高谈雄辩惊四筵。"

这几句话不见于《广记》,而见于抄本《说郛》,似元末还有传本,但这几句话可能是后人加的附注,不一定是小说的原文。加以袁郊的自序已经失传,因此还不能完全排除它出自辑集的可能性。当然,即使今本是一个辑本,也不能说是伪书[①]。

[①] 《分门古今类事》卷二《天后知命》引《甘泽谣》的绮娘故事,与今本《素娥》情节大异,似出改本。

《甘泽谣》全书只有九篇,却有不少名作。最著名的是《红线》。红线是潞州节度使薛嵩的侍女,善于弹阮咸(近似琵琶的乐器),又通经史。当薛嵩感到魏博节度使田承嗣对他有威胁的时候,红线挺身而出,自告奋勇,说她可以为主人解忧。她当夜就改装打扮,"梳乌蛮髻,攒金凤钗,衣紫绣短袍,系青丝轻履,胸前佩龙文匕首,额上书太乙神名",突然就不见人影了。半夜里她又翩然而返,把田承嗣床头的金合子拿了回来,教薛嵩立即派人骑着快马送回三百里外的魏郡,附上一封给田承嗣的信,暗示恐吓。田承嗣见了,果然惊恐失措,派人来送礼承情,表示屈服。不久,红线就辞别薛嵩,要去山林隐居修炼。她说,前生本是男子,因为误用药酒治死了孕妇,被阴司罚为女子。现在可以将功赎罪,就要恢复她的本来面目。薛嵩知道无法挽留,就宴集宾客,为她饯行。以后红线就失踪了。小说里的红线像是女侠,又像是神仙,行动十分奇突,给人以一种神秘感。故事虽然很神奇,但是人物的性格并不鲜明。照红线自己的说法,她前世是个医生,只是因为犯了过失被降生为女子,又怎么会有那么大的神通?在情节上交代得不很周密,可能现存的文字已经有所删节,《唐诗纪事》卷30冷朝阳条引述红线故事有这样两句:"有手纹隐起如红线,因以名之。"在《甘泽谣》里却找不到出处。因此不免令人怀疑,今本已经不是原书。

红线盗合的故事,反映了唐代藩镇之间的矛盾斗争。不过这个故事情节是有所借鉴的。《淮南子·道应》篇有一个楚将子发的故事:

> 楚将子发,好求技道之士。楚有善为偷者往见曰:"闻君求技道之士,臣偷也,愿以技贵一卒。"子发闻之,衣不给带,冠不暇正,出见而礼之。左右谏曰:"偷者,天下之盗也,何为之礼?"君曰:"此非左右之所得与。"后无几何,齐

> 兴兵伐楚,子发将师以当之。兵三却,楚贤良大夫皆尽其计而悉其诚,齐师愈强。于是市偷进请曰:"臣有薄技,愿为君行之。"子发曰:"诺。"不问其辞而遣之。偷则夜解齐将军之帱帐而献之。子发因使人归之曰:"卒有出薪者,得将军之帷,使归之执事。"明又复往取其枕,子发又使人归之。明日又复往取其簪,子发又使归之。齐师闻之,大骇。将军与军吏谋曰:"今日不去,楚君恐取吾头。"乃还师而去。

可以看出,《红线》的构思就是从《淮南子》承袭而来,当然,袁郊还吸取了唐代小说的新成就,在艺术上也有所创造。《红线》较多地运用人物对话,很少由作者进行客观的叙述和描写。如红线盗合的活动,就是由红线自己说出来的。不过在对话里用了不少骈偶句,却造成语言的典雅呆板,实际上削弱了小说的真实性。试看红线对话中的一段:

> 时则蜡炬光凝,炉香烬煨,侍人四布,兵器森罗。或头触屏风,鼾而鼙者;或手持巾拂,寝而伸者。某拔其簪珥,縻其襦裳,如病如昏,皆不能寤,遂持金合以归。既出魏城西门,将行二百里,见铜台高揭,而漳水东注,晨鸡动野,斜月在林。忔往喜还,顿忘于行役;感知酬德,仰副丁心期。所以当夜漏三时,往返七百里;入危邦一道,经过五六城。冀减主忧,敢言其苦。(文字据《学津讨原》本)

虽然文字工整优美,但不是个性化的语言。所以周亮工《书影》曾指出:"《红线传》'铜台高揭,漳水东流;晨鸡动野,斜月在林'四语,何等冷劲。而下接云:'忿往喜还,顿忘于行役;感知酬德,聊副于咨谋。'便是村学究语。乃知为文单行者易工,而俪偶者难妙也。"(卷4,引文与各本均异)这种骈俪化的倾向,是晚唐小说的特点之一,与裴铏《传奇》是一致的,而且和晚唐变文的风格也是相似的。

《聂隐娘》和《红线》情节相似,风格也很相似,杨仪所传的本子收入了这一篇,可能是有根据的。但《广记》引作《传奇》,也不能轻易否定。这两种书时代相同,又都以神怪题材为主,很难分辨。只是《传奇》多写爱情故事,喜欢把爱情和神怪题材相结合,而《甘泽谣》则完全不写爱情故事。聂隐娘虽然与磨镜少年结为夫妻,但丝毫没有爱情成分,因此很可怀疑它是否出于裴铏的手笔,这里姑且据今本《甘泽谣》算作袁郊的作品①。

聂隐娘小时候被一个尼师带走,教给她剑术,她学成归家后投靠了陈许节度使刘昌裔,作为他的侍卫,保护刘昌裔免于刺客之害,最后也是辞去归山。《太平广记》把《聂隐娘》和《红线》归入豪侠类,后来王世贞又把它收入《剑侠传》。这两个女侠都为藩镇效力,已经为《龙图耳录》等书里为清官服务的武侠树立了楷模,形成了武侠小说的一个流派。红线和聂隐娘都是女子,更能引人注目。清代五色石主人的《八洞天》卷7《劝匪躬》里写到碧霞真人把李生哥带去学剑术的情节,显然有聂隐娘故事的影响。聂隐娘的行动非常神奇,个性却不很鲜明。故事里写到她用法术保卫刘昌裔时,倒抓住了刺客妙手空空儿的性格特征,"一搏不中,即翩然远逝,耻其不中",从此避免了祸害。"妙手空空儿"这个名称也就和这种高傲而奇特的形象一起流传于世了。

《陶岘》一篇也很著名。陶岘富有田业,而爱好漫游江湖。他有三件宝,一是善于泅水的昆仑奴摩诃,一是古剑,一是玉环。他见到水色可爱的江河,就把古剑、玉环抛入水中,命令摩诃入

---

① 卞孝萱《〈红线〉〈聂隐娘〉新探》从袁郊之父袁滋与薛苹、刘昌裔的关系,论定《聂隐娘》为袁郊所作,可参看。见《扬州大学学报》1997年2期。

水去取。最后一次,古剑、玉环投入江水后,摩诃在水底遇到了龙,就逃回来了。陶岘舍不得二宝,竟迫令摩诃再下水去争夺。摩诃一入水就不出来了,过了好久,破碎的尸体才浮出水面。陶岘也从此不再浪游了。这个故事也很神奇,在荒诞的情节里描写了一个黑奴的悲惨遭遇。摩诃虽然和古剑、玉环一样被主人看作宝物,可是他并不被当作人。当他取不回另两件宝物时,主人就可以迫使他到龙潭里去送死。陶岘实在是一个残暴无情的奴隶主,而小说却着重写他的豪情逸兴,就显得有些不和谐了。其中有焦遂这个人物,见于杜甫《饮中八仙歌》,可以为杜诗作注,所以《四库全书总目》说它"足资考证,不尽为无益之谈"。

还有一篇《圆观》,更为人所熟知。叙僧圆观与李源预约三世相会的故事。圆观转生为王氏妇之子,李源去看婴儿,对他一笑为信。后十二年李源又见圆观于馀杭天竺寺外,圆观作歌有"三生石上旧精魂"之句。苏轼曾改写成《圆泽传》,附记说:"此出袁郊所作《甘泽谣》,以其天竺故事,故书以遗寺僧。旧文烦冗,颇为芟改。"苏轼对原文进行删改是可能的,但把圆观改为圆泽,却没有什么理由,恐怕是涉及"甘泽"而无意的笔误。

《甘泽谣》里的《懒残》、《许云封》等,也常为人引作典故,可见此书的影响不小。书中不少故事在后世被编为小说、戏曲,如《聂隐娘》在宋代有话本(见《醉翁谈录》),清尤侗则据以编成《黑白卫》杂剧;《红线》也有话本《红线盗印》,明代有梁辰鱼作的《红线女》杂剧,后人又把它和《红绡》合并成《双红记》。

大唐奇事记与潇湘录

《大唐奇事记》,《新唐书·艺文志》小说家类著录,十卷,李隐撰。注:"咸通中人。"重编本《说郛》卷48收有《大唐奇事》,

署马总撰,不知何据。洪迈《夷坚支志》癸集序说:"惟柳详《潇湘录》大谬极陋,污人耳目,与李隐《大唐奇事》只一书,而妄名二人作,《唐志》随而兼列之,则失矣。"陈振孙《直斋书录解题》著录了《潇湘录》,也说:"唐校书郎李隐撰,《馆阁书目》云尔。《唐志》作柳详,未知书目何据也?"《宋史·艺文志》在李隐《大唐奇事》下著录"又《潇湘录》十卷"。不管《大唐奇事》和《潇湘录》是否一书,《大唐奇事》是李隐所作,似乎并无异议。李隐生平不详,除了曾官校书郎之外,只见《新唐书》卷72《宰相世系表》有一个李隐,字岩士,赵郡人,李绛之孙,可能就是此人。

《大唐奇事》原书失传,只见《太平广记》引有佚文,还有注作《奇事记》的,似乎就是《大唐奇事记》的简称。从《广记》所引佚文看,基本上是志怪小说,虽有几篇篇幅较长的,但情节简单,文辞朴直,艺术性不强。例如《冉遂》一篇(《广记》306),讲冉遂的妻子赵氏,与妖神私通,生下一个赤发青面的小儿,七岁时乘大鸟飞去,数月后带着千馀兵来看母亲,说自己当上了东方擒恶将军,有事可以告诉他。后来有鬼抓走了赵氏的父亲,赵氏焚香求告她儿子,儿子来救活了赵父,以后就不再来了。这个故事除了奇怪,看不出有什么意义。《管子文》(《广记》卷82)叙书生管子文,谒见李林甫,对他进行劝诫,说:"夫治生乱,乱生治,今古不能易也。我国家自革隋乱而治,至于今日,乱将生矣。"他辞去后,李林甫令人暗随之进一山洞,只找到一枝大笔。又如《虢国夫人》(《广记》卷368),讲虢国夫人买了一只小猿,能听人使唤,养了半年后化为一个小儿。虢国夫人就让他侍从左右,"又三年,小儿容貌甚美,贵妃曾屡顾之"。忽然小儿与伺候他的侍婢又都化成了猿。这两个故事也很怪,好像有讽刺李林甫和杨贵妃、虢国夫人的意思,但不很明朗,只能说是"妖异"而已。

前人说《大唐奇事记》和《潇湘录》本是一部书,但《广记》引文分为两书,只有《王常》一篇重出(《广记》卷73,又卷303引作《潇湘录》),其馀的并无重复,还难以确定。我们还是分开来谈。

王常是一个负气尚义的人,至德二年(757)游终南山,独自感叹说:"我欲平天下乱,无一人之柄以佐我,无尺土之封以资我;我欲救天下之饥寒,而又衣食亦不自充。天地神祇福善,故不足信。"有个神就自空而下,要教给他炼金术,使他能救世人的饥寒。王常表示怀疑,神对他说:"帝王处救人之位,自有救人之术而不行,反求神仙之术则非。尔无救人之位,欲救天下之人,固可行此术。"就把一卷书传给他,说:"勿授之以贵人,勿授之以道流僧徒,彼皆少有救人之术;勿授之以不义之辈,彼必不以饥寒为念。"又说:"昔有道人藏此书于我山,今遇尔义烈之人,是以付尔。"这个故事表现了作者的某种思想,他对帝王、贵人和道流僧徒都持不信任态度,似乎是一个有志未酬的隐逸者。

《大唐奇事记》的佚文不多,还不易看出作品的特色,也很难据以判断它与《潇湘录》是否一书。

《潇湘录》,《新唐书·艺文志》著录,十卷,柳祥撰。《崇文总目》同。柳祥生平无考。《潇湘录》,原书失传,《说郛》等书只收有佚文六条,题李隐撰。《太平广记》引录佚文较多。《张珽》(《广记》卷401)讲到咸通(860—873)末年,张珽遇到玉精、金精、枯树精和秀才郑适的鬼,预告他"黄氏将乱东夏"。似乎本书作于黄巢起义之后。《新唐书·艺文志》说李隐为咸通中人,可能就是根据这一条推断的。《奴苍璧》(《广记》卷303)中讲李林甫家奴苍璧死去复活,说他见到大殿上贵人查问安禄山奉命乱国的文案,直呼"隆基"、"世民"的名,不避本朝皇帝的讳,很令人奇怪。《潇湘录》也是记述奇事,风格确与《大唐奇事记》相同。但佚文较多,其中有几篇人物爱谈哲理,却有特色。如《王屋薪者》(《广记》卷370)讲王屋山有一老僧,独居茅庵。一天有一个道士来借宿,两人辩论佛、道两家的优劣,各自尊崇佛和老君,争论不休,这时来了一个负薪者,斥责他们说:

> 二子俱父母所生而不养,处帝王之土而不臣,不耕而食,不蚕而衣。不但偷生于人间,复更以他佛道争优劣耶!无居我山,扰乱我山居之人。

这完全是韩愈《原道》等文章的言论,作者则写入了小说,借一个樵夫的话来骂倒一切和尚、道士。小说的末尾却说老僧化为铁铮,道士化为龟背骨,原来都是精怪。那就更有些谩骂的意味了。

《张安》(《广记》卷301)叙一个自号浮生子的张安,无疾而终,他的灵魂找州牧要求为他立庙,说出一套理由。他说:"使浮生子死且贵于生,又足以见人间贪生恶死之非也。"州牧说:立庙以示劝戒,"苟立祠于尔,不知以何使后人仿效耶?"他说:"浮生子无孝无贞可纪也,使君殊不知达人之道高尚于功烈孝贞也。"像这类言论,近似寓言故事,都表现了作者的思想。《王常》篇里山神对王常讲了一番救人之位和救人之术的关系,也反映了作者的独特见解。从这点看,《王常》与《潇湘录》里的作品有共同的特色,如果与《大唐奇事记》不是一人所作,这篇作品就应归入《潇湘录》。

《潇湘录》中有不少写妇女不贞的故事,也很有独特的地方。如《呼延冀》(《广记》卷344)写呼延冀携妻上任,途中遇盗,让妻子寄居在一个老翁家中,嘱托老翁拘束她。他到官之后,正想去接妻子,忽然接到妻子寄来的信,写得坦率泼辣,可以看出一个女人的个性。原信如下：

> 妾今自裁此书，以达心绪，唯君少览焉。妾本歌妓之女也，幼入宫禁，以清歌妙舞为称，固无妇德妇容。及宫中有命，掖庭选人，妾得放归焉。是时也，君方年少，酒狂诗逸，在妾之邻。妾既不拘，君亦放荡。君不以妾不可奉蘋蘩，遽以礼娶妾。妾既与君匹偶，诸邻皆谓之才子佳人。每念花间同步，月下相对，红楼戏谑，锦闱言誓，即不期今日之事也。悲夫，一何义绝！君以妾身，弃之如屣，留于荒郊，不念孤独。自君之官，泪流莫遏，思量薄情，妾又奚守贞洁哉？老父家有一少年子，深慕妾，妾已归之矣。君其知之。

这封信就像《古诗十九首》里所写的，"昔为倡家女，今为荡子妇。荡子行不归，空床难独守"。虽然有些放荡粗鄙，但是真实大胆，能振动人心。我们如果把它和崔莺莺给张生的信对照一下，就可以感到两种完全不同的性格和文风。值得注意的是这里明白提出了"才子佳人"这个成语，在唐代小说里可能还是首见。他如《孟氏》（《广记》卷345）说万贞经商在外，妻孟氏游园时吟了闺怨诗，被一个少年的神怪挑逗私通，与《呼延冀》有相似之处。《郑绍》（《广记》卷345）写商人郑绍于旅途中娶了皇尚书的女儿，新婚未久，郑绍就要出外经商，他说："我本商人也，泛江湖，涉道途，盖是常也。"就说出了"商人重利轻别离"的实情。一年后他再来时却找不到妻子了。小说结尾没有说女子是人还是鬼，也没有说她是否琵琶别抱，只给读者留下了想象的余地。

《焦封》（《广记》卷446），叙焦封被一位贵夫人请去，自称是寡妇孙氏，留他同居。欢聚月馀，焦封想出门求官。夫人恋恋不舍，吟诗送别。焦封走到阁道，忽见夫人追来，愿跟他一起走。

走了一程,有十几头猩猩跟来,夫人对焦封说:"君亦不顾我东去,我今幸女伴相召归山,愿自保爱。"她也变为猩猩跟同伴一起走了。这个情节写出了孙氏追求爱情和留恋山林的内心矛盾,最后可能是看到焦封重功名而轻爱情,她终于下决心舍弃他而归山了。这个故事和《河东记》里的《申屠澄》相似,在妖精身上细致入微地表现了人的感情。

《贾秘》(《广记》卷415)写书生贾秘在洛城边绿野中见到七个儒服的人,一起谈论。他们自认是七个树精,一曰松,二曰柳,三曰槐,四曰桑,五曰枣,六曰栗,七曰樗,各言其志,都带有寓言意味。如樗说:"我与众何殊也?天亦覆我,地亦载我,春即荣,秋即落。近世人以我为不才,我实常怀忿惋。我不处涧底,怎见我有凌云之势?我不在宇下,焉知我是构厦之材?骥不骋即驽马也,玉不剖即顽石也。固不必松即可构厦凌云,我即不可构厦凌云。此所谓信一人之言,大丧其真矣!"这也是带哲理性的小说。七个树精谈论的情节,与《西游记》第64回《木仙庵三藏谈诗》一段十分相似,不过后者在松、柏、桧、竹化为四个老翁之外,又有老杏、腊梅、丹桂化为仙女和女童,更显得变化多姿,不落平板的熟套。

《潇湘录》是一部专记奇事的小说,虽然在艺术上并无突出的成就,但在思想上却很有特色,往往借故事人物之口发表一些议论,阐述了某些观点,可以引人深思,并不像洪迈所说的那样"大谬极陋,污人耳目"。从思想性说,它比洪迈的《夷坚志》还高明一些。

阙　　史

《阙史》,高彦休撰,《唐书·艺文志》著录三卷。陈振孙《直斋书录解题》作《唐阙史》,解题说:"唐高彦休撰。自号参寥子,乾符中人。"现存传本只有两卷,五十一篇。书前有参寥子自序说:

> 皇朝济济多士,声名文物之盛,两汉才足以扶轮捧毂而已,区区晋魏周隋已降,何足道哉!故自武德、贞观而后,吮笔为小说、小录、稗史、野史、杂录、杂记者多矣,贞元、大历已前,捃拾无遗事,大中、咸通而下,或有可以为夸尚者、资谈笑者、垂训诫者,惜乎不书于方册,辄从而记之。其雅登于太史氏者,不复载录。愚乾符甲午岁生唐世二十有一,始随乡荐于小宗伯,或预闻长者之论,退必草于捣网。岁月滋久,所录甚繁。辱亲朋所知,谓近强记。中和岁齐偷搆逆,翠华幸蜀,搏虎未期,鸣鸢在远。旅泊江表,问安之暇,出所记述,亡逸过半。其间近屏帏者、涉疑诞者,又删去之,十存三四焉。共五十一篇,分为上下卷,约以年代为次。讨寻经史之暇,时或一览,犹至味之有葅醢也。甲辰岁清和月编次。

他详细地说明了著书的动机和经过。只是他的文字比较晦涩,使人对序文中"乾符甲午岁生唐世"的话产生了误解,如《四库全书总目提要》编者误认为高彦休生于乾符甲午岁(874)①。实际上这句话连下读,是说甲午年他二十一岁,始举进士。后面明说甲辰年编次,当即中和四年(884)。所以高彦休为唐末人,本书写于唐亡以前②。否则中和四年他只有十岁,就会产生了一系列矛盾。高彦休曾任高骈的盐铁巡官。崔致远《桂苑笔耕

---

① 《四库全书》本"甲午"原误作"甲子"。
② 参考余嘉锡《四库全书辨证》卷17。

集》卷4有为高骈代写的《奏请从事官状》，就是举荐高彦休的，同书卷13还有《请高彦休少府充盐铁巡官牒》。可以得知他在中和四年以前的官衔是摄盐铁巡官、朝议郎、守京兆府咸阳县尉、柱国。当时他投靠在淮南节度使高骈幕下。

《阙史》现存传本二卷五十一篇，与序言完全相符，但《新唐书·艺文志》和宋人书目都著录三卷，《宋史·艺文志》另外又著录了一个一卷本，现存的是不是原本呢？前人曾指出，张耒《宛丘集》和陈振孙《白香山年谱》都引及《阙史》所载白居易母看花堕井事，而今本不载。《分门古今类事》和《资治通鉴考异》还引有《阙史》的佚文，都不见于今本。因此序言所说的五十一篇，有可能是后人根据现存的篇目追改的。

然而，《太平广记》所引《阙史》（或作《唐阙史》、《缺史》）各条，都见于今本，而文字往往出入很大。例如卷上《杜紫微牧湖州》篇，是一个流传很广的故事。《广记》卷273《杜牧》条即引自《唐阙史》，但情节繁简相差很远，显然不是同一版本。《广记》所引杜牧故事非常详细，前半段叙杜牧与牛僧孺、李愿等人的交往，很可能引自别的书。后半段即所谓杜牧寻春故事，文字也大不相同。现各引一段于下，以资对比。

……大中三年，始授湖州刺史。比至郡，则已十四年矣，所约者已从人三载而生三子。牧既即政，函使召之。其母惧其见夺，携幼以同往。牧诘其母曰："曩既许我矣，何为反之？"母曰："向约十年。十年不来而后嫁，嫁已三年矣。"牧因取其载词视之，俯首移晷曰："其词也直，强之不祥。"乃厚为礼而遣之。因赋诗以自伤曰："自是寻春去校迟，不须惆怅怨芳时。狂风落尽深红色，绿叶成阴子满枝。"（《广记》卷273）

……厥后十四载，出刺湖州。之郡三日，即命搜访。女适人已三载,有子二人矣。紫微召母及嫁者诘之。其夫虑为所掠,携子而往。紫微谓曰:"且纳我贿,何食前言?"母即出留翰以示之,复白曰:"待十年不至而后嫁之,三载,有子二人。"紫微熟视旧札,俛首逾刻曰:"其词也直。"因赠诗以导其志。诗曰:"自是寻春去较迟,不须惆怅怨芳时。狂风落尽深红色,绿树成阴子满枝。"翌日遍闻于好事者。
（《知不足斋丛书》本卷上）

书中类似的情况很多。如今本卷上《沧州钓飞诏》与《广记》卷162所引《李彦佐》条,故事相同而文字大异。《广记》所引文字却和《酉阳杂俎》卷9相同,如果不是《广记》所注出处有误,那么就是高彦休的初稿抄自《酉阳杂俎》,而今本《阙史》则是经过改写的。高彦休自序曾说:"其间近屏帏者、涉疑诞者,又删去之,十存三四焉。"可见《阙史》的初稿不止五十一篇。现在我们所见到的佚文,很可能是从未经删改的初稿本出来的。既然曾经修订,那么定本与初稿有一些出入,也不足为奇。拿《广记》和今本比较,《广记》所引篇目往往情节较详,而今本的文字却更为艰涩。正如黄伯思《东观馀论》卷下《跋高彦休阙史后》所说:"彦休叙事颇可观,而过为缘饰,殊有铣溪虮户体"。[①] 我们只能假定《阙史》曾有两种以上的版本,现存的两卷本是经作者自己删改的,只是他的文章却改得更难懂了。《广记》等书引用的可能出自三卷本,不妨用作参照。

作者自序把小说与野史、杂录等相提并论,可见他的书以记录杂事为宗旨,但书中也记载了一些神奇故事,《四库全书》就把它列入小说家的异闻之属。如卷下《韦进士见亡妓》叙韦氏子的爱妓早亡,有一个任处士得返魂之术,只要一件亡人穿过的

[①] "铣溪虮户体"指唐徐彦伯故作艰涩的文体。

衣服，就能把灵魂召唤来。韦进士找出了一件金缕裙，请他作法，果然见到了亡妓。他曾赋诗说："惆怅金泥簇蝶裙，春来犹见伴行云。不教布施刚留得，浑似初逢李少君。"情节近似唐明皇请方士找杨太真的故事，在《阙史》中是写得比较优美的。

卷上《秦中子得先人书》一篇，揭露一个假托鬼魂诈骗钱财的案件。秦川富室少年，忽然收到他死去父亲的信，教他把三十五匹缣送到灞水桥边，否则就会遭到灾祸。富家子真照办了。后来又送信来，被仆人看破，原来是个骗子。这倒是一个破除迷信的故事。卷下还有《薛氏子为左道所误》一篇，讲薛氏兄弟遇到一个道士，说他们田地下有黄金百斤，宝剑二口。如果要发掘出来，需要用许多缯彩缣素和祭品器皿，设坛施行法术。道士还带来四个箱子，装作财宝，寄在薛家。薛氏兄弟果真请他作法，结果缯彩器皿都被骗走，留下的箱子里只有瓦砾。这类骗局古代小说里也常见，如《广记》卷238引《桂苑丛谈》的李全皋故事，讲一个道士假托炼金骗走黄金二十馀两。《儒林外史》第十五回写洪憨仙设计要骗胡公子的银子，也是这一套诈术，无非利用对方的贪财心理，引人上钩。

《赵江阴政事》讲江阴令赵宏（《广记》卷172引作赵和）善于断狱，很有名声。淮阴有个农家借了西邻的钱，到期先还了八百缗，没有取得契约，第二天再还馀数，西邻却不认前帐了。当地的官断不了这案，东邻告到江阴赵令处。淮阴的事本不归他管，他设计编造文书说江阴抓到截江大盗，供出同伙在淮阴，把那个赖帐的西邻追捕来，迫使他招供家里的钱财的来源。他果然说出那些是东邻赎契的钱，才供认了实情。这是一个公案故事，情节新奇有趣。书中还有一篇《崔尚书雪冤狱》，案情十分复杂。茶商王可久出外不归，妻子受卜者杨乾夫的骗，再嫁给杨。杨乾夫占有了王可久的家产,迁居别处。王可久回来告状。官吏受了杨乾夫的贿赂,反判王诬告,罚他苦役,沉冤不白。最后崔碣任河南尹,平反了这件冤案。这些可能是当时的实事,但很富于传奇性,的确可看作公案小说。《阙史》所注意的是当时史实中"可以为夸尚者、资谈笑者、垂训诫者",所以有不少故事写得还曲折生动,不像一般杂事笔记那么简单朴质。

《阙史》中《李可及戏三教》一篇,常被人引作戏剧史料。原文如下:

> 咸通中,优人李可及者,滑稽谐戏,独出辈流,虽不能扎讽匡正,然巧智敏捷,亦不可多得。尝因延庆节缁黄讲论毕,次及倡优为戏。可及乃儒服险(?)巾,褒衣博带,摄齐以升崇座,自称三教论衡。其隅坐者问曰:"既言博通三教,释迦如来是何人?"对曰:"是妇人。"问者惊曰:"何也?"对曰:"《金刚经》云:'敷座而坐。'或非妇人,何烦夫坐然后儿坐也。"上为之启齿。又问曰:"太上老君何人也?"对曰:"亦妇人也。"问者益所不喻。乃曰:"《道德经》云:'吾有大患,是吾有身;及吾无身,吾复何患。'倘非妇人,何患于有娠乎?"上大悦。又曰:"文宣王何人也?"对曰:"妇人也。"问者曰:"何以知之?"对曰:"《论语》云:'沽之哉,沽之哉,我待价者也。'向非妇人,待嫁奚为?"上意极欢,宠锡其厚。翌日授环卫之员外职。

有些故事后面加了参寥子的评论,这也是杂史小说里常用的笔法,来源于太史公的论赞。高彦休很重视文字技巧,有意追求古雅,可是流于诡怪,与传奇体绝然不同,不是小说的发展方向。无怪乎它的影响不大。

剧谈录

《剧谈录》，《新唐书·艺文志》小说家类著录，三卷，康骈（骈或作骿，误）撰，原注："字驾言，乾符进士第。"池阳人。徐松《登科记考》卷23据《永乐大典》引《池州府志》说："乾符五年（878）登进士第。"又据同书说："中乾符六年博学宏词科。"①《剧谈录序》署名作"将仕郎崇文馆校书郎康骈"。《新唐书》卷189《田頵传》载："（頵）善遇士，若杨夔、康骈、夏侯淑、殷文圭、王希禹等，皆为上客。"田頵任宁国军节度使在景福元年（892）至天复三年（906），康骈曾作田頵的幕僚，大概是他晚年的事。据《古今万姓统谱》卷52，田頵曾荐他为户部郎，迁中书舍人。《宋史·艺文志》别集类有康骈《九笔杂编》十五卷。

《剧谈录》现存各本都只有两卷，原书有"乾宁二年（895）建巳月池州黄老山白社序"。书当成于乾宁二年之前，在他离职隐居的时候。序文有详尽的叙述：

> 骈咸通中始随乡赋，以薄伎贡于春官，爰及窃名，殆将一纪。其间退黜羁寓，旅乎秦甸洛师。新见异闻，常思纪述。或得史官残事，聚于竹素之间，进趋不遑，未暇编缀。及寇犯天邑，挈归渔樵。属江表乱离，亡逸都尽。景福、乾宁之际，耦耕于池阳山中，闭关云林，罕值三益。……是以耘耨之馀，粗成前志，所记亦多遗漏，非详悉者不复叙焉。分为二编，目之曰《剧谈录》。文义既拙，复无雕丽之词，亦

---

① 《四库全书总目提要》说他"乾符四年登进士第"，根据的大概是王定保《摭言》。按《摭言》卷2《置等第》条有"唐骈"之名，盖即"康骈"之讹。但乾符四年是京兆府尹崔清为解送进士置等第，并非贡举。

观小说家流,聊以传诸好事者。

从这篇序可以大致了解他的生平和著作的缘由。

《剧谈录》据《唐志》和《郡斋读书志》等著录作三卷,而现存各本都只有两卷,序文中也说"分为二编"。可能分卷不同,也可能是今本不全,"分为二编"是追改的。本书有南宋临安府陈道人书籍铺刊本,共四十二条。与《太平广记》相校,有十三条不见于《广记》,另有几条比《广记》文字多,只有少数几条佚文不见于今本①。但还有疑问,如《广记》卷394引《元稹》一条,实见《酉阳杂俎》前集卷8,《广记》注作《剧谈录》恐怕是出于传误。明钞本《广记》卷424引《柳子华》一条,实出杜光庭《录异记》。

《剧谈录》名为小说,但实际上还是维持旧的小说观,作为杂史笔记来写的。序言中说:"新见异闻,常思纪述。或得史官残事,聚于竹素之间。"就可以想见作者的宗旨。书中有一些"异闻",包括武侠故事和神怪灵迹,在作者也是当作史实来记载的。但写得比较细致曲折,带有传奇色彩,前人把它和《集异记》、《博异志》等作品同等看待,如《四库全书总目》就列之于异闻之属,与杂事之属的小说分别对待。书中如《潘将军失珠》、《田膨郎偷玉枕》,都写到了武侠神偷,尤其是前者所写的一个三鬟女子,行动神秘,技艺惊人,是聂隐娘一流。这种女侠是晚唐小说里常出现的新奇人物,可能实有所据。《张季弘逢恶新妇》写一个大力的妇女不遵守封建礼法,对婆婆不敬,然而她还能言善辩,举出一件一件事例来分辨是非,未必就是强词夺理。只是在当时人看来,就是恶新妇了。只因她强壮多力,所以不至于像快嘴李翠莲那样被休出家。这个故事在《拍案惊奇》第三

---

① 参看拙作《唐代小说琐记·剧谈录》,载《文史》第26辑。

卷《刘东山夸技顺城门》里被改写成一个头回小故事,还有一定影响。

原 化 记

《原化记》,皇甫氏撰,名不详。《秘书省续编到四库阙书目》著录三卷,《通志·艺文略》作一卷。书已失传,只存佚文,都是唐代故事,纪年晚至大和中,作者大概是晚唐人。书中多数是志怪故事,但也有一些是破除迷信的。比较引人注意的如《画琵琶》(《广记》卷315),讲一个书生偶尔在僧房墙壁上画一个琵琶,僧人回来见了就告诉村人说,"恐是五台山圣琵琶"。结果村人相传,真当作圣琵琶,很多人来礼拜求福,传说真有灵验。后来书生听说这事,又来僧房,正好僧人不在,书生用水把画洗掉了。僧人和村人们发现琵琶消失了,就大为悲哀。书生大笑,把真情告诉了他们,灵圣也就不见了。这个故事很有讽刺意味,能发人深思。还有一篇《京都儒士》(《广记》卷500),写一个人自吹胆子大,跟人打赌,在一个"凶宅"里独宿一夜,结果吓得失魂落魄。这一段描写得很生动:

>……此人实怯懦者。时已向夜,系所乘驴别屋,奴客并不得随,遂向阁宿,了不敢睡,唯灭灯抱剑而坐,惊怖不已。至三更,有月上,斜照窗隙,见衣架头有物如鸟鼓翼,翻翻而动。此人凛然强起,把剑一挥,应手落壁,磕然有声。后寂无音响,恐惧既甚,亦不敢寻究,但把剑坐。及五更,忽有一物上阶推门,门不开,于狗窦中出头,气休休然。此人大怕,把剑前斫,不觉自倒,剑失手抛落,又不敢觅剑,恐此物入来。床下跧伏,更不敢动。忽然困睡,不觉天明。诸奴客已开关,至阁子间,但见狗窦中血淋漓狼藉。众大惊呼,儒士

> 方悟,开门尚自战栗,具说昨宵与物战争之状。众大骇异,遂于此壁下寻,唯见席帽半破在地,即夜所斫之鸟也。乃故帽破弊,为风所吹,如鸟动翼耳。剑在狗窦侧。众又绕堂寻血踪,乃是所乘驴,已斫口喙,唇齿缺破。乃是向晓因解,头入狗门,遂遭一剑。众大笑绝倒,扶持而归。士人惊悸,旬日方愈。

这是一个笑话,嘲笑了那种大言不惭而胆小如鼠的懦夫。胆小还不可笑,可笑的是在人前夸口,当他独宿空屋时草木皆兵,吓得惊惶失措。这些细节写得淋漓尽致,在《原化记》里是一篇上乘之作。

《原化记》里还有一些女侠的故事。《车中女子》(《广记》卷193)是写一个女的盗魁,偷了宫中的财宝。一个明经举人因借马受到牵连,陷入监狱。那个女子就飞来把他救了出去。故事情节十分离奇,惊险动人。《崔慎思》(《广记》卷194)情节与《集异记》的《贾人妻》、《国史补》中的《妾报父冤事》相似。崔慎思娶一少妇为妾,生了一个儿子。某一夜,妇人提着一个人头回来,说是为父亲报了仇,现在她要走了。走后又转身回来,说要给孩子喂奶。进房后好久才出来,从此就一去不返。崔慎思进房一看,儿子已被杀了。这个故事写侠女那么沉着刚烈,为了报仇,严守秘密,两年多不露声色;为了断绝情念,竟不惜杀掉自己亲生的儿子。这种不同寻常的性格,简直使人不能理解。她英雄气壮而儿女情薄,对丈夫和儿子的爱,都被对仇人的恨所压倒了。唐代小说里这样的故事很多,似乎当时人很欣赏这种苦心孤诣的坚毅性格。《聊斋志异》里有一篇《侠女》,故事情节和《崔慎思》基本相同。可是蒲松龄加了许多细节,侠女的性格更为复杂了。她不但没有杀儿子,而且正是为顾生延续子嗣而献身,以报答他照顾她母亲之恩,那就加上了许多封建道德的色彩了。从对比中更可以看出唐代妇女思想的解放、性格的坚强，都是后世妇女所缺乏的。当然，从小说的技巧看，则远不及《聊斋志异》那么精细工巧。

《原化记》里的《吴堪》(《广记》卷83)是一个流传很广的民间故事。《异苑》卷2有《吴龛》故事，叙吴龛拾了一个五色浮石回家，化为一个女子。《搜神后记》卷5则有一个谢端遇白水素女的故事，说的是螺精化成的美女(《太平御览》卷703又引作《续齐谐记》)。从其相同的地方看，吴堪的名字似乎从吴龛演变而来，而螺精变为美女的情节又是从白水素女沿袭下来的。《原化记》又加出了新的情节，县官要夺走吴堪的妻子，白螺精找来了怪兽蜗斗，放出火来把县官烧死。这个故事表现了反抗压迫、消灭恶霸的斗争，思想内容更丰富了。

《崔尉子》(《广记》卷121)是白罗衫类型的故事，与《乾𦠆子》的《陈义郎》情节相似。两书都说是天宝间事，不知哪一个写作在前。从《原化记》全书看，它采自民间传说的成分较多。

《原化记》有不少故事很富于传奇性，情节曲折新奇，但文采较差，作者似乎并不大着意于文字技巧。如上引的《京都儒士》，细节描写还算是比较好的，但末尾连用三个"乃"字作说明，就显得呆板累赘。

闻 奇 录

《闻奇录》，《崇文总目》小说类著录，三卷。陈振孙《直斋书录解题》作一卷，说："不著名氏，当是唐末人。"作者无考，原书也已失传，《太平广记》引有佚文，记有唐昭宗时事(《广记》卷500《李克助》)，当作于其后。佚文中有一些记当时的朝政史实，似属杂史笔记，但多数还是志怪故事。有几条又见于今本

《玉泉子》,恐怕是后人抄袭《闻奇录》而伪托《玉泉子》的。《唐人百家小说》、《五朝小说》、《唐人说荟》中有署名于逖的《闻奇录》,则是伪书,与本书无关。

《闻奇录》的篇幅一般都很短,近似六朝志怪,如《广记》卷407引《瘿槐》条,只有几十字。

> 华州三家店西北道边,有槐甚大,葱郁周回,可荫数亩。槐有瘿,形如二猪,相趁奔走,其回顾口耳头足,一如塑者。

又如《广记》卷352引《王绍》条:

> 明经王绍,夜深读书,有人隔窗借笔,绍借之。于窗上题诗曰:"何人窗下读书声,南斗阑干北斗横。千里思家归不得,春风肠断石头城。"诗讫,寂然无声,乃知非人也。

故事非常简单,但这首诗却只能是唐以后的作品。这一点就和六朝志怪显然不同了。

比较值得注意的是《苏检》(《广记》卷279)一篇:

> 苏检登第,归吴省家,行及同州澄城县,止于县楼上。醉后,梦其妻取笔砚,箧中取红笺剪数寸而为诗曰:"楚水平如镜,周回白鸟飞。金陵几多地,一去不知归。"检亦裁蜀笺而赋诗曰:"还吴东去下澄城,楼上清风酒半醒。想得到家春欲暮,海棠千树已凋零。"诗成,俱送于所卧席下。又见其妻笞检所挈小青极甚。及寤,乃于席下得其诗。视箧中红笺,亦有剪处。小青其日暴疾。已而东去,及鄂岳已来,舍陆登舟。小青之疾转甚,去家三十余里,乃卒。梦小青云:"瘗我北岸新茔之后。"及殡于北岸,乃遇一新茔,依梦中所约瘗之。及归,妻已卒。问其日,乃澄城县所梦之日。谒其茔,乃瘗小青坟之前也。时乃春暮,其茔四面多是

海棠花也。

这个故事后来竟转嫁在五代人钟辐身上,见于文莹《湘山野录》卷中。为了便于对照,附录于后:

> 江南钟辐者,金陵之才生,恃少年有文,气豪体傲。……时樊若水女才质双盛,爱辐之才而妻之。始燕尔,科诏遂下,时后周都洛,辐入洛应书,果中选于甲科第二。方得意,狂放不还,携一女仆曰青箱,所在疏纵。过华州之蒲城,其宰仍故人,亦蕴藉之士,延留久之。一夕盛暑,追凉于县楼,痛饮而寝,青箱侍之。是夕,梦其妻出一诗为示,怨责颇深。诗曰:"楚水平如练,双双白鸟飞。金陵几多地,一去不言归。"梦中怀愧,亦戏答一诗曰:"还吴东下过蒲城,楼上清风酒半醒。想得到家春已暮,海棠千树欲凋零。"既寤,颇厌之,因理装渐归。将至采石渡,青箱心疼,数刻暴卒。生感悼无奈,匆匆槀葬于一新坟之侧,急图到家。至则门巷空阒,榛荆封蔀,妻亦亡已数月。访亲邻,樊亡之夜,乃梦于县楼之夕也。后数日,亲友具舟携辐致奠于葬所,即青箱槀葬之侧新坟,乃是不植他木,惟海棠数枝,方叶凋萼谢,正合诗中之句。因拊膺长恸曰:"信乎,浮图师'及第家亡'之告!"因竟不仕,隐钟山,著书守道,寿八十馀。江南诸书及小说皆无,惟潘祐集中有《樊氏墓志》,事与此稍同。

两种书的情节几乎全同,只是人名不同。文莹说:"江南诸书及小说皆无",好像他是根据传闻记录的;又说:"潘祐集中有《樊氏墓志》",似乎又确有其事。"潘祐"当作"潘佑",著有《潘舍人集》,他是南唐人,因直谏被李后主迫害而自杀。《分门古今类事》卷10《钟辐亡家》引这个故事就作《潘佑集》。钟辐的故事可能是从苏检的故事脱化而来,当然也不能排除《闻奇录》编撰在南唐末年,倒是据有关钟辐的传说改编而成。① 不过,《闻奇录》收入太平兴国二年(977)编纂的《太平广记》,早在文莹之前。而且书中所记都是唐代故事,没有五代十国的事。文莹说"江南诸书及小说皆无",说明他没有见过《闻奇录》,因此苏检故事在前的可能性更大一些。由于《闻奇录》的作者生平不详,我们姑且把它列在晚唐作品一起。

《闻奇录》中还有一篇影响很大的作品,就是《画工》(《广记》卷286):

> 唐进士赵颜,于画工处得一软障,图一妇人甚丽。颜谓画工曰:"世无其人也。如何令生,某愿纳为妻。"画工曰:"余神画也。此亦有名,曰真真。呼其名百日,昼夜不歇,即必应之。应则以百家彩灰酒灌之,必活。"颜如其言,遂呼之百日,昼夜不止。乃应曰:"诺。"急以百家彩灰酒灌,遂活,下步言笑饮食如常。曰:"谢君召妾,妾愿事箕帚。"终岁生一儿。儿年两岁,友人曰:"此妖也,必与君为患。余有神剑,可斩之。"其夕,乃遗颜剑。剑才及颜室,真真乃泣曰:"妾南岳地仙也,无何为人画妾之形,君又呼妾名,既不夺君愿。君今疑妾,妾不可住。"言讫,携其子却上软障,呕出先所饮百家彩灰酒。睹其障,唯添一孩子,皆是画焉。

这个"画里真真"的故事,后来常被引作典故。实际上它是一个很深刻的悲剧,就像白娘子故事,一头美满的婚姻,却被多事的"好心人"破坏了。《平妖传》里《胡员外典当得仙画》以至现代电影《画中人》的故事情节,也还有和"画里真真"构思相同的地方。

---

① 《花草粹编》卷8有钟辐《卜算子慢》词,题"寄妓青箱",显为晚出。

云 溪 友 议 附本事诗

《云溪友议》,《新唐书·艺文志》小说类著录,三卷,范摅撰,注:"咸通时,自称五云溪人。"书中《江客仁》条说"乾符己丑岁客于雪川,值李生细述其事"。乾符(874—879)只有己亥,没己丑年,大概是记错了。总之,范摅是唐僖宗时人,确切的年代不可考。《唐诗纪事》卷71载范摅与方干同时。《云溪友议》前人都列为小说,实际上记诗人轶事的居多数,近似诗话,保存了不少文学史料。现存有三卷本和十二卷本两种,内容相同。

《云溪友议》中比较著名的故事是《玉箫化》①,讲韦皋与姜家的婢女玉箫相爱,分别时留一枚玉指环给她,约定五到七年后来娶她。韦皋八年不来,玉箫绝食而死。后来韦皋请祖山人召唤玉箫的灵魂相见,她说托生十二年后再为侍妾。韦皋以后得到一个歌妓,也名玉箫,中指有肉环鼓出,就和带着玉指环一样。元人乔吉的《玉箫女两世姻缘》杂剧和《石点头》第九卷《玉箫女再世玉环缘》,就是演这个故事。还有《题红怨》故事,记了两件事:

> 明皇代,以杨妃、虢国宠盛,宫娥皆愿衰悴,不备掖庭。常书落叶,随御水而流,云:"旧宠悲秋扇,新恩寄早春。聊题一片叶,将寄接流人。"顾况著作闻而和之,既达宸聪,遣出禁内者不少,或有五使之号焉。和曰:"愁见莺啼柳絮飞,上阳宫女断肠时。君恩不禁东流水,叶上题诗寄与谁?"卢渥舍人应举之岁,偶临御沟,见一红叶,命仆搴来。叶上乃有一绝句,置于巾箱,或呈于同志。及宣宗既省宫

---

① 《分门古今类事》卷4引这故事作《逸史》,存疑。

人,初下诏许从百官司吏,独不许贡举人。后亦一任范阳,获其退宫,睹红叶而吁怨久之,曰:"当时偶题随流,不谓郎君收藏巾箧。"验其书,无不讶焉。诗曰:"水流何太急,深宫尽日闲。殷勤谢红叶,好去到人间。"

这两个故事都只说宫人题诗随水流出,没有说和诗再流入宫中,顾况的和诗也没有再寄回题诗的宫人。后来前一段被改写后收入孟棨《本事诗》,就说顾况在上游把叶子放于水里再流入宫中,显然有所扩展了。后一段卢渥故事则被宋人张实改写为《流红记》,把卢渥改名于祐,也题诗叶上流入宫中。后来娶得出宫的宫人韩氏,又见到了韩氏再次所作的诗。这是综合了顾况和卢渥两件事而再创作的。红叶题诗的故事从此就更为流传了。

《云溪友议》还有一些较有影响的篇章,如《苎萝遇》记王轩遇西施故事,宋人《翰府名谈》、《绿窗新话》又据之加以铺叙;《三乡略》记无名寡妇在三乡题的诗和序,《类说》本的《丽情集》里又有一些《云溪友议》所没有的文字,据分析题诗的妇人名李弄玉。于此也可见后人确是把《云溪友议》当作小说的素材了。《四库全书总目》说:"然六十五条之中,诗话居十之七八,大抵为孟棨《本事诗》所未载,逸篇琐事,颇赖以传。又以唐人说唐诗,耳目所接,终较后人为近。故考唐诗者如计有功《纪事》诸书,往往据之以为证焉。"其实作为唐诗的研究资料是不大可靠的,引用时必须谨慎地加以考证核实。

《本事诗》是一部纪事体的诗话,《新唐书·艺文志》列在总集类,但所收故事多出自小说,后人也把它当作小说来看待。作者孟棨(一作孟启),字初中。自序作于光启二年(886)。王定保《摭言》卷4《与恩地旧交》条说:"孟棨年长于小魏公。放榜日,榮出行曲谢。沆泣曰:'先辈,吾师也。'沆泣,榮亦泣。榮出入场籍三十馀年。"裴沆于乾符二年(875)知贡举,可知孟榮及第的年代,当时他年龄已经很大。现存《顾氏文房小说》本自序题衔作"前尚书司勋郎中赐紫金鱼袋"。书中情感门载韩翃故事,结尾说"开成(836—840)中余罢梧州",可能是转录旧文,不一定就是他自己的经历。因为这还是他登第前约四十年的事。

《本事诗》一卷,分情感、事感、高逸、怨愤、征异、征咎、嘲戏七章。以情感列于第一,可见作者的注意所在。其中如乐昌公主破镜重圆、韩翃柳氏寄章台柳诗、顾况红叶题诗等故事,都很有名。这里引录只见于本书的崔护题门故事,以示一斑。

博陵崔护,姿质甚美,而孤洁寡合。举进士下第。清明日,独游都城南,得居人庄,一亩之官,而花木丛萃,寂若无人。叩门久之,有女子自门隙窥之,问曰:"谁耶?"以姓字对,曰:"寻春独行,酒渴求饮。"女入以杯水至,开门设床命坐,独倚小桃斜柯伫立,而意属殊厚,妖姿媚态,绰有馀妍。崔以言挑之,不对,目注者久之。崔辞去,送至门,如不胜情而入。崔亦眷盼而归。尔后绝不复至。及来岁清明日,忽思之,情不可抑,径往寻之。门墙如故,而已锁扃之。因题诗于左扉曰:"去年今日此门中,人面桃花相映红。人面只今何处去?桃花依旧笑春风。"后数日,偶至都城南,复往寻之,闻其中有哭声,叩门问之。有老父出曰:"君非崔护耶?"曰:"是也。"又哭曰:"君杀吾女!"护惊恒,莫知所答。老父曰:"吾女笄年知书,未适人。自去年以来,常恍惚若有所失。比日与之出,及归,见左扉有字,读之,入门而病,遂绝食数日而死。吾老矣,一女所以不嫁者,将求君子以托吾身。今不幸而殒,得非君杀之耶!"又持崔大哭。崔亦感恸,请入哭之。尚俨然在床。崔举其首枕其股,哭而祝曰:

"某在斯。"须臾开目,半日复活。父大喜,遂以女归之。
(《顾氏文房小说》本,据《太平广记》卷274校正)

第九章　小说化的传记、杂史

兰　亭　记

唐代小说与传记文同出一源,很难划清界限。除了已被大家公认为小说的,还有不少记录史事的作品,论其文学价值并不在某些小说之下。事实上我们也无法分辨它到底有多少事实,有多少虚构,姑且称之为小说化的传记,与小说分别论述。这类作品应推何延之的《兰亭记》为最早。

《兰亭记》载于张彦远《法书要录》卷3,《太平广记》卷208引录时删去首尾,题作《购兰亭序》。记载的是唐太宗听说王羲之的《兰亭记》传到了辨才禅师手里,曾多次向辨才追问,辨才始终说不知所在。唐太宗派了监察御史萧翼去查访。萧翼微服私行,假扮卖蚕种的山东书生,到永欣寺里与辨才交往,一起围棋抚琴,谈说文史,十分投机。后来谈到书法,萧翼又拿出二王法书给辨才鉴赏。辨才不禁竟说出自己藏有《兰亭序》的真迹。萧翼装作不信,辨才就从梁上暗槛里取出《兰亭序》给萧翼看。最后萧翼趁辨才出外,就偷走了《兰亭序》,再召见辨才,宣称他是奉皇帝的命令来的。辨才听了当场昏倒在地,一年后就病死了。何延之从辨才的弟子玄素那里听到这个故事,才记录了下来。这篇记对萧翼诈骗的细节写得非常具体,像间谍故事一样引人入胜,客观上却揭露了唐太宗的丑恶面目。他自命风雅,爱好王羲之的书法,却不惜用卑劣手段夺人所好,直到临死时还嘱咐他儿子说,要把《兰亭序》带到坟墓里去。唐太宗这种极端自私的占有欲,已经达到了疯狂的程度。《兰亭序》描写萧翼的才能和机智,实在也不足称道。这里摘录一段,以见一斑。

> 翼示师梁元帝自画《职贡图》,师嗟赏不已。因谈论翰墨,翼曰:"弟子先门皆传二王楷书法,弟子又幼来耽玩,今亦有数帖自随。"辨才欣然曰:"明日来,可把此看。"翼依期而往,出其书以示辨才。辨才熟详之,曰:"是即是矣,然未佳善。贫道有一真迹,颇亦殊常。"翼曰:"何帖?"辨才曰:"《兰亭》。"翼佯笑曰:"数经乱离,真迹岂在,必是响拓伪作耳。"辨才曰:"禅师在日保惜,临亡之时,亲付于吾。付受有绪,那得参差。可明日来看。"及翼到,师自于屋梁上槛内出之。翼见讫,故驳瑕指颣曰:"果是响拓书也。"纷竞不定。自示翼之后,更不复安于梁槛上,并萧翼二王诸帖,并借留置于几案之间。

《兰亭记》写于开元甲寅(714)。何延之于开元十年(722)时任均州刺史,命他儿子永写了一本进献给皇帝,曾得到奖赏。桑世昌《兰亭考》收此文,结尾题衔作"朝议郎行职方员外郎上柱国何延之"。从《兰亭记》本文看,似乎切实可信,但历来有人表示怀疑。据刘𣫻《隋唐嘉话》卷下说:

> 王右军《兰亭序》,梁乱出在外,陈天嘉中为僧永所得。至太建中,献之宣帝。隋平陈日,或以献晋王,王不之宝。后僧果从帝借拓。及登极,竟未从索。果师死后,弟子僧辨得之。太宗为秦王日,见拓本惊喜,乃贵价市大王书《兰亭》,终不至焉。及知在辨师处,使萧翊就越州求得之,以武德四年入秦府。

刘𣫻的年代稍晚于何延之,他的说法与《兰亭记》大致相同,萧朔应即萧翼,只是时代较早,不是贞观中而是武德四年。宋钱易《南部新书》丁集说:"《兰亭》者,武德四年欧阳询就越访求得之,始入秦王府。"年份与《隋唐嘉话》所说相符,而访求者却说是欧阳询。赵彦卫《云麓漫钞》卷6引唐野史的说法,又和上举各书不同。这本"野史"所说萧翼赚《兰亭》的故事与《兰亭记》大体相同,但是有不少新奇荒诞的情节,更像是小说了。原文比《兰亭记》简短,现据《云麓漫钞》移录如下:

贞观中,太宗尝与魏征论书,征奏曰:"王右军昔在永和九年暮春之月,修禊事于兰亭,酒酣书序,时白云先生降其室而叹息之。此帖流传至于智永,右军仍孙也,为浮屠氏于越州云门寺。智永亡,传之弟子辨才。"上闻之,即欲诏取之。征曰:"辨才宝此过于头目,未易遽索。"后因召至长安,上作赝本出示以试之。辨才曰:"右军作此三百七十五字,始梦天台子真传授笔诀,以永字为法。此本乃后人模仿尔。所恨臣所收真迹,昔因隋乱,以石函藏之本院,兵火之馀,求之不得。"上密遣使人搜访,但得智永《千文》而归。既而辨才托疾还山,上乃夜祝于天,是夜梦守殿神告以此帖尚存。遂令西台御史萧翼持梁元帝画山水图、大令书《般若心经》为饵,赚取以进。翼至越,舍于静林坊客舍,着纱帽大袖布衫,往谒辨才,且诳以愿从师出家。遂留同处,乃取山水图并《心经》以遗之。辨才曰:"此两种料上方亦无之。去岁上出《兰亭》模本,唯老僧知其伪。试将真迹睨秀才,如何?"翼见之,佯为轻易,且云:"此亦模本尔。"辨才曰:"叶公好龙,见真龙而憎。以子方之,顾不虚也。"一日,辨才持钵城中,携翼以往。翼潜归寺中,绐守房童子以和尚令取净巾,遂窃《兰亭》及山水图、《心经》复回客舍,方易服报观察使至后亭,召辨才,出诏示之。辨才惊骇,举身仆地,久之方苏。翼日,即诣阙投进。上焚香授之,百僚称贺。拜翼献书侯,赐宅一区,钱币有差。及赐辨才米千斛、二十万钱。上于内殿学书,不舍昼夜。既成,书以赐欧阳询等。

我们如果把它和《兰亭记》比较一下,就可以发现它有很多不合理的地方。赵彦卫曾作了分析,指出它的七处谬误:

> 按《唐书》,开元二十二年初置十道采访处置使。至德三年,改采访为观察处置。太宗时焉得有观察使,一谬也。又龙朔二年改门下省为东台,中书省为西台。太宗时焉得有西台御史,二谬也。《三藏记》云:"玄奘法师周游西宇十有七年,唐贞观十九年二月六日奉敕于宏福寺翻译圣文,凡六百五十部。"《心经》预焉。右军时焉得有《心经》,其谬三也。唐太宗一朝,文字最为详备。所谓拜献书侯与夫赐宅及百寮称贺等,不应史册不载,其谬四也。《兰亭》盖是右军适意书,他日别书之终不及前。岂有白云先生、天台子真、守殿神告等事,其谬五也。萧翼为御史,焉得潜出关而朝野皆不知,至与僧为侍人,其谬六也。太宗开国之文君,不应赚脱一僧而取玩好,其谬七也。

这七处谬误中的前六处,如白云先生、天台子真、守殿神等,在何延之的《兰亭记》里都不存在。只有第七个谬误,赵彦卫从维护唐太宗的尊严出发,说他"不应赚脱一僧而取玩好",则理由并不充足。明人宋濂在《跋西台御史萧翼赚兰亭图后》中说"文皇天纵人豪,未必为此琐屑也"[①],也是这种观点。其实,唐太宗有巧取豪夺的行为并不奇怪,从《兰亭记》和"野史"的对比中,正

---

① 《宋学士文集·翰苑别集》卷3。宋濂引刘悚《传记》说,求得《兰亭序》的是欧阳询,时在武德二年,又与《隋唐嘉话》不同,不知何据。

可以说明前者的记载还比较可信。它与《隋唐嘉话》的说法并无矛盾,不过刘悚没有明白交代萧翼是怎么求得的,可能是为尊者讳而已。至于后来逐渐加强了传奇性,正是小说发展过程中的常见现象。唐代流传这个故事,大概是事出有因。后世元人白朴有《萧翼赚兰亭》杂剧演这个故事,可惜已失传。

邺侯家传与邺侯外传 附崔少玄传

李泌是唐代的名臣,有一些奇特的事迹。他的儿子李繁写了一本家传,共十卷。《新唐书·艺文志》传记类著录作《相国邺侯家传》。《直斋书录解题》作《邺侯家传》,解题说:

> 唐亳州刺史京兆李繁撰。繁,宰相泌之子,坐事下狱,知且死,恐先人功业泯灭,从吏求废纸拙笔为传。按《中兴书目》,有柳玭后序,今无之。繁尝为通州①,韩愈送诸葛觉诗所谓"邺侯家多书,插架三万轴"者也。其曰:"行年馀五十,出守数已六。屡为丞相言,重恳不见录。"则韩公于繁,亦拳拳矣。新旧史本传称繁无行,诬言裴延龄以误阳城,师事梁肃而烝其室,殆非人类。然则韩公无乃溢美。而所述其父事,庸可尽信乎!

《邺侯家传》未见传本。《绀珠集》、《类说》节引了二十多段,《玉海》里也引有佚文。司马光《资治通鉴》曾采用了《邺侯家传》的材料,又在《考异》里引证了一些片断。从现存佚文看,传中有些夸张和神异的事迹近似小说。如《类说》卷2所引:

> 泌少时身极轻,能于屏风上行,薰笼上立。有异人云:

---

① 据《昌黎集》卷7《送诸葛觉往随州读书》诗,当作随州。

"此儿十五必升腾。"父母恶之,忽闻空中异香,作蒜汁泼之,恐其飞腾也。既长,辟谷。每导引,骨节珊然,人谓之锁子骨。

《资治通鉴》卷224《考异》引:

> 到山四岁而二圣登遐。代宗践祚,命中人手诏驲骑征先公于衡岳。先是半年前,先公夜遇盗三人,为其所拉,而投之于悬涧,及日出,乃寤,下藉树叶丈馀,都无所伤,缘岩攀萝而出,不敢至旧居,山中人初以为仙去。及中贵将至,先公大惧,沐浴更衣以俟命,乃代宗践祚之征也。疑盗为张后及辅国所遣,亦竟不知其由。

《太平广记》卷38引《邺侯外传》一篇,不注作者姓名。传中有不少事迹见于《家传》的佚文,但还有不少《家传》的内容未见采用,大概是后人根据李繁的《家传》摘编的。明初宋濂《题新修李邺侯传后》说,有一位朱右,曾"据泌之子繁所录《家传》十卷,参考群书,仿前贤删正陶潜、诸葛亮二传,芟繁撷华,重为泌传一通"①。那是明代的事,不会收入《广记》。但说明明代初年李繁《邺侯家传》还流传于世。现在保存在《古今说海》、《唐人说荟》等书里的《邺侯外传》,都和《广记》本相同,只有一卷。结尾处说:"事迹终始具邺侯传。"似乎就是指《邺侯家传》。其中李邺侯救窦庭芝一段,又见于《剧谈录》卷上,文字也基本一致。

《邺侯外传》中有不少神奇事迹,近于神仙家的故事。唐人还有一些神仙传,更近于小说家言。尤其是女仙故事,更为盛行。如现存《南岳魏夫人传》,是记晋人魏华存得到神仙所授宝

---

① 《宋学士文集·翰苑别集》卷3。

经而学道成仙的故事。《顾氏文房小说》本不著作者,翻刻本《虞初志》署颜真卿撰,重编《说郛》卷113题蔡伟撰。《太平广记》卷58《魏夫人》条注出《集仙录》及本传,末尾说:"玄宗敕道士蔡伟编入《后仙传》。大历三年戊申,鲁国公颜真卿重加修葺,立碑以纪其事焉。"按颜真卿《文忠集》卷9有《晋紫虚元君领上真司命南岳夫人魏夫人仙坛碑铭》,前半篇引述晋范邈的《紫虚元君南岳魏夫人传》,与今本《魏夫人传》基本相同。颜真卿是唐代的忠烈名臣,而曾为魏夫人作碑,因而他死后有许多神奇传说,也就不足为怪了。颜真卿的神奇故事,详见《广记》卷32,是根据《仙传拾遗》等几种书编纂而成的。

更近于小说的是《崔少玄传》,见《太平广记》卷67,原无作者姓名,翻刻本《虞初志》等书题王建撰,不知所据。本文提到:"至景(丙)申年中……因诗酒夜话,论及神仙之事。时会中皆贵道尚德,各征其异。殿中侍御史郭固、左拾遗齐推、右司马韦宗卿、王建皆与崔恭有旧,因审少玄之事于陲。陲出涕泣,恨其妻所留之诗,绝无会者。"王建曾参与这次夜话,列名于后。有人据此考证这篇《崔少玄传》确为王建所作[①]。但《新唐书·艺文志》著录有正元师《谪仙崔少玄传》二卷,《崇文总目》著录一卷,题王元师撰,可能是《崔少玄传》的不同版本。

《崔少玄传》叙崔恭的女儿少玄,嫁卢陲为妻之后,有神仙来找她,称她为玉华君。崔少玄告诉卢陲说,她本来是玉皇左侍书,居于无欲天,因退居静室时"恍惚如有欲想,太上责之,谪居人世"。这种情节与民间传说所谓玉女思凡谪落人间的

---

① 卞孝萱《关于王建的几个问题》,载《文学遗产增刊》第8辑,中华书局1961年第1版。

故事相似，不过卢陲却只是一个普通的凡人，少玄留给他的诗也理解不了。崔少玄在人间生活了二十三年，又被召回为玉皇左侍书。这个故事在当时广为流传，同时人长孙巨泽也写有《卢陲妻传》（《全唐文》卷717），内容大致相同。从《崔少玄传》中"诗酒夜话"、"各征其异"的叙述看，和《任氏传》、《庐江冯媪传》、《异梦录》等传奇文的撰写因由相同，恐怕有不少创作的成分。不过《崔少玄传》虽然事迹神奇而缺乏新意，毫无动人的情节。唐人小说中有不少类似的故事，如《续玄怪录》的《杨敬真》、《通幽记》的《妙女》等，后来大多收入杜光庭的《墉城集仙录》（参看后面五代十国小说一章中杜光庭一节）。

高力士外传

《高力士外传》，《新唐书·艺文志》杂传记类著录作《高氏外传》，《直斋书录解题》已作《高力士外传》，今本均同此题。郭湜撰。本文结尾处说：

> 大理司直太原郭湜曰……嗟乎，淫刑以逞，谁得无罪！湜同病者，报以志之。况与高公俱婴谴累，每接言论，敢不书绅。

看来他是和高力士同时遭到迫害的。传中称代宗为"今上"。《新唐书·艺文志》注说他是"大历大理司直"，与传文相合。岑仲勉《郎官石柱题名新考订》引拓本大历十三年《宗室李华志》说："夫人太原郭氏，即户部员外郎湜之长女。"可知郭湜于大历十三年（778）时任户部员外郎。

高力士，两《唐书》有传，这篇外传记载他的轶事，可作正史的补充，虽以高力士为传主，但实际上多记唐玄宗的事迹。传中记李辅国凌逼唐明皇，迫害高力士，较为具体，《资治通鉴》记事很多和《高力士外传》相同。如传文中移宫一节：

> 乾元元年冬，上皇幸温泉宫，二十日却归。因此被贼臣李辅国阴谋不轨，欲令猜阻，更树勋庸。移仗之端，莫不由此。……上元元年七月，太上皇移仗西内安置，高公窜谪巫州，皆辅国之计也。上皇在兴庆宫先留厩马三百匹，欲移仗前一日，辅国矫诏索所留马，惟留十匹。有司奏陈，上皇谓高公曰："常用辅国之谋，我儿不得终孝道。明早向北内。"及晓，至北内，皇帝使人起拜云："两日来疹病，不复亲起拜伏，伏愿且留吃饭。"饭毕，又曰："且归南内。"至夹城，忽闻戛戛声，上惊回顾，见辅国领铁骑数百人便逼近御马，辅国便持御马。高公惊下争持，曰："纵有他变，须存礼仪，何得惊御！"辅国叱曰："老翁大不解事，且去！"即斩高公从者一人。高公即拢御马，直至西内安置。自辰及酉，然后老宫婢十数人将随身衣物至，一时号泣，上皇止之。……每日上皇与高公亲看扫除庭院，芟薙草木。或讲经、论议、转变、说话，虽不近文律，终冀悦圣情。

这里提到"讲经、论议、转变、说话"等节目，就给小说史提供了重要史料，常为研究者引证。

《高力士外传》和《安禄山事迹》等，叶德辉曾编入《唐开元小说六种》。鲁迅《中国小说史略》第九篇《唐之传奇文》（下）说："郭湜之《高力士外传》、姚汝能之《安禄山事迹》等……特以行文枝蔓，或拾事琐屑，故后人亦每以小说视之。"《安禄山事迹》记事更为琐屑，分为三卷，上卷叙安禄山始生至唐玄宗宠遇,中卷叙安禄山作乱,下卷叙安禄山僭号被杀,连带安庆绪、史思明的事迹。这书完全是野史轶闻,前人书目都没有把它列入小说类的。

欧阳詹传

《闽川名士传》,黄璞撰,《新唐书·艺文志》杂传记类著录,一卷。注:"字绍山,大顺中进士第。"《直斋书录解题》卷7说:"唐崇文馆校书郎黄璞所记人物,自薛令之而下,凡五十四人。"这是一部人物传记,但书中有一些传奇性的记事。最著名的是《欧阳詹传》,见《太平广记》卷274。欧阳詹是贞元八年(792)与韩愈同榜中进士的,经过四次吏部考试,才任国子监四门助教。他与一个太原妓相爱,大概因为穷而不能如约去接她。太原妓思念成病,遗诗而逝。《闽川名士传》载:

> 欧阳詹字行周,泉州晋江人。弱冠能属文,天纵浩汗。贞元年登进士第,毕关试,薄游太原,于乐籍中因有所悦,情甚相得。及归,乃与之盟曰:"至都,当相迎耳。"即洒泣而别,仍赠之诗曰:"驱马渐觉远,回头长路尘。高城已不见,况复城中人。去意既未甘,居情谅多辛。五原东北晋,千里西南秦。一屦不出门,一车无停轮。流萍与系瓠,早晚期相亲。"寻除国子四门助教,住京。籍中者思之不已,经年得病且甚,乃危妆引髻,刃而匣之,顾谓女弟曰:"吾其死矣!苟欧阳生使至,可以是为信。"又遗之诗曰:"自从别后减容光,半是思郎半恨郎。欲识旧时云髻样,为奴开取缕金箱。"绝笔而逝。及詹使至,女弟如言,径持归京,具白其事。詹启函阅之,一恸而卒。

欧阳詹的友人孟简为他写了首长诗①,详叙其事,诗前有序,也哀婉动人。韩愈写《欧阳生哀辞》时却有意回避这事,大概是为欧阳詹隐讳他殉情而死的风流遗恨。其实像欧阳詹这样忠于爱情,倒比《霍小玉传》中的李益更值得宣扬一番。欧阳詹大约死于贞元十七年(801)之前,这首太原妓的诗有"自从别后减容光,半是思郎半恨郎"的句子,《莺莺传》里"自从消瘦减容光"的诗可能还是从这里脱化出来的。这是一个文人和妓女的爱情悲剧,《闽川名士传》虽然写得比较简朴,但引录了孟简的长诗,又增加了一些文采,如果放在唐人传奇中,也并不逊色。清人小说《花月痕》里有两句诗:"薄命怜卿甘作妾,伤心恨我未成名。"也可以移植到欧阳詹身上,这是才子佳人小说中的一个类型。《闽川名士传》现存佚文不多,其馀各篇都不能与此相比。

大 业 拾 遗 记

《大业拾遗记》,原名《南部烟花录》,晁公武《郡斋读书志》杂史类著录:"唐颜师古撰。载隋炀帝时宫中秘事。僧志彻得之瓦官阁简笔中。一名《大业拾遗记》。"现存各本又题作《隋遗录》。《百川学海》本有跋说:

> 右《大业拾遗记》者,上元县南朝故都,梁建瓦棺寺阁,阁南隅有双阁,闻之,忘记岁月。会昌中,诏拆浮屠,因开之,得笱(引者按:似当作笋)笔千馀头,中藏书一帙,虽皆随手靡溃,而文字可纪者,乃《隋书》遗稿也。中有生白藤纸数幅,题为《南部烟花录》,僧志彻得之。及焚释氏群经,僧人惜其香轴,争取纸尾拆去,视轴皆有鲁郡文忠颜公名,

---

① 《全唐诗》卷473题作《咏欧阳行周事》。

题云手写是录。即前之荀笔,可不举而知也。志彻得录前事,及取《隋书》校之,多隐文,特有符会,而事颇简脱。岂不以国初将相,争以王道辅政,颜公不欲华靡前迹,因而削乎?今尧风已还,德车斯驾,独惜斯文湮没,不得为辞人才子谈柄,故编云《大业拾遗记》。本文缺落,凡十七八,悉从而补之矣。

这篇跋文写得含糊其辞,作者和年代都没有交代。《南部烟花录》原无作者姓名,只因卷轴上有颜公题名,就定为颜师古的《隋书》遗稿,这本来就不可靠①。又说"本文缺洛,凡十七八",似乎经过僧志彻补编,才改题为《大业拾遗记》。可见它已经不是《南部烟花录》的原貌。这篇跋文是谁的手笔,也很难确定②。鲁迅说:"本文与跋,词意荒率,似一手所为。"(《唐宋传奇集·稗边小缀》)肯定它不是颜师古的作品。但是它的年代和内容,还有待于考证。

宋人蔡居厚《诗史》说:"《南部烟花录》文理极俗,又载陈叔宝诗云:'夕阳如有意,偏旁小窗明。'此乃唐人方棫诗,非叔宝作。兼六朝人大抵不如此。《唐艺文志》载《烟花录》乃记广陵行幸事,此本已无,唐末人伪作此书尔。"(《诗话总龟》前集卷2引)他除了指出陈叔宝诗不可信之外,还指出曾有一本记广陵行幸事的《烟花录》,已经失传,而今本则是唐末人伪作的。据《大业拾遗记》的跋文说是会昌午间拆庙时发现的原稿,它的改编订补当然在会昌(841—846)之后。说它是唐末人伪作,大概

---

① 谥"文忠"的是颜师古的五世从孙颜真卿(708—789),见《新唐书》卷153。因此最早也是中唐作品。
② 南宋周南《山房集》卷5《南部烟花录跋》引此跋有"志彻因将《隋书》稿草示予,遂得录前事"等话,似别有所据。但不知"予"是什么人。

就据此而言。

王明清《挥麈馀话》卷1《词人蹈袭》条也有同样的说法，还指出："《大业幸江都记》自有十二卷，唐著作郎杜宝所纂，明清家有之，永平时扬州印本也。""永平"可能指前蜀王建的年号，但很可疑。《大业幸江都记》似乎就是蔡居厚所说的《烟花录》，不过《新唐书·艺文志》并未著录，只有一部杜宝的《大业杂记》，见杂史类。《崇文总目》杂史类著录了杜宝的《大业拾遗》十卷，又有颜师古的《大业拾遗》一卷。看来杜宝的《大业拾遗》，实际上就是《大业杂记》。宋初编纂的《太平广记》引有《大业拾遗记》十三条，与现存颜本《大业拾遗记》完全不同，而与杜宝《大业杂记》却有相同的内容。《广记》卷418《蔡玉》条，就见于现存残本《大业杂记》；卷226《水饰图经》条，卷413《楼阙芝》条，则见于《类说》、《绀珠集》所收《大业杂记》。这部分佚文，看作杜宝的作品，大致是没有问题的。可见，北宋时有两本《大业拾遗记》，一本是杜宝的，一本是托名颜师古的。

《广记》所引的《大业拾遗记》，还有三条与《类说》本的《南部烟花记》相同，而不见于颜本《大业拾遗记》。不妨认为，杜宝的《大业拾遗记》大概就是蔡居厚所说的《烟花录》，还可能就是王明清所说的《大业幸江都记》。然而《类说》本《南部烟花记》中还有八条的内容见于颜本《大业拾遗记》，似乎确有一本未经僧志彻改编的《南部烟花录》，它的原作者不是颜师古而是杜宝。当然，还有另一种可能，那就是伪造颜本《大业拾遗记》的作者曾参考了杜宝的《大业拾遗记》或《大业幸江都记》。无论如何，颜本和杜本之间，还有一定的联系。跋文中明说它以旧本为基础，曾经补正了十之七八，所以不能简单地说它是伪作。僧志彻所见到的《南部烟花录》，可能是杜宝的作品，不过从南宋以后已经散失了。

今本《大业拾遗记》从大业十二年隋炀帝准备幸江都,命麻叔谋开河讲起,写他一路上荒淫纵欲,沉湎酒色。最后在广陵建造迷楼,恣意享乐,引起内外叛乱,终于被宇文化及谋害,"是有焚草之变"。中间写到隋炀帝梦中与陈后主相遇,还请张丽华舞《玉树后庭花》一曲。

> 帝昏湎滋深,往往为妖祟所惑。尝游吴公宅鸡台,恍惚间与陈后主相遇,尚唤帝为殿下。后主戴轻纱皂帻,青绰袖,长裾,绿锦纯缘紫纹方平履。舞女数十许,罗侍左右。中一人迥美,帝屡目之。后主云:"殿下不识此人耶?即丽华也。每忆桃叶山前乘战舰与此子北渡。尔时丽华最恨方倚临春阁试东郭䂥紫毫笔,书小砑红绡作答江令'璧月'句,诗词未终,见韩擒虎跃青骢驹,拥万甲直来冲人,都不存去就,便至今日。"俄以绿文测海蠡酌红梁新酝劝帝。帝饮之甚欢,因请丽华舞《玉树后庭花》。丽华辞以抛掷岁久,自井中出来,腰肢依拒,无复往时姿态。帝再三索之,乃徐起,终一曲。

像这样的情节显然出于虚构,完全是小说的写法。如果把它和《周秦行记》及《传奇》中的《颜濬》等比较,可以看出唐代传奇在描画历史人物上的匠心,自有其独到之处。李商隐《隋宫》诗有"地下若逢陈后主,岂宜重问后庭花"的句子,诗的构思和《大业拾遗记》相同,到底是谁启发了谁呢?我们很难作出确切的判断。如果从《大业拾遗记》重编于会昌之后来推论,李商隐未必会用其中的典故。但是李商隐喜欢在诗里运用小说故事,如"萼绿华来无定所,杜兰香去未移时"(《重过圣女祠》)用六朝小说的典故,"他时燕脯无人寄"(《利州江潭作》)用《梁四公记》的典故,"赵后楼中赤凤来"(《可叹》)用《飞燕外传》的典故,"人间定有崔罗什"(《圣女祠》)用《酉阳杂俎》中的典故,《代越公房妓嘲徐公主》用《独异志》中的典故。《大业拾遗记》或者它的前身《南部烟花录》的故事,李商隐可能也曾见过。五代时孙光宪《河传》"太平天子"词亦即咏隋炀帝遗事。宋代人早就怀疑《大业拾遗记》是唐末人伪作的小说,可是诗词里常用它的典故,如苏轼《南歌子》"笑怕蔷薇罥"、《蝶恋花》"学画鸦儿犹未就"就是用《大业拾遗记》里的情节和词句,可见它对后世很有影响。作为历史小说,还不失为别具特色的作品,如《中国小说史略》所称,"文笔明丽,情致亦绰约可观览者"。

与《大业拾遗记》内容有关连的有《海山记》、《迷楼记》、《开河记》三篇,无名氏撰。《唐人百家小说》等书题韩偓撰,实不可信,因为较早的书里都没有作者姓名。《海山记》见于北宋刘斧编的《青琐高议》后集,《迷楼记》、《开河记》见于明初陶宗仪编的《说郛》等书,本来不题撰人,无所谓伪托问题。《四库全书总目》说"皆近于委巷之传奇,同出依托",实际上它本来就是传奇小说,不过不像是唐人作品,文风近似乐史的《杨太真外传》等。明清的《醒世恒言·隋炀帝逸游召谴》及《隋炀帝艳史》、《隋唐演义》又采用了这几篇传奇小说的情节。

常 侍 言 旨 附上清传、刘幽求传

《常侍言旨》,《新唐书·艺文志》小说家类著录,一卷,柳珵撰。《郡斋读书志》说:"右唐柳珵记其世父登所著,六章,《上清》、《刘幽求传》二传附。"《直斋书录解题》作《柳常侍言旨》。柳珵是史学家柳芳的孙子、柳冕的儿子。柳登是他的伯父。他还著有《柳氏家学要录》二卷(《郡斋读书志》作一卷)。

《常侍言旨》原书分六章,而现存《唐人说荟》本却是七条,

并没有《上清传》、《刘幽求传》。其第一条和第七条《广记》引作《戎幕闲谈》，其馀五条都见于《国史补》卷上，大可怀疑。第一条据原本《说郛》卷5说：

> 玄宗为太上皇时，在兴庆宫，属久雨初晴，幸勤政楼。楼下市人及往来者愈喜，曰："今日再得见我太平天子。"传呼万岁，声动天地。时肃宗不豫，李辅国诬奏云："此皆九仙媛、高力士、陈玄礼之异谋也。"下矫诏迁太上皇于西内，绝其扈从，部伍不过老弱二三十人，及中道，攒刃辉日，辅国统之。太上皇惊，欲坠马数四，左右扶持得免。高力士跃马前进，厉声曰："五十年太平天子，李辅国旧为家臣，不宜无礼！"李辅国下马失辔。又宣太上皇语曰："将士各得好在否？"于是辅国令兵士咸韬刃鞘中，高声云："太上皇万福！"一时拜舞。力士又曰："李辅国拢马。"辅国遂拢马着靴行，与将士等护持太上皇平安到西内。辅国领众既退，太上皇泣持力士手曰："微将军，阿瞒已为兵死鬼矣。"九仙媛、力士、玄礼皆呜咽流涕。翌日竟为辅国所构，流九仙媛于岭南安置，力士、玄礼长流远恶处。此事本在朱崖太尉所续《柳史》第十六条内①，盖以避时事所以不书也。

这一条《广记》卷188引作《戎幕闲谈》，《资治通鉴》卷221的正文与此略有不同，而《考异》中说："(如仙媛)《常侍言旨》作九仙媛。"说明《常侍言旨》确有这个故事。还有张均赐死一条，《通鉴考异》也引作《常侍言旨》，已见前面谈《戎幕闲谈》的一节。

《绀珠集》卷5收《明皇十七事》(即李德裕《次柳氏旧

---

① 《柳史》即《次柳氏旧闻》。宛委本《说郛》引此误作"程史"。

闻》),题下注"柳珵常侍言旨"六字,把《常侍言旨》和《明皇十七事》合为一书。其中有《上清》和《陆九》两条,出自《上清传》;《客土无气》一条,即今本的第七条。另有《颜郎衫色如此》,见于《戎幕闲谈》的《范氏尼》,《剪彩》一条见于《唐语林》卷6,《真卿地仙》一条,亦见《永乐大典》卷7756。

《上清传》,见于《资治通鉴考异》卷19。陈翰《异闻集》也收有这篇,已经把它当作传奇小说看待了。传文叙窦参得罪自杀后,他的宠婢上清被没入宫廷,在德宗皇帝面前替窦参诉冤,说是陆贽陷害了他。德宗怒骂陆贽:"这獠奴!我脱却伊绿衫,便与紫衫着。又常唤伊作陆九。我任使窦参,方称意次,须教我枉杀却他。及至权入伊手,其为软弱,甚于泥团。"就下令为窦参平反。司马光评论说"陆贽贤相,安肯为此",所以不取《上清传》之说。这个故事有些离奇,可能出自陆贽政敌的捏造。《上清传》末尾说:"世以陆贽门生名位多显达者,不敢传说。"正是制造舆论的一种手法①。

《刘幽求传》未见传本。《唐语林》卷3有一篇关于刘幽求事迹的残文,叙刘幽求在协助玄宗推翻韦后政权后,骤然升迁,对以前非笑过他的人进行报复,还自草拜相白麻,夸扬他的功绩。这很可能就出自柳珵的《刘幽求传》,从故事细节看,不完全符合史实,可以说是小说笔法。②

《绀珠集》把《常侍言旨》和《明皇十七事》合而为一,大概事出有因。因为李德裕编著《次柳氏旧闻》,就是根据柳珵父亲

---

① 参看卞孝萱《唐代小说与政治》,载《中华文史论丛》1985年第1辑。
② 参看周勋初《柳珵〈刘幽求传〉钩沉》,见同上书。

柳冕提供的材料，李德裕的父亲李吉甫和柳冕有交往，曾一起谈论过高力士所说的政治轶闻。追根溯源，两部书的史料都来自柳氏，而《戎幕闲谈》的素材又出于李德裕，所以这三部书有错综复杂的关系。

《次柳氏旧闻》序言说是十七事，但还有佚文可补。按《旧唐书·文宗纪》及《册府元龟》卷556，原书当有三卷之多，恐怕不止十七事，今本已有删佚。这部书基本上是杂史笔记，但也有不少神怪故事，如《四库总目提要》所指出的："中如元献皇后服药、张果饮堇汁、无畏三藏祈雨、吴后梦金甲神、兴庆宫小龙、内道场素黄文事，皆涉神怪。其姚崇、魏知古相倾轧及乳媪以他儿易代宗事，亦似非实录，存此以备异闻可也。"可是作者把它当作实录来写，还说是"彼皆目睹，非出传闻"，又叙事简要，缺乏文采，比不上真正的小说。

隋唐嘉话及其他

《新唐书·艺文志》所收的小说很多，有些完全是杂著琐记，如姚元崇《六诫》，刘孝孙、房德懋《事始》，李涪《刊误》等，离现代的小说概念很远。还有一部分野史轶闻，也带有一些故事性，除上面已经谈到的《常侍言旨》，还可以举几种略加论述。

刘𫗧《隋唐嘉话》，最早见于《直斋书录解题》，实即《新唐书·艺文志》所著录的《传记》。现存三卷。李肇《国史补序》说："昔刘𫗧集小说，涉南北朝至开元，著为《传记》。"这部书又名作《小说》，实际上主要是唐代史实。但书中有少量志怪性的故事，如卷下的解奉先转生为牛条，刘𫗧自序曾说明："若解奉先之事，何其明著。友人天水赵良玉睹而告余，故书以记异。"他也是当作史实来记载的。卷上有一条李百药的故事：

> 李德林为内史令,与杨素共执隋政。素功臣豪侈,后房妇女,锦衣玉食千人。德林子百药夜入其室,则其宠妾所召也。素俱执于庭,将斩之。百药年未二十,仪神儁秀,素意惜之,曰:"闻汝善为文,可作诗自叙。称吾意,当免汝死。"后解缚,授以纸笔,立就。素览之欣然,以妾与之,并资从数十万。

这个故事可能就为《虬髯客传》提供了素材。杨素后房姬妾很多,红拂说:"诸妓知其无成,去者众矣。"还是有一点根据的。继《传记》而作的书很多,如李肇《国史补》,《新唐书·艺文志》就列入杂史类了。杂史类还有刘肃《大唐新语》等书,也近于志人体的小说。《世说新语》开创了志人体的轶事小说,《隋书·经籍志》已经把它列入小说类。后世仿作者很多,如王方庆《续世说新书》(已佚),《新唐志》列杂家类。《大唐新语》分三十门,记述唐人的言行故事,虽仿照《世说新语》的体例,但语言艺术较差,文学价值就低了。

《松窗录》,今本题李濬撰,与《崇文总目》相合。李濬有《慧山寺家山记》(《全唐文》卷816),写于乾符六年(879),自叙于乾符四年自校书郎入直史馆,称先丞相李文肃,当为李绅的后人。书中记唐玄宗时的故事,细节较多,提供了一些有趣的轶闻。如李白作《清平调》故事,就出于此书,但实不足信。

> 开元中,禁中初重木芍药,即今牡丹也。得四本,红、紫、浅红、通白者。上因移植于兴庆池东沉香亭前。会花方繁开,上乘月夜,召太真妃以步辇从。诏特选梨园弟子中尤者,得乐十六色。李龟年以歌擅一时之名,手捧檀板押众乐前,欲歌之。上曰:"赏名花,对妃子,焉用旧乐词为?"遂命

龟年持金花笺,宣赐翰林学士李白,进《清平调》词三章。……上自是顾李翰林尤异于他学士。会高力士终以脱乌皮六缝为深耻。异日,太真妃重吟前词,力士戏曰:"始谓妃子怨李白深入骨髓,何拳拳如是?"太真妃因惊曰:"何翰林学士能辱人如斯?"力士曰:"以飞燕指妃子,是贱之甚矣。"太真颇深然之。上尝欲命李白官,卒为宫中所捍而止。

《桂苑丛谈》,《新唐书·艺文志》注:"冯翊子子休。"《郡斋读书志》说:"题云冯翊子子休撰。杂记唐朝僖昭时杂事,当是五代人。李邯郸云姓严。"现存《宝颜堂续秘笈》本误题作唐子休冯翊撰。按:严震,字遐闻。其先本冯翊人。任山南西道节度使,封冯翊郡王,见《新唐书》卷158《严震传》。柳宗元有《答严厚舆秀才论师道书》,称"冯翊严生足下",似即严震子弟。《宣室志》卷6有一条说:"冯翊严生者,家于汉南。"大概严震的后人,都以冯翊为地望。这个字"子休"的作者,即以"冯翊子"为号。《桂苑丛谈》记载了一些趣闻,如张祜遇假侠士的故事:

进士崔涯、张祜下第后,多游江淮。常嗜酒,侮谑时辈。或乘其酒兴,即自称豪侠。……一夕,有非常人妆束甚武,腰剑手囊,囊中贮一物,流血殷于外,入门谓曰:"此非张侠士居也?"曰:"然。"揖客甚谨。既坐,客曰:"有一仇人之恨十年矣,今夜获之,喜不能已。"因指囊曰:"此其首也。"问张曰:"有酒店否?"命酒饮之。饮讫曰:"去此三四里有一义士,予欲报之。若济此夕,则平生恩仇毕矣。闻公气义,能假予十万缗否? 立欲酬之,是予愿毕。此后赴蹈汤火,誓无所惮。"张深喜其说,且不吝啬,即倾囊烛下,筹其缣素中品之物,量而与焉。客曰:"快哉,无所恨也!"遂留囊首而去,期以却回。既去,及期不至,五鼓绝声,杳无踪迹。又虑囊首彰露,以为己累。客且不来,计无所出,乃遣家人开囊视之,乃豕首也。由是豪侠之气顿衰矣。

这个故事影响很大。宋张齐贤《洛阳缙绅旧闻记》里有一篇《白万州遇剑客》,情节与此十分相似。明朱国祯《涌幢小品》卷9《豕首》即从《桂苑丛谈》节录,而《儒林外史》第十二回《侠客虚设人头会》一段,则又是据以改编的了。

苏鹗,有《杜阳杂编》、《演义》两书,见于《新唐书·艺文志》小说家。注:"字德祥,光启中进士。"《全唐文》卷813作者小传作光启二年(886)进士。《演义》是考证名物的书,《四库全书》把它列入杂家是比较恰当的。《杜阳杂编》记代宗至懿宗十朝的杂事,着重记载奇技宝物,说明是某年某国所进贡的,近似王嘉的《拾遗记》,但多出传闻,实非信史。《四库全书总目》说它是"小说家之以文采胜者"。原书三卷,现有传书,似乎并没有缺失。但是《太平广记》卷404引有《肃宗朝八宝》一篇,却不见于今本。《古今说海》所收《宝应录》,就是这篇。《类说》卷7、《岁时广记》卷28《授宝玉》引《唐宝记》,则是这篇的节录。可能《唐宝记》是本文的原题。

这篇《唐宝记》叙女尼真如得到神赐宝物,第一次是五件,第二次是八件,一起进献给皇帝。关于楚州献宝的事,《旧唐书·肃宗纪》有详细记载,说是十三宝,比《唐宝记》多了"碧色宝"和"玉玦"两样,但一件一件细算则是十二样十四枚。《册府元龟》卷25、《酉阳杂俎》卷1等各书所载宝物的名称和枚数都互有出入。当时为此而改年号为宝应,确是把献宝当作一件大事载入史册的。《杜阳杂编》所记故事起于代宗广德元年,不像有宝应元年的记事。《广记》所引的《肃宗朝八宝》,很可能是误注出处。按《直斋书录解题》卷5典故类有《楚宝传》一卷,杜确撰,记"肃宗乾元二年楚州尼真如献宝事",当即《唐宝记》故事,但乾元二年大概是上元二年之误,作者恐怕就是曾任河中节度使的杜确,也就是曾保护崔莺莺一家免于军乱的廉使。《唐宝记》记真如见到天帝,命她献宝等情节,十分荒诞,显然是捏造的谎话。

《杜阳杂编》原书里还有神奇性的故事,但缺乏情节,基本上只是杂史笔记。如记元载宠姬薛瑶英,擅长歌舞,善为巧媚,细节不少而散漫冗杂。又如记同昌公主出降时穷奢极侈,珍宝多得不可具载。到死后祭挽,又是排场烜赫,超出常规。《古今说海》选录了这一篇,改题为《同昌公主外传》,实际上记事平板枝蔓,并没有写人物,说不上是什么传记。也许是因为这本书里充满了珍宝锦绣的描述,所以被《四库全书总目》称为"铺陈缛艳"的作品。

《四库全书》列入小说家的唐人作品还有《国史补》、《大唐新语》、《明皇杂录》、《大唐传载》、《开天传信记》等书,今天看来,还是按照欧阳修的《新唐书·艺文志》列入史部杂史类更恰当一些。当然,《新唐书·艺文志》小说家里也收了不少杂史性质的书,如《刘公嘉话录》、《因话录》、《玉泉子见闻真录》等[①],虽然不无史料价值,但文学价值较差,就不必作为小说看待了。

[①] 今本《玉泉子》即《玉泉子见闻真录》的异名,但书中有不少条出自别的书,已非原貌。

第十章　五代十国的小说

三　水　小　牍

五代小说是唐代小说的继续，《三水小牍》是唐末进入五代的作品，与唐代小说十分接近。如果把它放在五代小说里，更可以看出它还保持着不少唐人的馀韵，是五代小说的压卷之作。

《三水小牍》，最早见于《崇文总目》传记类，皇甫牧撰。《直斋书录解题》小说类著录三卷，解题说："唐皇甫牧遵美撰，天祐中人。三水者，安定属邑也。"《宋史·艺文志》作皇甫枚。"枚"和"牧"字形相近，必有一误。《太平广记》卷491引《非烟传》、卷392引《玉匣记》都作皇甫枚，现在据旧本以"枚"为准。

皇甫枚，生平事迹不详。除《直斋书录解题》所记简历之外，还有《续谈助》本晁载之（伯宇）的跋说："枚自言天祐庚午岁旅食汾晋为此书。"晁载之大概见到过《三水小牍》的自序，记下了皇甫枚写此书的时间和地点。皇甫枚生卒年无详考。他的卒年当然在天祐庚午（910）之后，至于生年，大概在会昌元年（841）之前，见《广记》卷97引《从谏》条。关于他的生平，可以从书中探索到一些踪迹：咸通辛卯（871）在长安兰陵里第（《赵知微》），又在洛阳见到却要（《说郛》本《却要》），壬辰（872）在洛阳敦化里第（《王知古》），咸通末（873）为鲁山县主簿（《夏侯祯》。缪荃孙刻本作县印吏。前人说他为鲁山县令，误），同年冬，自汝入秦（《王玄冲》），广明庚子（880）在汝坟温泉别业

(《广明庚子大风雨之异》),光启中赴调行在(《高平县所见》),乾宁甲寅(894)至卫南县访故人(《小说旧闻记》)①。最后他旅食汾晋的天祐庚午年,实际上已经在唐亡之后,即后梁的开平四年了。

《三水小牍》原书已有散佚,现存的是辑本,以缪荃孙《云自在龛丛书》本较好,与《广记》所引佚文有一些差异,互有短长。中华书局上海编辑所1958年排印本又据《类说》补辑佚文十四条,但不无疑问。《广记》卷459《游邵》条,据明钞本也出自《三水小牍》。皇甫枚的作品还有一篇《玉匣记》,可能也是《三水小牍》里的佚文,曾单行流传。原本《说郛》卷33所收文字有和今本不同的,如《却要》篇末多出一段:"咸通辛卯岁,予于洛师尚睹却要,容华虽三秋是怨,调态犹一顾动人情,惜其风流,聊以为序。"同书卷49还收有题为柳公权撰的《小说旧闻记》四条,实际上都出自《三水小牍》,但文字却比今本多出不少,如第一条即今本《元稹烹鲤得镜》故事,结尾多出一句:"光启丁未岁于邺下与河南元恕遇,因话焉。"其馀三条也都提供了新的资料。

《三水小牍》里的作品,最著名的《飞烟传》,见于原本《说郛》卷33。《广记》卷491引作《非烟传》,不说出自《三水小牍》,像是也曾单行。《说郛》本的末尾比《广记》所引多出一段,很值得重视。步飞烟是功曹参军武公业的爱妾,才貌俱全,被邻居少年赵象看中了,托人向她送诗去调情。飞烟看了赵象的诗,不免动情,说:"我亦曾窥见赵郎,大好才貌。此生薄福,不得当之。"她也写了诗回答赵象。于是双方赠诗酬简,暗通情愫。飞烟终于"不能自顾",约赵象跳墙幽会,来往不断。最后被女奴告发了,武公业把飞烟绑在大柱上鞭打得血肉淋漓。她临死时

---

① 详见拙作《唐代小说琐记·三水小牍》,载《社会科学战线》1982年第4期。

说:"生得相亲,死亦何恨。"赵象则改名逃走了。步飞烟是一个不幸的女子,她给赵象的信说:

> 下妾不幸,垂髫而孤。中间为媒妁所欺,遂匹合于琐类。每至清风明月,移玉柱以增怀;秋帐冬釭,泛金徽而寄恨。岂谓公子,忽贻好音。发华缄而思飞,讽丽句而目断。所恨洛川波隔,贾午墙高,连云不及于秦台,荐梦尚遥于楚岫。犹望天从素愿,神假微机。一拜清光,九殒无恨。兼题短什,用寄幽怀,伏惟特赐吟讽也。

这封信诉说了她衷心的痛苦,她受了媒人的欺骗,嫁给一个粗悍的丈夫,是一桩没有爱情的婚姻,何况她只是一个被玩弄的姬妾。她渴望平等知己的爱情,恰好遇上了赵象这样"大好才貌"的少年,于是就造成了不可避免的悲剧。她死后,有个李生写诗讽刺她,她在梦中反诘说:"士有百行,君得全乎?何至务矜片言,苦相诋斥?"这个情节虽是出于作者的想象,但也表现了作者的态度。步飞烟的遭遇还是值得同情的。传末以三水人的名义发表议论说:"飞烟之罪虽不可逭,察其心亦可悲矣!"传中说,"洛中才士有著《飞烟传》者",又说"李垣复为手记,故得以传焉",好像并不是皇甫枚自己的创作。从文风看,比《三水小牍》中所有的篇章都写得精细华丽。

除《飞烟传》外,还有《王知古为狐招婿》一篇,写得较好。王知古是卢龙军节度使张直方的幕客,一天跟张直方出外打猎,因追赶一只狐狸迷了路,撞到崔家投宿。崔家的夫人隆重招待,还要把小女儿嫁给他。王知古在更衣时说出了自己是张直方的朋友,就引起崔家的惊惶,立即把他赶了出去。后来张直方带了人找到这个地方,挖出了一个大狐穴,打死了百馀头狐狸。这一个狐精故事,写得不同寻常,借王知古投宿招亲的奇遇,侧面写出张直方的飞扬跋扈,放纵遨游,经常以打猎为乐,弄得禽飞兽奔,连狐精也听到张直方的名字就害怕。这是一种烘云托月的写法。文中写王知古的活动非常细致,曲折入微,直到最后才揭穿崔氏门第原来只是狐窟。本文篇幅曼长,用了不少骈俪句的对话,如:

> 保母喜,谑浪而入白,复出致小君之命曰:"儿自移天崔门,实秉懿范,奉苹繁之敬,知琴瑟之和。唯以稚女是怀,思配君子。既辱高义,乃叶凤心。上京飞书,路且不远;百两陈礼,事亦非僭。忻慰孔多,倾瞩而已。"

> 知古罄折而答曰:"某虫沙微类,分及湮沦,而钟鼎高门,忽蒙采拾。有如白水,以奉清尘。鹤企凫趋,唯待休旨。"

这些词句和《飞烟传》的风格十分近似,在《三水小牍》里是比较突出的。但书中其馀各篇却不是这样的风格,大多数只是简短的记事,写得朴实高雅,近于古文家的路数。当然,现存的版本是个残本,有些篇辑自摘抄的丛书、类书,已经不是原貌,可能皇甫枚的原作还是丰富多彩的。

《王玄冲登华山莲花峰》的故事很有趣味。和尚义海向作者讲述,曾有一个士人名王玄冲,独自登上华山莲花峰,过了二十天才回来。他说经过千难万险,登上了顶峰,发现峰顶有一个池,池中荷花盛开,池边有一只破铁船,一碰就碎了。王玄冲带了几片荷叶和碎铁下山,送给了义海。这个王玄冲很有些冒险精神,山顶的发现可能也有科学探索的意义。

《三水小牍》中记载了一些各具个性的女性人物。《殷保晦妻封氏骂贼死》一篇记封询守节遇害,写其夫殷保晦哀痛而绝,很能感人。《鱼玄机笞毙绿翘致戮》则记女道士鱼玄机以才色闻名,因猜妒笞打女僮绿翘致死,终于受到刑戮。《却要》(《广记》卷275)叙女奴却要,巧媚才捷,善于辞令。家主的四个儿子都想玩弄她,她分别约他们四人同时在厅的四角等候,最后揭露他们的丑恶面目。这是一个很有影响的故事,可能来源于佛经①。《红楼梦》第十二回《王熙凤毒设相思局》的构思也可能受到《却要》的启发。

《三水小牍》还写了不少冤报故事。如《王表》(《广记》卷123,又见《小说旧闻记》)叙卫南县宰裴光远,要夺取王表的儿子,王表不从,就设下圈套害死了他。后来受到冤报,得病后折磨而死。作者记载这类故事,是为了警诫别人。他发表议论说:"如裴生位则子男,行乃豺虎,残忍阴狡,鬼得而诛,将来为政之伦,得不以此殷鉴。"书中有很多篇末尾都以"三水人曰"发议论,重在教训。如《飞烟传》结尾的一段议论,就表示了作者的观点,与故事主题不无矛盾。这种写法在唐代小说里不多,宋代以后就成为风气了。《三水小牍》写成于五代初年,正体现了承先启后的历史转折。从承先来说,它是唐代小说的馀波,基本上还是晚唐小说的格局;从启后说,它是五代以至宋代小说的先声,已经显示了重纪实和多教训的方向。明人胡应麟说:"小说,唐人以前纪述多虚,而藻绘可观;宋人以后,论次多实而彩艳殊乏。盖唐以前出文人才士之手,而宋以后率俚儒野老之谈故也。"(《少室山房笔丛》卷29《九流绪论》下)当然,重纪实和多教训并不是创始于《三水小牍》,晚唐的《阙史》、《剧谈录》等就已如此。而且直到《聊斋志异》还常以"异史氏曰"发表议论,也并非毫无可取。

---

① 参看项楚《读〈管锥编〉札记》,载《中华文史论丛》1985年第2辑第86页。

杜光庭的作品

杜光庭(850—933)[①],字宾至(或作宾圣、圣宾),缙云(一作长安)人,唐咸通中应九经举不第,入天台山学道。由潘尊师推荐给唐僖宗,黄巢起义时随僖宗逃奔兴元,就留在蜀。后来又得蜀主王建的宠信,赐号广成先生[②]。杜光庭是一个著作极多的道士,他在小说史上曾以《虬髯客传》得名,但实际上并不是他的创作。他的《神仙感遇传》里有《虬须客》一篇,即《虬髯客传》的节录。

《神仙感遇传》是一部根据现成资料编纂的神仙传,来源不一。如《裴沈从伯》(道藏本卷2)出自《酉阳杂俎》,《僧契虚》(卷5)原为郑绅《游稚川记》,又见《宣室志》。除《虬须客》外,比较重要的作品是《御史姚生》(卷3),《太平广记》卷65引作《姚氏三子》,文字较详,但道藏本开头有"郑州刺史郑权叙云"一句,说明原作者是郑权。故事讲御史姚生有一个儿子,两个外甥。姚御史把三个人关在山中小屋里,要他们专心读书。一天夜里,有一位夫人来,把三个女儿许配给他们。

> ……夫人指三女曰:"各以配君。"三子避席拜谢。复有送女数十,若神仙焉。是夕合卺,夫人谓三子曰:"人之所重者生也,所欲者贵也。但百日不泄于人,令君长生度世,位极人臣。"三子复拜谢,但以愚昧扞格为忧。夫人曰:"君勿忧,斯易耳。"乃敕地上主者,令召孔宣父。须臾,孔子具冠剑而至。夫人临阶,宣父拜谒甚恭。夫人端立,微劳

---

① 据赵道一《历世真仙体道通鉴》卷40。
② 杜光庭的生平,各书记载不一,这里据《十国春秋》的归纳。

问之,谓曰:"吾三婿欲学,君其引之。"宣父乃命三子,指六籍篇目以示之。莫不了然解悟,大义悉通,咸若素习。既而宣父谢去。夫人又命周尚父示以《玄女兵符》、《玉璜秘诀》,三子又得之无遗。复坐与言,则皆文武全才,学究天人之际矣。

这里,充分显示了神仙家的幻想。所谓神仙,宣扬的却是"所重者生"、"所欲者贵",追求的是"长生度世,位极人臣"。夫人把孔子、姜太公呼来喝去,指令他们教女婿学文武本领,立刻就能学究天人,对儒家真是玩侮不敬之至。这完全是神仙家的荒唐之言。《姚生》的情节和许多女仙下嫁凡人而旋又离去的故事相似,由于姚氏三子泄露了天机,仙女不再理他们了。夫人给他们喝了一种汤,他们又"昏顽如旧,一无所知"。据一个硕儒说:看到天上织女、婺女、须女三星无光,这三个仙女就是降下人间的三女星。陈翰《异闻集》已经收了这个故事,题为《三女星精》。《古今说海》又改题作《姚生传》。唐人小说中这类故事很多,但《神仙感遇传》的这篇更多地表现了宣扬仙法而贬低儒术的道教思想。《神仙感遇传》里故事大多如此,思想性和艺术性都很不足取。只有《李公佐》、《燕国公高骈》等条,对研究唐代小说还有一定参考价值。

杜光庭还有《仙传拾遗》四十卷、《墉城集仙录》十卷、《录异记》八卷,都是小说化的作品。《仙传拾遗》的故事性比较强。它是一部增补扩编的《神仙传》,收录了不少有名的神仙故事,与唐代小说的关系十分密切。如《薛肇》(《广记》卷17)就是《逸史·卢李二生》的改作,《杨通幽》(《广记》卷20)就是《长恨歌传》的本事,《罗公远》、《叶法善》(《广记》卷22、26)都是唐代著名神仙传说的汇集,《许老翁》(《广记》卷31)则是《玄怪录·李沨言》的翻版,《申元之》(《广记》卷33)可能是根据《传奇·张云容》改编的,《田先生》(《广记》卷44)则显然是《玄怪录·齐推女》的缩写。因为杜光庭是一个编纂者,所以收在《仙传拾遗》里的故事往往是经过他的修改加工。如韩愈的《石鼎联句诗序》,在《仙传拾遗》里被改成《轩辕弥明传》(《广记》卷55)①。开头说:"轩辕弥明者,不知何许人。在衡湘间来往九十馀年,善捕逐鬼物,能囚拘蛟螭虎豹,人莫知其寿。进士刘师服,常于湘南遇之。"这在韩愈的序里是么说的:"刘往见衡湘间人说云,年九十馀矣,解捕逐鬼物,拘囚蛟螭虎豹,不知其实能否也。"经过杜光庭的改写,就把轩辕弥明说成确是神仙无疑了。后边又把刘师服、侯喜的诗句也都归之于轩辕弥明,更加强了人物形象的描画。《韩愈外甥》(《广记》卷54)也是一个流传很久的故事,在段成式《酉阳杂俎》前集卷19里说是韩愈从侄的事,情节略有不同。到了宋刘斧《青琐高议》前集卷9里就明说是韩湘子的故事,情节更为丰富了。但韩愈《昌黎集》中的诗题作《左迁至蓝关示侄孙湘》,则是侄孙而非从侄,更不是外甥。于此可见所谓神仙传无非是敷演捏合的小说。

《墉城集仙录》是一部专记女仙的传记。原书十卷,现存道藏本只有六卷,《太平广记》、《云笈七签》里都有佚文。书中故事都是借古书上零碎片断的女仙事迹,加以铺叙,点缀一些灵奇的情节和玄妙的术语,作为道教徒的辅教之书。它只是神道设教,而不是艺术想象。唐代道士在佛教的竞争排挤之下,处境不利,也模仿佛经,编造了一批道经。神仙传记也是道教徒引为实证的宣传品。但故事十分简单,语言非常枯燥,毫无动人之处。如《金母元君》是西王母传说的一个新编本,到了《五朝小说》里就改题为汉桓骥的《西王母传》;《魏夫人》(《广记》卷58)则是

---

① 孟棨《本事诗》也说韩愈作《轩辕弥明传》,似非杜光庭所杜撰。

《南岳魏夫人传》的修订本,都缺乏故事性。只有《成公智琼》(《广记》卷61)沿袭了晋人张敏的《神女传》,还不无可取。《樊夫人》(道藏本卷6)的事迹十分简单,比之《广记》卷60所引的《女仙传》,也相形见绌了。

《录异记》,《崇文总目》著录十卷,现存传本只有八卷,分为"仙"、"异人"、"忠"、"孝"、"感应"、"异梦"、"鬼神"等十七类。一部分是采用前人旧说,一部分是记录当时新闻。其中大多数是志怪性质的记事,卷5卷6中记录了异虎、异龟、异水、异石等,有些像《博物志》的体例。也有一些野史轶闻,如"忠"、"孝"类里的故事。作者记载了黄巢占领长安时巧匠刘万馀、乐工邓慢儿、角觝者摘星胡弟米生反抗起义军的活动,显然是从封建统治者的立场上来看待农民起义的。卷4鬼神故事里进士崔生为他表丈人请托求官的情节,可以看作现实生活的写照。崔生在旅途中遇见了天官崔侍御,就拉上了关系。又见到他的表丈人,托他请崔侍御向岳神说情,要谋得南山觜神的官职。这一段写得比较具体。

> ……忽见其表丈人,颜色憔悴,衣服褴缕,泣而相问,生因曰:"丈人恰似久辞人间,何得于此相过?"答曰:"仆离人世十五年矣,未有所诣。近作敷水桥神,倦于送迎,而窘于衣食。穷困之状,迫不可济。知姪与天官侍御相善,又宗姓之分,必可相荐。故来投诚,愿为述姓字。若得南山觜神,即粗免饥穷。此后迁转,得居天秩,去离幽苦矣。"

崔生果真替他托崔侍御去走后门,向岳神说情,岳神也真答应了。崔生的表丈人升了官,就要尽力报答他。

> 觜神沾洒相感曰:"非吾侄之力,不可得此位也。他后一转,便入天司矣。今年地神所申,渭水泛滥,侄庄当漂坏。

上下邻里,一道所损三五百家。已令为侄护之,五六月必免此祸。更有五百缣相酬。"

这两段对话,就把当时人间的社会风气、人情世态都如实地写出来了。那位表丈人知道崔生与崔侍御有"宗姓之分",就来托他钻营一个美缺;事成之后,他也知恩报德,保护崔生庄园免受水灾之祸,另外还送他五百匹绢。他们这样互相利用,营私舞弊,正是封建社会里的常见的弊病,已经不足为怪。但是作者却把它作为神变异闻记载下来,更说明即使在神的世界里也没有什么天理和公道。如果说作者曾有意识地作了艺术加工,那就应该说是一篇很好的讽刺小说,可惜全书里像这样的作品太少了。

杜光庭是一个多产作家,但所作质量不高。一方面是重在宣传道术,一方面是限于摭拾旧闻,如明人沈士龙在《题录异记》中所说:"杜光庭以方术事蜀昶,是以昶亦好为方士房中之术。观其所著《录异记》,大都捃拾他说,间入神仙玄怪之事,用相证实。……又如淮南王事,一本葛洪《神仙传》而谬加八公姓名,村鄙可笑。而异人仅如廪君只全节《晋书·载记》,则杜宇鳖令反不足异耶?……此皆学凡识近,急于成书,取悦于昶,故率率如尔。"(《津逮秘书》本)这个批评还是有些道理的。

玉溪编事及其他

在五代战乱频仍的年代里,蜀国和南唐还是相对稳定的地区。因此蜀国和南唐产生了不少文学作品。如赵崇祚编的《花间集》就出现于后蜀。蜀刻本的书也流传很广。蜀人所作的小说除杜光庭的几种书外,还有金利用的《玉溪编事》、何光远的《鉴戒录》、耿涣的《野人闲话》、潘远的《纪闻谈》等。现在简略分述如下。

《玉溪编事》,《崇文总目》小说类著录,三卷,金利用撰。《通志·艺文略》称作伪蜀人。原书已佚,《太平广记》所引佚文只有八条,但是其中《侯继图》、《黄崇嘏》(《广记》卷160、367)两个故事却很有影响。侯继图拾到一片落叶,叶上写着一首诗。五六年后,他娶妻任氏,谈起这首诗,任氏说是她写的。故事情节类似《云溪友议》里的红叶题诗,但这片叶子是风吹来的,稍有不同。宋张君房《搢绅脞说》载这故事,文字略有不同。元人据此改编为《李云英风送梧桐叶》杂剧(见《元曲选》),侯继图的姓名没有改,而任氏则改为李林甫的孙女云英,添出了许多悲欢离合的情节,说是唐代故事,恐怕出于虚构,未必别有所据。黄崇嘏女扮男装,自称乡贡进士,因献诗得到王蜀宰相周庠的赏识,任为司户参军,还想把女儿嫁给他。黄崇嘏又献诗说明身分,才暴露了秘密。蔡寀之在《碧湖杂记》里引述了这个故事,明徐渭采用这个故事编为《四声猿》里的《女状元》杂剧,才广为人知。金利用的原作并不著名,有这两个故事借戏曲而得以流传,也可以说是幸运的了。

《鉴戒录》,《郡斋读书志·后志》小说类著录,十卷,后蜀何光远撰。光远字辉夫,东海人。现有传本,书中杂记轶中琐闻,也有一部分志怪异事。如卷10《求冥婚》:

> 传言鬼神所凭,有时而信。故黄能入梦,不为无神;豕人立啼,显彰有鬼。蜀有曹孝廉,第十九,名晦,因游彭州导江县灌口,谒李冰相公庙,睹土塑三女,俨然而艳。遂指第三者祝曰:"愿与小娘子为冥婚,某终身不媾凡庶矣。"遂呵卦子掷之,相交而立。良久,巫者度语曰:"相公请曹郎,留着体衣一事,以为言定。"曹遂解汗衫留于女座。巫者复取女红披衫与之,曰:"望曹郎保惜此衣,后二纪当就姻好。"曹亦深信,竟不婚姻,纵遇国色,视之如粪土也。果自天祐

甲子,终于癸未二十年,曹稍觉气微,又疑与神盟约数,乃自沐浴,俨然衣冠,俟神之迎也。是日至暝,车马甚盛,骈塞曹门,同街居人,竞来观瞩。至二更,邻人见曹升车而去,莫知其由。及晓视之,曹已奄然矣。议者以华岳灵姻,咸疑谬说,苎萝所遇,亦恐妖称。今曹公冥婚,目验其异。呜呼,自投鬼趣,不亦卑乎!

这是一个冥婚故事,情节很简单,比起唐代传奇中一些人神或人鬼相爱的故事来,缺乏细节描写。作者曾见过《华岳灵姻》;但并没有学习它的写法,只是粗陈梗概,而且表明"目验其异",真把它当作史实记录下来。这是杂史笔记的传统。《四库全书》把它列入小说家的杂事之属,《提要》说:"《鉴冤辱》一条,全剽袭殷芸《小说》东方朔辨怪哉虫事(案《小说》已佚,此条见《太平广记》卷473)。《鬼传书》一条,不知《水经注》有梁孝直事,更属粗疏。……《灌铁汁》一条,称秦宗权本不欲叛,乃太山神追其魂以酷刑逼之倡乱,是为盗贼借口,尤不可以训。"这些批评实际上是不够实事求是的。既然视之为小说,又何必要像史书一样来要求它。至于《灌铁汁》说太山府君强迫秦宗权叛乱,确是一个荒诞无稽的故事,与其说是"为盗贼借口"不如说是为唐朝的灭亡寻找一种宿命前定的解释。不过,《鬼传书》的情节比较新颖曲折,尤其是赵畚鬼书和附寄的诗写得委婉凄恻,十分动人。作者说:"韦文靖庄尝与著作房鹗悲叹此诗,历观史书,未之闻也。"则不免溢美。赵畚的诗作:"我昔胜君昔,君今胜我今。人生一世事,何用苦相侵。"这首诗早已见于《灵怪集》(《广记》卷328),说是慕容垂作的,只是后两句稍有不同。《鬼传书》增出了不少情节,又载赵畚送给姜知古求情的信说:

……今者伏审渤海高公,令君毁畚坟阙。况畚谪居幽

> 府,天赐佳城,平生无战伐之雠,邂逅起诛夷之衅,得不抚铭旌而愤志,托觚染以申怀。伏希端公,俯念无依,迥垂有鉴,特于万雉,免此一抔。倘全马鬣之封,敢忘龙头之庇。

写得很哀婉,文辞工整,显然是晚唐五代的文风。《四库总目》说它"粗疏",未免是吹毛求疵。

《野人闲话》,《崇文总目》小说类著录,五卷,景焕撰。《宋史·艺文志》作耿涣,大概"景"字是宋人避太宗赵炅名讳而改的。郭若虚《图画见闻志》卷6《应天三绝》条说:"至孟蜀时,忽有匡山处士景焕(一名朴)善画。焕与翰林学士欧阳炯为忘形之友。……焕尤好画龙,有《野人闲话》五卷行于世。"书已失传,《太平广记》及抄本《说郛》卷17录有佚文,其原序说:

> 野人者,成都景焕,山野之人也。闲话者,知音会语,话前蜀主孟氏一朝人间闻见之事也。其中有功臣瑞应,朝廷规制可纪之事,则尽自史官一代之书,此则不述。事件繁杂,言语猥俗,亦可警悟于人者录之,编为五卷,谓之《野人闲话》。时大宋乾德三年乙丑岁三月十五日序。

乾德二年(965),就是蜀土投降的那一年,所以序言用人宋的年号,作者已经入宋。但书中大部分都是记载蜀中故事。书中《颁令箴》一篇,记了孟昶写箴令警戒各地官吏,指出:"尔俸尔禄,民膏民脂。为民父母,莫不仁慈。"这事赢得了不少人的好评,如洪迈《容斋续笔》卷1、王明清《挥麈馀话》卷1都加以引录。《野人闲话》如作者自序所说,记的是孟氏一朝的闻见之事,也有不少神怪传说。就全书看,都缺乏艺术的加工。比较有意义的如:

> 蜀中有杨于度者,善弄胡狲。于阛阓中乞丐于人。常饲养胡狲大小十馀头,会人语,或令骑犬,作参军。行李则

呵殿前后,其执鞭驱策,戴帽穿靴,亦可取笑一时。如弄醉人,则必倒之,卧于地上,扶之久而不起。于度唱曰:"街使来!"辄不起。"御史中丞来!"亦不起。或微言:"侯侍中来!"胡狲即便起走,眼目张惶,佯作惧怕。人皆笑之。(原注:侯侍中弘实,巡检内外,主严重,人皆惧之。故弄此戏。)

蜀人作品还有潘远的《纪闻谈》,《直斋书录解题》小说类著录,三卷。未见传本,《类说》、《说郛》等书中收有佚文。文字非常简略,像是已经删节,只存几条杂事琐记,像是辑自前人的书。

耳 目 记

《耳目记》,《崇文总目》小说类著录二卷,刘氏失名撰。《郡斋读书志·后志》和《直斋书录解题》引《邯郸书目》都说是刘氏撰,记唐末五代事。《太平广记》引文或作《刘氏耳目记》。按王铚《补侍儿小名录》引《转转》一条,注出"刘崇远耳目记",记明作者是刘崇远。

刘崇远,河南人,南唐时官至文林郎、大理司直,自号金华子。① 著有《金华子杂编》,有周广业校注本。从《金华子自序》里可以大致了解他的生平和思想。《金华子杂编》是野史琐闻性质的笔记。《耳目记》的内容也都是唐末五代的史实,但有一些形象化的描写,比《金华子》文学性强。如《墨君和》(《广记》卷192)一篇,选入《唐人百家小说》、《唐人说荟》时被改题为

---

① 又有刘崇远《新开宴石山记》,撰于南汉大宝二年(959),署衔为"都监容州管内制置盐铁发运等务并白州永资院点检义胜等都承务郎、赐紫金鱼袋"。与号金华子的刘崇远恐非一人。

《墨昆仑传》。叙赵王王镕被燕王李匡威劫持,被迫要把政权交出去。墨君和在途中发动突然袭击,救出了王镕,得到重赏。书中对墨君和形象的描写比较生动,如果和《旧五代史·王镕传》及《通鉴》参看,就可以看出野史的长处在于细节的真实。《紫花梨》(《广记》卷411)篇也曾收入《唐人百家小说》,记真定特产的紫花梨,是唐代的贡品。天祐末年因兵乱被毁,就此绝种。作者从一棵紫花梨的故事,寄寓了世道变迁的感慨,很有情味。开篇讲到作者自己"清泰中薄游京辇",可以考见他的行迹。《耳目记》也有一些志怪的内容。如《李甲》(《广记》卷158)记载一个预示灾异的神奇故事。天祐初,李甲在山神祠里避雨,见到大明山神、黄泽神、漳河伯等聚会。大明山神说到:"余昨上朝帝所,窃闻众圣论将来之事。三十年间,兵戎大起。黄河之北,沧海之右,合屠害人民六十馀万人。"这是指五代时后唐与后梁长期对垒的战祸。他讲的预言,实际上是一个寓言。开头一段,用小说笔法引入幻境,可以和《纂异记》里的《蒋琛》相比:

> 唐天祐初,有李甲,本常山人,逢岁饥馑,徙家邢台西南山谷中,樵采鬻薪以给朝夕。曾夜至大明山下,值风雨暴至,遂入神祠以避之。俄及中宵,雷雨方息,甲即寝于庙宇之间,松柏之下。须臾,有呵殿之音自远而至。见旌旗闪闪,车马阗阗,或擐甲胄者,或执矛戟者,或危冠大履者,或朝衣端简者,揖让升阶,列坐于堂上者十数辈。方且命酒进食,欢语良久。其东榻之长,即大明山神也,体貌魁梧,气岸高迈。其西榻之首,即黄泽之神也,其状疏而瘦,其音清而朗。更其次者,云是漳河之伯,馀即不知其名。坐谈论,商榷幽明之事。

这显然就是从传奇小说学来的。但书中多数作品还是当时的传闻,如《王中散》、《五明道士》等具有一定史料价值,可作正史的补证。

当然,《耳目记》毕竟是小说化的作品,记事不免有失实的地方。如《补侍儿小名录》所引《转转》故事,记马或(当作马彧)作《转转赋》,赢得了韩定辞的爱妓转转。现存佚文说:

> 赵王镕命马或使于燕,刘守光命韩定辞馆之。时燕之酒妓转转者,一代名姝无比,韩之所眷也。每当酒席,马频目之。韩曰:"昔文公分季隗于越衰,伯符辍小乔于公瑾,盖惟名色,可奉名人,所虑倡妇不胜贤者顾瞩。愿垂一咏,故得奉之。"或即命笔援毫,文不停辍,作转转之赋,其首曰:"玳筵既启,雅乐斯陈。雾卷罗幕,花攒锦茵。有西园之上客,命南国之佳人。貌逞婵娟,纵玉韵而倾国;步移缥缈,蹴罗袜以生尘。"或载以归。

这个风流佳话曾流传一时,也见于《北梦琐言》(《广记》卷200引)。《北梦琐言》说马或是燕帅刘仁恭的幕客,答聘常山时作转转之赋。韩定辞与马或的主客关系恰好对换了一下。苏轼《书韩定辞马郁诗》也采用了《北梦琐言》的说法,说韩定辞是赵主王镕的书记。按尹洙《韩公墓志铭》记载,韩定辞确是王镕的部属,比较可信①。但《旧五代史》卷71《马郁(即马彧)传》又说请他作《转转赋》的是张泽而不是韩定辞,恐怕正史倒不如小说之近实了。至于《转转赋》的残句则只见于《耳目记》。

《耳目记》原书已失传,除《广记》和《补侍儿小名录》等书引有佚文外,原本《说郛》卷34收有五条,其中三条不见于他书,书名下注作二卷,似乎元末时还有传本。《唐人百家小说》

---

① 参看沈涛《交翠轩笔记》卷3。

及《唐人说荟》本题张鷟撰,出于伪托①。其中大部分辑自《朝野佥载》。

稽 神 录

《稽神录》,徐铉撰。《郡斋读书志》小说类著录十卷,说:"记怪神之事。序称自乙未至乙卯,凡二十年,仅百五十事。"乙未当为公元935年,乙卯即南唐保大十三年(955),书作于入宋之前,所以《郡斋读书志》称作"南唐徐铉撰"。

徐铉(916—991),字鼎臣,扬州广陵人,是当时很有名的文人和学者,在南唐时官至吏部尚书。随后主入宋后继续做官,曾参与编纂《太平广记》、《太平御览》、《文苑英华》等书。《宋史》有传。据杨亿说:"江东布衣䩄亮,好大言夸诞。铉喜之,馆于门下,《稽神录》中事多亮所言。"(《郡斋读书志》引)《稽神录》原书十卷,现存传本都作六卷。商务印书馆1919年排印本有补遗四十六条,是最完善的本子,已大大超过了一百五十条。今本卷3《刘鹗》一条末尾说到:"显德五年(958),周有淮南之地。"已经在955年作序之后,可见作者对此书不断有增补,原书到底多少条就难以考知了。据袁某《枫窗小牍》卷上说:

> 太宗命儒臣辑《太平广记》,时徐铉实与编纂。《稽神录》,铉所著也,每欲采撷,不敢自专,辄示宋白,使问李昉。曰:"徐率更以博信天下,乃不自信而取信于宋拾遗乎?讵有率更言无稽者,中采无疑也。"于是此录遂得见收。

---

① 陈鸿墀《全唐文纪事》卷25引《耳目记》狄仁杰檄告项羽事,即出伪本,见《说郛》卷2《朝野佥载》。《广记》卷315引作《吴兴掌故集》,实误。

因此《太平广记》里大量收入了《稽神录》的文字，可能是全书都容纳进去了。但今本《广记》所注出处有错误，如卷279《周延翰》引作《广异记》，卷133《建业妇人》引作《搜神记》，实际上是错的。有人认为今本误收，倒是偏信了《广记》。

《稽神录》基本上继承了六朝志怪的传统，与干宝撰《搜神记》一样，想以"明神道之不诬"。李昉也说"讵有率更言无稽者"，就是把它当作实录来看待的。正如鲁迅对此书的评价，"其文平实简率，既失六朝志怪之古质，复无唐人传奇之缠绵，当宋之初，志怪又欲以'可信'见长，而此道于是不复振也"（《中国小说史略》）。它对宋代小说的影响却不小，北宋以后，从徐铉女婿吴淑的《江淮异人录》到洪迈的《夷坚志》都是走这条路子，"大都偏重事状，少所铺叙，与《稽神录》略同"（同上）。

书中也有一些篇幅较长、情节较完整的故事，如卷2的《田达诚》、卷3的《刘鹗》、卷6的《贝禧》。比较可取的如卷6《食黄精婢》：

> 临川有士人唐遇，虐其所使婢。婢不堪其毒，乃逃入山中。久之粮尽，饥甚，坐水边。见野草枝叶可爱，即拔取濯水中，连根食之，甚美。自是恒食。久之，遂不饥而更轻健。夜息大树下，闻草中兽走，以为虎而惧，因念：得上树杪乃生也。正尔念之，而身已在树杪矣。及晓，又念当下平地，又欣然而下。自是意有所之，身辄飘然而去。或自一峰之一峰顶，若飞鸟焉。数岁，其家人伐薪见之，以告其主。使捕之，不得。一日，遇其在绝壁下，即以网三面围之。俄而腾上山顶。其主亦骇异，必欲致之。或曰："此婢也，安有仙骨，不过得灵药饵之耳。试以盛馔，多其五味，令甚香美，致其往来之路，观其食否。"果如其言，常来就食。食讫，不复能远去，遂为所擒。具述其故。问其所食草之形状，即黄精

也。复使寻之,遂不能得。其婢数年亦卒。

这是一个古代白毛女的故事。一个受尽苦难的婢女,逃进荒山,靠吃草根维持生命,最后还是被"东家"设计抓住了,还想逼她去找黄精,逃不出现实世界的"仙姑"终于还是被折磨死了。在这个神奇的故事背后,掩藏着血淋淋的现实!

《稽神录》里有些故事情节因袭了前代的小说,如卷2《望江李令》类似《搜神记》的《秦巨伯》;《广记》卷454引《张谨》与《灵怪集》的《王生》构思相同。至于《类说》卷12所收《老猿窃妇人》一条,完全是《补江总白猿传》的缩写,不免可疑。由于徐铉以纪实为标准,书中记载了不少五代十国的轶闻,可以看出当时社会生活的某些侧面。

《稽神录》与其作者都是由南唐入宋的,它反映了小说由唐到宋的一个转折,下开宋代志怪偏重"纪实"和迷信报应的风气,在艺术上走向衰落倒退,简直是无可取的。

玉 堂 闲 话　附开元天宝遗事、王氏见闻录

《玉堂闲话》,《崇文总目》传记类著录,十卷,王仁裕撰。《秘书省续编到四库阙书目》小说类又著录王仁裕《续玉堂闲话》一卷。原书失传,《太平广记》及《资治通鉴考异》中引有佚文①。

王仁裕(880—956),字德辇,天水人。唐末为秦州节度判官。后仕蜀为翰林学士。后唐庄宗平蜀,仍命为秦州节度判官,后以都官郎中充翰林学士,历后晋、后汉入后周,官至兵部尚书、太子少保。显德三年(956)卒,年七十七。《玉堂闲话》里常记

---

① 吴曾《能改斋漫录》卷14引作范质《玉堂闲话》,存疑待考。

载王仁裕的行事,还可以考见他的踪迹。

《玉堂闲话》是杂史琐闻性质的笔记,文字简洁,一般故事性较差,比之唐代小说显有逊色。例如《灌园婴女》(《广记》卷160)一篇,讲婚姻前定的故事,在书中算是较为详尽曲折的,但情节与《续玄怪录》的《定婚店》十分相似,而细节描写大为简略,就显得后不如前了。

《刘崇龟》(《广记》卷172)和《杀妻者》(同上)两篇是断狱故事,这种题材在唐人小说里比较少见,可以说是宋代以后公案小说的先驱,是由唐到宋小说题材扩大的一个迹象。试看《刘崇龟》原文的前半段:

> 刘崇龟镇南海之岁,有富商子少年而白皙,稍殊于稗贩之伍,泊船于江。岸上有门楼,中见一姬年二十馀,艳态妖容,非常所睹,亦不避人,得以纵其目逆。乘便复言,某黄昏当诣宅矣。无难色,颔之微哂而已。既昏暝,果启扉伺之。此子未及赴约,有盗者径入行窃,见一房无烛,既突入之。姬即欣然而就之,盗乃谓其见擒,以庖刀刺之,遗刀而逸。其家亦未之觉。商客之子旋至,方入其户,即践其血,汰而仆地,初谓其水,以手扪之,闻鲜血之气。未已,又扪着有人卧,遂走出,径登船。一夜解维,比明,已行百馀里。其家迹其血至江岸,遂陈状之。主者讼,穷诘岸上居人,云:某日夜,有某客船一夜径发。即差人追及,械于囹室,拷掠备至,具实吐之,唯不招杀人。其家以庖刀纳于府主矣。……

后半段说府主从杀人的刀着手,用巧计骗出凶犯,破了这件疑案。故事的基本结构是女主角约会时错遇盗杀,男主角被误认为凶手,造成冤狱。这个情节构思常为后世的小说戏曲所因袭,如关汉卿的《绯衣梦》杂剧、明人的《钗钏记》传奇、《警世通言》

里的《陈御史巧勘金钗钿》、《醒世恒言》里的《陆五汉强留合色鞋》、《龙图公案》里的《借衣》、《聊斋志异》里的《胭脂》、京剧里的《法门寺》等。《杀妻者》也是一件影响很广的无头公案,故事情节与之类似的小说很多,如《二刻拍案惊奇》里的《程朝奉单遇无头妇,王通判双雪不明冤》就是一例。此外还有《发冢盗》(《广记》卷168)一篇,也是冤案故事,揭露了逼供信的昏官酷吏。这些公案故事可能都以当时的事实为依据。

《玉堂闲话》记事比较简略,情节像《刘崇龟》那样曲折新奇的并不多,但对后世小说的影响却不小,曾给拟话本小说提供了素材。如《裴度》(《广记》卷167)记裴度把下属献给他的黄娥送还她的丈夫湖州录事参军,即《古今小说》卷9《裴晋公义还原配》的本事;《葛周》(《广记》卷177)记葛周把爱姬嫁给他的部将,即《古今小说》卷6《葛令公生遣弄珠儿》的来源。除了题材相同的,还有一些情节可以比拟,如《邹仆妻》(《广记》卷270)写邹仆被群盗杀后,其妻假装高兴,呼喊说:"快哉!今日方雪吾之耻也。吾比良家之子,遭其俘掠,以至于此。"因而得免于难,又乘机脱逃,告发了凶徒。这一个情节可以与话本《错斩崔宁》中王氏大娘子巧骗静山大王的一段相参看。《玉堂闲话》里还写出了一些机智勇敢和坚强不屈的妇女形象,如《村妇》(《广记》卷190)写乡村妇女用计杀死了一群劫掠财物的乱兵,《歌者妇》(《广记》卷270)写歌女谋刺曾杀害她丈夫的大帅,事不成而自杀,都令人赞叹。从这些方面看,《玉堂闲话》有不少可取之处。

《玉堂闲话》题材广泛,内容很杂,反映了社会生活的各个方面。它记载了不少唐五代的野史轶事,可以作正史的参证、补充。现存佚文很多,其中有好几篇讲到王仁裕自己的活动,就是新旧《五代史》本传所不载的。《陈琡》(《广记》卷202)记陈鸿

儿子陈琡的事迹,也是一条有价值的资料,原文说:

> 陈琡,鸿之子也。鸿与白傅传《长恨词》,文格极高,盖良史也。咸通中,佐廉使郭常侍铨之幕于徐。性尤耿介,非其人不与之交。……乾符中,弟珽复佐薛能幕于徐。自丹阳棹小舟至于彭门,与弟相见,薛公重其为人,延请入城,遂坚拒之曰:"某已有誓,不践公门矣。"薛乃携舟造之,话道永日,不宿而去。其志尚之介僻也如此。

这条有些像《世说新语》那样的志人小说。《唐诗纪事》卷66《陈琡》一条就根据《玉堂闲话》删节而成。徐松《登科记考》卷27根据一本有错字的《唐诗纪事》,把"弟珽"的"弟"错成"第"字,又连上句读,误考陈琡为"乾符中第",就因为没有用《玉堂闲话》的原始资料。

王仁裕还著有《开元天宝遗事》一书,《郡斋读书志》列在传记类,四卷,叙录说:"汉王仁裕撰。仁裕仕蜀至翰林学士。蜀亡,仁裕至镐京,采摭民言,得开元天宝遗事一百五十九条。"他处在五代时期,离开天年代已远,采集民间的传说,自然不免有传误失实的地方。洪迈指出书中记事的错误,说:"《开天遗事》托云王仁裕所著,仁裕五代时人,虽文章乏气骨,恐不至此。"(《容斋随笔》卷1《浅妄书》)《四库全书》把它列入小说家杂事之属,提要说:"盖委巷相传,语多失实,仁裕采摭于遗民之口,不能证以国史,是即其失。必以为依扎其名,则事无显证。"我们也同意这个说法,不轻易否定王仁裕的著作权。

《开元天宝遗事》本来是野史性质的书,不能拿正史来衡量它。如《牵红丝娶妇》一条说:

> 郭元振少时美风姿,有才艺,宰相张嘉贞欲纳为婿。元

> 振曰:"知公门下有女五人,未知孰陋。事不可仓卒,更待忖之。"张曰:"吾女各有姿色,即不知谁是匹偶。以子风骨奇秀,非常人也,吾欲令五女各持一丝,幔前使子取便牵之,得者为婿。"元振欣然从命,遂牵一红丝线,得第三女,大有姿色,后果然随夫贵达也。

洪迈早已指出,"元振为睿宗宰相,明皇初年即贬死,后十年嘉贞方作相"。但后来不少人却引用红丝牵线作为姻缘巧合的典故,又有人把它和《续玄怪录》里的赤绳系足混而为一,并不考虑它是否实有其事。书中还有不少诗人李白的故事,也常为人引用,其实也不可信。作为小说来说,又显得单薄,有些条只有短短一二十字,并无故事可说。只有《鹦鹉告事》和《传书燕》两条情节比较曲折,可能真是根据张说所写的传记转述的。

王仁裕还有《王氏见闻录》一书,《崇文总目》著录作《王氏见闻集》,三卷。原书不传,佚文多见于《太平广记》。最长的一篇是《广记》卷241《王承休》,占了整整一卷,是前蜀史料的重要文献。《广记》后印本卷269所引的《陈延美》一篇,通行本的《太平广记》都缺了(亦见《永乐大典》卷913),见者不多,不妨全录于此,以广流传。

> 有陈延美者,世传杀人,人莫有知者。清泰朝,侨居邺下御河之东,僦大第而处,少年聪明,衣著甚侈,薰浥兰麝,鞯马华丽。其居第内外,张陈如公侯之家。妻妾三两人,皆端严婉淑。有妹曰李郎妇,甚有颜色,生一子,未晬岁,十指皆骈,俱善音律。延美亦能弦管,常乘马引一仆于街市,或登楼,或密室狎游,所接者皆是膏粱子弟,曲尽谈笑章程,或引朋侪至家,则异礼延接,出妻与妹,令按丝吹竹,以极其

欢,客则恋恋而不能已也。时刘延皓帅邺,偶失一都将,访之经时,卒无影响,责其所由甚急。陈密携家南渡,诸(疑当作"诣")大梁高头街僦宅而居,复华饰出入。未涉旬,因送客出封丘门,饯宾之次,邺之捕逐者至,擒之于座。泊縶于黄砂以讯之。具通除剿邺中都将外,经手者近百人。居高头宅,未三五日,陈不在家,偶有盲僧丐食于门,其妹怒其狯,使我不利市,召入剿之,瘗于卧床之下。及败,官中使人劚出之,荷至邺下,搜其旧居,果于床下及屋内,积叠瘗尸,更无容针之所。以至邻家屋下,皆被傍探为穴,藏尸于内。每客坐,要杀者令啜汤一碗,便瞢然无所知,或用绳缢,或行铁锤,然后截割盘屈之,占地甚少。盖陈、李与仆者一人,妹及妻等争下手屠割,如是年月极深。今偶记得者,试略言之。先有二人货丝者,相见于砖门之下,诱之曰:"吾家织锦,甚要此丝,固不争价矣。"遂俱引至家,双毙而没其货。又曾于内黄纳一风声人,寻亦毙于此屋之下。又有持钵僧一人,诱入而死之。又于赵家果园,见一贫官人,有破囊劣驴,系四跨铜带,哀而诱之至家,亦毙于此屋。又有二军人,言往定州去,亦不广有缁囊,遂命入酒肆饮之,告曰:"某有亲情在彼,欲达一缄。"数内请一人同至其家取书,至则点汤一瓯,啜呷未已,绳箠已在项矣。未及剉截之间,其伴呼于门外,急以布幕盖尸于墙下,令李郎出应之曰:"修书未了,且屈入来。"陈执铁锤于扉下候之。后脚才逾门限,应锤而殪于地。后款曲到斫而瘗之。其膏粱子弟及富商之子死者甚众,不二记之。泊令所由发撅之,则积尸不知其数。有母在河东,密差人就擒之。老妪闻之,愕然嗟叹曰:"吾养此子大不肖,渠父杀数千人,举世莫能有知者,竟伏枕而终。此不肖子,杀几个人,便至败露。"遂搜索其家,见大瓮

> 内盐浥人腿数支,妪恒啗之。囚至邺下,见其子,不顾而唾
> 之。自言其向来所杀不知其数,此败偶然耳。时盛夏,一家
> 并钉于衙门外,旬日而殂。

这个杀人世家的罪案真是骇人听闻,王仁裕写得极其详尽,也有一些细节描写,比明代的某些公案小说还高明得多。《王氏见闻录》视之为小说也未尝不可,不过它的内容基本上是纪实性的。

灯 下 闲 谈

《灯下闲谈》,二卷。《文献通考·经籍考》引陈氏说:"不知作者。"①现存明末冯舒抄本,原藏铁琴铜剑楼,通行的《适园丛书》本,即据此本刻印②。书中记载多为唐末五代异闻,纪年晚至后唐天成(926—929)年间。瞿镛认为"当出宋人所作"。张钧衡则说:"大约宋初人,犹著于五代时也。"(《适园丛书》本跋)据本书《梦与神交》、《僧曾作虎》写到天成年间的事,作者当是后唐以后的人。作者自序说:

> 李太尉镇蜀日,巡盗官韦绚编《戎幕闲谈》,冀释其所
> 闻,用资谈话。余灯下与二三知己谈对外,话近代异事,与
> 生左子华谓余曰:"可录之以示诸友。"得之于信厚之士者
> 方笔录之,离成二卷,目为《灯下闲谈》,亦类乎《戎幕闲谈》
> 云耳。

他追模韦绚的《戎幕闲谈》而作,话的是"近代异事",而书中大

---

① 重编本《说郛》卷37题宋江洵撰,恐不可信。
② 商务印书馆1919年排印本据傅增湘所藏钞本,同出一源。

多数故事发生于晚唐,称李德裕为太尉,好像作者还出生于唐末。再从文风上看,也近于唐而远于宋,与《纂异记》、《传奇》有相似之处,不妨暂定为五代作品。

原书二十篇,各有四字标题,如《榕树精灵》、《桃花障子》、《鲤鱼变女》、《松作人语》等。《神仙雪冤》和《行者雪怨》两篇写侠客代报不平的故事,曾被王世贞选入《剑侠传》,但文字有删节。前一篇写吕用之强夺刘损的妻子裴氏,虬须叟路见不平,拔刀相助,迫使吕用之送还刘妻。这个故事在流传中又有演变,主人公的姓名改变为黄损和裴玉娥,又融合进了薛琼琼的故事,成为《醒世恒言》卷32《黄秀才徼灵玉马坠》的原型。后一篇写一个行者为韦洵美从罗绍威手里夺还爱姬崔素娥,情节与《神仙雪冤》相似,但篇幅较短,不妨移录于此,以示实例:

> 韦洵美先辈,开平戊辰岁张策侍郎下进士及第,受邺都辟焉,乃挈家中所宠素娥行。罗绍威闻其殊丽,才达临河,令女使赍二百匹及生饩,事事周备而露意焉。生悄然进无所容足,遂令妆饰更服,修缄献之。素娥姓崔氏,亦良家子,韦未第在大梁日酒礼聘之,善谈谐笔札,乃曰:"贱妾身事君子,愿永为箕帚,何期中路遽离别。"及取笺管,收泪书之,曰:"妾闭闲房君路歧,妾心君恨两依依。魂神倘过巫娥伴,必逐朝云暮雨归。"洵美睹其制述,亦书一绝赠之曰:"别恨离情自古闻,此心难舍意难论。承恩必若颁时服,莫使沾濡有泪痕。"牛乃不受辟,悒恨而奔,乃速渡河。昏黑至一寺憩焉,假僧榻而寝,长吁而吟曰:"四壁茫茫(原作忙)蟋蟀声,背灯欹枕梦难成。人间有此不平事,何处人能报不平?"复吟之次,有行者系绦衣褐,排闼而入,揖韦曰:"先辈万福,心中蓄何不平之事?"韦具语之。行者曰:"适闻君吟'何处人能报不平',吾虽不才,愿报不平之事。"款

然出门而去。韦不敢寐,坐至三更,忽见掷一皮囊入门,中乃贮素娥而至。侵晓闻其寺僧言,在寺打钟苦行仅二十馀年,自此不知何之。韦亦遁迹他所。

这个故事比较简单,人物形象比较平淡,比之《传奇》里的《昆仑奴》未免相形见绌,它在《灯下闲谈》全书里篇幅之短也是数第二位的。但寥寥几笔却把韦洵美和崔素娥两人"妾心君恨两依依"的情绪写出来了,主要就因为那三首诗写得真实动人,表现出了特定环境下的思想感情。到《剑侠传》里却把这几首诗都删了,未免可惜。韦洵美的姓名又见于本书《松作人语》篇,似乎当时实有其人。夺他爱姬的罗绍威是唐末魏博节度使,后来进封为邺王。小说开头说韦洵美于"开平戊辰岁(二年908)张策侍郎下进士及第",按《旧五代史》张策于开平二年四月由礼部侍郎调任刑部侍郎,那么知贡举主考在四月之前,也是很可能的①。这篇小说大概确有一些真人真事作为素材,而艺术加工则不多。

《松作人语》篇叙贾松遇松仙赠丹药并预示考试赋题故事。贾松于光化辛酉(901)杜德详知举时以第八名进士及第,因他年逾六十,名在五老之数。其事迹与《摭言》卷8、《容斋三笔》卷7《唐昭宗恤录儒士》所记曹松的遭遇相似。这个贾松的原型就是曹松,只是同名不同姓,情节颇为离奇,可以看出作者运用了艺术虚构的手法。

书中《坠井得道》叙李老坠入枯井,遇到仙人,传给他医方。情节与《集异记》中的《李清》(《广记》卷36)十分相似,可能有

---

① 徐松《登科记考》于开平二年列知贡举者为封舜卿。按《旧五代史·梁纪》封舜卿于开平元年十月时为中书舍人,而张策于开平元年冬为礼部侍郎,则开平二年春知贡举者为张策,似以《灯下闲谈》所言为得实。

所借鉴。《湘妃神会》则是模仿《周秦行记》并参考了《云溪友议》的《云中命》而作的。故事说是光启中濮阳人与博陵崔渥为友,在湘妃庙下各题一诗,晚上梦见舜帝二妃命两个青衣来召他们去,在殿上设宴款待,并召唤了西施、妲己、桃源洞仙子、洞庭龙女一起饮酒赋诗。湘妃说:

> 妾以舜帝巡狩,竟绝归期,殁于湘川,凡数千载。自立祠庙,往来有篇咏者词多戏诮,不近风骚。或将云比翠鬟,或以花侔丹脸,固知至理,罕造玄微。

湘妃特别赞赏濮阳人的两句诗:"何人知得心中恨,空有湘江竹万竿。"吟咏不已。他们也各赋一诗。湘妃的诗说:

> 鸾舆昔日出蒲关,一去苍梧更不还。若是不留千古恨,湘江何事竹犹斑?

洞庭龙女的诗说:

> 泾阳平野草初春,遥望家乡泪滴频。当此不知多少恨,至今空寄在灵姻。

作者对唐代小说非常熟悉,显然是见过《周秦行记》和《柳毅传》等作品,才作了这样的仿制。不过最后只让两个青衣陪侍二生,还比较谨慎。更重要的是作者继承了唐代传奇的写作方法,如有意识的艺术结构和精心设计的诗歌拟作。此书情节的曲折离奇,文辞的委婉详尽,也可与唐人比肩。例如《坠井得道》一篇,比之《集异记》的《李清》就有所发展,篇幅也更长了。又如《梦与神交》一篇,写史松梦见安济王召他代写谢表,又召文英大师代为缮写[①]。小说中不仅表现了作者撰写章表的文才,还插叙

[①] 文英似实有其人,五代刘兼有《送文英大师》诗,见《全唐诗》卷766。

史松献《夜宴诗》和《赠儵公歌》,表现了作者的诗笔,较之《集异记》里《蔡少霞》所写山玄卿《新宫铭》也并无逊色,而情节则更丰富了。原文很长,这里只引录其《赠儵公歌》一首,略见《灯下闲谈》在辞章上的特色:

> 真踪草圣今古有,儵公学得谁及否?古人今人一手书,师今书成在两手。书此须饮一斗酒,醉后扫成龙虎吼。风雨飘兮魍魉走,山岳动兮龙蛇斗。千尺松枝如蠹朽,欲折不折□岩口。张颠骨,怀素筋,筋骨一时传斯人。斯人传得□通神。攘臂纵横草复真,一身疑是两人身。

这首歌如果与大约同时的贯休《观怀素草书歌》参看,可以发觉他们有一些共同的风格。

在叙事里穿插诗歌,是唐代小说的特点之一。《灯下闲谈》也是如此。作者大概是一个诗人,喜欢在小说中显示自己的诗笔,包括榕树精、鲤鱼精、飞生虫精等也都能吟诗,这当然是作者有意的创作。至于情节结构,也很有特色。例如《鲤鱼变女》写朱朴在月夜诵读《毛诗》,忽然有一个女子来向他表示爱慕之情,朱朴却严词拒绝。他们两人反复辩论,针锋相对,一个讲情,一个讲礼。最后礼压倒了情,女子也说:"观君心坚气壮,神爽清高,今能不逐邪心,他后必操断柄。"又吟诗说:"但持冰洁心,不识风霜警。任是怀礼容,无人顾形影。"女子已经走了,可是朱朴竟取剑追上,把她斩成两段,原来是条鲤鱼。朱朴是晚唐时实有的历史人物,作者写这个故事,意在说明朱朴为人方正,以礼自持,后来终于做了大官。因此它不是一般的妖精迷人的志怪故事,而是含有劝戒意味的寓言性故事。作者虽然写了不少女仙、女妖与人相爱的情节,但并不欣赏那些浪漫事迹,还是以宣扬修仙求道和因果报应为主旨。这一点和《传奇》就大异其趣了。

　　《灯下闲谈》是唐代小说的遗响。它继承了传奇体的传统,注重情节和辞章,在许多地方显示了作者的匠心。包括每一篇都有四个字的标题,整齐画一。他在自序中说,"得之于信厚之士者方笔录之",恐怕是故弄狡狯,眩人耳目,实际上都出自作者的虚构。从风格上看,《灯下闲谈》和五代宋初上承志怪体传统的《录异记》、《稽神录》等迥然不同。不论它是五代还是宋初的作品,都可以认为是唐代小说之后一个比较高的馀波。

第十一章 馀 论

唐代小说是中国小说史上第一个高峰,它是在波澜壮阔、色彩缤纷的文化浪潮中出现的。唐代文化的全面发展,有它深厚的历史基础和社会背景,与政治、经济的发展密切相关,但是不能简单地联系。因为文化和政治、经济的发展不是亦步亦趋的关系。在安史之乱以后,唐代文化并没有立即衰退,而小说则反而有飞跃的发展。唐代的经学、史学、文学以及音乐、书法、绘画、雕塑、舞蹈,都取得了前所未有的成就。在文学领域里,诗歌有突出的贡献,而小说也并不逊色。而且唐代文化的繁荣景象,相当一部分就是通过小说反映出来的。如何延之的《兰亭记》从一个侧面写出了唐人对书法的爱好,《酉阳杂俎》里用通灵的传说表现了韩干画马的技巧,林登《博物志·黄花寺壁》(《广记》卷210)和《闻奇录·画工》(《广记》卷286)也对唐代绘画艺术作了神奇的描述。对于没有实况可以留传的音乐,也能在小说里看到它的影响。如挽郎赛歌的盛况,在《李娃传》里有淋漓尽致的铺叙;李謩吹笛的神技,在《逸史》、《甘泽谣》里有绘声绘影的描摹。《集异记》里对旗亭画壁的记载,使我们对唐代诗人的生活和音乐文艺活动有了具体生动的了解。至于当时诗歌普遍繁荣和全面提高的局面,也可以从唐代小说里得到深刻的认识。当然,唐代小说所反映的决不止文化领域一个侧面,而是反映了唐代社会多方面的生活。如果把唐代小说综合起来考察,就可以看到,中唐以后社会矛盾的错综复杂,有助于作家扩展视野,深化认识,促使唐代小说的全面发展。

关于唐代小说发达的原因,历来有许多不同的解释。大致有这样几条:

一、最早是宋人赵彦卫《云麓漫钞》卷8提出的温卷说。他说:"唐之举人,先藉当世显人,以姓名达之主司,然后以所业投献,逾数日又投,谓之温卷。如《幽怪录》、《传奇》等皆是也。"近人多据此认为举子温卷是唐代传奇发达的契机。鲁迅曾说行卷的举子"有的就用传奇文,来希图新耳目",但"只被风气所推,无所为而作者,却也并非没有的"(《且介亭杂文二集·六朝小说和唐代传奇文有怎样的区别?》)。也就是说,并非所有的传奇文,都是为"行卷"而作。赵彦卫所举出的《玄怪录》和《传奇》,是较晚出的小说集,还不能说明更早的传奇文的勃兴。而且从现存文献资料里,只见到《南部新书》记载李复言曾以《纂异》十卷纳省卷,可是却被主考官李景让哄了出去。此外还没有其他实例可以为赵彦卫的温卷说作旁证的。因此温卷到底对唐代小说的发展起怎么样的作用还需要进一步研究。

二、近人郑振铎曾说传奇文的生长,"古文运动'与有大力焉'","'传奇文'的运动,我们自当视为古文运动的一个别支"(《插图本中国文学史》第29章)。陈寅恪也说,唐代小说"起于贞元元和之世,与古文运动实同一时,而其时最佳小说之作者实亦即古文运动中之中坚人物是也","古文运动之兴起,乃其时古文家以古文试作小说而成功之所致,而古文乃最宜于作小说者也"(《元白诗笺证稿》第1章)。郑、陈二位前辈都举韩愈作为代表,都把元稹、陈鸿等人看作古文运动的中坚人物。可是唐代小说导源于六朝志怪,本来就以散文作为叙事文体,唐前期作品如牛肃的《纪闻》、戴孚的《广异记》以至沈既济的《任氏传》,都产生于韩愈提倡古文之前。而且,学者公认为最佳小说如《李娃传》、《莺莺传》、《霍小玉传》等之作者,历来也没有人称之为古文家。尤其是到了后期,小说家大量运用诗歌骈文,形成了"用对语说时景"的传奇体,因而被北宋的古文家尹洙所嘲讽,又怎么能说传奇文运动是古文运动的一个别支呢?韩愈、柳宗元也曾写过一些杂著文章,如《毛颖传》、《李赤传》之类,那倒是在小说盛行之后的学步之作,还是古文家接受了小说家的启发,而且他们的作品也算不上标准的唐人小说。因此,古文运动说恐怕是难以成立的。

三、由《云麓漫钞》举子温卷的那段话,有人引申出了唐代小说与进士阶层的必然联系。如冯沅君在《唐传奇作者身份的估计》中说:"唐传奇的发达颇得力于唐科举";"唐传奇的作者多是唐科举制度所造就的人才"[1]。刘开荣《唐代小说研究》第2章也说,"中唐及以后的科举制度,实在是传奇小说勃兴的另一条件"[2]。冯沅君曾对作者出身作了统计,结论是"唐传奇的杰作与杂俎中的知名者多出进士之手"。这个统计实际上并不十分有力,因为在四十八个作者中,确知其曾举进士的只有十五人,而行事难详的却有二十四人之多,只能作为一种参考数据。问题是持科举说者除了要为赵彦卫的温卷说寻求佐证之外,还企图用以论证唐代科举制度造成了一个与山东士族相对立的新兴阶级(或阶层)。比较突出的是张长弓《唐宋传奇作者暨其时代》一书中所提出的:"传奇作者是新兴阶级的战斗员。"根据他的分析,许多传奇小说都是"他们敌意的向世家大族反击的文

---

[1] 《冯沅君古典文学论文集》,山东人民出版社1980年版。
[2] 商务印书馆1955年第3版,第35页。

告"。如《枕中记》、《霍小玉传》、《李娃传》、《莺莺传》、《柳毅传》等都是讽刺嘲骂卢、崔、郑、李四大姓的①。这是一种穿凿附会的论证法,根本不符合作品的实际内容。这种论点,来源于史学界的牛李党争论。近人沈曾植、陈寅恪提出了"牛党重科第,李党重门第"的说法,从而分析了他们不同的阶级基础。这在史学界影响很大,但存在不同看法②。对这个问题,我们这里不准备详细讨论,只从唐代小说本身来看,它并不是这样来表现"阶级斗争"的。传奇小说的作者确有不少是进士出身,但并不都是进士。所谓李党的领袖李德裕自己写的《次柳氏旧闻》就有不少小说成分,他还授意韦绚写了小说《戎幕闲谈》③。唐代进士中一部分人写过小说,但小说与科举的关系远不如诗赋之明显。唐代小说确实写到了政治事件,但并不代表牛党或进士集团的利益。如《周秦行记》是反对牛僧孺的人伪托的。而作为唐代小说里典型的反面人物,却恰好是"文章李益"而不是"门户李益"。应该说唐代的政治斗争在小说里曾有所反映,但不能说是唐代小说发达的根本原因。

四、有人注意到了民间通俗小说对文人小说的影响,提出"流行在民间的小说,往往成为唐代传奇小说题材的来源","'市人小说'为文人的传奇提供了一些新的思想内容与艺术方法"④。虽然并没有全面考察唐代小说的发展过程,但注意到了民间小说在唐代小说史上的地位。这个看法很有新意,可惜举出的实例说"《李娃传》更来源于民间的'一枝花话'",只是一

---

① 《唐宋传奇作者暨其时代》,商务印书馆1951年初版。
② 参看岑仲勉《隋唐史》、傅璇琮《李德裕年谱》。
③ 参看拙作《唐代小说琐记》,载《文史》第26辑。
④ 游国恩等主编《中国文学史》,人民文学出版社1963年第1版,第2册第194页。

个孤证,而且还很难证实(详见前第1章序论)。我们应该充分估计民间小说对文人作品的影响,但如何论证和评价,还需要深入分析。二者各有独立的体系和渊源,又有相互借鉴和移植的关系,不是简单的题材承袭问题。唐前期的《游仙窟》与民间说唱文学关系较为明显,自成体系,而其他文人作品则在许多方面与民间通俗小说有直接间接的联系。这在本书第四章《通俗小说与游仙窟》里已有所论述。民间通俗小说和文人小说一起,构成了唐代小说的文学宝库。但二者到底属于不同的体系,到了宋代以后,这两个系统的小说齐头并进,各自按自己的道路发展,就看得更清楚了。所以我们不能过分强调民间小说的作用,也不必把它看作唐代小说的主流。

应该说唐代小说是在六朝志怪和史传文学的基础上发展起来的。它在中唐时期的变化是文学本身发展的结果。和诗文一样,如李肇《国史补》所说:"元和已后,为文笔,则学奇诡于韩愈,学苦涩于樊宗师;歌行则学流荡于张籍;诗章则学矫激于孟郊,学浅切于白居易,学淫靡于元稹:俱名为元和体。"小说也有不同的风格和不同的流派,它的渊源是多方面的,并非单向的、直线的发展。从艺术形式上看,文人小说和民间小说也有共同的地方,如骈偶化和通俗化的趋势,可能与故事赋、变文、话本有相同的渊源。从思想内容上看,唐代社会生活的各个方面,包括政治斗争如永贞政变、甘露政变和牛李党争、藩镇割据等,在小说里都有所反映,但作为文学作品,写得最好的却是那些表现爱情、婚姻主题的。如果把这些小说都说成是打击山东士族的工具,实际上只能贬低了它的价值。

还需要特别提出的是,唐代小说在思想上有很多佛教和道教的影响,这是很明显的。唐代佛教盛行,从皇帝大臣以至市侩村妇,无不深为所惑。从六朝以来,佛教的因果报应之说已渗透入志怪小说,或者说佛教徒已经在熟练地运用"感应缘"的故事来宣传教义,把小说作为"释氏辅教之书"。唐初的吏部尚书唐临为弘扬佛法而撰写的《冥报记》,是这类书的代表作。他们把写经念佛说成是消灾延寿的代价,甚至把信佛作为进入天堂的入门证。宗教信仰已经成为一种等价交换的买卖,无怪乎冥间官吏也可以贪赃枉法,营私舞弊,如敦煌本《黄仕强传》、《唐太宗入冥记》等故事所写的那样。佛教徒善于编谎,宣传工作无孔不入,"对高级知识分子提供深奥有味道的理论,对一般人做价钱低廉而好处实在的交易"①。因此在竞争中战胜了道教,冲击了儒学。欧阳修《唐万回神迹记碑跋》说:"世传道士骂老子云:佛以神怪祸福恐动世人,俾皆信向,而尔徒高谈清净,遂使我曹寂寞。"②这话确有一些道理,然而在小说里佛教故事比道教故事更简单粗俗,大量的是等价交换式的释证、报应事例。一般的异僧故事也比较单调。如《大唐西域记》所载烈士池的印度传说,就不如《玄怪录·杜子春》和《河东记·萧洞玄》故事那么曲折新奇,又富有人情味,可见在中国作家的笔下,这个故事的艺术技巧提高了。由于道家的末流神仙家并不"高谈清净",而宣扬长生享乐,不戒酒色,又有意渲染一些人神恋爱的艳遇,博得了不少读者的爱好。小说作家更喜欢神仙故事,继承了《列仙传》、《神仙传》的传统,又和当时流行的炼丹持法的方士道术联系起来,写出了不少传奇性的神异人物,如《长恨歌传》、《无双传》里的临邛道士、古押衙等。所以,尽管在社会生活中佛教战胜了道教,而在小说领域里,道教的影响却比佛教更大。即以《太平广记》所选故事来说,开头就是神仙五十五卷,女仙十五

---

① 引自黄永年《佛教为什么能战胜道教》,载《文史知识》1986年第58期。
② 《欧阳文忠公集》卷139。

卷,而异僧只有十二卷,释证只有三卷,报应三十三卷中讲经像灵验的占十五卷,数量和质量都比神仙家低。这可以说明唐代小说创作的实况,也反映了宋初编纂《太平广记》时大臣学士们的思想倾向。从历史上看,唐前期佛教思想在小说里占有优势,除《冥报记》外,《纪闻》、《广异记》都含有浓厚的崇佛思想。但是从高宗皇帝尊奉老子李耳为太上玄元皇帝以后,历朝皇帝多数宠信道士,一部分是兼崇释道。道家并没有像会昌灭佛那样受到重大打击,神仙方术的小说始终流传不衰。如《柳毅传》、《后土夫人传》等都采取了神仙家的传说,《玄怪录》、《逸史》里也带有神仙家的色彩,晚期的《传奇》、《甘泽谣》更明显地倾向于道家的思想。到了唐末五代,道士杜光庭编写了卷帙浩繁的《神仙感遇传》、《墉城集仙录》、《仙传拾遗》等一系列神仙传记,都近似于小说,但艺术性不强。文人小说往往对佛道两家的故事兼收并蓄,不过更多的兴趣在那些人神恋爱和神仙变化的情节。《潇湘录·王屋薪者》则代表儒家的观点,并斥佛道。总的说,在文学价值方面,神仙家的故事比佛家的故事略胜一筹,因此影响日益扩大。宗教宣传对唐代小说的发展起了一定作用,在情节构思上有一些新的创造。但在思想意识上也带来不少消极因素,这在前面介绍具体作品时已有所论述,还有一些专讲因果报应的《报应录》、《感应经》和《定命录》之类就不值一提了。

许多作品当时并不看作小说,更不看作文学创作,我们今天把它当作文学类的小说来看待,首先就应该估计它在艺术上有什么成就,比前一时代的小说有多少新的东西。赵彦卫在谈到唐代举子用传奇小说作温卷之后说:"盖此等文备众体,可以见史才、诗笔、议论。"他的说法很不全面,因为并非所有的小说都具备众体,而且所举《玄怪录》、《传奇》的例证更不典型,但他对唐代小说的特点确实有所发明,给了我们一些启发。唐代小说包括相当一部分杂传、杂史,本来是从史传著作发展而来的。中期的不少单篇传奇以"传"命名,更沿袭了六朝别传的传统。有的作者以史家的笔法来写小说,如沈既济《任氏传》结尾发表议论,就显示了史官的姿态。《长恨歌传》则是以史实为素材,又采取了神仙传说,篇末还交代了传闻的来源(许多作者都这样说明故事来源,以示可信,或者如干宝《搜神记序》所说"愿与先贤前儒分其讥谤")。无怪乎王仁裕《玉堂闲话》说:"(陈)鸿与白傅传《长恨词》,文格极高,盖良史也。"(《太平广记》卷202《陈琡》)李肇《国史补》说:"沈既济撰《枕中记》,庄生寓言之类;韩愈撰《毛颖传》,其文尤高,不下史迁。二篇真良史才也。"他把《枕中记》和《毛颖传》称为"良史才",正可以与赵彦卫的说法互相参证,至于说《毛颖传》"不下史迁"恐怕是阿其私好,未免太缺乏史识了。晋代刘惔曾称《搜神记》的作者为"鬼之董狐",就是赞扬他的"史才"。古人以史才称赞小说,是出于抬高身价的目的,把小说提高到史书的地位。在这种观念支配下,许多作者也以史才自许,把小说当作史传著作来写。唐代小说大体上可以分实录家和词章家两大流派。实录家如《东城老父传》、《开元升平源》以及一部分小说化的杂史、杂传,也包括以"明神道之不诬"的志怪小说。他们主观上或口头上以实录见闻为标榜,推重"史才",实际上当然也不乏虚构的情节和传闻异辞的疑误。词章家喜欢在小说里驰骋"诗笔",穿插诗歌文赋,或运用骈偶辞藻。这一派的作者如沈亚之和李玫、裴铏等,比较显赫。两派相结合的作品,则如史实加神仙传说的《长恨歌传》。《长恨歌传》在唐代小说里算不上杰出的作品,但代表了一种新的趋向,即实录与词章并重。如果与白居易《长恨歌》相比较,可见其比较忠于史实。白居易有意进行艺术虚构,有意回避史实,有意美化李杨爱情的浪漫事迹①,实际上是一篇诗歌体的小说。陈鸿虽然也进行艺术虚构,也运用不少辞藻,但揭露了一些事实真相,如明说"得弘农杨玄琰女于寿邸"之类,结尾又发议论说:"意者不但感其事,亦欲惩尤物、窒乱阶,垂于将来者也。"突出了垂戒后世的史家观点。所谓"议论"是从《史记》"太史公曰"、《汉书》"赞曰"的传统继承下来的,直到《聊斋志异》还是常用"异史氏曰"来发表议论。这属于史识的范围,与史才是密切相关的。

"诗笔"在唐代小说中占有很重要的地位。如《莺莺传》不仅附载了元稹的《续会真诗》,而且还把莺莺的诗和书信作为小说的一个重要组成部分,形成了才子佳人小说的一种程式。从六朝以来,小说里穿插诗歌,已成为常见的艺术手段,如《杜兰香传》和《紫玉歌》等。唐代传奇里经常把小说人物自己写的诗歌作为小说的有机组成部分,代替人物抒发自己的思想感情。诗歌已成为性格描写和情节发展的一种重要手段。不仅才子佳人以诗赠答寄意,而且神仙鬼怪也都能写诗②。这种风气一直流行到后世。宋人《丽情集》里所载唐代传奇本事歌行,有的可能是唐代人所作,有的可能是后代人所拟作③,从题材上说倒是小说影响到了诗歌。明代文言小说如《剪灯新话》、《幽怪诗谈》等,也穿插了很多诗歌,明清才子佳人小说里更大量地运用诗歌作为主人公谈恋爱的媒介。唐代作家开创了这一种艺术手段,即用诗歌来描写人物,也借以表现自己的"诗笔",而诗和小说相结合的体制,又成为后世白话小说的通例,还影响到了戏曲和

---

① 参看黄永年《〈长恨歌〉新解》,载《文史集林》1985 年第 4 期。
② 参看王运熙、杨明《唐代诗歌与小说的关系》,载《文学遗产》1983 年第 1 期。
③ 参看拙作《唐宋传奇本事歌行拾零》,载《文学评论》1978 年第 3 期。

说唱文学。可见"诗笔"确是唐代小说的一个突出成就。

唐代小说在艺术上的成就,是标志中国小说成熟的里程碑。概括说来,主要有下列三点:

第一,是人物性格的描写,就是从史传文学继承下来的"史才"。许多以"传"命名的作品,都着重表现了传主的性格。有人过分强调中国小说注重情节的民族特色,却有意无意地贬低了唐代小说在人物描写上的成就。其实像任氏、李娃、崔莺莺、霍小玉、谢小娥、红拂妓等女性的性格,都是写得非常鲜明生动的。男性人物写得较弱,但吴保安、柳毅、杜子春、郭元振、虬髯客等写得也很精采出色。有些男性人物在小说里表现出了他的消极软弱的性格,如张生、李益等人,也是作者在艺术上的成功。当然,唐代小说的人物描写,与传记文学有所不同。传记以某个人物为中心,记叙他的生平活动,往往按时间顺序连续叙述一系列事迹,而且集中写一个人,像司马迁那样在《廉颇蔺相如列传》、《魏其武安侯列传》里同时写两个以上人物的不多。小说则以故事为中心,在情节发展中描写人物,往往同时写两个以上的人物。优秀作家在描写人物时注重白描传神,发扬了志人小说的长处,构成了中国小说的民族特色之一。

第二,多数作家注重词章文采,就是上面所说的"诗笔"。唐代小说里穿插的诗,有不少优美的作品。其中有些鬼诗,写得特别幽峭瑰丽,深得后人赞赏。如苏轼曾手写了许多首鬼仙诗,并给予好评①。胡应麟也说:"鬼诗有极佳者。余尝遍蒐小说,汇为一集,不下数百篇,时用以资谈噱。"②除了杂缀诗歌之外,

---

① 中华书局版《苏轼文集》卷68《书鬼仙诗》。参看《侯鲭录》卷2"东坡尝言鬼诗有佳者"条。
② 《少室山房笔丛》卷37《二酉缀遗》下。

小说往往在叙事中运用整齐的辞句抒情写景,可以说是在"诗笔"之外又加以"赋心",古文(散文)之中又杂以骈体。如:

> 俄有赤龙长千馀尺,电目血舌,朱鳞火鬣,项掣金锁,锁牵玉柱,千雷万霆,激绕其身,霰雪雨雹,一时皆下。(《柳毅传》)

> 时每岁十月,驾幸华清宫,内外命妇,熠耀景从,浴日馀波,赐以汤沫,春风灵液,澹荡其间。……别疏汤泉,诏赐藻莹。既出水,体弱力微,若不任罗绮。光采焕发,转动照人。(《长恨歌传》)①

这种铺叙式的描写在后世的通俗小说里就称作赋赞,专门用以描写人物容貌和重要场景。至于像《莺莺传》里的书信,《湘中怨解》里的楚歌,更足以显示小说作家的文才,也应当属于"诗笔"的范围。优秀的唐人小说,不管它是不是采用了诗歌,一般都写得富有诗意,在叙事中发出一种诗的光辉。晚期作品如《传奇》、《三水小牍》等,进一步扩展了骈俪化的倾向,确立了所谓的"传奇体",但过分地追求辞藻华丽,又走向另一个极端,那就不是适宜于小说所用的文体了。

第三,注重故事的情节结构。传奇之奇,既指神仙鬼怪的异闻,也包括了人间的奇迹艳遇,所以陈翰《异闻集》里也收入了不涉神怪的《莺莺传》等名篇。唐代小说,包括一部分杂传、杂史,既承袭史家"其文直,其事核,不虚美,不隐恶"的实录精神,又逐步自觉地运用了艺术的想象和敷演,这就使小说从史部的传记杂著演变为一种文学作品了。古人从来不把小说看作文

---

① 《丽情集》本《长恨歌传》里这一段文字更为华丽,如"清澜三尺中洗明玉"等语,疑出后人润色。

学,在文学观念逐步明确的魏晋南北朝时期,小说也没有挤入文学的领域。如曹丕《典论·论文》提到"奏议宜雅,书论宜理,铭诔尚实,诗赋欲丽",根本没有考虑到小说。刘勰《文心雕龙》在《谐讔》篇捎带提到小说,还是把它放在九流之末。唐代人把小说看作史书的旁支,并没有自觉地把小说当作文学作品来写。不过唐代文人逐渐用文学手法来写小说,到中唐时,韩愈、柳宗元的文集也收入了《石鼎联句诗序》、《河间传》之类小说化的杂著,白居易文集里附载了陈鸿的《长恨歌传》,沈亚之文集里收入了《秦梦记》等,说明唐代文人已经把小说当作文章来写了。拿现代的小说概念来衡量,唐代才能说是中国小说成熟的阶段。唐代小说情节曲折,细节描写真实生动,对话简练传神,在志人小说《世说新语》的基础上又前进了一步。传奇与志怪的重要区别,就在于细节描写。六朝志怪"粗陈梗概",重记事而不重记言,还不如《左传》、《国语》那些古代史书,记事而兼记言,已经有形象化和性格化的描写。《国语》里记载了骊姬夜泣的情节,秦末农民起义军领袖陈涉就指出:"人之夫妇,夜处幽室之中,莫能知其私焉。虽黔首犹然,况国君乎。予是以知其不信,乃好事者为之辞,将欲成其说以诬愚俗也。"(《孔丛子·答问第二十一》)清代的古籍整理专家纪昀则非议《聊斋志异》说:"今燕昵之词,媟狎之态,细微曲折,摹绘如生。使出自言,似无此理;使出作者代言,则何从而闻见之? 又所未解也。"(《阅微草堂笔记》盛彦时《姑妄听之跋》)如果是 个只讲考据或义理的学者,对于小说的艺术真实的确是"所未解也"。试问《史记》里对项羽垓下突围的描写,关于伍子胥与江上渔父的对话,虽非"燕昵之词,媟狎之态",而作者又"何从而闻见之"? 唐代小说的细节描写比史传更为真实,而人物对话尤其是细节描写中的点睛之笔,如《博异志·刘方玄》中夜闻鬼语一段,亲切动人,真是如闻其声。这种艺术真实高出于历史真实和生活真实,不是拘泥于身边琐事和书本常识的人所能理解的。唐代小说的细节真实,不仅产生于作者的丰富想象,也决定于作者对生活的深入观察。有些故事明明是荒唐之言,悠谬之说,然而在作家的精心结构、刻意描摹之下,居然栩栩如生,引人入胜。例如对禽兽鬼怪赋予了人的心灵,把不可能发生的事写得如在眼前,把似曾相识的人物再现在离奇曲折的故事情节之中。前人说:"唐人小说不可不熟,小小情事,凄惋欲绝,洵有神遇而不自知者,与诗律可称一代之奇。"①这个评价是很恰当的。

唐代小说在中国文学史上有突出的地位。它从"丛残小语"的古体小说发展到有故事情节又有人物形象的新颖的传奇体小说,创立了中国短篇小说的传统风格。同时也为古体小说过渡到近体小说沟通了津梁。唐代小说从多方面吸收了文化遗产和民间文学的养料,在题材、体裁和艺术手法上都有所创新,形成了千姿百态的小说流派。以"传奇"为代名的唐代小说,为后世的话本、拟话本、戏曲提供了丰富的题材。"传奇"也由小说而成为话本小说、诸宫调中的一个门类,又演变为杂剧、南戏的别名,更引申为富有传奇性的小说、戏剧的通称。直到今天,不少小说、剧本还以"传奇"为名,如《天云山传奇》、《少帅传奇》之类,可见其影响之一斑。当然,我们还应该看到,唐代小说从整体上说已达到了一个新的历史水平,但是唐代小说的体制各有不同,质量各有差别,还有不少属于志怪体或杂事体的作品,有的在情节结构上有类型化的缺点,评价时需要作具体分析。

---

① 《唐人说荟》莲塘居士例言引洪迈语,明桃源居士《唐人百家小说序》只引前三句,无"洵有神遇"等语,不详所据。

元明以来,有不少人提出一代有一代特绝的文学。明人陈继儒《太平清话》卷1说:"先秦两汉诗文具备,晋人清谈书法,六朝人四六,唐人诗、小说,宋人诗馀,元人画与南北剧,皆自独立一代。"鲁迅《中国小说史略》又说:"小说亦如诗,至唐代而一变,……实唐代特绝之作也。"唐代以后的文言小说,的确难乎为继,直到蒲松龄手里,才创造性地发扬了唐代小说的优良传统,使文言小说重新振兴,在中国小说史上放一异采。另一方面,也可以说明唐代小说有其特绝之处,才能独领风骚八百年之久,而且至今还是那么绚丽夺目,脍炙人口。为什么一个时代的文学作品能保持永久的艺术魅力,似乎还是值得深入探讨的问题。

附录

唐代小说文献研究

一

多年以来,前人对于唐代小说的了解往往是以《唐人说荟》为基本文献的,因为它是一部流传较广也是收录较多的唐人小说总集。《太平广记》卷帙太多,而《五朝小说》里的《唐人百家小说》则流传极少,一般读者很难见到。可是《唐人说荟》"妄造书名,乱题撰人"的情况十分严重,它曾使好多人上当受骗,害人不浅。鲁迅早年曾写过《破唐人说荟》一文揭穿了它的种种手法。《唐人说荟》编者莲塘居士序说:"旧本为桃源居士所纂,坊间流行甚少,计一百四十四种,每种略取数条,条不数事。"我对此曾表示怀疑,因为通行的《五朝小说》本桃源居士《唐人百家小说》只有一百零四种。后来,在北京大学图书馆见到了一部单行本的《唐人百家小说》,共收一百四十八种。看来莲塘居士所说一百四十四种的《唐人百家小说》,大概确实是存在的。不过这部《唐人百家小说》是不是"妄造书名,乱题撰人"的始作俑者,还有待进一步研究。

单行本《唐人百家小说》与通行的《五朝小说》本《唐人百家小说》有许多不同的地方。首先是桃源居士的序,署名作"钱唐章斐然书",而在序文的末尾写作"桃源居士纂"。字体则用了手写软体,也与《五朝小说》本不同,显然不是一个版本。其次是它分为偏录家、琐记家、托讽家、传奇家四类。更大的特点是收书一百四十八种,种数和书名、次序都和通行本不同。为了提供研究者参考,我把第九十三帙托讽家以下的书目抄录于下①:

九十三	韩愈《道士弥明传》		一一二	杨巨源《红线传》
九十四	韩愈《毛颖传》		一一三	张说《红拂妓传》
九十五	柳宗元《乞巧文》,《送穷文》附		一一四	薛调《刘无双传》
			一一五	蒋防《霍小玉传》
九十六	朱揆《谐噱录》		一一六	于佑《题叶诗考》
九十七	陈翰《南柯记》,一作李公佐		一一七	许尧佐《章台柳传》
			一一八	李朝威《龙女传》
九十八	沈既济《枕中记》,见《南柯》		一一九	薛莹《龙女传》
			一二〇	郑贇《才鬼记》
九十九	许默《紫梨花传》		一二一	常沂《灵鬼志》
一〇〇	唐刺欧阳询《白猿传》,托名江总		一二二	顾夐《袁氏传》
			一二三	孙恂《猎狐记》
一〇一	姚合《中山狼传》		一二四	沈既济《任氏传》
一〇二	郑还古《杜子春传》		一二五	李景亮《人虎传》
一〇三	白居易《琵琶妇传》		一二六	杜牧之《杜秋传》
一〇四	王绩《醉乡记》		一二七	于邺《扬州梦记》
一〇五	于义方《黑心符》		一二八	牛峤《灵怪录》
一〇六	元稹《会真记》		一二九	王洙《东阳夜怪录》
一〇七	顾非熊《妙女传》		一三〇	蒋防《幻戏志》
一〇八	陈鸿《睦仁蒨传》		一三一	朱庆馀《冥音录》
一〇九	冯延巳《墨昆仑传》		一三二	阎选《再生记》
一一〇	罗邺《蒋子文传》		一三三	吴融《冤债志》
一一一	雍陶《稽神录》		一三四	孙颀《申宗传》

一三五　孙颀《神女传》
一三六　孙颀《女侠传》
一三七　许默（正文作孙颀）《幻异志》
一三八　张泌《尸媚传》
一三九　杜青荑《奇鬼传》
一四〇　徐巙《物怪录》
一四一　尹鹗《妖巫传》
一四二　薛昭蕴《幻影传》
一四三　段成式《夜叉传》
一四四　沈既济《雷民传》
一四五　牛希济《妖妄传》
一四六　魏成班《妖蛊传》
一四七　郑氏《女孝经》
一四八　李翱《五木经》

在这五十六篇(帙)中,不见于《唐人说荟》的有十三篇:九十三、九十四、九十五、一〇一、一〇三、一〇四、一一一、一一三、一一六、一三六、一四一、一四六、一四七。其实在《唐人百家小说》的正文里,九十八《枕中记》附于《南柯记》之后,一一三《红拂妓传》和一一四《刘无双传》、一一五《霍小玉传》合为一种,改题杜光庭《豪客传》,一一二杨巨源《红线传》并入孙颀《女侠传》,篇目并不像目录那么多。其中见于《五朝小说》的却少得多,只有九十六、一〇二、一〇五、一〇六、一〇七、一〇九、一一〇、一一一、一一二、一一三（题作《虬髯客传》）、一一四、一一五、一一七、一一八、一一九、一二七、一三四、一四八等。还有一部分则见于《合刻三志》、《绿窗女史》等书。《五朝小说》的"传奇家"只有十六篇,其中十三篇见于单行本《唐人百家小说》(以下简称"唐人百家"),另有《稽神录》一种题徐铉撰,与《唐人百家》不同;《奇男子传》和《牛应贞传》两篇则是新增的。宛委山堂本《说郛》也只收了十篇,即《谐噱录》（题刘纳言撰）、《白猿传》、《会真记》、《虬髯客传》（即《红拂妓传》）、《无双传》、《霍小玉传》、《柳毅传》（即李朝威《龙女传》）、《才鬼记》（题张君房撰）、《东阳夜怪录》、《冥音录》。可见《唐人说荟》与《唐人百家》关系最为密切,它所不收的是本来不像小说的作品,如韩愈

《道士弥明传》、《毛颖传》、柳宗元《乞巧文》、王绩《醉乡记》和郑氏《女孝经》等，删去是合理的。不过《唐人百家》里许多妄造书名、改题撰人的作品还是继承下来了，如朱揆《谐噱录》、许默《紫花梨记》、郑还古《杜子春传》、陈鸿《睦仁蒨传》、冯延巳《墨昆仑传》等。绝大多数在拙著《古小说简目》附录《存目辨证》和李剑国《唐五代志怪传奇叙录》附录《伪书辨证》里已经指出了。从《唐人百家》全书来说，只有少数几种还需要加以考述②。

单行本《唐人百家》还有一个值得注意的地方是在撰人之下都有校阅者的姓名，如《杜阳杂编》题武林邹质士阅，《幽闲鼓吹》题武林柴世基阅，《开元天宝遗事》题明王道焜阅，《梅妃传》题武林钟人杰阅，《李夫人传》题潘之恒挍（不作校）阅，《北里志》题明张遂辰校阅，《三梦记》题陶宗仪辑，《妆楼记》题陶宗仪挍阅。这样的格式在多种明刻本的丛书里常可见到，研究者认为《说郛》的早期刻本就是如此的，在宛委山堂本《说郛》里却删去了（只有第六卷保留了一处）。《五朝小说》也没有校阅者的姓名，因而可以认为它刻印在后。单行本的《唐人百家》虽然伪书很多，但是刻印较早，也许可以说是明代最早的一部唐人小说总集（《虞初志》里收有吴均的《续齐谐记》，不全是唐人作品）。它对于研究《五朝小说》、宛委山堂本《说郛》、《唐人说荟》等书的版本源流，有非常重要的价值。

《五朝小说》是分四编陆续刊印的，魏晋小说题苕上野客序，唐人小说题"桃源居士纂"，宋人小说题桃源溪（疑当作渔）父序，皇明小说题沈廷松序。宋人小说序后有"壬申春日"的纪年，皇明小说序中有"甲戌小寒日"的记载。"皇明"的提法显然出自明代人的口吻，那么"甲戌"最晚是崇祯七年（1634）；"壬申"当早于甲戌，则最晚是崇祯五年（1632）。唐人小说必定更早于崇祯五年。《五朝小说》的结集应当在崇祯七年之后。编者是不是一个人,还是疑问。耿文光《万卷精华楼藏书记》卷99《太平广记》条之后说:"冯梦龙辑《五朝纪事》,名曰《正续太平广记》,各分家数,如纪载家、艺术家之类。其曰'五朝'者,魏晋唐宋明也。其正记即《广记》所引之书而辑之,与《百川学海》、《说郛》相类,非全书也。其续记皆明代之小说。按《广记》所引书三百二十五种,冯记所采亦三百有奇,可以互证。《广记》不引《穆天子传》,冯所记周穆王事,出于《仙传拾遗》,与《穆天子传》全异,是又在可信不可信之间也。"可见《五朝纪事》又名《正续太平广记》,完全是一种伪劣的续书。《五朝纪事》即《五朝小说》的异名。莫友芝《邵亭知见传本书目》卷10《说郛》120卷下注:"路小洲云:坊中所售《五朝小说纪事》一书,即用《说郛》移易次第改标行目为之者。"又说:"明人有书帕本,往往刷印此书数十种,即称某丛书,余尝见《唐宋丛书》即是也。"③黄霖、韩同文编的《中国历代小说论著选》说:"《五朝小说》题为冯梦龙所编辑。"④似即由此而来。不过冯梦龙未必会编这样拙劣的书。而且有人说《明人百家小说》有万历元年刻本⑤,那么《唐人百家》的年代还要往前推了⑥。从《唐人百家》和《宋人百家》校阅者的名单及李际期、王应昌的《重校说郛序》看,《五朝小说》的底本一定是浙江杭州人编印的,也不像是苏州人冯梦龙。

二

研究唐代小说最重要的资料当然是宋初编的《太平广记》,然而宋本不存,现存最早的刻本是明代谈恺校刻的,而谈刻本却有三个不同的印本。因此整理唐代小说首先要对《太平广记》作一番校勘的工作。最显著的是卷265、卷269、卷270,有两个不同的版本。一种是谈恺考补的,卷前有隆庆元年谈恺志语,所补的条目用到了宋代人编的《新唐书》，当然不是原本。另一种印本没有谈恺志语，引书出处比较可信，有一些未见他书的新资料，如卷265的《盈川令》、《杜审言》、《陈通方》、《汲师》等，卷269的《陈延美》、《赵思绾》、《安道进》等，卷270的《侯四娘》、《邹仆妻》、《歌者妇》等。以270卷的《周迪妻》为例，通行的文友堂影印谈刻本引自《新唐书》，别本则引自《广陵妖乱志》，似当别有所据。同卷《符凤妻》条，通行本阙出处，许刻本作《朝野佥载》，可是文字却和《新唐书》相同：

> 玉英，唐时符凤妻也。尤姝美。凤以罪徙儋州，至南海，为獠贼所杀，胁玉英私之。对曰："一妇人不足以事众男子，请推一长者。"贼然之。乃请更衣。有顷，盛服立于舟上，骂曰："受贼辱，不如死。"遂自沉于海。

谈刻别本则作：

> 符凤妻，字玉英，有节操，美而艳，以事徙儋州，至南海，逢獠贼所劫，凤死之。妻被胁为非礼，英曰："今遭不幸，妾非敢惜身，以一妇人奉拾馀男子，君焉用之。请推一长者为匹，儿之愿也。"贼然之。英曰："容待妆饰讫，引就船中，不亦善乎？"有顷，盛装束罢，立于船头，谓诸贼曰："不谓今朝奄逢仓卒，宁为玉碎，不为瓦全。"言讫，投于海。群贼惊救之，不获。

这条引文，不见于今本《朝野佥载》，实为可贵的佚文。同卷还有一条《卢夫人》，也是《朝野佥载》的佚文，仅见于此本。许自昌刻本第270卷有一段附记说："此卷宋板原阙，旧板复赘一卷，今订取其一。倘有谬戾，不妨更驳。"可见许自昌所见的旧本，的确有两个270卷，不过他没有完全做到择善而从。1959年出版的汪绍楹校点本，虽然已经参校了三种谈刻本和许刻本，然而也遗漏了好几篇很有价值的佚文。例如卷269出自《王氏见闻》的《陈延美》条,就是一篇非常可贵的资料。

《太平广记》所注出处往往有误,有的可以根据别本校正,有的还必须用原书作他校才能解决问题。如卷45引《广异记》的《丁约》条,实出《阙史》;卷434《洛水牛》条,谈刻本作《广异记》,陈鳣校宋本作《需读录》,实出《剧谈录》。《太平广记》引书对原文往往有所删改,所用版本也可能与现存传本不同。相校之下,互有短长。现有传本的如《续玄怪录》有南宋尹家书籍铺刻本,与《广记》互校,一般说宋本不如《广记》更接近原貌,如因避宋讳而改"贞元"为"元和",造成了很大混乱。但也有《广记》脱误,可以据他本校补的。例如《三水小牍》现存《续谈助》本和《云自在龛丛书》等本,也都不是原本,《太平广记》卷196引《李龟寿》条,首句原作"唐晋公王铎禧宗朝再入相",《续谈助》本的晁载之跋说:"枚又言'外王父中书令晋国公宣宗朝再启黄阁',盖谓白敏中。其书卑脚犬花鹊吠刺客李龟寿事无甚异,且虑出白氏之私,故不钞。"他所见的《三水小牍》并没有王铎之名,因而认定晋国公是白敏中。缪荃孙《云自在龛丛书》本《三水小牍》据《广记》辑录了佚文,即据《续谈助》晁跋改正为"外王父中书令晋国公宣宗朝再启黄阁"。汪绍楹校点本《广记》则改作"唐晋公白敏中宣宗朝再入相",可是这并非《三水小牍》的原文,皇甫枚决不会直书他外王父的名讳。而涵芬楼本《说郛》卷49的《小说旧闻记》,实即《三水小牍》的佚文,却保留着这一篇原文,末尾还有三水人的一段议论,文字最为详尽,当出自旧本。开头正作"外王父晋国公王铎宣宗朝再启黄阁"(宛委山堂本《说郛》卷44无"王铎"二字)。"王铎"二字像是后人误加的,但"晋国公"的称号也有问题,因为白敏中只封太原郡开国公,不应称晋国公(宣宗朝袭封晋国公的是裴度的儿子裴识)。如果确指王铎的话,又不应在宣宗朝。"王铎"或"宣宗朝",二者必有一误。《广记》作"僖(原作禧)宗",可能别有所据。《小说旧闻记》这条中说:"此舅氏昔年话于鼎臣兄弟。"鼎臣当即王得臣之兄,《小说旧闻记》还有《莲花峰》一条,首句说:"王得臣癸巳岁从鼎臣兄自汝入秦。"鼎臣兄弟听皇甫枚的舅氏讲这故事,像是他家的子弟,即皇甫枚的表兄弟,那么他的外王父就确是姓王不姓白了。错处有可能出在"宣宗朝"。像这样的情况,还是以出校而不改正文为宜。

如果拿现存的唐人著作来校《太平广记》,那就可以发现许多异文,很值得研究。一般说,都是《广记》的编者为了体例的要求所作的删改。如在篇首加上了"唐"字,把官名、封号和当时人的称谓改成原名,删去一些故事之外的赞语、议论。这种删改当然是可以理解的,但是在文献考据上不免造成了损失。例如白居易的《长恨歌传》,《广记》所收与《白氏长庆集》、《文苑英华》、《丽情集》各本都不相同。《广记》的引文最简,结尾一段说:

> 至宪宗元和元年,盩厔县尉白居易为歌,以言其事,并前秀才陈鸿作传,冠于歌之前,目为《长恨歌传》。

《白氏长庆集》则作:

> 元和元年冬十二月,太原白乐天自校书郎尉于盩厔。鸿与琅邪王质夫家于是邑。暇日相携游仙游寺,话及此事,相与感叹。质夫举酒于乐天前曰:"夫希代之事,非遇出世之才润色之,则与时消没,不闻于世。乐天深于诗,多于情者也,试为歌之,如何?"乐天因为《长恨歌》。意者,不但感其事,亦欲惩尤物、窒乱阶,垂于将来也。歌既成,使鸿传焉。世所不闻者,予非开元遗民,不得知;世所知者,有《玄

宗本纪》在,今但传《长恨歌》云尔。

两相比较,显然白集所载是原本,《广记》引文大概是经过改写的。《文苑英华》所收也与白集相同。类似的情况如沈亚之的《湘中怨解》和《秦梦记》、《异梦录》等,与现存的《沈下贤文集》也差异很大。如文集卷2《湘中怨解》的开头有一段引言:"《湘中怨》者,事本怪媚,为学者未尝有述。然而淫溺之人,往往不寤。今欲概其论,以著诫而已。从生韦敖,善撰乐府,故牵而广之,以应其咏。"结尾还有一段说明:"元和十三年,余闻之于朋中,因悉补其词,题之曰《湘中怨》,盖欲使南昭嗣烟中之志为偶倡也。"这些文字在《广记》里就都没有了。因此我们对于《广记》引文的文献价值,必须有清醒的估计。

唐人小说传本很少,只有《前定录》、《酉阳杂俎》、《甘泽谣》、《阙史》、《剧谈录》、《桂苑丛谈》、《苏氏演义》、《杜阳杂编》、《云溪友议》、《杂纂》、《龙城录》等有刻本流传⑦。《玄怪录》虽有传本,但又不像是原本,因为还有佚文和异文可见。宋刻本只有一个四卷本的《续玄怪录》,也不是原本,除了《新唐书·艺文志》著录为五卷,《崇文总目》著录为十卷外,《广记》里还有不见于宋刻本的佚文。四卷本《续玄怪录》与《广记》引文相校,各有异同,已如前述,可能根据的不是一个版本。四卷本的《辛公平上仙》一篇,不见于《广记》,极为珍贵。然而《续玄怪录》的前两卷,亦附见于明陈应翔刻本和高承埏稽古堂刻本的《玄怪录》,文字又稍有出入。如《辛公平上仙》篇,"得僧之馀悉奉客"句,高刻本"得"作"待",较胜宋本。又"辛君初五更立灞西古槐下"句,高刻本"初五更"作"于初更"。按下文有"戌时"及"俄而三更四点"等语,作"于初更"是。又如"对曰上澡身否然可即路"一句,我曾读作"否"字断句,后见高刻本"否"作"不",疑当读作"上澡身,不然可即路"。《麒麟客》篇,"大中偶游洛中"句,"大中"下高刻本有"初"字,《广记》引亦有"初"字,可证宋刻本有脱文。《卢仆射从史》篇,"从史死于此厅,为弓弦所遣"。"遣"字陈刻本、高刻本均作"逼",《说郛》作"迫",都胜于宋本。《韦令公皋》篇,"物怒,与之帛五束",高刻本"物"作"拗",是。从这些异文比较,似乎宋刻本还不如高刻本。《广记》引书所用版本,往往与传本不同,如《阙史》有《知不足斋丛书》本,与《广记》所引文字大不相同。试以《阙史》卷上《杜舍人牧湖州》前半段为例:

> 杜舍人再捷之后,时誉益清。物议人情,待以仙格。紫微恃才名,亦颇纵声色,尝自言有鉴裁之能。闻吴兴郡有长眉纤腰有类神仙者,罢宛陵从事,专往观焉。使君籍甚其名,迎待颇厚。至郡旬日,继以洪饮,睨观官妓曰:"善则善矣,未称所传也。"览私选曰:"美则美矣,未惬所望也。"将离去,使君敬请所欲。曰:"愿泛彩舟,许人纵视,得以寓目,愚无恨焉。"使君甚悦,择日大具戏舟讴棹较捷之乐,以鲜华夸尚,得人纵观,两岸如堵。紫微则循泛肆目,竟迷所得。及暮将散,俄于曲岸见里妇携幼女,年邻小稔。紫微曰:"此奇色也。"遽命接致彩舟,欲与之语。母幼惶惧,如不自安。紫微曰:"今未必去,第存晚期耳。"遂赠罗缬一筐为质。妇人辞曰:"他人无状,恐为所累。"紫微曰:"不然,余今西航,祈典此郡,汝待我十年不来而后嫁。"遂笔于纸,盟而后别。

《太平广记》卷273引《唐阙史》则作:

> 唐中书舍人杜牧,少有逸才,下笔成咏,弱冠擢进士第,复捷制科。牧少隽,性疏野放荡,虽为检刻,而不能自禁。……及闻湖州名郡,风物妍好,且多奇色,因甘心游之。湖

州刺史某乙,牧素厚者,颇喻其意。及牧至,每为之曲宴周游。凡优姬倡女,力所能致者,悉为出之。牧注目凝视曰:"美矣,未尽善也。"乙复候其意,牧曰:"愿得张水嬉,使州人毕观,候四面云合,某当闲行寓目。冀于此际或有阅焉。"乙大喜,如其言。至日,两岸观者如堵。迨暮,竟无所得。将罢舟舣岸,于丛人中有里姥引鸦头女,年十馀岁。牧熟视曰:"此真国色,向诚虚设耳。"因语其母,将接致舟中,姥女皆惧。牧曰:"且不即纳,当为后期。"姥曰:"他年失信,复当何如?"牧曰:"吾不十年,必守此郡。十年不来,乃从尔所适可也。"母许诺。因以重币结之,为盟而别。

二者显然不是一个版本。参廖子《唐阙史》自序说:"其间近屏帏者,涉疑诞者,又删去之,十存三四焉,共五十一篇。"恐怕现存的刻本就是经过删改的版本,所以和《广记》引文不同,而且还有佚文可辑。宋黄伯符《东观馀论》卷下《跋高彦休阙史后》说:"彦休叙事颇可观,而过为缘饰,殊有铣溪虹户体。"传本的文字比较艰涩,正如黄伯符所说,当出高彦休改定。

牛僧孺《玄怪录》久无传本,我最初见到一个明书林陈应翔刻本(题作《幽怪录》),以为发现了一个孤本,就据以校点,交中华书局出版了。后来北京图书馆又收藏了一部高承埏稽古堂刻本的十一卷本《玄怪录》,文字更为完整,卷数也与《直斋书录解题》所著录的宋本相同,正可以证明《直斋书录解题》原来著录的应即十一卷本而不是十卷。《直斋书录解题》卷11著录有《玄怪录》十卷,而解题说:"今但有十一卷而无续录。"高儒《百川书志》著录的也是十一卷本,涵芬楼本《说郛》卷15所收《幽怪录》也注明是十一卷。这个十一卷本从宋代以来就广为流传,但也不是原本,其中附入了两卷《续玄怪录》。高刻本可以补正陈刻本的许多缺误,包括宋刻本《续玄怪录》的缺误,确是一个珍贵的版本。例如《许元长》一篇，全文只见于本书。

又如《甘泽谣》传本多作九篇，与《郡斋读书志》、《直斋书录解题》著录相合。但其中《聂隐娘》一篇《太平广记》引作《传奇》，存疑已久，考证者有不同意见。最近卞孝萱先生从作者袁郊之父袁滋与薛苹、刘昌裔的关系分析，论定《聂隐娘》篇当属袁郊所作⑧，持之有故，确然可信。然而《甘泽谣》中的《素娥》一篇，却有不同的版本。如《学津讨原》本的开头一段是：

> 素娥者，武三思之姬人也。三思初得乔氏窈娘，能歌舞。三思晓知音律，以窈娘歌舞天下至艺也。未几，沉于洛水，遂族乔氏之家。左右有举素娥者曰："相州凤阳门宋媪女，善弹五弦，世之殊色。"三思乃以帛三百段往聘焉。素娥既至，三思大悦，遂盛宴以出素娥，公卿大夫毕集，惟纳言狄仁杰称疾不来。

宋人《分门古今类事》卷二《天后知命》条引《甘泽谣》则以素娥作"绮娘"，开头一段则作：

> 唐武三思已封王，后欲立之。晚岁获一妓曰绮娘，有出世色，三思宠以专房，情意大惑。欲咤于人，乃置酒会公卿，莫不毕至。惟狄梁公托疾不往。酒行，命绮娘佐酒，清歌艳舞，妙冠一时。魏元忠有诗曰："倾国精神掌上身，天风惊雪上香裀。须臾舞彻霓裳曲，骇却高堂满座人。"拾遗苏焜和之曰："紫府开樽召众宾，更令妖艳舞红裀。曲终独向筵前立，满眼春光射主人。"

二者文字大不相同，而且还多出了两首诗。看来不像是作者自己的改本，而是宋人的再创作，可能出于张君房的《丽情集》，如同白居易的《燕子楼诗》那样。

三

明清人编印的丛书，所收唐代小说绝大多数是辑本或伪书。其始作俑者可能就是《唐人百家小说》，也可能《说郛》的初刻本（不是宛委山堂本）里就有不少伪托的唐人小说在内。较晚刻印的《合刻三志》、《剪灯丛话》、《绿窗女史》、《五朝小说》等，大多是妄造书名、乱题撰人的作品。较早的丛书只有《虞初志》和《古今说海》都刻于谈恺刻印《太平广记》之前，还有一定的校勘价值。《虞初志》编刻于嘉靖初年或更早一些，所收唐代小说还没有乱题撰人的弊病，只有《虬髯客传》题张说撰，则是宋代以来就有的说法。后来翻刻的版本就乱题撰人了。如《红线传》题杨巨源撰，《枕中记》题李泌撰。还加上了汤显祖的评，恐怕也是假托的。其中《南柯太守传》末尾说"偶觌淳于生貌楚"，"貌（原作"兒"）楚"二字《太平广记》作"梦"，显然有误，因为这时淳于梦早已死了。至于"楚"字，当为"梦"字的形讹，又误倒在下面了。明人编选的《一见赏心编》卷5《南柯太守传》即作"偶觌淳于梦生貌"。《古今说海》刻于嘉靖二十三年（1544），书中说渊部所收唐人小说虽有妄造书名的嫌疑，但是还没有乱题撰人。《中国丛书综录》乃至新编的《中国古籍善本书目》却加上了许多冒名的作者，不知根据的是甚么版本。书中的《齐推女传》，和《太平广记》卷358《齐推女》及《玄怪录》的《齐饶州》都有差异，似乎是一种新的版本。又如《知命录》一篇，不见于《太平广记》，仅见于明刻本的《玄怪录》，原题作《吴全素》。可见陆楫所根据的并不限于《太平广记》一书。明人编刻的《艳异编》、《一见赏心编》等书里选有不少唐人小说，多经删改，但也有一定的校勘价值。

作为辑佚补遗的资料,元末陶宗仪编的《说郛》比较好,多数还是从原书抄出的,文字比较完整,有些唐人小说的原序就是靠它保存下来的,如《戎幕闲谈》、《逸史》。《三水小牍》也有重要的佚文,已如上述。《非烟传》的文字与《太平广记》引文大不相同,显然出自不同版本。陆长源的《辨疑志》、刘崇远的《耳目记》和张鹭的《朝野佥载》等书,都有《太平广记》之外的佚文。宋人编的《绀珠集》、《类说》和《分门古今类事》等都是摘抄节文,价值较差。但也有仅见的佚文,如《绀珠集》引《传奇》的《红拂妓》条,《类说》引《玄怪录》的《狐诵通天经》条。他如《诗话总龟》及《锦绣万花谷》等类书里也有唐人小说的佚文可辑。对唐代小说佚文的辑集工作,李剑国《唐五代志怪传奇叙录》做得最多,差不多已经一网打尽了。今后我们需要做的是进一步校勘异本和拾遗补阙的工作。

注　释

① 为便于研究者了解全貌,现将《唐人百家小说》前面的目录抄附于下:
1 苏鹗《杜阳杂编》　　2 张固《幽闲鼓吹》　　3 韦绚《宾客嘉话》　　4 刘悚《隋唐嘉话》　　5 冯翊《桂苑丛谈》　　6 牛僧孺《周秦行纪》　　7 张鹭《朝野佥载》　8 尉迟枢《南楚新闻》　9 刘崇远《金华杂编》　　10 李隐《潇湘录》　　11 亡名氏《集异志》　　12 李濬《摭异录》　　13 白行简《三梦记》　　14 王仁裕《开天遗事》　　15 李德裕《明皇十七事》　　16 郭湜《高力士外传》　　17 曹邺《杨太真外传》　　18 乐史《梅妃传》　　19 亡名氏(正文作陈翰)《李夫人传》　　20 亡名氏《李林甫外传》　　21 李繁《李邺侯外传》(正文作太上隐者《仙吏传》)　　22 吕才《东皋子外传》　　23 王士源《孟襄阳外传》(正文作《孟浩然传》)　　24 张鹭《耳目记》　　25 柳宗元《筝郭师志》(正文作《弦子记》)　　26 雍陶《英雄别传》(正文作《英雄传》)　　27 陈鸿(正文作陈鸿祖)《东城老父

传》　28 陈鸿《长恨歌传》　29 罗隐《广宁（正文作陵）妖乱志》　30 段成式《剑侠传》　31 李延寿《狂奴鱼弘传》(正文无"鱼弘")　32 韩偓《迷楼记》　33 韩偓《海山记》　34 韩偓《开河记》(以上偏录家)　35 陆广微《吴地记》　36 段公路《北户录》　37 孟启《本事诗》　38 孙棨《北里志》　39 亡名氏《啸旨》　40 罗虬《花九锡》　41 苏廙《十六汤品》　42 张又新《煎茶水记》　43 皇甫嵩《醉乡日月》　44 卢鸿《终南十志》　45 杜光庭《洞天福地记》　46 司空图《诗品》(正文作"二十四诗品")　47 段安节《乐府杂录》　48 裴孝源《公私画品》　49 李嗣真《续画品录》　50 张怀瓘(正文作亡名氏)《购兰亭记》　51 欧阳询《书法》　52 王维《学画秘诀》　53 王维《辋川集》　54 韦庄《侍儿小名录》　55 陆龟蒙《小名录》　56 陆龟蒙《渔具咏》　57 陆龟蒙《锦裙记》　58 陆龟蒙《耒耜经》　59 武则天《织锦回文记》　60 南卓《羯鼓录》　61 杨巨源《吹笛记》　62 任繁(正文作蕃)《梦游录》　63 段成式《诺皋记》　64 段成式《金刚经》　65 段成式《异疾志》　66 于逖《灵应录》　67 于逖《闻奇录》　68 钟辂《前定录》　69 欧阳炯《睽车志》　70 陆勋《志怪录》　71 薛用弱《集异记》　72 郑还古《博异志》　73 韦皋《舍利塔记》　74 褚遂良《鬼塚志》　75 苏颋《垄上记》　76 沈亚之《湘中怨词》　77 沈亚之《歌者叶记》　78 王保定(正文作定保)《摭言》　79 白居易《洛中九老会》　80 崔令钦《教坊记》　81 张泌《妆楼记》　82 冯贽《烟花记》　83 冯贽《记事珠》　84 韦端符《故物记》　85 释灵澈《治病药》　86 刘禹锡《种树书》(正文题吴郡俞宗本辑)　87 侯宁极《药名谱》　88 鹿门老人《纪历撮要》　89 李商隐《杂纂》　90 雍益坚《神咒志》　91 罗虬《比红儿诗》　92 亡名氏《贞娘墓诗》(以上琐记家)

以上书目有一部分见于湖南居士辑的《水边林下》，似亦同一版本。

② 其中如《女侠传》未见他书，实即摭取《太平广记》中几个女侠故事而托名孙颀撰；于佑《题叶诗考》正文未见，疑即宋人张实的《流红记》。《妖巫传》、《妖蛊传》等亦见《合刻三志》，李剑国《唐五代志怪传奇叙录》中已有辨证。馀如韩愈《毛颖传》、柳宗元《乞巧文》则出于作者本集，虽非

传奇而作者不误。

③ 按:此说可商。《唐宋丛书》与《说郛》虽有不少相同的子目,但《唐宋丛书》所收的书有较《说郛》为全者,如《东京梦华录》、《异苑》为十卷本,《唐国史补》为三卷本,《孔氏杂说》为四卷本,版面亦较清晰,似编印早于《说郛》。又,我所见《唐宋丛书》(中华书局藏本)与《中国丛书综录》所著录者种数、次序不同,《唐宋丛书》亦有多次重印之本。

④ 《中国历代小说论著选》(上),江西人民出版社1982年10月第1版,第250页。

⑤ 《毛泽东读文史古籍批语集》注,中央文献出版社1993年10月第1版,第45页。

⑥ 参看拙作《〈五朝小说〉与〈说郛〉》,刊《文史》第47辑,中华书局1999年版。

⑦ 馀如《冥报记》、《集异记》、《博异志》等都不是足本,至于《传记》(即《隋唐嘉话》)、《卓异记》之类实宜属杂史笔记。

⑧ 《〈红线〉、〈聂隐娘〉新探》,载《扬州大学学报》1997年2期。

(原载《唐研究》第五卷,1999)

唐人小说中的"诗笔"与"诗文小说"的兴衰

宋人赵彦卫《云麓漫钞》卷8有一段话,常为研究唐人小说的人所引用:

> 唐之举人,先借当世显人,以姓名达之主司,然后以所业投献。逾数日又投,谓之温卷。如《幽怪录》、《传奇》等皆是也。盖此等文备众体,可以见史才、诗笔、议论。

他对唐人小说文体特征的分析,给了我们一些启发,但他所举出的例证是《幽怪录》和《传奇》,却不尽确当。一则《幽怪录》中诗笔不多,《传奇》中并无议论;一则唐人小说里运用诗笔,并非始于《幽怪录》、《传奇》等传奇小说集。运用诗笔最早最多的唐人小说应该是《游仙窟》,这是现代学者都已论定的了。

《游仙窟》的文体很特别,我们乍然一见,就觉得非常新奇。它用了第一人称来写一个艳情故事,而且在叙事中插入了许多诗,都是作为主人公互相调情而唱和的作品。全篇多用四六句,大体整齐,基本上是骈体文,尤其是结尾一段,多用对偶,声调和谐,完全是六朝小赋的格局。

> 下官拭泪而言曰:"犬马何识,尚解伤离;鸟兽无情,由知怨别。心非木石,岂忘深恩!"十娘报咏曰:"他道愁胜死,儿言死胜愁。愁来百处痛,死去一时休。"又咏曰:"他

道愁胜死,儿言死胜愁。日夜悬心忆,知隔几年秋!"下官咏曰:"人去悠悠隔两天,未审迢迢度几年?纵使身游万里外,终归意在十娘边。"十娘咏曰:"天涯地角知何处,玉体红颜难再遇!但令翅羽为人生,会些高飞共君去。"下官不忍相看,匆把十娘手子而别。行到二三里,回头看数人,犹在旧处立。余时渐渐去远,声沉影灭,顾瞻不见,恻怆而去。行至山口,浮舟而过。夜耿耿而不寐,心荧荧而靡托。既怅恨于啼猿,又凄伤于别鹄。饮气吞声,天道人情,有别必怨,有怨必盈。去日一何短,来宵一何长!比目绝对,双凫失伴,日日衣宽,朝朝带缓。口上唇裂,胸间气满,泪脸千行,愁肠寸断。端坐横琴,涕血流襟,千思竞起,百虑交侵。独颦眉而永结,空抱膝而长吟。望神仙兮不可见,普天地兮知余心;思神仙兮不可得,觅十娘兮断知闻。欲闻此兮肠亦乱,更见此兮恼余心。

这篇小说用对话和"对歌"来叙述故事,展开情节,有许多独特的手法。但是,这种文体也不是凭空出现的。我们如果把它和敦煌遗书中的叙事赋及变文联系起来,就可以看出它是从秦汉以来的辞赋演化而来的。1993年在连云港东海县尹湾村出土的汉简中有一篇《神乌赋》[1],叙述一个鸟类争斗的寓言故事,据裘锡圭先生考证为西汉成帝时期的作品[2],多数研究者认为它就是敦煌叙事赋的前河。随后曹植的《鹞雀赋》更是敦煌本《燕子赋》的蓝本。这里可以提出讨论的是古代通俗小说的起源,其实并不始于唐代,至晚在建安末年,曹植曾对邯郸淳"诵俳优小说数千言"(《三国志》卷21裴注引《魏略》)。"俳优小说"就

---

[1] 《尹湾汉墓简牍》,中华书局1997年版,第149页。
[2] 裘锡圭《神乌赋初探》,载《文物》1997年第1期。

是一种说唱文学,可能就包括了张衡的《髑髅赋》、曹植的《鹞雀赋》和《髑髅说》等。"诵"即《汉书·艺文志》所说的"不歌而诵谓之赋"。赋是可以诵的方式来讲故事的,《初学记》卷19所引刘谧之《庞郎赋》开头说:"坐上诸君子,各各明君耳。听我作文章,说此河南事。"可为明证。《庞郎赋》和刘思真《丑妇赋》及敦煌本《燕子赋》(乙)①,又演变出一种五言诗体的叙事赋。

另一方面,在题材上从宋玉的《高唐赋》、《神女赋》,曹植的《洛神赋》,张敏的《神女赋》等又传承了人神相恋的母题。于是就孕育出一种辞赋体的小说,也可以说是"诗文小说"的先驱了。

《游仙窟》久已失传,未见著录。直到清末才从日本引渡回国,引起了学者的注意。如果不是日本保存了它的多种版本,我们就不知道唐人小说中还有这么一体。然而我们不能说这种文体的出现就是孤立的现象。在《游仙窟》之前,晋人张敏的《神女传》和曹毗的《杜兰香别传》,都有神女赠诗的情节,讲的是人神相恋的故事。张敏的《神女传》虽已散佚,但基本情节还保存在今本《搜神记》卷1和《太平广记》卷61所引《集仙传》里。相似的还有《八朝穷怪录》的《萧总》(《太平广记》卷296引),也是讲巫山神女和凡人一夜情的故事,篇末有萧总的一首五言诗,情思杳渺,很有神韵。《游仙窟》以投宿神仙窟开场,竟得艳遇。看了开头一段,读者还以为张文成也和刘晨、阮肇入天台一样,真遇上仙女了,实际上所遇的只是两个独守空闺的寡妇。这种题材和文体,在唐人小说里影响很大。刘晨、阮肇遇仙的故事流传很广,保存在《幽明录》的辑本里(《太平广记》引作《神仙记》或《搜神记》,存疑),但文辞比较朴实。值得注意的倒是晋王嘉

---

① 伯二六五三。收入《敦煌变文集》,人民文学出版社1957年版,第262页。

撰、梁萧绮录的《拾遗记》,有些篇章显露出了辞赋体的风格,就很接近《游仙窟》的文体了。如:

> 汉武帝思怀往者李夫人,不可复得。时始穿昆灵之池,泛翔禽之舟。帝自造歌曲,使女伶歌之。时日已西倾,凉风激水,女伶歌声甚遒,因赋《落叶哀蝉》之曲曰:"罗袂兮无声,玉墀兮尘生。虚房冷而寂寞,落叶依于重扃。望彼美之女兮安得,感余心之未宁。"(卷5)

> 昭帝始元元年,穿淋池,广千步。……帝时命水嬉,游宴永日。尹人进一巨槽,帝曰:"桂楫松舟,其犹重朴,况乎此槽可得而乘也?"乃命以文梓为船,木兰为舵,刻飞鸾翔鹢,饰于船首,随风轻漾,毕景忘归,乃至通夜。使宫人歌曰:"秋素景兮泛洪波,挥纤手兮折芰荷,凉风凄凄扬棹歌,云光开曙月低河,万岁为乐岂云多。"(卷6)

唐人小说大致可以分为两派,一派是史传派,一派是辞赋派。后者注重诗笔,在叙事中插入一些主人公的诗歌,既加强了人物的描写,又显示了作者的才华。但前者也不排斥诗笔,有些传记体的小说,文中没有诗歌,然而有别人写的诗歌与之配合,如元稹的《李娃行》与《李娃传》相配,白居易的《长恨歌》、《任氏行》与《长恨歌传》、《任氏传》相配①。唐代诗歌与小说有多种多样的联系,详见王运熙、杨明《唐代诗歌与小说的关系》一文(《文学遗产》1983年第1期)。我这里着重谈的是小说人物的诗歌,是作为小说艺术不可分割的一个有机组成部分而存在的。较著名的作品如沈亚之的《湘中怨解》、《异梦录》、《秦梦

---

① 参看拙作《唐宋传奇本事歌行拾零》,载《文学评论》1978年第3期。《任氏行》据日本《千载佳句》考证为白居易作,已收入《全唐诗补编》(中华书局1992年版,第1087页)。

记》,文中都有小说人物所作、所唱的诗歌。特别是《秦梦记》,作者以自叙传的方式写他与弄玉公主的梦里婚姻,与《游仙窟》的情节有某些相似之处。而诗文连缀,间用楚歌,又是辞赋体小说的创新。沈亚之的小说不重故事情节而重词章文采,已为后世的"诗文小说"开辟了一条新的道路。还有一篇《异闻集》所收的《感异记》(《太平广记》卷326题作《沈警》),我认为也是沈亚之所作,从文体和题材上看,更像是《游仙窟》的后继之作。不过沈警所到的真是"神仙窟"了。这里节引几段,可与《游仙窟》参看:

> 沈警,字玄机,吴兴武康人也。……途过张女郎庙,旅行多以酒肴祈祷。警独酌水具祝词曰:"酌彼寒泉水,红芳掇岩谷。虽致之匪遥,而荐之随俗。丹忱在此,神其感录。"既暮,宿传舍,凭轩望月,作《凤将雏含娇曲》,其词曰:"命啸无人啸,含娇何处娇。徘徊花上月,空度可怜宵。"又续为歌曰:"靡靡春风至,微微春露轻。可惜关山月,还成无用明。"吟毕,闻帘外叹赏之声,复云:"闲宵岂虚掷,朗月岂无明。"音旨清婉,颇异于常。忽见一女子褰帘而入,拜云:"张女郎姊妹见使致意。"警异之,乃具衣冠,未离坐而二女已入。……大女郎歌曰:"人神相合兮后会难,邂逅相遇兮暂为欢。星汉移兮夜将阑,心未极兮且盘桓。"小女郎歌曰:"洞箫响兮风生流,清夜阑兮管弦道。长相思兮衡山曲,心断绝兮秦陇头。"……小婢丽质,前致词曰:"人神路隔,别促会赊。姮娥妒人,不肯留照;织女无赖,已复斜河。寸阴几时,何劳烦琐?"遂掩户就寝,备极欢昵。……警乃赠小女郎指环,小女郎赠警金合欢结。歌曰:"结心缠万缕,结缕几千回。结怨无穷极,结心终不开。"大女郎赠警瑶镜子,歌曰:"忆昔窥瑶镜,相望看明月。彼此俱

照人,莫令光彩灭。"赠答极多,不能备记,粗忆数首而已。

《游仙窟》在唐代文献中未见记载,当时人是否见到,不无疑问。我们应该考虑到这篇小说浮艳猥亵,一定会遭到抑制甚至禁毁。但是也必有人抄写流传,因此他的文名才会远播新罗、日本。《旧唐书·张荐传》附张鷟传载:"鷟字文成,聪警绝伦,书无不览。……然性褊躁,不持士行,尤为端士所恶,姚崇甚薄之。开元初,澄正风俗,鷟为御史李全交所纠,言鷟语多讥刺时,坐贬岭南。……鷟下笔敏速,著述尤多,言颇诙谐。是时天下知名,无贤不肖,皆记诵其义。……新罗、日本东夷诸蕃,尤重其文,每遣使入朝,必重出金贝以购其文,其才名远播如此。"《新唐书·张荐传》还说他:"属文下笔辄成,浮艳少理致,其论著率诋诮芜猥,然大行一时,晚进莫不传记。"正因如此,所以《游仙窟》才会保存于日本。然而不见得真会灭迹于当时的国内。就像白行简的《天地阴阳交欢大乐赋》也因语涉淫秽而失传于世,可是当时已有抄本流传到了敦煌边陲,我们不能说唐代的文人就没有见到。又如张祜曾嘲笑白居易的《长恨歌》像《目连变》(孟棨《本事诗》嘲戏第7),可是我们直到1900年敦煌遗书出现之后,才见到了《目连变》的真面目。因此我们可以想象,唐代小说家应该有人会看到《游仙窟》以及其他通俗的辞赋体的说唱文学。张鷟的孙子张荐,在《灵怪集》的《郭翰》篇里就有辞赋体的手笔,很像《游仙窟》的风格。

女为敕侍婢净扫室中,张霜雾丹縠之帏,施水晶玉华之簟,转会风之扇,宛若清秋。乃携手升堂,解衣共卧,其衬轻红绡衣,似小香囊,气盈一室,有同心龙脑之枕,覆双缕鸳文之衾。柔肌腻体,深情密态,妍艳无匹。……明年至期,果使前者侍女,将书函致。翰遂开封,以青缣为纸,铅丹为字,言词清丽,情意重叠。书末有诗二首。诗曰:"河汉虽云阔,三秋尚有期。情人终已矣,良会更何时?"又曰:"朱阁临清汉,琼宫御紫房。佳期情在此,只是断人肠。"翰以香笺答书,意甚慊切,并有酬赠诗二首。诗曰:"人世将天上,由来不可期。谁知一回顾,交作两相思。"又曰:"赠枕犹香泽,啼衣尚泪痕。玉颜霄汉里,空有往来魂。"自此而绝。(《太平广记》卷68)

我们再从文体和情节结构的渊源考察,唐人小说注重诗笔的一派,往往会在叙事中运用诗和骈文交错的手法,继承并改进了辞赋体小说的体裁,其中就包括了对《游仙窟》的借鉴。除了沈亚之,最突出的是李玫。他的《纂异记》虽已散失,但《太平广记》里保存着十三四篇,大部分都穿插有小说人物的诗歌。其中如《嵩岳嫁女》篇,虚构了一个神仙聚会的故事,让周穆王、西王母、汉武帝等都来作诗,构思奇特,在文体上有很多创新的地方。

又如《蒋琛》一篇,主人公参加了水神的盛大宴会,有范蠡、屈原和霅溪神、太湖神、湖王等一起饮酒唱歌,情节和文风与《嵩岳嫁女》十分相似。这两篇是《纂异记》的代表作。明初瞿佑《剪灯新话》中的《龙堂灵会记》就是摹拟《蒋琛》而作的。又如《许生》篇,是非常著名的一篇政治小说,写许生遇见四人和白衣叟一起饮酒赋诗。前人早已指出,这是暗示甘露政变中死难的王涯、贾𫗧、李训、舒元舆和卢仝的鬼魂,诗也写得沉郁典雅,别有情采。还有《韦鲍生妓》一篇,写鲍生用美妓换韦生的马,命歌妓唱了两首歌,都是很好的诗。又见到两个紫衣人闯来,讨论赋的格律问题,接着就合写了半篇《妾换马赋》。根据他们的谈话,可以断定作赋的就是谢庄和江淹的鬼魂。这篇里的诗和赋都写得非常优美,实在是唐代小说中的佳作。明末人编的《幽怪诗谈》卷6有一篇《废宅联诗》,写一个老僧在废宅里寄宿,夜里见到两个人,一个紫衣、一个绿衣,对饮联句,情景与《许生》、《韦鲍生妓》十分相似,但诗笔则难以相比了。《幽怪诗谈》流传不广,引录原文于下,以便比较:

> 万历壬子秋日,有中州老僧,寓居某贵人废宅中。……俄闻户外欢声,遂披襟起窥,见振绮阁前,败石台上,蓬翟蒙茸,有二人在焉。其一白面伟躯,衣绿罗衫,乌角巾,曳飞云履;其一瘦肌微髯,衣紫襕衫,白袷巾,曳五朵履,顾瞻徘徊于月下。时有童子携樽榼肴槛至。二人藉草对坐,巨罗递饮。绿衣者忽慨然曰:"风景不殊,举目有黍离之感,奈何?"歔欷低回,若不胜情者。紫衣者笑谓曰:"当此良宵,吾侪自当行乐,何至作楚囚对泣耶?莫若即景联句,以当悲惊,消此良夜,如何?"绿衣者首肯,遂举觞吟曰:"自惜峥嵘第,嗟今没草莱。"紫衣者继曰:"危楼犹窈窕,废阁尚崔巍。""椒面双镮落,螭头四壁颓。(绿衣)""雀飞鸳瓦堕,虫蚀翠檐隤。(紫衣)"……二人联毕,抵掌起歌,欢笑自若。时兔魄将沉,曙光欲朗。僧固知所出,启关就坐,恍惚而灭。遂茫然失措,不敢复寝,逡巡而出,竟不知何怪也。

晚唐裴铏的《传奇》,是传奇体小说的代表作。北宋古文家尹洙所说"传奇体",就是指《传奇》而言的。据陈师道《后山诗话》记载:

> 范文正公为《岳阳楼记》,用对语说时景,世以为奇。尹师鲁读之,曰:"传奇体耳。""传奇",唐裴铏所著小说也。

传奇体的特征是"用对语说时景",也就是说多用骈俪的词句。这是辞赋体小说的传统,当然也包括了多用诗笔。《传奇》的《封陟》一篇(《太平广记》卷68),最足以说明传奇体的特点,不仅用对语写时景,而且也用对语来写对话。现在引它原文的开头一段为例证：

> 宝历中，有封陟孝廉者，居于少室。貌态洁朗，性颇贞端，志在典坟，僻于林薮。探义而星归腐草，阅经而月坠幽窗。兀兀孜孜，俾夜作昼，无非搜索隐奥，未尝暂纵揭时日也。书堂之畔，景象可窥，泉石清寒，桂兰雅淡。戏猱每窃其庭果，唳鹤频栖于涧松。虚籁时吟，纤埃昼阒。烟锁笃篁之翠节，露滋踯躅之红葩。薜蔓衣垣，苔茸毯砌。时夜将午，忽飘异香酷烈，渐布于庭际。俄有辎軿，自空而降，画轮轧轧，直凑檐楹。见一仙姝，侍从华丽，玉佩敲磬，罗裙曳云，体欺皓雪之容光，脸夺芙蕖之艳冶，正容敛衽而揖陟曰："某籍本上仙，谪居下界，或游人间五岳，或止海面三峰。月到瑶阶，愁莫听其凤管；虫吟粉壁，恨不寐于鸳衾。燕浪语而徘徊，鸾虚歌而缥缈。宝瑟休泛，虬觥懒斟。红杏艳枝，激含颦于绮殿；碧桃芳萼，引凝睇于琼楼。既厌晓妆，渐融春思。伏见郎君坤仪浚洁，襟量端明，学聚流萤，文含隐豹。所以慕其真朴，爱以孤标，特谒光容，愿持箕帚。又不知郎君雅旨如何？"

这种文体完全是辞赋体的风格，骈偶句用得更多了。还有《萧旷》篇（《太平广记》卷311），写了萧旷遇见洛浦神女和洛浦龙王的女儿织绡，与《游仙窟》中张文成遇见十娘、五嫂的情节有相似之处。文中多叙对话，骈偶较少，但结尾一段，仍是作诗酬唱，也与《游仙窟》一脉相承。为了便于对比，还是要引出原文：

> 神女遂命左右传觞叙语，情况昵洽，兰艳动人。若左琼枝而右玉树，缱绻永夕，感畅冥怀。旷曰："遇二仙娥于此，真所谓双美亭也。"忽闻鸡鸣，神女乃留诗曰："玉箸凝腮忆魏宫，朱丝一弄洗清风。明晨追赏应愁寂，沙渚烟销翠羽

空。"织绡诗曰:"织绡泉底少欢娱,更劝萧郎尽酒壶。愁见玉琴弹别鹤,又将清泪滴真珠。"旷答二女诗曰:"红兰吐艳间夭桃,自喜寻芳数已遭。珠佩鹊桥从此断,遥天空恨碧云高。"神女遂出明珠翠羽二物赠旷曰:"此乃陈思王赋云'或采明珠,或拾翠羽',故有斯赠,以成《洛神赋》之咏也。"龙女出轻绡一匹赠旷曰:"若有胡人购之,非万金不可。"神女曰:"君有奇骨异相,当出世。但淡味薄俗,清襟养真,妾当为阴助。"言迄,超然蹑虚而去,无所睹矣。后旷保其珠绡,多游嵩岳,友人尝遇之,备写其事。今遁世不复见焉。

辞赋体的小说在《游仙窟》之后,除了"用对语说时景",更多的运用了"诗笔",这正是唐代"一代之所胜",就为唐人小说增添了异彩。所谓传奇体小说,就以情节新奇和词章华丽而著称于世,使小说进一步成为文学作品,而与杂史、杂传拉开了距离。洪迈《容斋随笔》卷15《唐诗人有名不显者》说:"大率唐人多工诗,虽小说戏剧,鬼物假托,莫不宛转有思致,不必颛门名家而后可称也。"就称许了唐人小说里诗笔的成就。这里应该指出,唐代人并没有用"传奇"作为小说的通称,北宋人所说的"传奇体",是以裴铏的小说集为标准的。南宋人开始把"传奇"作为小说的一种类别,与灵怪、烟粉并列,则只是从题材着眼,并不注重文体的特征。近人常用"笔记小说"的名称来统称古代的文言小说,造成了目录学上的难题。应该说,唐代小说的成熟,与重视诗笔的文学自觉性是有密切关系的。不过唐人小说并非全属传奇体的作品,而且有些优秀的名篇却是不用"诗笔"而偏重"史才"的。这个问题还需要具体研究和分析。

辞赋体小说的发展确有其片面性,其流弊是过分的堆砌辞藻,华而不实。到了明代的"诗文小说",就逐步走向极端了。

"诗文小说"的名称,是孙楷第先生提出来的。他说:

> 凡此等文字皆演以文言,多羼入诗词。其甚者连篇累牍,触目皆是,几若以诗为骨干,而第以散文联络之者。而诗既俚鄙,文亦浅拙,间多秽语,宜为下士之所览观。……余尝考此等格范,盖由瞿佑、李昌祺启之。唐人传奇,如《东阳夜怪录》等固全篇以诗敷衍,然侈陈灵异,意在俳谐,牛马橐驼其为诗亦各自相切合;则用意固仍以故事为主。及佑为《剪灯新话》,乃于正文之外赘附诗词,其多者至三十首,按之实际,可有可无,似为自炫。昌祺效之,作《馀话》,著诗之多,不亚宗吉。而识者讥之,以为诗皆俚拙,还逊于集中所载,则亦徒为蛇足而已。自此而后,转相仿效,乃有以诗与文拼合之文言小说。乃至下士俗儒,稍知韵语,偶涉文字,便思把笔;蚓窍蝇声,堆积未已,又成为不文不白之"诗文小说"。(因以诗文拼成,今姑名之为诗文小说。)①

孙先生的论述给了我们不少启发,我现在就沿用"诗文小说"这个名称加以推论。孙先生认为"诗文小说"创始于《剪灯新话》,只是指出了它的近源,实际上还有它的上游,那就是唐代偏重"诗笔"的传奇小说。这一流派影响很大,晚唐五代的《甘泽谣》、《三水小牍》、《灯下闲谈》等都有这种文体的作品。宋代张君房的《丽情集》虽已失传,但从它的佚文看,他对唐人小说的选录就偏重诗笔,而且还增加了一些来源不明的歌行②。又如《甘泽谣》的《素娥》篇,在宋代出现了一个新版本③,还加上了

---

① 《日本东京所见中国小说书目》,上杂出版社1953年版,第170页。
② 参看拙作《〈丽情集〉考》,载《文史》第21辑。
③ 《分门古今类事》卷二《天后知命》引《甘泽谣》的绮娘故事,与《素娥》情节大异,且多出诗两首,似出改本。

两首诗。这个故事影响很大，在明代又有许多新的变形[①]。李献民《云斋广录》所收的王山《盈盈传》等，有不少连缀诗歌的作品。元人宋远的《娇红记》和郑禧的《春梦录》，已经是典型的诗文小说了。到了明代，更有变本加厉的趋势。在《剪灯新话》之后，先是出现了一批"中篇传奇小说"[②]，篇幅大大扩展，长的竟有三四万字之多。而诗词也连篇累牍，令人读之生厌。最突出的例子是艳情小说《素娥篇》，除了附丽于淫秽不堪的春宫图之外，把唐人《甘泽谣》里的《素娥》一篇改写成辞赋体的诗文小说。为了说明问题，不妨摘引一段原文为例证：

> 素娥虽未幸，实其行中第一。然质居人先，选居人后，群姬妒欲抑而掩之，竟难近得三思身，响响承恩也。愤愤郁抑，情况无聊，见杨花之乱飘，感春风之骀荡，适有蝴蝶双来，激动热肠，遂作《春风荡》一诗以自见。诗曰：

> 春风荡，春风荡，柳絮漫天雪作浪。一春花事浑无主，蝴蝶双飞轻薄相。拍将春色上钗头，钗头单凤成惆怅。同心欲寄求鸾曲，匀指调筝写情况。欲弹若懒指下迟，知音不逢负肮脏。回头顾曲有周郎，应解勾除相思帐。只恐风吹别调间，对面空弹千古上。

> ……天与其会，人与其缘，异日三思出游园亭，群幸尽随，宛转流连，回睇周盼，笑丽冶之满堂，恨天人之未遇。窃忆美女入宫，群姬见妒，飞燕昭阳，不可料也。搦管题诗，命留木兰亭北。诗曰：

---

① 如祝允明《祝子志怪录》卷二《柏妖》、谈迁《枣林杂俎》义集《天台山仙女》等。
② 参看陈益源《元明中篇传奇小说研究》，香港学峰文化事业公司1997年初版。

> 春风红紫俨成行,满院梨花妒海棠。细数丛中谁第一,恐闲飞燕在昭阳。

明代后期出现的《古今清谈万选》和《幽怪诗谈》,是两个古体小说的选本。编者选辑唐宋元明人的作品,加以删改,又增添了一些拙劣的诗词,可以视为明代诗文小说的总集。绝大部分的诗文小说,都离开了故事情节的发展和人物形象的描写,把诗词当作小说的主体。这种写法对于中国小说的发展是弊大于利的。这个时候,诗文小说已经发展到了末路了。它的衰落和失败,是后人片面注重词章而不善于借鉴古人的结果,当然不能由古人任其咎的。不过到了民国初年,诗文小说又有一度复活的现象,如徐枕亚的《玉梨魂》、《雪鸿泪史》居然又风行一时,但也只是日薄西山的回光返照,不久就消失于地面了。

唐代注重"诗笔"的传奇小说对后世的通俗小说也有很多影响,除了故事素材之外,在文体上如插入诗词、引诗为证及多用赋赞来补充描写之不足。特别是明清才子佳人小说,更为主人公拟作了许多酬唱言情的诗词,像是"中篇传奇小说"通俗化的语译版。通俗小说的源头来自话本,它的上游直接唐代及更早的民间说唱文学,和辞赋体的小说也有不可分割的关系。唐宋以后,古体的文言小说与近体的白话小说分道扬镳了,但是还有许多相互影响的地方,它们的源头似乎还在更早的汉魏之际。这个问题容待另作讨论。

(原载《文学遗产》2007年6期)

改 版 附 记

本书原名《唐代小说史话》，1990年曾在文化艺术出版社印过一版。现在稍加修订，承人民文学出版社不弃，建议我改题《唐代小说史》，把它列入分体文学史的系列，给我再次向读者请教的机会。

既然称之为史，首先就应该弄清楚基本史实，把作者、年代、书名、卷数和版本等作一个交代。由于小说家历来得不到重视，有些书的作者和真伪存佚都有疑问。生在现代的人，而要讲一千年以前的事，只能依靠书本上的材料。我在这方面作了一些考证，为了说明自己的依据，不能不列举一部分史料并加以推论，这样也就不免流于烦琐枝蔓，可能是小题大做。有时候为了说明一些具体问题，花费了不少篇幅，相对地对于小说史的理论性、规律性问题则所见者浅，所论者少。我也试图对唐代小说的发展作一些历史的探索，在开头《序论》一章里作了概括的论述。最后在《馀论》一章里又作了几点归纳，这可能像唐人小说篇末的议论一样，往往是枯燥乏味的说教，甚至是画蛇添足。

整个唐代不到三百年，在中国文学史上却占了光彩夺目的篇章。唐代小说在绚丽多彩的唐代文学中虽然只占一小块园地，但要把它的发展线索搞清楚，也需要和整个文学发展过程联系起来考察。限于我对唐代历史和文学概貌了解得十分粗浅，这里只能粗略地勾画一个轮廓，如我在《序论》中所说的，中唐是唐代小说的全盛时期，其前是发展的准备阶段，其后是多方面的发展及走向衰落的阶段,可能这只是现象,还没有触及小说发展的本质问题。对于自己没有充分掌握的对象,只能谈得少些,这样出的错误也会少一些。

唐代小说中的名篇,如《李娃传》、《莺莺传》、《霍小玉传》等单篇传奇,已有许多学者作了研究分析。这些作品不能不谈,但也不必多谈,因为没有多少新见。我着重对唐代的小说集作一些介绍,企图借以揭示唐代小说的全貌。唐代小说中的名篇不是孤立的现象,崛起的几座高峰和一系列的山脉是相连系的。如果孤立地看几个名篇,恐怕就很难解释它出现的历史条件了。

对于唐代小说,我是把它作为文学作品来读的。既是文学作品,就应该谈它的艺术成就。但小说不同于诗词,不能举一两个警句来分析鉴赏。有时只举一个篇名又不能说明问题。为了让读者能得到一些阅读小说的乐趣,只能先复述一下故事或摘录一些片断,然后加以评说。这样不免会引文过多,造成篇幅冗长。事实上,很多读者对这些故事早已熟悉,或者说只要举出实例,读者自己就能赏析,过多的评论是多余的。我只是做了一些选录和评述的工作,但是在选择和评价上难免带上个人的主观成分,不像史实问题那样还有一个客观的是非标准。

本书在撰写时,曾参考过前人和当代学者的有关论著,已在书中随文注明,在此一并表示感谢,并借以说明书中的许多论点并非个人的私见。限于个人的学识和能力,论述中的疏失和错误自然在所不免。拙稿写作于十几年前,按照近年来学术进展的速度,本书早该淘汰了。事实上,时贤有关唐代小说的研究论著陆续问世,特别是李剑国先生的《唐五代志怪传奇叙录》一书,对唐代小说的作者、年代、佚文等考证得非常精细,有不少可以补正拙作的地方。本书似可不必再印了,但海内外还有一些学者时常提到拙作,有的教授还给他的学生推荐为参考书,而本书却多年没有重印,早已售缺了。另一方面,本书初版中错字很多,其中有一些还是我原稿的笔误,问世以后,我一直感到由衷地歉疚,总想有机会订正一下,以谢读者。因此这次就加以订正,谋求重印。本来应该努力作一次全面的修订,可是近十年来,我的注意力已转向宋代以后的小说,对唐代小说并没有多少创获,只能作一些枝节的修改。如第三章中按年代先后调整了叙述次序,第四章中替换了敦煌本《金光明经冥报传》的例证,第十章中补入了一篇《王氏见闻录》的佚文;也参考近年所见的学术论著补充了一些新的例证,如裘锡圭先生关于尹湾汉简《神乌赋》和敦煌汉简中韩朋故事残简的考释,卞孝萱先生《〈红线〉〈聂隐娘〉新探》中关于《甘泽谣》的新证。所有引证,详见书中当页的脚注。李剑国先生的著述,我在初版附记中已经提到了一些,现在只择要引用了若干条,其他拙著中所疏略的地方,请读者参看他的《唐五代志怪传奇叙录》原书。另外,把我近年所写的一篇《唐代小说文献研究》附于书后,供读者参考。这次虽作了一点细微的修订,也改正了旧版中已发现的错误,但对于买了本书初版的读者,仍抱有深切的歉意。当然,现在新版中不免还会存在这样那样的疏失,诚希读者不吝指正,寄示笔者或出版者,但愿以后还有修订的机会。

本书曾蒙黄克先生青睐,于1990年在文化艺术出版社接受出版;现在又承他好意,把修订本推荐给人民文学出版社古典文学部重印,并承同行周绚隆等先生的热情支持,责任编辑杨华女士作了认真的审核,谨表衷心的感谢。原书曾蒙前辈顾起潜(廷龙)先生题签,现在仍用以冠于书前,以表纪念。

程 毅 中
2002年1月

重 印 附 记

前两年笔者对唐代小说发展的理解略有寸进,曾写过几篇文章另行发表。本书这次重印,不便作重大修订,只是挖改了几处错字,并把《唐人小说中的"诗笔"与"诗文小说"的兴衰》一文附录于后,以便参看。前后异同之处,请以新作为准。

程 毅 中

2010 年 10 月 11 日